BASTEI LÜBBE
TASCHENBUCH

Weitere Titel der Autorin:

Lebkuchenküsse

Über die Autorin

Ira Severin liebt Bücher. Nach dem Studium der Anglistik und Germanistik und diversen Erfahrungen in »handfesten« Berufen entschloss sie sich daher, ihre Leidenschaft zum Beruf zu machen und endlich selbst Romane zu schreiben. Sie lebt in einer norddeutschen Großstadt – zu ihrem großen Bedauern aktuell ohne Katzen.

IRA SEVERIN

jamie
und die Schlange im Paradies

Ein Katzenkrimi

BASTEI LÜBBE
TASCHENBUCH

BASTEI LÜBBE TASCHENBUCH
Band 17445

MIX
Papier aus verantwortungsvollen Quellen
FSC® C014496
FSC
www.fsc.org

Dieser Titel ist auch als E-Book erschienen

Originalausgabe

Textredaktion: Antje Steinhäuser, München
Titelillustration: © getty-images/Helmut Hess; © Mediabureau Di Stefano, Berlin
Umschlaggestaltung: Mediabureau di Stefano, Berlin
Satz: two-up, Düsseldorf
Gesetzt aus der Minion
Druck und Verarbeitung: GGP Media GmbH, Pößneck
Printed in Germany
ISBN 978-3-404-17445-4

1 3 5 7 6 4 2

Sie finden uns im Internet unter www.luebbe.de
Bitte beachten Sie auch: www.lesejury.de

Für Ramona,
die mir in einer schwierigen Zeit beigestanden hat.
Danke für Deine schier endlose Geduld beim Zuhören und dafür,
dass ich auch mit Dir lachen konnte!

prolog

Die warme Mittagssonne kitzelte ihn an der Nasenspitze. Er schloss die Augen und träumte von zarten Filetspitzen in cremiger Sahnesoße mit Kartoffelpüree und Brokkoliröschen. Zum Nachtisch vielleicht eine Vanillecreme …

Beim Gedanken an sein Lieblingsdessert riss er erschrocken die Augen auf. Es war nicht gut, an diese köstlichen Speisen zu denken, denn sie brachten die Erinnerungen zurück: an die freundliche Stimme, mit der sie ihn so oft zum Essen gerufen hatte. An die Abende, die er neben ihr auf dem weichen Sofa verbracht hatte, während sie mit der rechten Hand die Seiten ihres Buches umblätterte und ihn mit der linken streichelte. An den Duft ihrer weichen, zärtlichen Finger, die stets nach Lavendelseife rochen, oft aber auch ein bisschen nach Hühnchen, gebratenen Zwiebeln und zerlassener Butter. All das hatte sich angefühlt wie … ein Zuhause, auch wenn er es nicht einmal vor sich selbst zugegeben hätte. Dazu war er viel zu stolz auf seine Selbstständigkeit gewesen. Auf die Freiheit, zu kommen und zu gehen, wann immer es ihm gefiel.

Bei ihr hatte er beides haben können. Selbst wenn er drei, vier oder fünf Nächte fortgeblieben wäre, hätte sie ihm mit einem Lächeln die Tür geöffnet und ihm ein köstliches Essen hingestellt, ohne aufgeregt herumzuschreien oder ihm die Ohren vollzujammern. Dennoch war er nur noch selten länger als eine Nacht durchs Dorf und über die umliegenden Felder und Wiesen gestrichen. Denn wer die Freiheit hatte zu gehen, konnte leichten Herzens bleiben. Jetzt gab es keinen Ort mehr, an dem er es ertragen konnte, hinter einer geschlossenen Tür zu verweilen. Dieses Wissen tat ihm merkwürdig weh.

Vor drei oder vier Nächten hatte der Mond wieder wie ein runder Käselaib am Himmel gestanden, genau wie in jener Nacht, als das Furchtbare geschehen war. Aber der Schmerz fühlte sich immer noch genauso an wie in dem Moment, in dem er begriffen hatte, dass ihre Hand ihn nie mehr berühren würde.

Nach dem ersten Schreck hatte er für sich beschlossen, dass es schließlich genau wie früher sein würde, als er im Dorf herumgestreift war, ohne einen Gedanken daran zu verschwenden, ob sie vielleicht doch auf ihn wartete. Es war Sommer. Er konnte die Nächte unter freiem Himmel verbringen und tagsüber an jedem beliebigen Ort in der Sonne schlafen. Wieso war es dann immer noch, als würde ein schwerer Kieselstein in seiner Brust liegen, wenn er an sie dachte?

Als ihn, all die Tage nach ihrem Tod, die Erkenntnis traf, blinzelte er verwirrt in die Sonne. Es ging nicht um gutes Essen und ein warmes Plätzchen im Winter. Sie hatte ihm die Freiheit gegeben, die er brauchte, und sich zugleich um ihn gesorgt. Sie hatte es geliebt, ihn um sich zu haben, und ihm zugleich jederzeit die Tür nach draußen geöffnet. Weil sie verstanden hatte, dass er nur auf diese Weise glücklich sein konnte. Und er hatte sich oft dafür entschieden, lieber die Nacht im Haus zu verbringen, als draußen unterwegs zu sein, weil er spürte, dass sie ein lebendes Wesen um sich brauchte. Sie hatten sich gegenseitig ein Zuhause gegeben. Deshalb hätte er sie beschützen müssen. In jener Vollmondnacht war er jedoch zu spät gekommen, und nun gab es keinen Ort mehr, an dem das Gefühl auf ihn wartete, das er plötzlich vermisste, obwohl er früher nie darüber nachgedacht hatte.

Er wandte den Kopf und schaute durch das geschlossene Fenster in das Zimmer, das von außen seltsam kalt und ungemütlich wirkte, dabei war alles noch fast genauso wie vor vier Wochen. Das Sofa vor dem Kamin, das geblümte Kissen, auf dem er immer gelegen hatte, der polierte Tisch aus dunklem Nussbaum, die beiden schweren Schränke an der Wand, der kleine Schreibtisch, der Fernseher und das große Bücherregal. Nur die Blumen auf dem Tisch, die sie immer ersetzt hatte, sobald sie verblüht waren, und ihre Teetasse auf dem kleinen ovalen Tablett fehlten.

Als er ein leises Rascheln hörte, zuckte ein feuriger Pfeil durch seinen Körper. Der Stein in seiner Brust verschwand, und seine Glieder wurden leicht. Langsam richtete er sich auf, streckte die Krallen vor und starrte nach unten. Die kleine graue Maus, die zwischen den Gänseblümchen durchs hohe Gras huschte, lief in ein Loch neben den Wurzeln des Ginsters. Noch vor wenigen Wochen hätte er sich sofort neben dieses Loch gesetzt und gewartet. Eine Stunde oder auch zwei. Nicht aus Hunger, sondern weil er die Jagd liebte. Weil es um seine Ehre ging – und darum, ihr Grundstück in Ordnung zu halten. Doch das war vorbei.

Er sprang vom Fenstersims und würdigte die Stelle, an der die Maus verschwunden war, keines Blickes. Stattdessen machte er sich auf seine Runde durchs Dorf, obwohl er ganz genau wusste, dass er in keinem der Häuser einen Ersatz für das finden würde, was er verloren hatte. Er kannte jeden Menschen in dem kleinen Ort, und niemand hier konnte ihm das geben, was sie ihm geschenkt hatte: das Gefühl von Freiheit und zugleich eine Heimat.

Aber einige von ihnen waren zumindest in der Lage, ein anständiges Essen zu kochen. Und sie teilten es mit ihm. Nicht alle und nicht immer. Manche nur, weil die Familie gerade nicht da war oder ein Freund sie enttäuscht hatte. Manche, weil sie sich so einsam fühlten, dass jede Gesellschaft besser war als gar keine. Manche, weil sie ein gutes Herz hatten und befürchteten, ein streunender Kater könnte womöglich verhungern. Was natürlich lachhaft war, denn er konnte so viele Mäuse und Vögel fangen, wie er nur wollte – wenn er es wollte.

Die Einsamen waren die, die ihm einen Namen gaben, und das bedeutete, dass sie ihm die Freiheit nehmen wollten. Deshalb hörte er auf Oskar genauso wenig wie auf Blacky oder Anton. Und nach dem Essen ging er sofort wieder. Auch wenn er dazu eine verschlossene Tür zerkratzen musste, weil man sie ihm nicht sofort öffnete.

Bevor er das Grundstück verließ, auf dem er sich einmal zu Hause gefühlt hatte, wandte er noch einmal den Kopf und betrachtete das kleine reetgedeckte Haus, in dem sonst um diese Zeit die Töpfe und das Geschirr geklappert hatten. Ob es für immer still bleiben würde?

Für einen Moment hatte er das seltsame Gefühl, er müsste nur lange genug warten, und dann würde alles wieder gut werden. Doch sofort schalt er sich wegen der Dummheit, denn eine Maus, die er einmal getötet hatte, wurde niemals wieder lebendig. Und so war es auch mit den Menschen. Sie kehrten nicht von den Toten zurück.

Während er die Dorfstraße entlangschnürte, warf er keinen Blick zurück. Dennoch hatte er das Gefühl, dass die Fenster des kleinen Hauses ihm wie leere Augen nachschauten. Und in einer kleinen Ecke seines Herzens spürte er die leise Hoffnung, eines Abends wieder Licht hinter diesen Fenstern zu sehen.

1. kapitel

Rebekka summte leise vor sich hin, während sie die letzten Punkte von der To-do-Liste erledigte, die sie vor jeder Reise systematisch durchging. Seit sie als feste Freie bei *Countryside* arbeitete, war sie mehrmals im Jahr für einige Wochen von zu Hause fort. Von ihrer ersten Recherchereise war sie nach zwölf Stunden Abwesenheit noch einmal in ihre Wohnung in Osnabrück zurückgekehrt, um zu überprüfen, ob sie tatsächlich den Herd ausgeschaltet hatte. Seitdem existierte die Liste auf ihrem Smartphone, die inzwischen mehr als hundert Punkte umfasste. Denn es ging nicht nur darum, ihr Zuhause in Sicherheit zu wissen. Es gab auch eine Menge Dinge, auf die sie unterwegs keinesfalls verzichten wollte.

»Wo ist denn …?«, murmelte sie vor sich hin und eilte von der Küche ins Wohnzimmer und von dort weiter in ihr kleines Arbeitszimmer. Schließlich fand sie ihre Lieblingspfanne auf dem Tischchen in der Diele, wo sie sie schon am Vorabend bereitgestellt hatte.

Gerade war sie dabei, die rote Mohairdecke zusammenzurollen, in die sie sich an kühlen Abenden auf der Couch einkuschelte, als irgendwo in der Wohnung ihr Handy seinen Lockruf erklingen ließ. Sie fand es in der Küche neben dem Herd.

»Hallo, Häuptling!«, begrüßte Rebekka nach einem kurzen Blick aufs Display ihren besten Freund York. Seinen Spitznamen trug er seit der gemeinsamen Schulzeit, als er der Anführer einer zwar berüchtigten, aber harmlosen Jungsclique gewesen war. Inzwischen nannte ihn außer Rebekka niemand mehr so.

»Rebekka?«, kam eine piepsige Frauenstimme vom anderen Ende der Leitung.

»Wer ist denn da?« Irritiert runzelte Rebekka die Stirn.

»Mari«, wisperte es leise aus dem Telefon.

»Marie? Welche Marie? Das ist doch Yorks Nummer.« Sie versuchte mit einer Hand weiter die Decke zusammenzulegen, produzierte jedoch nur ein unordentliches Knäuel.

»Mari – nur mit i hinten. Von Marietta«, korrigierte die Frauenstimme sie ein wenig lauter. »Wir haben uns neulich kennengelernt. Bei dem Weinfest in der Innenstadt. Ich bin Yorks neue Freundin. Seit fast zwei Wochen.«

»Ach so! Entschuldige. Manchmal ist es schwierig, mit Yorks Tempo mitzuhalten.« Als der Satz heraus war, biss Rebekka sich sofort auf die Unterlippe. Möglicherweise wusste die mädchenhafte Marietta mit den großen blauen Augen nicht, dass sie in diesem Jahr schon Yorks dritte feste Freundin war, obwohl gerade erst der August angefangen hatte. Länger als vier bis sechs Wochen hielt er es mit keiner aus, und nach der von Seiten der Frauen meistens tränenreichen Trennung dauerte es stets kaum einen Monat, bis er eine Neue hatte.

Marietta stieß ein zartes Lachen hervor. »Ja, York ist ein dynamischer Typ. Das finde ich besonders toll an ihm.« Offenbar hatte sie Rebekkas Bemerkung nicht verstanden, was vielleicht besser war. »Er hat sein Handy zu Hause vergessen, und da dachte ich mir, ich nutze die Chance und frage dich, was er für besondere Vorlieben hat.«

Für einen Moment blieb Rebekka die Luft weg. Dann musste sie grinsen. Je mehr York die Frauen in seinem Leben auf Abstand hielt, umso eifriger versuchten sie, ihn einzufangen. Warum nicht mit Sex? So schrecklich erfinderisch war dieser Gedanke nun auch wieder nicht.

»York und ich … Wir waren nie zusammen«, erklärte sie

ruhig. »Ich habe keine Ahnung, was er im Bett gut findet, und selbst wenn, würde ich nicht …«

»Nein, nein, das habe ich nicht gemeint. O Gott, wirklich nicht.« Jetzt schien Marietta diejenige zu sein, die keine Luft bekam. »Ich möchte ihm etwas kochen. Damit er sieht, dass es viele Vorteile hat, mit einer Frau zusammen zu sein. Leider kann ich nicht besonders gut kochen. Und ich habe keine Ahnung, was er gern isst.«

Rebekka unterdrückte einen Seufzer. Schon wieder hatte York ganz unabsichtlich mit seiner unverbindlichen Art eine verzweifelte Frau dazu gebracht, sich ordentlich ins Zeug zu legen, um ihn von sich zu überzeugen. »Mit Essen wirst du ihn nicht zu einem Schwiegermuttertraum machen«, erklärte sie streng.

»Aber man sagt, Liebe geht durch den Magen.« Im Gegensatz zu Rebekka gab Marietta sich keine Mühe, einen tiefen Seufzer zurückzuhalten. »Wenn es ein einfaches Rezept wäre, das trotzdem richtig lecker ist …«

»York mag im Grunde alles Herzhafte. Gut gewürzt sollte es sein und mit einer großen Portion Fleisch.«

»Steak?«, piepste es hoffnungsvoll durch die Leitung.

»Das kommt sicher gut an«, stimmte Rebekka heiter zu und kam sich ein bisschen gemein vor. Wenn Steaks nicht auf den Punkt gebraten waren, verwandelten sie sich gern in ungenießbare Schuhsohlen. Obwohl sie sich einbildete, eine Menge vom Kochen zu verstehen, war ihr das in einem unkonzentrierten Moment schon mehr als einmal passiert.

»Steak ist einfach«, stellte Marietta entschlossen fest.

»Wenn man es kann«, pflichtete Rebekka ihr in unverbindlichem Ton bei.

»Warst du wirklich nie mit York zusammen?« Die Frage kam zögernd und ein bisschen ungläubig.

»Du liebe Güte! Nein!« Obwohl Marietta sie nicht sehen

konnte, schüttelte Rebekka heftig den Kopf. »Wir waren immer nur Freunde, was anderes kam für uns nie infrage. Wegen ein bisschen Sex würde ich unsere Freundschaft niemals aufs Spiel setzen. Während York drei Jahre in London war, hatten wir nicht mal Kontakt. Als er zurückkam, sind wir uns zufällig in der Fußgängerzone über den Weg gelaufen. Jetzt treffen wir uns regelmäßig zum Essen oder auf ein Glas Wein und finden es schön, dass wir gemeinsame Erinnerungen an unsere schrecklichen Lehrer und unsere wilde Studienzeit haben.«

»Gut.« Das klang erleichtert, und Rebekka musste schmunzeln.

Selbst wenn sie *auf diese Weise* für York empfunden hätte, was sie definitiv nicht tat – niemals wäre es ihr eingefallen, sich in die endlose Schlange seiner Kurzaffären einzureihen. Denn sie würde noch da sein, wenn Marietta längst Geschichte war wie all die anderen sexy Frauen mit langen Haaren und ebensolchen Beinen, die sich York eine nach der anderen an den Hals warfen. Im Gegensatz zu diesen Frauen konnte sie mit ihm lachen und lästern und sich auf ihn verlassen, wenn sie Hilfe brauchte. Was ein gutes Gefühl war. Viel besser als der Tanz auf dem Vulkan, den die meisten Beziehungen darstellten, in denen von großen Gefühlen und Auf-immer-und-Ewig gesprochen wurde.

Bei diesem Gedanken schnürte es Rebekka kurzzeitig die Kehle zu, doch sie rief sich sofort zur Ordnung und konzentrierte sich wieder auf Marietta.

»Versuch es mit einem guten Essen, aber versprich dir nicht zu viel davon.« Bevor sie sich von der wahrscheinlich trotzdem immer noch hoffnungsvollen jungen Frau verabschiedete, wünschte sie ihr viel Erfolg mit dem Steak. Dann widmete sie sich wieder ihrer To-do-Liste. Da sie so viele andere Dinge mitnehmen musste, ließ sie bis auf die Gewürze alles Essbare weg.

Wenn sie bald losfuhr, hatte sie nach ihrer Ankunft noch genügend Zeit, ein paar Lebensmittel zu besorgen, bevor die Geschäfte schlossen.

Das kleine Ferienhaus, das sie für die nächsten vier Wochen gemietet hatte, wirkte auf den Fotos im Internet urgemütlich, sie hatte aber festgestellt, dass der nächste größere Supermarkt mehr als fünfzehn Autominuten entfernt lag. Da ihr Mini-Cooper bis unters Dach vollgestopft war, konnte sie auf der Hinfahrt nicht einfach irgendwo anhalten, um etwas Brot, Aufschnitt, Obst und Gemüse zu kaufen. Sie hasste es, ohne Vorräte zu sein, aus denen sie sich jederzeit nach Lust und Laune kleine Mahlzeiten zubereiten konnte. Ganz zu schweigen von den neuen Rezepten, die sie gern sofort ausprobierte, nachdem sie ihr jemand verraten hatte. Das erforderte eine gewisse Planung bei der Vorratshaltung – und Geschäfte in der Nähe. Aber eine gute halbe Stunde Fahrzeit hin und zurück ließ sich bewältigen, wenn sie einfach nicht daran dachte, dass sie zu Hause in Osnabrück zum nächsten Supermarkt zwei Minuten brauchte.

Nachdem sie die Haustür hinter sich zugezogen und den Schlüssel zwei Mal umgedreht hatte, schlenderte sie mit der Bratpfanne in der Hand zu ihrem Mini-Cooper und schob ihre unverzichtbare teflonbeschichtete Reisebegleiterin unter den Beifahrersitz, was ihr nur gelang, indem sie den Stiel zwischen die kleine Reisetasche und den metallicglänzenden Kosmetikkoffer klemmte. Wenn sie jemals auf dem Weg zu einer ihrer Recherchereisen von der Polizei angehalten wurde, würde sie wahrscheinlich eine strenge Verwarnung wegen schlecht verstauten Transportguts erhalten. Aber bisher war immer alles gut gegangen, und sie beschloss, weiterhin optimistisch zu sein. Fröhlich stieg sie ein.

Bevor sie den Motor startete, zog sie ihr Smartphone hervor, um York eine Nachricht zu schicken. Wie immer, wenn sie für längere Zeit verreisen musste, würde er gelegentlich in ihrer Wohnung nach dem Rechten sehen.

Auto ist gepackt, und ich starte jetzt ins Alte Land. Wenn das Land so alt ist, werde ich mich hoffentlich jünger fühlen. Heute um 6 Uhr aufgestanden. Komme mir wie 100 vor. Dir guten Appetit und kräftige Zähne!

Natürlich würde York sich über ihre abschließende Bemerkung wundern. Und er würde ihr bei nächster Gelegenheit beteuern, dass sie mit ihren achtunddreißig Jahren selbstverständlich noch jung sei. Schließlich war er selbst ein gutes Jahr älter und ging mit Riesenschritten auf die vierzig zu. Sie wusste, dass es ihn vor diesem runden Geburtstag ein bisschen graute, deshalb zog sie ihn gern damit auf. Was ihr half, ihren eigenen schon bald bevorstehenden Übergang ins fünfte Lebensjahrzehnt zu verdrängen.

Sie legte ihr Handy auf die Mohairdecke, die sich den Beifahrersitz mit ihrer kleinen DeLonghi teilte. Ihren Kaffeeautomaten wickelte sie für den Transport immer in genoppte Plastikfolie und schnallte ihn so sorgfältig wie einen geliebten Menschen fest. Ein einziges Mal hatte sie die DeLonghi zu Hause gelassen, weil sich laut Internet ganz in der Nähe ihrer Unterkunft ein Café befand. Das Zeug, das man ihr dort als Cappuccino verkauft hatte, war nahezu ungenießbar gewesen, mit dem Ergebnis, dass sie fast jeden Tag bis mittags schlecht gelaunt gewesen war.

Kaum hatte sie den Motor gestartet und den Wagen in der Auffahrt gewendet, zeigte ein leises Surren ihr an, dass York geantwortet hatte. Bevor sie auf die Straße fuhr, hielt sie an und las seine Nachricht.

Appetit worauf??? Hast Du in Deinem Kühlschrank was von dem geilen Schinken von neulich zurückgelassen? Der zerging doch aber auf der Zunge!

In der vergangenen Woche hatte Rebekka ihren alten Freund als verfrühtes Abschiedsessen zu einem sommerlichen Menü eingeladen, über das sie wenige Tage zuvor in ihrem Blog geschrieben hatte. Über die Vorspeise – zarte Schweinefiletscheibchen, die sie zusammen mit gehackten Aprikosen in Serranoschinken gewickelt und mit Cognacsahne serviert hatte – war York schier außer sich geraten.

Verfressener Kerl! Serranoschinken gibt es vorerst wahrscheinlich in ganz Osnabrück nicht mehr zu kaufen. Du hast am Donnerstag alle Vorräte vernichtet. Vielleicht nächstes Jahr wieder, wenn die in Spanien neue Schweine gezüchtet haben.

Grinsend legte sie ihr Smartphone weg, startete den Motor wieder und machte sich auf den Weg ins Alte Land.

Casjen stieß sich mit einem Fuß vom Boden ab und ließ die Hängematte unter dem alten Pflaumenbaum heftig hin- und herschaukeln. Nach vielen verregneten Wochen war dies der erste warme Tag. Er hatte lange darauf gewartet, die Sonnenstrahlen wieder wie fiebrige Finger auf der Haut zu spüren. Endlich war es so weit. Seine Mutter hatte ihm erlaubt, sein blau kariertes Lieblingshemd mit den kurzen Ärmeln anzuziehen. Allerdings wusste sie nichts davon, dass er die Hängematte aus dem Keller geholt und zwischen den beiden knorrigen Zweigen aufgehängt hatte, an denen sie schon während seiner Kindheit befestigt gewesen war.

»Das alte Ding wird eines Tages zerreißen, und dann knallst du mit Schwung auf den Boden!«, sagte sie immer. Aber dann erlaubte sie ihm doch jedes Mal, noch einen Sommer auf den Maschen aus grobem Sisal zu liegen und hinauf in die Blätter zu sehen. Oder hinüber zu Lydias Haus, das seit ein paar Wochen so traurige Fenster hatte, dass er manchmal dachte, sie würden gleich anfangen zu weinen.

Er *hatte* geweint, als die schwarz gekleideten Männer Lydia in einer Holzkiste aus dem Haus gebracht und in das große Auto geschoben hatten. Noch bevor seine Mutter es ihm gesagt hatte, hatte er gewusst, dass seine freundliche Nachbarin nie wiederkommen würde. Er hatte ihre Teeküchlein mit Zuckerguss gemocht und ihre schmalen, runzligen Hände, mit denen sie ihm manchmal die Haare aus der Stirn gestrichen hatte.

»Bewahre dir einen klaren Blick, Casjen«, hatte sie dann zu ihm gesagt und ihn dabei so lieb angelächelt, dass es ganz warm in seinem Bauch wurde. »Sieh die Welt, wie sie ist, tritt für das ein, was wahr und richtig ist, und lass dir nie einreden, du wüsstest nicht, worum es geht. Das weißt du besser als so mancher von den neunmalklugen Männern mit Anzug und Krawatte.«

Er verstand nicht genau, was sie damit meinte, aber es gefiel ihm, dass sie mit ihm redete wie mit einem Erwachsenen.

Er *war* erwachsen. Vier Mal alle seine Finger und dazu noch einmal die Finger von einer Hand. Das war eine lange Zeit, auch wenn die Vergangenheit in seinem Kopf als Durcheinander aus bunten Bildern und verschwommenen Gesichtern herumtanzte. Und er verstand tatsächlich viel mehr, als fast alle um ihn herum glaubten. Meistens wusste er auch ganz genau, was richtig und was falsch, was böse und was gut war.

Zwar verwirrten sich die Gedanken in seinem Kopf oft wie die Fäden, die aus den Wollresten im Strickkorb seiner Mutter heraushingen. Aber wenn er sich anstrengte, konnte er sie genauso sortieren, wie er es mit der bunten Wolle machte, und dann an dem roten, dem blauen oder dem grünen Gedankenfaden entlangspazieren. Für einen Moment war dann alles ganz klar – bis ein Windstoß in seinen Kopf blies und die Fäden wieder durcheinanderbrachte.

Nie reichte die Zeit der klaren Gedanken, um die Wörter so aufzufädeln, dass sie für andere Menschen einen Sinn ergaben. Sie purzelten aus seinem Mund wie bunte Bauklötze aus einem Sack. Deshalb hörte ihm niemand mehr zu. Nicht mal seine Mutter.

Er nahm das leise Geräusch wahr, mit dem weiche Pfoten im Gras landeten, und schaute wieder hinüber zu Lydias verlassenem Haus. Der schwarze Kater war vom Fenstersims gesprungen, von wo er in das leere Wohnzimmer gestarrt hatte. Das tat er seit dem Tag, an dem sie Lydia weggebracht hatten, ziemlich oft. Casjen wusste genau, dass er das, was er dort zu sehen hoffte, nie mehr sehen würde. Und ihm war klar, dass der Kater ebenso klug war. Dennoch tauchte er immer wieder auf, als müsste er sich davon überzeugen, dass Lydias Verschwinden kein böser Traum gewesen war. Nun ging er quer über das ungemähte Gras zur Straße, ohne sich noch einmal umzuschauen. Aber er würde wiederkommen.

Casjen wandte den Blick erst ab, als der Kater auf Höhe des *Goldenen Schwans* von der Hauptstraße abbog. Zwar waren seine Gedanken oft träge und seine Zunge langsam und ungelenk, aber er konnte jeden noch so schwachen Laut besser hören als alle anderen Menschen um ihn herum. Und seine Augen waren so scharf, dass er von seiner Hängematte aus genau erkennen konnte, dass der Kater das obere Ende seines steil aufgestellten Schwanzes nach links abgeknickt hatte, als wollte er im Straßenverkehr die Richtung anzeigen, in die er sich gleich wenden würde. Dann war der Kater aus seinem Blickfeld verschwunden.

Als er das sanfte Schnurren eines schweren Wagens hörte, der beim Näherkommen langsamer wurde, wandte Casjen erstaunt den Kopf. Seine Mutter und er bekamen selten Besuch, und wenn jemand zu ihnen kam, dann niemals mit dem Auto. Lydia hatte Leute gekannt, die ein Auto besaßen, aber wo auch immer sie jetzt war, ihre Gäste konnten sie nicht mehr in ihrem Haus besuchen.

Casjen erkannte das schimmernde schwarze Auto mit den komischen grauen Scheiben, durch die man nicht ins Innere blicken konnte, sofort. Er fragte sich jedes Mal, wie der Fahrer den Wagen steuerte, wenn er gar nichts sah. Irgendwie schaffte er es sogar die schmale Einfahrt zum Nachbarhaus entlang, ohne die Blumen auf den Beeten neben dem Weg plattzufahren. Aber eigentlich wäre es nicht so schlimm gewesen, wenn die Blumen etwas abbekommen hätten, denn Lydia würde es nicht mehr sehen.

Vielleicht guckte sie aber doch von irgendwo da oben zu. Casjen legte den Kopf in den Nacken und musterte die kleinen weißen Wölkchen am Himmel. Dann wurde ihm die Vorstellung unheimlich, dass sie ihn vielleicht sehen konnte, er sie aber nicht, und er schaute schnell wieder zu dem Auto hinüber. Gerade stieg der Mann aus, der früher manchmal zu Lydia gekommen war und der eine Menge von ihren Sachen in Pappkartons aus dem Haus geholt hatte, nachdem die Männer sie in dem Holzkasten weggebracht hatten.

Bei diesem Mann konnte man nicht erkennen, ob er traurig oder fröhlich war. Vielleicht war er einfach gar nichts. Alles an ihm war grau. Seine Haare, seine Anzüge, sogar die Haut seiner Hände und seines Gesichts. Lydia hatte Casjen einmal erzählt, dass dieser Mann ihr Bruder war. Zwar hatte Casjen keinen Bruder und wusste deshalb nicht genau, was er sich darunter vorstellen sollte, aber es war wohl jemand, den man gut kannte. Wieso Lydia mit ihren blitzenden Augen, den leuchtend weißen Haaren und den bunten Blusen einen grauen Mann zum Bruder hatte, verstand Casjen nicht. Es gab viele Dinge, die er nicht begriff und über die er lange nachdachte, wenn er in der Hängematte oder nachts in seinem Bett lag. Er dachte gern nach, obwohl es schwierig war, eine Antwort auf eine der vielen Fragen zu finden, die in seinem Kopf wie in einem Karussell ihre Runden drehten.

Der graue Mann klimperte mit einem Schlüsselbund, während er auf die Tür von Lydias Haus zuging. Bevor er aufschloss, blieb er stehen und blickte sich um. Ganz sicher sah er auch Casjen unter dem alten Pflaumenbaum, aber er verzog keine Miene und winkte auch nicht herüber, wie Lydia es getan hätte.

Als ein kleines silbernes Auto mit Schwung in die Einfahrt des Nachbarhauses einbog und neben dem großen schwarzen Wagen hielt, setzte Casjen sich vor lauter Überraschung kerzengerade auf. Die Hängematte geriet in Bewegung, schaukelte heftig hin und her, und er fiel ins Gras. Das kümmerte ihn in diesem Moment aber wenig. Ihn interessierte nur, was nebenan passierte. Zwei Besucher gleichzeitig, obwohl Lydia gar nicht mehr da war!

Er stemmte sich mit beiden Ellenbogen hoch und sah zu, wie eine Frau aus dem kleinen Auto stieg. Sie trug zu ihren Jeans eine rote Bluse, und ihre hellen Augen blitzten in der Sonne wie Silber. Mit einer schwungvollen Armbewegung winkte sie dem grauen Mann zu und eilte zur Haustür, wo er auf sie wartete.

Dort schüttelte sie ihm die Hand, sagte »Guten Tag, Herr Damann« zu ihm und warf den Kopf in den Nacken, dass ihre dunklen Locken nur so tanzten.

Lydias Bruder schob seinen Schlüssel ins Schloss und öffnete die Tür. Bevor die Frau mit ihm im Haus verschwand, sah sie sich im Garten um. Dabei glitt ihr Blick auch zu dem Pflaumenbaum herüber, unter dem Casjen immer noch im Gras lag. Als sie ihn entdeckte, verzog sie den Mund zu einem Lächeln.

»Was für ein schöner Tag, nicht wahr?«, rief sie ihm zu. »Genau richtig, um ihn im Garten zu genießen.«

Casjen hütete sich, den Versuch zu machen, ihr zu antworten. Zwar hatte er die Worte, die er auf ihren freundlichen Gruß erwidern wollte, so ungefähr im Kopf, aber sie würden als großes Durcheinander über seine Lippen purzeln. Dann wusste die schöne Frau da drüben sofort, dass er nicht war wie die anderen Männer, die sie kannte. Natürlich würde sie es sehr bald erfahren, aber bis dahin glaubte sie vielleicht, dass er war wie Tim Burger, der mit seiner Frau auf der anderen Seite von Lydias Haus wohnte und jeden Morgen einen schönen Anzug anzog, um mit seinem dunkelblauen Kombi zur Arbeit zu fahren.

Also nickte Casjen der fremden Frau nur eifrig zu, während er immer noch bäuchlings im Gras lag. Sie nickte zurück und verschwand dann hinter dem grauen Mann in Lydias Haus.

Noch lange starrte Casjen die geschlossene Haustür an. In seinem Bauch kribbelte es, wenn er an das Lächeln der Fremden dachte. Als hätte er gerade Brause getrunken. Die Art, wie sie ihren Mund ein bisschen öffnete und dabei die Lider zusammenkniff, erinnerte ihn an Lydia. Aber wenn er Lydia angesehen hatte, war kein Blubbern in seinem Bauch gewesen. Was vielleicht daran lag, dass die Frau mit den silbernen Augen viel jünger und hübscher war als seine frühere Nachbarin.

Nach ein paar Minuten rappelte Casjen sich vom Boden hoch und begann, die Gladiolen seitlich am Haus zu pflücken. Er wollte der fremden Frau Blumen schenken. Vielleicht lächelte sie ihn dann noch einmal an.

2. kapitel

»Sie sind also hergekommen, um ein Kochbuch zu schreiben?« Friedrich Damann musterte Rebekka misstrauisch, als würde sie versuchen, sich unter falschen Voraussetzungen in sein Ferienhaus einzuschleichen. Er war einer jener dynamisch wirkenden Männer Anfang sechzig, die noch lange nicht an so etwas wie Ruhestand zu denken schienen. Sein grauer Sommeranzug wirkte teuer. Vielleicht war er sogar maßgeschneidert. Rebekka gehörte nicht zu den Frauen, die solche Dinge auf den ersten Blick erkannten.

Der schwarze Wagen, mit dem er gekommen war, gehörte jedenfalls eindeutig zur Oberklasse, dessen war sie sich sicher, obwohl sie nicht auf die Marke geachtet hatte. Es verwunderte sie etwas, dass ein so offensichtlich wohlhabender Mann sich höchstpersönlich um die Vermietung eines Ferienhäuschens kümmerte. Vielleicht gehörte er zu jenen Menschen, die selbst die kleinste Kleinigkeit in ihrem Berufs- und Privatleben unter Kontrolle haben mussten.

Als Antwort auf seine Frage nickte sie heftig. Es schien ihr plötzlich ungeheuer wichtig, ihn von sich als vorübergehender Mieterin zu überzeugen. Sie hatte nichts Schriftliches in der Hand. Das Häuschen hatte sie im Internet gebucht und sich anschließend per Mail mit Friedrich Damann zur Schlüsselübergabe am heutigen Tag verabredet. Zwar hatte sie die Unterlagen ausgedruckt, nur leider waren sie irgendwo in ihrem bis unters Dach vollgestopften Auto verschollen, nachdem sie sie von ihrer To-do-Liste abgehakt hatte. Es bestand kaum eine Chance, sie innerhalb einer angemessenen Zeit zu finden. Friedrich Damanns kritischer Blick weckte die Angst in ihr, er könnte ihr den Einzug in sein Haus verweigern. Sie hatte aber nicht die geringste Lust, sich nach einer anderen Bleibe für die nächsten Wochen umzusehen. Zumal sie unbedingt eine eigene Küche brauchte. Und in einer Pension konnte sie die Rezepte, die sie in dieser Gegend sammeln wollte, nicht ausprobieren.

Ein einziges Mal hatte sie eine Pensionswirtin gebeten, ihre in den Abendstunden verwaiste Küche benutzen zu dürfen. Die dralle Frau war ihr nicht von der Seite gewichen, hatte überall im Weg gestanden und sie so misstrauisch beobachtet, als fürchtete sie, Rebekka könnte sich den uralten Elektroherd unter den Arm klemmen und damit das Weite suchen. Als sie eines Abends noch einmal zurück in die Küche gekommen war, um sich einen Tee zu machen, hatte Rebekka die Wirtin tatsächlich beim Zählen der Messer ertappt. Dabei waren die Dinger alle so stumpf gewesen, dass man kaum ein Stück Butter damit schneiden konnte. Eine Pension kam daher nur noch in absoluten Notfällen infrage.

Obwohl sie vom Inneren des Häuschens in Bradehusen nur ein paar wenig aussagekräftige Bilder aus dem Internet kannte, spürte sie, dass sie unbedingt hierbleiben wollte. Sie mochte die blanken Messinghaken der Garderobe neben der Haustür, den bunten Flickenteppich auf dem Dielenboden und das antike Holzschränkchen, auf dem eine emaillierte Schüssel mit einigen Schlüsseln darin stand. Mit großer Wahrscheinlichkeit würden ihr dann auch die Küche und die übrigen Räume gefallen. Dies war nicht das erste Ferienhaus, das sie während einer Recherchereise bewohnte, und es war immer so gewesen, dass sie im ersten Moment gewusst hatte, ob sie sich während der kommenden Wochen dort wohlfühlen würde oder nicht.

»Ich arbeite für die *Countryside*«, sprudelte sie heraus und fragte sich im selben Moment, ob sie einen erfolgreichen Geschäftsmann durch ihre Arbeit für eine Lifestyle-Zeitschrift, in der das Leben auf dem Land romantisch verklärt wurde, von ihrer Seriosität überzeugen konnte.

»Nie gehört«, erklärte er knapp.

»Vor allem betreue ich den Internet-Blog mit traditionellen Rezepten, die an die Erfordernisse der modernen Ernährung angepasst werden«, fuhr sie entschlossen fort. »In meinem Blog erzähle ich auch Anekdoten über den Landstrich, in dem ich mich gerade aufhalte. Und über seine Bewohner. Das kommt sehr gut an.« Sie stockte, als sie sah, dass Damann seine Stirn in noch tiefere Falten legte.

»Ich hoffe, ich erscheine nicht in irgend so einem *Block.*« Er sprach das Wort mit einem knackenden K und einiger Missbilligung aus.

»Natürlich nicht«, beteuerte sie hastig. »Sie sind … Was sollte ich für Anekdoten über Sie erzählen? Äh … hier im Alten Land hoffe ich vor allem, viel über Äpfel zu erfahren. Die regionale Küche verwendet Äpfel in herzhaften und in süßen Speisen, aber mich interessieren auch Gerichte mit anderen Zutaten. Aus den Ergebnissen meiner Recherche soll dann neben ein oder zwei Artikeln auch ein Kochbuch entstehen, das der Verlag veröffentlichen wird, bei dem auch *Countryside* erscheint.«

»Aha«, machte Damann und verzog zu ihrer Erleichterung den Mund zu etwas, das entfernt an ein Lächeln erinnerte. »Country. Hm.«

Vielleicht war es gar nicht so schlecht, dass er noch nie etwas von der Zeitschrift gehört hatte. Ihre Mutter, die zu Damanns Generation gehörte, verriet ihren Bekannten nur, wenn sie nicht anders konnte, für welches Blatt ihre Tochter schrieb. Dabei fand Rebekka, dass es keinen Grund gab, sich zu schämen, wenn man für ein Hochglanzmagazin mit einer Auflage von hunderttausend Exemplaren schrieb. Dennoch kam sie in Situationen wie dieser leider doch manchmal ins Grübeln.

»Im Internet habe ich gelesen, dass es hier eine vollständig ausgestattete Küche gibt«, wechselte sie das Thema.

»Meine Schwester Lydia hat sehr gern gekocht«, erklärte Damann nach kurzem Schweigen. Der Blick seiner ein wenig wässrigen Augen, deren Blau früher sicher einmal faszinierend gewesen war, glitt über sie hinweg, als würde hinter ihr jemand stehen.

Instinktiv fuhr sie herum, doch seitlich von ihr war nur eine offene Zimmertür, durch die schwaches Licht in die dämmerige Diele fiel.

»Das hier war Lydias Haus. Sie ist vor gut vier Wochen gestorben«, erklärte Friedrich Damann, ohne sich um Rebekkas nervöse Blicke zu kümmern. »Ich habe das Häuschen geerbt. Irgendwie fand ich es … äh, pietätlos, es zu verkaufen. Lydia hat sehr daran gehangen, und ich glaube, es hätte ihr gefallen, wenn hier Feriengäste wohnen.«

»Es ist ein sehr hübsches Haus. Mit dem Strohdach und den Butzenscheiben und all den liebevollen Details. Ich bin froh, dass ich hier wohnen darf. Obwohl es mir natürlich leidtut. Ich meine das mit Ihrer Schwester.« Rebekka war noch nie besonders gut in solchen Dingen wie Beileidsbekundungen gewesen. Zwar hielt sie sich für einen sensiblen Menschen, aber die Regeln, nach denen man wildfremden Menschen versicherte, dass man mit ihnen fühlte, waren ihr immer fremd geblieben.

Damann nickte mit unbewegter Miene. »Lydia war knapp zehn Jahre älter als ich. In diesem Alter muss man wohl jeden Moment mit dem Ende rechnen. Obwohl es bei Lydia doch überraschend kam. Wir sind eine sehr widerstandsfähige Familie, da ist siebzig eigentlich kein Alter. Ich sitze noch heute jeden Tag acht bis zehn Stunden im Büro und kümmere mich auch sonst selbst um alles, was mit der Immobilienverwaltung zu tun hat. Solange es mir gut geht, habe ich auch nicht vor, damit aufzuhören.« Zur Bekräftigung seiner Worte nickte er energisch mit dem grauen Kopf.

Rebekka nickte ebenfalls. »Das ist … eine gute Einstellung, finde ich.« Sie war sich nicht ganz sicher, ob er von ihr Bestätigung erwartete. Wahrscheinlich ging er ohnehin davon aus, dass seine Einstellung die einzig richtige war. Manchmal beneidete Rebekka derart selbstbewusste Menschen, obwohl man nie so recht wusste, was hinter deren Fassade vor sich ging.

Damann deutete auf die offen stehende Tür. »Die Küche ist gleich geradeaus. Ich hoffe, Sie finden in den Schränken alles, was Sie brauchen. Allerdings war meine Schwester wohl eine eher altmodische Köchin. Es gibt nicht viele elektrische Geräte.«

»Das ist kein Problem. Ich versuche, die traditionellen Rezepte auf traditionelle Art zuzubereiten, auch wenn das manchmal etwas mühsamer ist.« Mit ihrer rechten Hand imitierte sie das Schlagen mit einem Schneebesen.

Damann wich angesichts ihrer heftigen Armbewegungen irritiert zurück, wandte sich um und eilte ihr voraus in die Küche.

»Ich wollte nur zeigen, wie man mit einem Schneebesen …«, murmelte Rebekka vor sich hin, während sie ihm folgte. Normalerweise wurde sie mit ihren Mitmenschen leicht warm, aber zwischendurch liefen ihr immer wieder Exemplare über den Weg, mit denen sich die Verständigung schwierig gestaltete. Damann schien zu ihnen zu gehören. Die Tatsache, dass er das Haus seiner Schwester nicht einfach verkaufen wollte, deutete auf einen gefühlvollen Charakter hin. Dennoch wirkte er kühl und ein wenig arrogant auf sie.

Im hellen Licht, das durch das große Fenster fiel, leuchtete sein Gesicht in einer Blässe, die bei ihm sogar irgendwie vornehm wirkte. Er erschien ihr seltsam fehl am Platz in der altmodisch eingerichteten Küche mit dem großen Tisch, dem Elektroherd mit vier Platten, über dem mindestens ein Dutzend Stieltöpfe und Pfannen hingen, und dem riesigen Schrank aus Kiefernholz, hinter dessen teilweise verglasten Türen hohe Tellerstapel, zahllose bunte Keramiktassen und eine Ansammlung verschiedenster Gläser zu erkennen waren.

»Ich bin hier im Dorf aufgewachsen, genau wie Lydia«, erklärte er zu ihrer Überraschung. »Meine Schwester hat sich sehr viel Mühe gegeben, alles so zu gestalten, wie es in unserer Kindheit war. Neben dem Haus hat sie sogar einen großen Kräutergarten angelegt, wie ihn auch unsere Mutter hatte. Sie hielt ihn mit wahrer Leidenschaft in Ordnung, und ich fürchte, er ist jetzt schon, so kurz nach ihrem Tod, in einem Zustand, den sie nie geduldet hätte.«

Ein freudiger Schreck durchzuckte Rebekka. »Wenn ich Zeit finde, könnte ich die Beete ein bisschen in Ordnung bringen. Darf ich dann auch Kräuter ernten? Es geht nichts über frische Petersilie, ganz zu schweigen von Thymian oder Rosmarin.«

»Ernten Sie ruhig alles, was der Garten hergibt. Ich glaube, die Äpfel sind auch bald reif. Wenn es Ihnen Spaß macht, zupfen Sie so viel Unkraut, wie Sie wollen, aber das müssen Sie nicht tun. Ansonsten schicke ich jemanden vorbei, der jede Woche den Rasen mäht.«

Rebekkas Blick wanderte zum Fenster, blieb aber an einer kleinen Pinnwand hängen, die daneben angebracht war. Neugierig trat sie einen Schritt näher und betrachtete die vielen Zettel und Karten, die mit bunten Reißzwecken auf dem hellbraunen Kork befestigt waren.

Mehrere kleine Zettel mit Arztterminen hingen neben einer Ansichtskarte aus Tirol und einer zweiten aus Fuerteventura. *Tomaten düngen!!!* stand in großen, schwungvollen Buchstaben auf einem Blatt, das offenbar aus einem Notizbuch ausgerissen war.

Unten rechts in der Ecke hing ein DIN-A4-Bogen, der schon allein durch seine Größe auffiel. Es war von oben bis unten vollgeschrieben.

Rebekka bückte sich ein wenig, um die Überschrift zu entziffern. *Kabeljau in Sahnesoße mit Äpfeln und Paprika.*

Fast hätte sie vor Entzücken einen Schrei ausgestoßen, beherrschte sich aber im letzten Moment. Friedrich Damann durfte sie nicht für verrückt halten. Sie atmete tief durch, bevor sie sich zu ihm umdrehte. Er stand da und wartete geduldig, bis sie mit der Musterung der Küche fertig war.

»Ihre Schwester … hat sie Rezepte gesammelt?«, erkundigte sie sich vorsichtig.

Damann zuckte mit den Schultern. »Was heißt schon gesammelt? Lydia hat viel und gern gekocht, und wenn sie irgendwo ein interessantes Rezept aufschnappte, hat sie es sicher notiert. Aber sie war nicht direkt jemand, der Dinge katalogisierte und nach dem Alphabet sortierte. Keine Sammlerin im herkömmlichen Sinne.«

»Wenn sie Rezepte aufgeschrieben hat, wo könnten sie dann sein?«, erkundigte Rebekka sich mit klopfendem Herzen. »Meinen Sie, ich könnte sie für mein Kochbuch haben, wenn sie sich im Nachlass Ihrer Schwester befänden?«

Eine Weile überlegte Damann mit gerunzelter Stirn, dann nickte er langsam. »Warum nicht? Lydia war eine freigiebige Person. Ich glaube, es hätte ihr gefallen, wenn ihre Rezepte in einem Buch veröffentlicht werden. Manche hat sie sich selbst ausgedacht, und verändert hat sie eigentlich alles. Sie konnte stundenlang darüber reden, aber ich fürchte, ich war für dieses Thema nicht der richtige Gesprächspartner.«

»Eigene Rezepte?« Rebekka konnte ihr Glück kaum fassen. »Wo sind sie?«

Damann runzelte die Stirn, als würde er angestrengt nachdenken. »Im Wohnzimmer ist der große Schrank rechts von der Tür noch voller Sachen von Lydia. Ich habe ihn abgeschlossen, weil ich bei Gelegenheit noch alles durchgehen muss. Sie können also nur den linken Wohnzimmerschrank benutzen.«

»Das ist kein Problem. Ich brauche nicht so viel Platz.« Ungeduldig tippte Rebekka mit der Fußspitze auf den abgetretenen Fliesenboden. »Meinen Sie, bei diesen Sachen könnten Rezepte sein? Können wir nachsehen?«

Damann schüttelte bedächtig den Kopf. »Die Papiere habe ich aussortiert und alle in einem großen Karton mit nach Hamburg genommen, um sie durchzusehen. Wegen offizieller Dokumente. Lydia war in solchen Dingen … Nun ja, die wichtigsten Papiere habe ich gefunden. Der Rest … das sind lauter private Schriftstücke und Fotos. Alte Briefe. Nichts von Bedeutung. Dazwischen waren wohl auch Rezepte.«

»Meinen Sie, ich könnte diesen Karton einmal durchsehen? Ich würde die privaten Briefe oder andere vertrauliche Schriftstücke selbstverständlich nicht lesen.«

Damann winkte ab. »Das ist kein Problem. Ich fürchte, meine Schwester hatte kein sonderlich aufregendes Leben. Keine Liebschaften, keine Intrigen oder dergleichen. Insofern ist es kein Problem, wenn Sie lesen, was Sie da vorfinden. Meine Schwester war ein sehr offener Mensch. Sie hätte nichts dagegen gehabt.« Damanns Gesichtsausdruck ließ keinen Zweifel daran, dass er in dieser Hinsicht ganz anders war. Aber er schien wild entschlossen, mit dem Nachlass seiner Schwester so zu verfahren, wie sie es für richtig gehalten hätte.

»Das ist wirklich sehr … schön. Und sehr großzügig von Ihnen. Soll ich den Karton in Hamburg abholen?« Vielleicht fand sie in Lydias alten Briefen und Notizen sogar etwas, worüber sie in ihrem Blog berichten konnte. Anekdoten aus dem Dorfleben, Geschichten über Freundschaften und Feindschaften zwischen

Nachbarn. Wieder schlug Rebekkas Herz ein bisschen schneller.

»Ich habe in Kürze wieder hier im Dorf zu tun. Dann bringe ich Ihnen den Karton mit.« Damann nickte freundlich.

»Sie müssen aber auf keinen Fall meinetwegen herfahren. Ich kann jederzeit nach Hamburg kommen und die Sachen abholen«, beteuerte Rebekka. Was konnte der Mann schon in einem Dorf wie Bradehusen zu tun haben? Soweit sie ihn verstanden hatte, war er nur hier, weil er sich um das Haus seiner Schwester kümmerte. Wenn sie sich in dem Häuschen für die nächsten Wochen eingerichtet hatte, legte sie eigentlich keinen großen Wert darauf, dass ihr Vermieter ständig vor der Tür stand.

»Ich komme nicht extra wegen des Kartons. Keine Sorge.«

»Gut.« Rebekka strich mit den Fingerspitzen über das glatte Holz des Tisches und fragte sich, wie lange das Möbelstück aus schwerem dunklen Eichenholz wohl schon in dieser Küche stand. Ihr gefiel der Gedanke, dass hier viele Jahrzehnte lang Kinder Hausaufgaben gemacht, Frauen Kaffeeklatsch gehalten und fröhliche Familien ihre Mahlzeiten eingenommen hatten.

Zu Hause besaß sie eine Einbauküche mit glänzenden Fronten und einer Arbeitsfläche aus kühlem schwarzen Granit. Eigentlich hatte sie sich die teuren Schränke und Elektrogeräte nicht leisten können, sich aber damit getröstet, dass sie aus beruflichen Gründen eine Küche brauchte, in der ihr das Kochen leicht von der Hand ging. Sie liebte es, direkt auf dem harten Stein Schnittlauch zu schneiden, aber in diesem Moment war sie sich seltsamerweise sicher, dass es mindestens ebenso schön sein würde, an diesem alten Holztisch mit den zahlreichen Kerben Gemüse zu putzen und Äpfel zu schälen.

»Dieser Tisch stand in der Küche meiner Eltern, und wir haben schon als Kinder daran gegessen«, erzählte Damann in diesem Moment, und für einen Augenblick wurde sein Gesichtsausdruck weich und sein Blick wehmütig.

»Vielleicht sollte ich Ihnen noch das Wohnzimmer zeigen«, beschloss er nach einer Pause, und sofort war er wieder der kühle Geschäftsmann. »Kennen Sie sich mit offenem Feuer aus? Es gibt einen Kamin, den Sie an kühlen Abenden anheizen können.«

»Sind Sie in diesem Haus aufgewachsen?«, erkundigte Rebekka sich, während sie ihm durch die Diele in das kleine Zimmer rechts von der Treppe zum ersten Stock folgte.

Damann stieß ein kurzes, hartes Lachen hervor. »Nein. Dazu wäre es wohl etwas zu klein gewesen. Der Bauernhof, auf dem wir unsere Kindheit verbracht haben, ist seit vielen Jahren verkauft. Lydia kehrte vor zwanzig Jahren, als sie Witwe wurde, nach Bradehusen zurück und kaufte sich dieses Häuschen.«

»Ich finde es hübsch hier«, stellte Rebekka fest. »Man spürt, dass sie viel Liebe in die Einrichtung gesteckt hat.«

Damann reagierte nicht auf ihre Worte. »Da drüben lag sie fast einen ganzen Tag, bevor eine vorbeikommende Dorfbewohnerin sie fand. Der streunende Kater, den sie durchgefüttert hat, machte einen solchen Lärm vor dem Haus, dass die Frau aufmerksam wurde und nachschaute.« Mit zusammengekniffenen Augen blickte er zum Kamin in der gegenüberliegenden Wand hinüber.

Rebekka erschauderte unwillkürlich, als sie einen dunklen Fleck am unteren Rand des aus hellbraunen Sandsteinen gemauerten Kamins entdeckte. »Ist das da Blut?«

Der Geschäftsmann zuckte mit keiner Wimper. »Wahrscheinlich eher Rotwein. Das Haus ist nach Lydias Tod gründlich gereinigt worden, aber roter Wein ist aus nichts mehr herauszubekommen. Lydias Hausarzt stellte den Totenschein auf Herzversagen aus. In unserem Alter ist das wohl der häufigste Grund für ein plötzliches Dahinscheiden. Falls das Blut ist, hat sie sich beim Fallen den Kopf an der Kamineinfassung gestoßen. Ich glaube aber, der Fleck war schon immer da.«

Rebekka nickte und bemühte sich, die dunkle Stelle nicht mehr zu beachten. Vielleicht war es tatsächlich Rotwein. Sie wandte der offenen Feuerstelle den Rücken zu und betrachtete das altmodische Sofa mit den geblümten Kissen. Davor stand ein niedriger Teetisch aus poliertem Kirschbaumholz. Die beiden Schränke, die die rückwärtige Wand des Zimmers einnahmen, waren aus dem gleichen massiven Holz und wunderbar gepflegt. Dagegen wirkte der kleine Schreibtisch vor dem Fenster so ramponiert, als hätte Lydia schon als Kind daran für die Schule gelernt. Aber er bot genügend Platz für Rebekkas Notebook und die Kladden, in denen sie alles notierte, was ihr durch den Kopf huschte. Durch die Fensterscheibe vor dem Schreibtisch bot sich ein wunderschöner Blick in den Garten.

»Im ersten Stock gibt es zwei kleine Schlafzimmer und das Bad.« Damann deutete vage in Richtung der niedrigen Decke. Offenbar hatte er nicht die Absicht, ihr auch die oberen Räume zu zeigen. »Handtücher und Bettwäsche liegen in dem großen Wäscheschrank im hinteren Zimmer.«

»Danke. Ich komme schon zurecht.« Plötzlich konnte Rebekka es gar nicht mehr erwarten, ihre Sachen aus dem Auto zu holen und das Haus in Besitz zu nehmen. An den Fleck auf der Kamineinfassung würde sie sich schon gewöhnen. Da sie wegen der sommerlichen Temperaturen wahrscheinlich ohnehin kein Feuer anzünden würde, konnte sie einfach den roten Läufer über die Steine ziehen. Wenn eine alte Frau an Herzversagen starb, was das schließlich etwas ganz Natürliches. Außerdem hatte Lydia zu Lebzeiten vielleicht tatsächlich gern Rotwein getrunken.

»Meine Telefonnummer haben Sie?«, erkundigte sich ihr Vermieter und sah dabei auf seine teure Armbanduhr. »Ich habe heute Nachmittag noch einen Termin und sollte mich langsam auf den Weg zurück nach Hamburg machen. Falls es irgendwelche Probleme mit dem Haus gibt, melden Sie sich in meinem Büro.«

In diesem Moment war aus der Diele lautes Gepolter zu hören. Beide wandten die Köpfe und sahen durch die offene Tür in den schwach beleuchteten Eingangsbereich des Häuschens.

»Haben Sie die Haustür nicht abgeschlossen?«, erkundigte sich Damann bei Rebekka.

Während Rebekka den Kopf schüttelte, stellte sie verwundert fest, dass er erschrocken wirkte. Er war in diesem Dorf aufgewachsen, und seine Schwester hatte die letzten zwanzig Jahre ihres Lebens hier verbracht. War es etwa nicht üblich, die Haustüren unverschlossen zu lassen, weil hier seit hundertzehn Jahren oder noch länger nicht eingebrochen worden war? So stellten sich die Leser und viele der Redakteure von *Countryside* das Leben auf dem Land vor, aber Rebekka hatte schon immer den Verdacht gehabt, dass diese Zeiten selbst in abgelegenen Dörfern längst vorüber waren.

Da Friedrich Damann offenbar nicht vorhatte, etwas zu unternehmen, fasste Rebekka sich ein Herz und rief: »Hallo?« Möglicherweise war das da draußen eine freundliche Nachbarin, die ihr zur Begrüßung einen Eintopf oder einen Kuchen vorbeibrachte.

Als Antwort auf ihr Rufen kam aus der Diele ein seltsam gurgelnder Laut. Dann tauchte ein Mann mittleren Alters in der Türöffnung auf. Als er aus dem Dämmerlicht ins Wohnzimmer trat, erinnerte sie sich, dass er bei ihrer Ankunft im Nachbargarten im Gras gesessen hatte.

Jetzt hatte sie Gelegenheit, ihn genauer zu betrachten. Zu einer roten Baumwollhose mit zahlreichen Grasflecken trug er ein kurzärmliges kariertes Hemd, dessen Kragen vom vielen Waschen ganz schlapp und traurig aussah. Dieses Manko wurde durch das knallrote Tuch ausgeglichen, welches er sich lässig um den Hals geknotet hatte. Seine sandfarbenen Haare wirkten windzerzaust, obwohl sich draußen kein Lüftchen regte.

Der ganze Mann wirkte irgendwie irritierend, besonders der Ausdruck seiner dunkelbraunen Augen. Sie waren kugelrund aufgerissen, und er starrte Rebekka an wie ein kleiner Junge, der unversehens dem Weihnachtsmann gegenüberstand – noch dazu mitten im Sommer. Dabei hielt er den riesigen Blumenstrauß vor seiner Brust fest umklammert. Offenbar hatte er die Gladiolen soeben im Garten ausgerissen, denn an einigen von ihnen hingen noch die erdigen Wurzeln samt Zwiebeln.

»Guten Tag?«, sagte Rebekka zögernd, als sie alle drei nach einer gefühlten Ewigkeit immer noch schweigend dastanden. Friedrich Damann war offenbar mit der Situation noch überforderter als sie. »Sind die Blumen für mich?«

Mit wenigen Schritten kam der Fremde auf sie zu und hielt ihr mit ausgestreckten Armen die leuchtenden Gladiolen hin. Dabei rieselte von den Stielen Erde auf den Boden.

»Das ist der Nachbarsjunge«, erklärte Damann. »Er ist etwas, nun ja … Lydia kam gut mit ihm aus, obwohl ich ihr immer gesagt habe, dass es gefährlich werden kann, wenn er unkontrolliert bei ihr ein und aus geht.«

»Das ist aber nett! Sollen die zur Begrüßung sein?« Ohne sich um Damann zu kümmern, griff Rebekka nach den Blumen.

Der Mann öffnete seinen etwas schiefen Mund und stieß ein paar unzusammenhängende Silben hervor. Dabei nickte er so heftig mit dem Kopf, dass seine Haare einen wilden Tanz aufführten.

»Du hast schon wieder welche von meinen Blumen ausgerissen, Casjen!« Die barsche Frauenstimme füllte den kleinen Raum bis unter die Decke.

Fast wäre Rebekka vor Überraschung das dicke Blumenbündel heruntergefallen, das sie kaum umfassen konnte. Sie fing sich jedoch rasch wieder und nickte der alten Frau in der Kittelschürze, die in der offenen Tür aufgetaucht war, freundlich zu. »Casjen! Was für ein hübscher Name«, rief sie mit künstlicher Munterkeit aus, doch ihre Meinung zur Frage der Namensgebung schien in dem mittlerweile ziemlich überfüllten Zimmer niemanden zu interessieren.

Obwohl sie so freundlich über seinen Namen gesprochen hatte, wich Casjen vor Rebekka zurück. Vielleicht sollte es so aussehen, als hätte er mit den Blumen in ihren Händen nichts zu tun. Dabei sah er die alte Frau nur aus den Augenwinkeln an. Rebekka blickte ihr jedoch gerade ins Gesicht. Sie hatte das Gefühl, ihren Gladiolenkavalier beschützen zu müssen.

Die alte Frau trug ihr dichtes graues Haar streng zurückgekämmt, und in ihrem faltigen Gesicht funkelten die dunklen Augen wild und leidenschaftlich wie bei einem Teenager.

Damann wandte der Szene den Rücken zu und starrte demonstrativ aus dem Fenster.

»Es tut mir leid, wenn es meinetwegen passiert ist. Möchten Sie die Gladiolen haben?« Rebekka wollte auf die erboste Frau zugehen, deren Blumenbeete offenbar ohne ihr Wissen geplündert worden waren, doch plötzlich erwachte Casjen aus seiner Erstarrung. Entschlossen versperrte er ihr den Weg und redete in unzusammenhängenden Silben und gurgelnden Lauten auf die Frau ein.

»Du bist jetzt ruhig«, unterbrach ihn diese mit lauter Stimme und einer heftigen Handbewegung. »Geh nach Hause.«

Ebenso plötzlich, wie er sich aufgelehnt hatte, schien Casjen seine Energie wieder zu verlieren. Mit gesenktem Kopf trottete er zur Tür. Bevor er das Zimmer verließ, warf er Rebekka einen bittenden Blick zu. Dabei bewegte er tonlos die Lippen.

»Er hat es nicht böse gemeint«, erklärte sie der alten Frau. »Das ist nur passiert, weil er mir eine Freude machen wollte, fürchte ich. Ich könnte neue Gladiolenzwiebeln besorgen und sie in Ihr Beet setzen.«

»Das bringt nichts«, erklärte die Fremde mit einer wegwerfenden Handbewegung. »Die meisten Zwiebeln sind sowieso noch drin. Die werden aber erst nächstes Jahr wieder blühen.«

»Tut mir leid«, wiederholte Rebekka. »Kennen Sie ihn gut? Wer kümmert sich denn um ihn?«, erkundigte sie sich.

»Das will ich wohl meinen, dass ich ihn kenne.« Die Kittelträgerin warf Rebekka einen strafenden Blick zu. »Er ist mein Sohn, und ich kümmere mich um ihn. Was nicht immer leicht ist, das können Sie mir glauben. Es ist wichtig, ihm deutlich zu sagen, was er darf und was nicht.«

»Oh«, machte Rebekka. »Er ist so ein freundlicher … Mann.«

»Gesine Holste«, stellte die Frau sich etwas verspätet vor. »Ich wohne mit Casjen nebenan. Und er wird nie ein *Mann* sein.«

»Ich muss mich jetzt wirklich auf den Weg nach Hamburg machen«, ließ sich Friedrich Damann in diesem Augenblick vernehmen.

»Vielen Dank, dass Sie gekommen sind«, murmelte Rebekka und nickte ihm kurz zu. Es war ihr ein bisschen unheimlich, dass er sie mit der strengen Gesine allein ließ, aber sie musste wohl lernen, sich gegen ihre neue Nachbarin durchzusetzen – oder ihr aus dem Weg zu gehen.

»Denken Sie an den Karton mit den Unterlagen Ihrer Schwester?«, sagte sie rasch, als Damann schon in der Tür stand. »Ich würde mich wirklich sehr freuen, wenn ich Rezepte oder auch Geschichten aus dem Dorfleben darin fände. Falls Sie wirklich nichts dagegen haben, dass ich sie in meinem Blog verwende, wenn ich etwas Passendes finde.«

Damann nickte ungeduldig. »Ich melde mich bei Ihnen.«

Seine verbindliche Art schien er mit dem Auftauchen der alten Frau abgelegt zu haben. Gleich darauf fiel mit einem dumpfen Laut die Haustür ins Schloss.

Mit zusammengekniffenen Augen starrte Gesine Holste einige Sekunden lang auf den Fleck, wo Damann eben noch gestanden hatte. Dann wandte sie den Kopf und sah Rebekka mit ihren funkelnden Augen an.

»Kommen Sie morgen Nachmittag zum Tee zu mir.« Das war eher ein Befehl als eine Einladung. Ihr Tonfall unterschied sich nicht von dem, in dem sie ihren Sohn getadelt hatte.

Rebekka atmete tief durch. »Sie können mir sicher eine Menge über das Dorf und die Umgebung erzählen. Ich bin hier, um regionale Rezepte zu sammeln. Die wirklichen Schätze findet man oft bei alten Frauen, die manchmal noch nach jahrhundertealten Familienrezepten kochen. Vielleicht können Sie mir ein paar Tipps geben, wo ich solche Frauen finde.«

»Kann schon sein.« Im Sonnenlicht, das durchs Fenster fiel, sah Rebekka, dass die Augen der Frau nicht etwa braun waren, wie sie gedacht hatte, sondern dunkelgrün. Ganz anders als bei ihrem Sohn Casjen, dessen sanfter Blick an braunen Samt erinnerte.

Ohne ein weiteres Wort drehte Gesine sich um und ging zur Tür. Plötzliche Abgänge schienen in diesem Dorf üblich zu sein.

»Wann soll ich …?«, fing Rebekka an, ließ den Rest der Frage jedoch in der Luft hängen, als Gesine einfach weiterging. Vielleicht war es hier im Alten Land üblich, irgendwann im Laufe des Nachmittags aufzutauchen, wenn man zum Tee eingeladen war, und nicht zu einer bestimmten Uhrzeit, wie sie es aus der Stadt kannte, wo die Termine eng getaktet waren und niemand eine Minute zu verschenken hatte.

Bevor sie zum Auto ging, um die ersten Sachen ins Haus zu holen, warf sie einen kurzen Blick hinüber zum Kamin. Obwohl er nicht sonderlich groß war, stach ihr der dunkle Fleck sofort ins Auge. Nach dem Auftritt der gestrengen Gesine machte ihr die tote Lydia allerdings nicht mehr allzu viel Angst, selbst wenn sie dort in ihrer letzten Stunde möglicherweise einen Blutfleck hinterlassen hatte. Sie war sich sicher, dass Lydia eine freundliche Frau gewesen war. Casjen hatte sie gemocht, und auch der ansonsten so kühle Geschäftsmann Friedrich Damann wusste nur Gutes über seine Schwester zu sagen.

3. kapitel

Verschlafen stand Rebekka in Lydias Küche neben ihrer hübschen DeLonghi, die sie am Vorabend noch frisch poliert hatte, um die Fingerabdrücke vom Transport zu entfernen. Jetzt stellte das funkelnde Metallgehäuse zwar einen Fremdkörper zwischen den ramponierten Holzmöbeln und dem altmodischen Herd dar, doch der köstliche Kaffeeduft, der sich im Raum verbreitete, passte wunderbar hierher.

Rebekka drückte auf den Knopf zur Milchschaumbereitung und sah dabei durch die weit geöffnete Hintertür hinaus in den Garten. Da Lydia – die sie in Gedanken beim Vornamen nannte, weil sie sich ihr seltsam nah fühlte, seit sie am Vorabend in ihr Häuschen eingezogen war – erst seit vier Wochen tot war, wirkte der Kräutergarten unter dem Küchenfenster noch nicht sonderlich verwahrlost. Im Gegenteil – die strahlenden Blüten des Löwenzahns und ein paar Büschel Männertreu, die ihre Köpfchen noch ein bisschen zaghaft zwischen Petersilie und Basilikum reckten, verliehen dem als Spirale angelegten Beet einen ganz eigenen Charme.

Mit nachdrücklichem Sprudeln spuckte der Kaffeeautomat den letzten Milchschaum aus. Rebekka griff nach ihrer Tasse, bestäubte die weiße Haube aus dem bereitstehenden Streudöschen mit Kakaopulver und stellte sich in die Tür zum Garten, um bei ihrem ersten Kaffee die strahlende Morgensonne zu genießen. Der Tag versprach herrlich zu werden. Klar und sommerlich warm. Lange genug hatte sie darauf gewartet, dass der ewige Regen aufhörte und der kalte Wind sich verzog. Jetzt war es endlich so weit. Aber schließlich wurde es Anfang August auch Zeit für ein bisschen Wärme und Sonne.

Mit einem wohligen Seufzer lehnte sie sich gegen den Türrahmen und atmete tief ein. Sie meinte, das nahe Meer auf der Zunge zu schmecken. Und seltsamerweise passten das Röstaroma des Kaffees und der leichte Salzgeschmack der Luft bestens zusammen.

Obwohl sie erst vor etwas über zwölf Stunden eingezogen war, fühlte sie sich in dem kleinen reetgedeckten Haus schon erstaunlich heimisch. Selbst der Gedanke an die Nachmittagseinladung bei ihrer seltsamen Nachbarin gefiel ihr irgendwie. Zu Hause kannte sie ihre Nachbarn nur vom Sehen. Sie suchte keinen Kontakt, und seit sie allein lebte, betrachteten einige der anderen Frauen sie mit misstrauischen Blicken. Vielleicht hatten sie Angst, sie könnte ihnen ihre Ehemänner wegschnappen, was Rebekka für eine äußerst seltsame Idee hielt. Schließlich war ein Ehemann kein Gegenstand, der irgendwo herumstand und den man sich einfach unter den Nagel reißen konnte. Ganz abgesehen davon, dass sie nicht das geringste Interesse an den gemütlich wirkenden Männern hatte, die jeden Samstag brav gemeinsam mit ihren Frauen den Wochenendeinkauf erledigten, bevor sie das Auto in die Waschanlage fuhren.

Ganz kurz fragte sie sich, ob es zwischen Leonhard und ihr irgendwann auch so geworden wäre, verbot sich aber sofort den müßigen Gedanken und nahm lieber mit genüsslich geschlossenen Augen einen weiteren Schluck aus dem knallroten Keramikbecher, den sie ganz vorn im Schrank gefunden hatte. Ihr gefiel der Gedanke, dass es vielleicht Lydias Lieblingsbecher gewesen war.

Als die Tasse leer war, drehte sie sich um und wollte zurück in die Küche gehen. Mitten in der Bewegung bemerkte sie jedoch einen schwarzen Fleck neben der Kräuterspirale. Die große

Katze hockte in der Haltung einer Sphinx bewegungslos im Gras und starrte sie aus riesigen goldenen Augen an.

»Hallo du«, sprach Rebekka das Tier freundlich an. Obwohl in ihrem Leben kein Platz für ein Haustier war, mochte sie Katzen, Hunde und sogar Schildkröten. Jedenfalls wenn sie freundlich und gut erzogen waren.

Diese Katze war möglicherweise beides nicht. Jedenfalls ignorierte sie Rebekkas Gruß und starrte noch misstrauischer als vorher in ihre Richtung.

Ob das der Kater war, von dem Friedrich Damann erzählt hatte? Das Tier, das nach Lydias Tod so lange vor ihrem Haus gemauzt hatte, bis jemand aufmerksam geworden war?

»Hast du Hunger?«, versuchte Rebekka es anders, obwohl der Kater nicht gerade unterernährt aussah. Sein Fell schimmerte in der Sonne seidig und gesund. »Ich habe auch Milch.«

Für den Bruchteil einer Sekunde kniff das schöne Tier die goldenen Augen zusammen.

»Dann eben nicht«, murmelte Rebekka und war fast ein bisschen beleidigt. Sie ging ins Haus und schloss mit Nachdruck die Tür hinter sich. Ohnehin war es besser, wenn der Kater sich gar nicht erst an sie oder an irgendwelches Zusatzfutter gewöhnte. Trotzdem nahm sie sich vor, Gesine Holste nach dem schwarzen Kater zu fragen.

Zu Rebekkas Beruhigung hatte ein erster Versuch vor dem Schlafengehen gezeigt, dass das Internet in Lydias Haus hervorragend funktionierte. Nun ging sie ins Wohnzimmer, um nachzusehen, ob es auf ihren Artikel auf der Homepage von *Countryside* schon Reaktionen gab. Als Vorbereitung auf ihre geplanten Berichte hatte sie einen allgemein gehaltenen Text über das Alte Land geschrieben. Über idyllische Dörfer, über die Kirschblüte und die Apfelernte und über das, was sie hoffte, hier über Apfelsorten und Apfelanbau, aber auch über die traditionelle Küche in Erfahrung zu bringen. »Anfüttern« nannte ihr Chefredakteur Thilo Christens das. Die Leser sollten gespannt darauf sein, was sie demnächst zu berichten hatte. Und wenn alles richtig gut funktionierte, würden sie in einigen Monaten ihr Kochbuch kaufen.

Sie ließ sich auf den gepolsterten Stuhl fallen und schaltete ihr Notebook ein. Als sie den Kopf hob, zuckte sie zurück und unterdrückte nur mit Mühe einen Aufschrei. Dann wedelte sie heftig mit beiden Händen.

»Geh weg«, rief sie. »Du hast mich erschreckt.«

Der schwarze Kater, der dicht vor der Fensterscheibe auf dem Sims hockte und sie erneut mit seinen goldfarbenen Augen fixierte, rührte sich nicht von der Stelle.

»Lydia ist nicht hier. Und sie kommt auch nie mehr wieder.« Natürlich war es albern, so mit dem Tier zu reden, aber aus irgendeinem Grund machte der Kater den Eindruck, als würde er verstehen, was sie ihm sagte. Nicht wörtlich, aber sinngemäß. Irgendwie.

Tatsächlich sprang er mit einer geschmeidigen Bewegung hinunter ins Gras, ging auf schnurgeradem Weg zur Auffahrt, spazierte an Rebekkas Wagen vorbei über den feinen Kies zur Straße, wandte sich nach links und verschwand hinter der lichten Hecke, die das Nachbargrundstück umgab.

Als das Handy neben ihr auf dem Schreibtisch läutete, fuhr Rebekka erneut zusammen. Ein Blick aufs Display wirkte auch nicht sonderlich beruhigend. Mit einem unterdrückten Seufzer nahm sie das Gespräch an. Es hatte ohnehin keinen Zweck, den Anruf zu ignorieren. Ihre Mutter war hartnäckig, wenn sie einen Plan gefasst hatte, selbst wenn es sich um ein simples Telefongespräch unter Verwandten handelte.

»Hallo«, sagte Rebekka lustlos in ihr silberfarbenes Telefon und wappnete sich innerlich, denn bis auf wenige Ausnahmen liefen die Gespräche zwischen ihr und ihrer Mutter immer gleich ab.

»Ich dachte, ich komme am Wochenende bei dir vorbei. Momentan ist in den Läden nicht viel los, und ich könnte ein bisschen Urlaub vertragen.« Wie immer kam Liane Frey ohne Umschweife zum Punkt. Für langwierige Begrüßungen und anderen Small Talk hatte sie keine Zeit, wie sie immer wieder betonte. »Am Samstag gehen wir zusammen shoppen, und Sonntagmittag könnten wir ein neues Restaurant ausprobieren. In Osnabrück soll es doch ...«

»Moment, Moment«, unterbrach Rebekka sie energisch. »Ich bin gar nicht in Osnabrück. Momentan recherchiere ich im Alten Land für mein Kochbuch und für meinen Blog. Über regionale Küche, Äpfel und so weiter.«

»Warum weiß ich davon nichts?«, kam es nach einer kurzen verblüfften Pause empört zurück.

Weil ich erwachsen und dir keine Rechenschaft schuldig bin. Weil ich keine Lust habe, mir anzuhören, dass sich ganz sicher nicht besonders viele Menschen für die Äpfel im Alten Land interessieren. Weil es mich jedes Mal so viel Kraft kostet, mit dir über meine beruflichen Pläne zu reden. Während diese Gedanken durch ihren Kopf huschten, presste Rebekka krampfhaft die Lippen aufeinander. »Meine Abreise kam ziemlich plötzlich«, behauptete sie schließlich. »Der Erscheinungstermin meines Kochbuchs wurde um ein paar Wochen vorverlegt.« Das zumindest stimmte.

»Kochbuch? Du schreibst ein Kochbuch?«, erkundigte Liane Frey sich und schickte ihrer Frage ein kleines, amüsiertes Lachen hinterher.

»Das habe ich dir vor ein paar Monaten schon erzählt.« Rebekka sah hinauf zur Decke. Selbst wenn sie ihrer Mutter berichtet hätte, sie sei neuerdings Chefredakteurin der *Countryside*, wäre diese Nachricht Liane Frey keine besondere Aufmerksamkeit wert gewesen.

»Kann sein. Aber ein Kochbuch – ich bitte dich! Ich frage mich immer wieder, wann du dich entschließt, deine Zeit und dein Talent in etwas zu investieren, das wirklich erfolgversprechend ist. Denn dass du viel mehr kannst als *das*, wissen wir doch beide, nicht wahr?«

»Keine Ahnung. Ich will aber *das*, und ich denke, darauf kommt es an.«

Der Seufzer ihrer Mutter am anderen Ende der Leitung klang melodramatisch wie der einer Schauspielerin aus den Anfangstagen des Tonfilms. »Armes Kind! Ich glaube, du bist immer noch nicht über die Sache von damals hinweg. Wahrscheinlich hast du Depressionen. Das kostet dich viel Kraft, die du nicht in deine Karriere investieren kannst.«

»Bitte, Mama! Ich habe keine Depressionen! Die Geschichte ist jetzt über zwei Jahre her. Schließlich kann ich nicht für den Rest meines Lebens darüber nachdenken, was damals passiert ist. Vorbei ist vorbei, und es geht mir gut«, teilte sie ihrer Mutter in entschiedenem Ton mit. »Meistens bin ich sogar glücklich, und mein Beruf hat einen ziemlich großen Anteil daran. Es macht mir Spaß, über das Kochen und das Landleben zu schreiben. Mein Blog ist inzwischen ziemlich erfolgreich. Ich habe mehr als dreißigtausend Follower, und jeden Tag kommen neue dazu.«

»Und wie viel bringt dir ein Follower ein?«

Rebekka verdrehte die Augen. »Das Gefühl, etwas zu tun, das den Menschen Freude macht und sie interessiert. Außerdem habe ich für mein Kochbuch einen gar nicht so üblen Vorschuss bekommen.«

»Im Grunde bist du so etwas wie eine Märchenerzählerin«, erklärte Liane Frey ihrer Tochter nicht zum ersten Mal. »Wenn ich mich recht entsinne, zeichnet sich das Leben auf dem Land vor allem dadurch aus, dass man für die kleinste Besorgung endlos lange Wege zurücklegen und hinterher dem ganzen Dorf erklären muss, was man eingekauft hat. Ohne Auto ist man aufgeschmissen, selbst wenn man nur ein Pfund Mehl braucht.«

Als Rebekka etwa drei Jahre alt gewesen war, hatte die kleine Familie ganze zwei Monate in einem großen Haus auf dem Land gelebt. Länger hatte ihre Mutter das Dorfleben nicht ertragen. Vielleicht war diese Erfahrung sogar der Hauptgrund dafür, dass sie Rebekka bei jeder Gelegenheit überreden wollte, »mehr aus ihrem Talent zu machen«, als das Leben auf dem Land zu verklären.

»Erstens brauchst du kein Mehl, weil du meines Wissens noch niemals einen Kuchen gebacken hast, und zweitens gibt es Menschen, die das Landleben lieben. Auch wenn ich zugeben muss, dass wir es in *Countryside* ein bisschen … anders darstellen, als es in Wirklichkeit vielleicht ist. Ein kleines bisschen anders.« Auf mehreren Rechercheresien hatte sie bereits Gelegenheit gehabt, das wahre Landleben kennenzulernen. Es war nicht immer idyllisch, und oft hatte sie es auch lästig gefunden, dass jeder sich für jeden Schritt der Fremden im Dorf interessierte, aber es hatte immer auch seine schönen Seiten gehabt, für ein paar Wochen von Feldern und Wiesen umgeben zu sein. Nun war sie gespannt, wie sie mit der angeblich so barschen und direkten Art der Menschen an der Küste zurechtkommen würde, denn bisher hatte es sie meistens in den Süden Deutschlands verschlagen.

»Es ist dein Leben.« Es kam selten vor, dass Rebekkas Mutter zu dieser Erkenntnis gelangte, und wenn es so war, vergaß sie ihre Worte sehr schnell wieder.

»Das Häuschen, das ich hier gemietet habe, ist wirklich schön«, wechselte Rebekka hastig das Thema. »Reetdach, offener Kamin, großer Garten. Es gibt sogar eine Katze, die ganz idyllisch draußen vor dem Fenster sitzt. Die Frau, die vorher hier gewohnt hat, hat sie wohl gefüttert. Aber von mir will sie offenbar nichts.«

»Du hast ein Haus ganz für dich allein? Dann komme ich vielleicht tatsächlich für ein paar Tage vorbei.« Plötzlich schien Liane vergessen zu haben, dass sie das Landleben hasste. »Wir sollten mal wieder etwas Zeit miteinander verbringen.«

»Geht es dir nicht gut?«, entfuhr es Rebekka erschrocken. »Ist irgendetwas nicht in Ordnung?«

»Muss ich krank sein, wenn ich den Wunsch habe, länger als ein paar Minuten mit meiner Tochter zu reden?«, erkundigte Liane sich spitz.

»Entschuldige«, murmelte Rebekka. »Natürlich nicht. Ich dachte nur …« Für einen Augenblick herrschte Schweigen in der Leitung, das Rebekka jedoch sogleich entschlossen unterbrach. »Ich muss mich jetzt wirklich um meinen Blog kümmern. Und für heute Nachmittag habe ich eine Verabredung mit meiner Nachbarin, die mir hoffentlich viele Tipps geben kann, wer hier im Dorf nach traditionellen Rezepten kocht. Melde dich doch einfach noch mal, wenn ich mich hier ein bisschen eingelebt habe.«

»Gut«, stimmte Liane ihr zu. »Dann rufe ich in ein paar Tagen wieder an.«

Rebekka stutzte. Irgendetwas stimmte mit ihrer Mutter nicht.

»Dann bis demnächst«, sagte sie zögernd. Die Vorstellung, mehrere Tage mit ihrer Mutter in diesem kleinen Haus zu verbringen, war eher verwirrend als verheißungsvoll.

Nachdem sie das Handy weggelegt hatte, saß Rebekka einige Minuten tatenlos vor ihrem Notebook. Während sie darüber nachdachte, wie sie ihre ersten Eindrücke von Bradehusen beschreiben sollte, wanderten ihre Gedanken immer wieder zu ihrer Mutter. Fühlte Liane sich schlicht und ergreifend einsam?

Oder gab es einen anderen Grund dafür, dass sie plötzlich ihre Muttergefühle entdeckte und Zeit mit ihrem einzigen Kind verbringen wollte?

Schließlich schüttelte Rebekka energisch den Kopf. Sie kannte niemanden, der sein Leben so gut im Griff hatte wie ihre Mutter. Wenn Liane Hilfe brauchte, würde sie sie sich beschaffen, bei ihrer Tochter oder bei jemand anders.

Sie atmete tief durch, öffnete ihr Schreibprogramm und tippte ihren Blogbeitrag für den heutigen Tag ein. Nach einigen Minuten flogen ihre Finger über die Tastatur, und ein Lächeln breitete sich auf ihrem Gesicht aus. Auch wenn ihre Mutter es nicht verstand – Rebekka liebte ihre Arbeit.

Altes Land – hierher kommen im Frühjahr Zigtausende von Besuchern, um die Apfel- und Kirschbäume zu bewundern, deren Zweige während der Blütezeit aussehen, als hätte sie jemand in ein duftiges Schaumbad getaucht. Und im Herbst strömen die Menschen zur Obsternte herbei. Bewusst bin ich für die Apfelernte ein bisschen zu früh dran. Noch sind die Tage sonnig und warm, aber einige frühe Apfelsorten leuchten schon rotbackig im Laub der Bäume. Jonagold, Elstar, Gravensteiner, Boskoop, Holsteiner Cox und noch viele andere Sorten werden hier angebaut.

Nun ist also genau der richtige Zeitpunkt, um sich mit einem Pomologen – einem Apfelexperten – über dieses beliebte Obst zu unterhalten, herauszufinden, welche Sorten sich zu welchem Zweck besonders gut eignen, und traditionelle Rezepte zu sammeln, die ich an Ort und Stelle mit frisch geernteten Äpfeln ausprobieren werde.

Gekocht wird in der Wohnküche des reetgedeckten Häuschens, das ich gemietet habe. Es war Liebe auf den ersten Blick. Selten habe ich mich in einem zeitweiligen Domizil so wohlgefühlt. Das habe ich wohl zu einem großen Teil Lydia zu verdanken, der Frau, die bis zu ihrem plötzlichen Tod vor einigen Wochen hier gelebt hat. Sie hat sich das kleine Haus als Alterswohnsitz ausgesucht, hat es liebevoll eingerichtet und offenbar die hübschen Kupferkessel, die in der Küche über dem Herd hängen, regelmäßig poliert, sodass ich beim Kochen mein Spiegelbild darin werde bewundern können. Was wohl aber leider nicht automatisch bedeutet, dass in Zukunft Haare und Make-up sitzen werden, wenn ich eine Soße ansetze oder ein Apfelgelee zubereite.

Willkommen geheißen wurde ich von einem attraktiven Nachbarn, der mir ein Lächeln und einen Blumenstrauß schenkte. Im Schuppen meines Hauses habe ich ein Fahrrad entdeckt, das leider einen Platten hat. Mir gefällt der Gedanke, auf der Suche nach alten Rezepten und neuen Eindrücken die Dorfstraße entlangzuradeln. Ob der nette Mann von nebenan mir hilft, das Fahrrad zu reparieren?

Heute bin ich bei meiner Nachbarin zum Tee eingeladen. Die Menschen sind gastfreundlich hier. Ich bin sicher, sie wird mir Kontakte zu anderen Frauen aus dem Dorf vermitteln. Obwohl ich das Gefühl habe, ich könnte einfach an einer der Türen klingeln und würde freundlich eingelassen.

Nachdem Rebekka ihren Eintrag noch einmal durchgelesen hatte, stellte sie ihn mit einem energischen Klick auf die *Senden*-Taste ins Netz. Seit sie vor über einem Jahr mit dem Blog begonnen hatte, hatte sie gelernt, die Wahrheit etwas auszuschmücken. Manchmal überkam sie deswegen der Anflug eines schlechten Gewissens. Doch da der Erfolg ihr recht gab und ihre Leser sich offenbar gut unterhalten fühlten, beruhigte sie sich damit, dass sie niemandem schadete.

Mit einem leisen *Pling* kündigte sich kurz darauf der erste Kommentar zu ihrem neuen Eintrag an. Neugierig öffnete Rebekka das Fenster.

Ich hoffe, Sie verlieben sich bis über beide Ohren in den netten Nachbarn mit dem tollen Lächeln! Wir wollen die Liebesgeschichte in allen Einzelheiten lesen. Hach, muss das schön sein, eine Liebe auf dem Land, mit all der Ruhe, den Blumen und Bäumen ringsum.

Rebekka atmete tief durch, bevor sie ihre Antwort in die Tastatur eingab.

Verliebt ins Alte Land, das kann man wohl sagen ;-). Vielen Dank für die guten Wünsche!

Dann loggte sie sich aus, klappte das Notebook zu und ging in die Küche, um sich noch einen Cappuccino zu gönnen.

Der Holzstuhl war derart unbequem, dass Rebekka von der ersten Sekunde an unruhig darauf herumrutschte. Schließlich stellte sie fest, dass es ihr am wenigsten Unbehagen bereitete, wenn sie auf dem Sitz ganz nach vorn rutschte und sich kerzengerade aufrichtete. Auf diese Weise drückten wenigstens die Verstrebungen der Lehne nicht mehr so schmerzhaft gegen ihren Rücken.

Außer dem runden Tisch mit den vier passenden Stühlen standen in dem kleinen Zimmer ein wuchtiger dreitüriger Schrank, dessen Schlüssel mit goldfarbenen Troddeln verziert waren, und ein graues Sofa mit steifer Lehne.

Casjen saß mit am Tisch und rutschte mindestens ebenso unruhig auf seinem Stuhl herum wie Rebekka, wenn auch womöglich aus anderen Gründen. Er schien es sehr aufregend zu finden, Besuch zu haben. Jedenfalls ließ er Rebekka keinen Moment aus den Augen und rührte die Milch, die seine Mutter ihm hingestellt hatte, nicht einmal an.

»Koffein ist nichts für ihn«, hatte sie auf Rebekkas fragenden Blick hin erklärt. »Der macht ihn noch unruhiger, als er sowieso schon ist.« Sie sprach in einem deutlich milderen Ton von ihrem Sohn als am Vortag. Dass sie sich über die ausgerissenen Gladiolen geärgert hatte, konnte Rebekka verstehen. Es musste furchtbar anstrengend sein, seit so vielen Jahren Tag für Tag auf ein Kind aufzupassen, das zwar körperlich längst wie ein Mann aussah, aber doch niemals erwachsen werden würde. Natürlich machte Gesine Holste sich Sorgen um ihren Sohn, und bestimmt verlor sie manchmal die Geduld mit ihm. Dennoch schien Casjen auf seine Weise fröhlich und ausgeglichen zu sein. Also machte seine Mutter ihre Sache wohl gut.

Rebekka war vor über einer Stunde gekommen und hatte seitdem erfahren, dass es im Gemeindehaus eine kleine Bibliothek gab, die nur einmal in der Woche geöffnet hatte – was aber ohnehin unwichtig war, weil die Leute im Dorf genug zu tun hatten und sich nicht mit Lesen die Zeit vertreiben mussten. Sie wusste inzwischen auch, dass es im Dorfladen die nötigsten Lebensmittel gab, worauf aber nur Gesine und einige wenige andere alte Leute angewiesen waren. Die meisten Bradehusener fuhren regelmäßig zum Supermarkt in der Stadt. Außerdem berichtete Rebekkas neue Nachbarin, dass immer weniger Leute in die Kirche gingen, aber dafür immer mehr in die neue Bar im Nachbarort. Letzteres schien Gesine eher zu freuen als zu empören. Sie murmelte etwas über den Pastor vor sich hin, der es nicht besser verdient hätte.

»Noch eine Tasse Tee?«, fragte sie nun und schenkte nach, ohne Rebekkas Antwort abzuwarten.

»Vielen Dank.« Vorsichtig nippte Rebekka an dem heißen Getränk. Es war immer noch schrecklich süß. Gesine hatte ihr erklärt, hier gebe man Kandiszucker unten in die Tasse, der sich während des Trinkens langsam auflöste. Selbst jetzt, bei ihrer dritten Tasse, schmeckte Rebekka vor lauter Zucker kaum etwas von dem Tee, obwohl er eine kräftige goldbraune Farbe hatte.

Sie bückte sich und angelte in ihrer großen Ledertasche, die sie neben sich auf den Boden gestellt hatte, nach Block und Stift. Dabei fiel ihr Blick auf Casjen, der nach über einer Stunde seine beharrliche Beobachtung aufgegeben hatte, von seinem Stuhl gerutscht war, auf den Holzdielen hockte und mit beiden Händen in dem Beutel mit Gladiolenzwiebeln wühlte, den Rebekka ihrer Gastgeberin zusammen mit einer Schachtel Kekse als Gastgeschenk überreicht hatte.

Gesine hatte beide Mitbringsel mit unbewegter Miene entgegengenommen, die Kekse auf einen Teller geschüttet, der nun neben der Teekanne und ein paar trockenen Stücken Butterkuchen stand, und die Zwiebeln in der Ecke des Zimmers auf den Boden gelegt.

Als er Rebekkas Blick spürte, hob Casjen den Kopf und schenkte ihr ein strahlendes Lächeln. Er besaß eine perfekte Reihe schneeweißer Zähne.

»Er ist mein Sohn«, sagte Gesine, die bemerkt hatte, wohin Rebekkas Blick gewandert war. »Aber es ist nicht immer leicht mit ihm.«

»Ich kenne ihn noch nicht lange, aber ich finde, er ist … ein ganz besonderer Mensch. So freundlich und offen, obwohl er nicht redet.« Erst nachdem sie ihren Satz beendet hatte, fiel ihr ein, dass es nicht richtig war, in Casjens Gegenwart über ihn zu sprechen, als wäre er gar nicht anwesend.

»Ist er wohl. Besonders.« Gesines Blick blieb ausdruckslos.

Während Rebekka verlegen schwieg, nahm Gesine einen Brocken Kandis aus dem Schälchen neben der Teekanne und schob ihn sich zwischen die Lippen. Nachdem sie zwei oder drei Mal leise schmatzend daran gelutscht hatte, fuhr sie undeutlich fort: »Sie sammeln also Rezepte für ein Buch?«

»Ja.« Rebekka nickte erleichtert, weil Gesine aus freien Stücken auf den eigentlichen Grund ihres Besuchs zu sprechen kam. »Kennen Sie traditionelle Gerichte aus dem Alten Land? Eventuell Rezepte, die Ihre Großmutter an Ihre Mutter weitergegeben hat? Oder können Sie mir Namen und Adressen von Frauen aus dem Dorf nennen, in deren Familien viel und gut gekocht wird?«

»Frauen aus dem Dorf, nun ja.« Gesine wiegte bedenklich den Kopf. »Ich kann nicht gerade sagen, dass ich viele von ihnen gut kenne.«

»Nicht? Ich dachte, auf dem Land kennt jeder jeden. Und wenn Sie schon so lange hier wohnen, ist es eigentlich seltsam … Ist es wegen Casjen?« Nervös blickte Rebekka zu dem kindlichen Mann hinüber, der ganz versunken eine Gladiolenzwiebel nach der anderen aus dem Beutel holte, genau betrachtete und wieder zurücklegte.

»Auch.« Gesine lutschte heftig an dem Kandisstück und verzog ihre Lippen zu einem schmalen Lächeln. »Aber eigentlich haben schon alle mit dem Finger auf meine Mutter gezeigt. Sie war genau wie ich Hebamme hier im Dorf und hat die Kinder geholt. Zu ihrer Zeit ging keine Frau zur Geburt ins Krankenhaus. Sie kannte sich auch mit Kräutern aus und konnte Mensch und Tier heilen. Zum Dank gingen ihr alle aus dem Weg, solange sie gesund waren. Sie nannten sie …« Sie stockte und starrte mit zusammengekniffenen Augen in die Luft.

»Hexe?«, vollendete Rebekka den Satz und sah ihre Nachbarin fassungslos an. »Aber bei Ihnen ist es doch wohl anders. Wir leben inzwischen im einundzwanzigsten Jahrhundert.«

»Nicht hier in Bradehusen«, behauptete Gesine und schob sich zusätzlich zu dem Kandiszucker, den sie immer noch im

Mund hatte, einen Keks zwischen die Lippen. »Ich habe die Kräuterheilkunde von meiner Mutter gelernt. Und dann habe ich Casjen auch noch allein großgezogen, ohne Mann. So wie meine Mutter seinerzeit mich.«

»Naturheilkunde ist ein aktuelles Thema. Wir schreiben auch in der *Countryside* oft darüber. Deshalb wird doch niemand mehr als Hexe bezeichnet!« Ungläubig schüttelte Rebekka den Kopf.

»Nicht, wenn ich es höre. Aber es ist mir auch egal.« Winzige Kekskrümel flogen durch die Luft, als Gesine sprach. »Ich koche meistens Eintopf«, wechselte sie unvermittelt das Thema. »Das ist billig und macht nicht viel Mühe. Es gibt genug anderes zu tun. Im Haus, im Garten, mit Casjen.« Der Blick der alten Frau wanderte hinüber zu ihrem Sohn, der gerade sämtliche Gladiolenzwiebeln aus der Tüte schüttete. Als hätte sie den Dreck auf dem Holzboden gar nicht bemerkt, wandte sie gleichgültig den Kopf wieder ab.

»Rezepte für Eintöpfe kann ich gut gebrauchen«, versicherte Rebekka hastig. »Das könnte ein gesondertes Kapitel in meinem Kochbuch werden.«

»Da kommt alles rein, was gerade im Garten wächst. Es gibt keine Rezepte.« Gesine sah sie mit hochgezogenen Brauen an, als fände sie es erheiternd, dass jemand meinte, für die Zubereitung eines Eintopfs könnte so etwas wie eine Anleitung nötig sein.

Entmutigt legte Rebekka den Kugelschreiber auf den Tisch. »Wenn Sie niemanden im Dorf kennen, mit dem ich mich wegen regionaler Rezepte unterhalten kann, sollte ich vielleicht eine der anderen Nachbarinnen fragen.«

Es war nicht ihre Absicht gewesen, doch Rebekkas Bemerkung schien Gesine Holste bei ihrem Stolz gepackt zu haben. Sie richtete sich kerzengerade auf ihrem Stuhl auf, zerbiss krachend den Kandis, spülte mit einem großen Schluck Tee nach und fixierte Rebekka mit ihren dunkelgrünen Augen, die tatsächlich ein wenig an die einer Hexe im Märchen erinnerten. »Ist nicht so, als hätte ich keine Ahnung, wer die Leute im Dorf sind und was sie so tun. Als ich jung war, brachten viele noch ihre Kinder zu Hause auf die Welt. Da ging ich dann monatelang bei ihnen ein und aus, bei vielen auch erst, wenn sie aus dem Krankenhaus zurück waren.«

»Dann wissen Sie sicher, wo gut gekocht wurde.« Hoffnungsfroh griff Rebekka wieder nach Stift und Block. Sie kam mit dem Notieren kaum hinterher, als Gesine mit unbewegter Miene ein paar Namen herunterratterte, zumal sie anstelle von Adressen komplizierte Wegbeschreibungen aufschreiben musste. Etwa: »Hinter dem Friedhof gleich links, dann an Rückerts Weizenfeld vorbei, hinterher zwei Mal rechts und bei dem Haus mit der großen Garage in den schmalen Weg einbiegen.«

»Und dann sind da natürlich die Landfrauen«, erklärte Gesine in säuerlichem Ton, nachdem Rebekka zwei Seiten auf ihrem Block vollgekritzelt hatte. »Das sind die, die ganz genau wissen, was falsch und was richtig ist. Sie treffen sich jeden Dienstagnachmittag im *Schwan*. Von denen meint garantiert jede Einzelne, dass sie unglaublich gut kochen kann.«

Rebekka warf Gesine einen Seitenblick zu, während sie oben auf eine neue Seite *Landfrauen, Dienstagnachmittag, Schwan* schrieb. Auf die Mitglieder dieses Vereins schien Gesine ebenfalls nicht gut zu sprechen zu sein. Mit einiger Wahrscheinlichkeit übertrieb sie, was die Reaktion der Dörfler auf sie, ihren Beruf und ihr Leben betraf. Möglicherweise ging es einfach nur um einen gelegentlich vergessenen Gruß auf der Straße.

»Vielen Dank. Das hilft mir sehr weiter.« Hastig schob Rebekka Stift und Papier in ihre Tasche zurück.

Obwohl Casjen so versunken in sein Tun schien, hatte er offenbar feine Antennen für das, was um ihn herum vorging. Als Rebekka Anstalten machte, sich zu verabschieden, sprang er auf. Mit einem so strahlenden Lächeln, dass das düstere Zimmer ein wenig heller zu werden schien, hielt er ihr auf der flachen Hand eine der Gladiolenzwiebeln hin.

Sie zögerte, weil sie nicht wusste, was seine Geste zu bedeuten hatte. Schließlich berührte sie mit den Fingerspitzen die glatte, überraschend warme Haut der hellbraunen Zwiebel.

»Daraus wird eine wunderschöne Gladiole, wenn man sie in den Boden steckt«, erklärte sie und bemerkte im selben Moment, dass sie mit ihm sprach wie mit einem kleinen Kind. Was ihn vielleicht nicht störte, ihr aber trotz seines kindlichen Verhaltens nicht angemessen erschien. »Wenn du willst, können wir die Zwiebeln irgendwann in dieser Woche einbuddeln.«

Eine paar Sekunden sah Casjen sie mit seinen dunkelbraunen Augen fragend an, dann nickte er heftig.

»Sie haben doch nichts dagegen?«, wandte Rebekka sich an Gesine, die die Szene schweigend beobachtet hatte.

»Gladiolenzwiebeln im August – ich frage mich, wo Sie die herhaben und was das für einen Sinn machen soll«, brummte die alte Frau, und ihre Mundwinkel hoben sich fast unmerklich. »Aber was sollte ich dagegen haben, wenn Sie ihn mir ein bisschen abnehmen. Sie müssen nur aufpassen. Wenn er Sie mag, werden Sie ihn so schnell nicht wieder los. Bei Lydia hat er sich auch ständig herumgetrieben. Ich glaube, sie fehlt ihm. Und jetzt, wo Sie in ihr Haus eingezogen sind …«

»Ich freue mich, wenn Casjen mich ab und zu besucht. Wir zwei kommen schon miteinander klar.« Rebekka war zwar nicht ganz überzeugt von dem, was sie da sagte, aber der erwachsene Mann mit dem Blick eines Kindes berührte auf geheimnisvolle Weise ihr Inneres. Trotz seines strahlenden Lächelns sah sie plötzlich die Einsamkeit in seinen Augen. Er konnte nicht mit

Worten ausdrücken, was in seinem Kopf vor sich ging, aber sie war sich sicher, dass dort eine Menge los war. Obwohl es in ihrem Leben Menschen gab, mit denen sie reden konnte, fehlte ihr oft der Mut, ihre Gefühle offen auszusprechen. Casjen, dessen war sie sich seltsamerweise ziemlich sicher, wäre mutig genug gewesen, hätte er die Worte gefunden.

»Wenn Sie meinen.« Gesine nickte gnädig.

»Ich habe im Schuppen neben dem Haus ein altes Fahrrad gefunden.« Rebekka machte eine vage Handbewegung in Richtung Nachbargrundstück. »Leider sind die Reifen platt, und ich habe keine Luftpumpe. Könnten Sie mir vielleicht eine leihen?«

»Unsere Luftpumpe liegt irgendwo im Keller oder im Schuppen. Da müsste ich erst mal suchen. Ich könnte Casjen morgen rüberschicken, dann kann er Ihnen die Reifen gleich aufpumpen. Solche Sachen macht er gut.« Jetzt zog ein Lächeln über Gesine Holstes Gesicht, das fast herzlich wirkte. Vielleicht war es gar nicht so schwierig, ihren weichen Kern freizulegen.

»Ich würde mich freuen, wenn du mir hilfst«, sagte Rebekka zu Casjen, der sie aus weit aufgerissenen Augen anstarrte.

»Morgen kommt er und kümmert sich um das Rad«, erklärte seine Mutter in energischem Ton. Es schien sie zu irritieren, dass Rebekka sich direkt an ihren Sohn wandte.

»Vielen Dank. Auch für den Tee und die Namen und Adressen.« Rebekka schüttelte Gesines Hand, die sich zwischen ihren Fingern anfühlte wie zerknülltes Pergamentpapier. Dann drehte sie sich zu Casjen um und wollte sich auf die gleiche Weise von ihm verabschieden. Er griff jedoch nicht nach ihrer ausgestreckten Hand, sondern legte die Arme seitlich an den Körper und verbeugte sich steif.

»So ist es brav.« Mit einem zufriedenen Lächeln strich Gesine ihm die Haare aus der Stirn und ordnete sie mit spitzen Fingern, sodass er einen wie mit dem Lineal gezogenen Scheitel hatte.

Rebekka wandte sich der Tür zu und fuhr herum, als die alte Frau hinter ihr einen lauten Schrei ausstieß. »Verschwindest du wohl, du grässliches Tier. Kusch! Kusch!«

Wild gestikulierend lief Gesine zum Fenster, hinter dessen dichter Spitzengardine ein schwarzer Schatten zu erkennen war. Der Kater!

Erst als die Hausherrin die Gardine aufzog und von innen an die Scheibe klopfte, sprang das Tier, das zuvor unverwandt ins Zimmer gestarrt hatte, vom Fenstersims.

»Was ist denn mit dem schwarzen Kater?«, erkundigte Rebekka sich interessiert. »Bei mir hat er heute Morgen auch vor dem Fenster gesessen. Aber ich hatte nicht das Gefühl, dass er bösartig ist. Mein Vermieter meinte, seine Schwester Lydia habe ihn wohl gefüttert. Vielleicht fragt der Kater sich, wo sie geblieben ist. Tiere verstehen den Tod nicht.«

»Die schwarze Katze bringt Unheil. Sie ist der Tod persönlich«, keifte Gesine und fuchtelte mit beiden Händen durch die Luft, obwohl von dem Kater längst nichts mehr zu sehen war. In diesem Moment konnte Rebekka nachvollziehen, dass manche Leute aus dem Dorf die alte Frau vielleicht tatsächlich im Scherz als Hexe bezeichneten, schämte sich aber sofort für ihren Gedanken.

»Das ist ein alter Aberglaube. Die Katze kann nichts dafür, dass sie schwarz ist«, erklärte Rebekka sanft.

»Sie bringt die Vögel in meinem Garten um. Ich will sie hier nicht haben. Sie ist böse.«

»Die Natur ist nicht immer nett.« Das war eine Tatsache, die den Lesern von *Countryside* lieber verschwiegen wurde. Possierliche Katzen kamen auf den Fotos der Hochglanzzeitschrift als dekorative Elemente vor den Sprossenfenstern von Landhausküchen und neben Kübeln mit blühendem Oleander vor, nicht aber als Vogelmörder.

Eigentlich hatte sie Gesine fragen wollen, ob sie mehr über das Verhältnis zwischen Lydia und dem Kater wusste, aber das ließ sie unter diesen Umständen lieber sein. Sie verabschiedete sich und ging quer über den Rasen zurück zu ihrem Häuschen. Zwischen den beiden Grundstücken standen anstelle eines Zauns nur ein paar Büsche, die genügend Lücken boten, um bequem von einem Haus zum anderen zu gelangen.

Auf dem Weg zu ihrer Haustür bemerkte sie aus dem Augenwinkel ein Huschen im Gras. Als sie den Kopf wandte, saß der schwarze Kater bewegungslos neben der Auffahrt und sah sie wissend an, als würden sie ein Geheimnis teilen.

Sie beschloss, ihn zu ignorieren, betrat ihr Häuschen und schloss nachdrücklich die Tür hinter sich.

4. kapitel

Um halb acht am nächsten Morgen lehnte Rebekka verträumt neben ihrem Kaffeeautomaten an der zerschrammten Arbeitsplatte, atmete tief das köstliche Aroma der frisch gerösteten Bohnen ein, die das Mahlwerk soeben zerkleinert hatte, und war, wie meistens um diese Tageszeit, mit sich und der Welt im Reinen.

Das unerwartete Pochen an der Hintertür holte sie mit einem Schlag in die Realität zurück. Sie zuckte zusammen, zog den Gürtel ihres Bademantels enger und öffnete vorsichtig die Tür.

»Casjen!«, rief sie erstaunt. »Du bist aber früh auf!«

Ihr Nachbar nickte mit strahlendem Gesicht und machte eine weit ausholende Bewegung mit den Armen. Falls er damit das Aufpumpen eines Fahrradreifens darstellen wollte, hatte Rebekka leichte Bedenken, ob er tatsächlich wusste, wie das ging. Aber immerhin hielt er eine große schwarze Luftpumpe in der rechten Hand.

»Möchtest du einen Kaffee?«, erkundigte sie sich. Im selben Moment fiel ihr Gesines Bemerkung ein, dass Koffein nicht gut für ihn war.

Er reagierte ohnehin nicht auf ihr Angebot, sondern schwenkte nur weiter die Luftpumpe durch die Luft.

»Dann gehen wir jetzt wohl gleich in den Schuppen«, stellte sie fest und sah zweifelnd an sich herunter. Unter ihrem kurzen weißen Bademantel trug sie knappe Baumwollshorts und ein altes T-Shirt. Ihre nackten Füße steckten in albernen, jedoch äußerst bequemen Filzpantoffeln, die über und über mit riesigen roten Blüten bedruckt waren.

Beherzt griff sie nach ihrem fertigen Cappuccino und trat zu Casjen hinaus in die kühle Morgenluft. Das Gras war noch feucht vom Tau der Nacht, und schon nach wenigen Schritten hingen die Pantoffeln wie nasse Wischlappen an ihren Füßen. Aber der Steingutbecher, den sie mit beiden Händen umklammerte, war warm, und das Kaffeearoma umwehte sie tröstlich.

In dem kleinen Schuppen seitlich vom Haus stürzte Casjen sich mit Feuereifer auf das schwarze Fahrrad mit dem Weidenkorb am Lenker. Nachdem er mit konzentrierter Miene den Vorderreifen betastet und sich am Ventil zu schaffen gemacht hatte, brachte er die Luftpumpe zum Einsatz. Tatsächlich schien er sich mit dieser einfachen Arbeit auszukennen, wenn seine Bewegungen auch nicht sonderlich geschickt wirkten.

Mit kalten Füßen und warmen Händen lehnte Rebekka in der offenen Tür, genoss den Sonnenschein auf dem Rücken und sah ihm zu. Dabei überlegte sie, was sie ihm für seine Arbeit anbieten konnte. Mit Geld war Casjen sicher nicht geholfen. Ob er Schokolade mochte? Leider hatte sie von ihrem Einkauf am Vortag keine mitgebracht. Süßigkeiten gehörten nicht zu ihren Lastern.

Als sie hinter sich ein hohes, schrilles Bellen und gleich darauf eine Frauenstimme hörte, die ein lang gezogenes »Hiiiiier« durch die klare Luft schleifen ließ, wandte sie sich neugierig um. Mehrere hohe Büsche versperrten ihr den Blick auf einen großen Teil des Nachbargrundstücks zur Linken. Von ihrem Standort aus konnte sie jedoch den weiß gestrichenen Bungalow mitten auf einer offenbar seit Längerem nicht gemähten Wiese sehen. In einer schwungvollen Kurve führte die gepflasterte Auffahrt über die Grünfläche zur Haustür. Soeben bog ein großer schwarzer Audi vom Grundstück in die Straße ein und war gleich darauf um die nächste Kurve verschwunden. Vage erkannte Rebekka durch die Scheiben einen jüngeren Mann im dunklen Jackett. Sicher war er auf dem Weg zur Arbeit.

Angesichts ihrer um diese Morgenstunde schon sehr aktiven Nachbarn wurde Rebekka sich ihres Aufzugs wieder schlagartig bewusst. Wahrscheinlich trug die Frau, deren für acht Uhr morgens viel zu muntere Stimme sie hinter dem Haus hörte, unglaublich hohe High Heels, und ihr Pudel war stolzer Besitzer eines Halsbands mit Glitzersteinchen.

Bevor Rebekka das Fahrrad, an dem Casjen sich immer noch zu schaffen machte, aus dem Weg schieben und sich im Schuppen in Sicherheit bringen konnte, brach laut meckernd eine schwarz-weiße Ziege durch die lichte Buschreihe zwischen den beiden Grundstücken. Die Nase so dicht an den Hinterbeinen der Ziege, dass sie wie angeklebt wirkte, folgte ihr ein Hund, der große Ähnlichkeit mit einem Collie hatte, aber nicht einmal halb so groß war. Verblüfft sah Rebekka zu, wie die beiden Tiere in wilden Schlangenlinien vor der kleinen Scheune hin- und herliefen.

Als Nächstes tauchte eine Frau um die dreißig zwischen den Büschen auf. »Nicht da lang, Bonnie«, rief sie energisch. »Weide, habe ich gesagt. Auf die Weide!«

Wider Erwarten konnte bei der Nachbarin zur Linken von High Heels und Kostüm nicht die Rede sein. Im Gegenteil – ihr Aufzug glich auf verblüffende Weise Rebekkas.

»Hiiier!« Die fremde Frau deutete mit dem Zeigefinger der rechten Hand auf ihre nackten Füße, die in durchnässten, ausgetretenen Stoffschuhen steckten.

Der kleine Hund jagte die Ziege eine weitere flotte Runde über die Wiese und entschloss sich dann, dem Befehl zu folgen. Er lief zu der Frau und ließ sich neben ihren Füßen im feuchten Gras nieder. Sofort blieb auch die Ziege stehen und sah sich erstaunt um, offenbar verwundert, dass das lustige Spiel so plötzlich beendet war.

»Du auch!«, herrschte die Frau die Ziege an. »Hiiier!« Während sich auch dieses Tier ihrem Willen beugte und auf sie zugetrottet kam, strich sie sich die zerzausten blonden Haare aus der Stirn und lächelte Rebekka strahlend an.

»Amanda wohnt erst seit einer knappen Woche bei uns. Sie gehorcht noch nicht so gut. Und Bonnie ist derart außer sich, dass sie endlich jemanden hat, den sie treiben kann, dass sie ständig Umwege nimmt, obwohl sie ganz genau weiß, dass die Ziege morgens auf ihre Weide hinter dem Haus gebracht werden muss.«

»Bonnie bringt Amanda morgens auf die Weide?«, vergewisserte Rebekka sich verblüfft.

Die Frau nickte mit ernster Miene. »Bonnie ist ein Sheltie, ein Shetland Sheepdog. Das sind Hütehunde. Bisher hatte sie nur einen großen Ball, den sie durchs Gras treiben konnte. Mit Amanda hat sie natürlich viel mehr Spaß. Und Amanda scheint es auch zu gefallen.«

Rebekka öffnete den Mund und klappte ihn sofort wieder zu. Was sollte sie dazu auch sagen? Wenn die Frau ihr jetzt noch erzählte, dass hinter ihrem Bungalow ein Hühnerstall stand und sie vorhatte, heute noch Eierlikör zu machen, nachdem sie die Ziege gemolken und die Eier aus dem Stroh gesucht hatte, war dies der Beweise dafür, dass es ein Leben, wie es in *Countryside* dargestellt wurde, tatsächlich gab.

Als sie bemerkte, dass die fröhliche junge Frau offenbar irgendeine Bemerkung von ihr erwartete, stieß sie ein »Erstaunlich!« hervor und bemühte sich um den entsprechenden Gesichtsausdruck.

»Ich bin übrigens Simone«, fuhr ihre Nachbarin daraufhin fort. »Wir wohnen erst seit einem Monat hier, und ich finde es einfach herrlich, auf dem Land zu leben. Mein Mann hat seit Kurzem einen Job in Hamburg, und ich kann mir im Gartenhaus endlich ein eigenes Atelier einrichten. Es ist zwar ziemlich alt und baufällig, aber ich bin so froh, dass es nicht mit dem alten Haus abgerissen wurde, als der Eigentümer den Bungalow gebaut hat.«

»Malen Sie?«

»Ich mache Collagen. Kommen Sie doch bei Gelegenheit mal rüber und schauen Sie sich meine Arbeiten an. Ehrlich gesagt bin ich selber ganz erstaunt, wie gut sie sich mittlerweile verkaufen. Damit hätte ich nie gerechnet. Obwohl mein Galerist mir ständig vorbetet, ich müsste mehr an mich als Künstlerin glauben. Trotzdem finde ich es immer noch sehr überraschend, dass ich mit so etwas tatsächlich Geld verdiene.« Ihr Lachen war hell und fröhlich. »*So etwas* darf ich natürlich gar nicht sagen. Ich mag meine Arbeiten und habe Spaß daran, sie zu machen. Aber wieso jemand einen Tausender oder noch viel mehr hinlegt, um sich das ins Wohnzimmer zu hängen oder in den Garten zu stellen? Die Leute könnten sich so etwas ganz leicht selber machen, fürchte ich. Also – so ein Kunstwerk.«

Sie verzog den Mund zu einem breiten Lächeln, griff in die Tasche ihres Bademantels, zog ein Bröckchen Trockenfutter daraus hervor und reichte es der kleinen Hündin, die sich neben ihrem rechten Fuß aufgestellt hatte. Die Ziege stand zu ihrer Linken, und beide schienen gespannt abzuwarten, wie es weitergehen sollte.

»Schön, Sie kennengelernt zu haben. Kommen Sie mich besuchen! Sonst komme ich zu Ihnen! Bis jetzt habe ich im Dorf noch niemanden kennengelernt, mit dem ich mich vernünftig unterhalten kann. Ich fürchte, die meisten Leute, die hier wohnen, sind deutlich über sechzig.« Simone winkte ihr zu und wandte sich wieder in Richtung Bungalow.

»Ich bleibe leider nur ein paar Wochen«, dämpfte Rebekka ihren Enthusiasmus.

»Schade. Aber besser als nichts. Bis bald. Wiese, Bonnie! Wiese!« Mit einem eiligen Winken folgte die Frau im roten Bademantel der laut meckernden Ziege, an deren Hinterbeinen wieder die Nase des Hundes klebte.

Als Rebekka sich umwandte, stand Casjen direkt neben ihr und strahlte sie an. Er wedelte mit seiner Luftpumpe und deutete mit der freien Hand auf das Fahrrad. Der Auftritt der Nachbarin mitsamt Hund und Ziege schien ihn nicht weiter zu interessieren, jedenfalls schenkte er dem sich entfernenden Trio keine Beachtung. Stattdessen schob er stolz das Fahrrad aus dem Schuppen, blieb damit neben ihr stehen und stieß ein paar Töne hervor, die Rebekka als Aufforderung begriff.

»Meinst du, ich kann jetzt damit fahren?«

Casjen strahlte sie so stolz an, dass sie nicht anders konnte, als probeweise eine kleine Runde zu drehen. Außerdem gab es keine andere Methode herauszufinden, ob das Fahrrad wirklich fahrtüchtig war.

Entschlossen stellte sie ihren leeren Kaffeebecher auf den Hackklotz neben der offenen Schuppentür, griff nach dem Lenker des alten Rads, schwang sich auf den Sattel und trat mit aller Kraft in die Pedale. Der Weg über das hohe Gras zur Auffahrt war holprig, und die Fahrradkette hätte sicher etwas Öl vertragen können, aber sie kam vorwärts.

»Guten Morgen, Frau Frey. Wie geht es Ihnen heute?«

Rebekka riss ihren Blick vom Boden los und sah geradeaus zum Ende der Auffahrt. Dort stand Gesine Holste. Sie hielt eine riesige, bunt geblümte Tasche in der Hand. Wahrscheinlich war sie auf dem Weg zum Einkaufen. Wann machten hier eigentlich die Geschäfte auf? Oder vielmehr das eine Geschäft?

»Alles bestens. Vielen Dank«, rief Rebekka zurück. Möglicherweise galt es in Bradehusen als mittelschweres Vergehen, sich nach acht Uhr morgens im Bademantel zu zeigen, aber glücklicherweise wusste sie inzwischen, dass sie nicht die Einzige im Dorf war, die diese Dinge etwas lockerer handhabte.

»Sehen Sie nur, wie gut das Fahrrad funktioniert.« Sie winkte der alten Frau fröhlich zu. »Casjen hat die Reifen ganz wunderbar aufgepumpt. Darf ich ihm dafür ein paar Pfannkuchen zum Frühstück machen?«

»Casjen hat längst gefrühstückt. Wir stehen um halb sieben auf, und um sieben gibt es Frühstück.«

»Das ist …«, brachte Rebekka noch heraus, bevor sie in hohem Bogen über den Lenker flog, weil sie den Maulwurfshügel im Gras nicht bemerkt hatte.

»Jetzt ist Ihr Bademantel schmutzig«, stellte Gesine zufrieden fest, während Casjen unverständliche, aber mitfühlend klingende Laute vor sich hin murmelte und das Fahrrad aufhob, das auf ihren Beinen lag.

»Keine Sorge, mir ist nichts passiert«, rief Rebekka zu Gesine hinüber, obwohl ihr Handgelenk ein bisschen wehtat.

Bevor sie sich vom Boden hochrappelte, bemerkte sie aus dem Augenwinkel einen schwarzen Schatten. Sie wandte den Kopf und starrte direkt in zwei funkelnde goldene Augen. Der Kater saß nur wenige Schritte von ihr entfernt, und sie bildete sich ein, dass er ihr Treiben amüsiert beobachtete. Dass sie harmlos in der Gegend herumsitzenden Tieren Schadenfreude unterstellte, war wahrscheinlich ein Zeichen dafür, wie sehr das Leben auf dem Land ihr nach so kurzer Zeit bereits zugesetzt hatte.

Der Kater beobachtete die Frau, die inzwischen in Lydias Haus wohnte, schon den ganzen Morgen. Ihr plötzliches Auftauchen hatte einen Funken in ihm entzündet, der neben der Traurigkeit ganz schwach in ihm glomm. Vielleicht konnte er mithilfe dieser

Frau dafür sorgen, dass die Wahrheit ans Licht kam. Schließlich lebte sie jetzt da, wo noch immer ein kleines bisschen von Lydias Wärme war. Obwohl er nicht viel Hoffnung hatte. Die Frau wirkte irgendwie … unbeholfen. Als hätte sie keine Ahnung, wie das Leben hier funktionierte.

Vom Sims des Küchenfensters aus hatte er festgestellt, dass sie morgens nicht gerade ausgeschlafen wirkte. Ganz anders als Lydia, die schon beim Teekochen fröhlich vor sich hin gesummt hatte. Diese Frau lehnte mit zerzausten Haaren und mit halb geschlossenen Augen neben diesem silbernen Gerät, das sie mitgebracht hatte, und hörte sich den Lärm an, den das Ding veranstaltete. Bei Lydia hatte nur der Teekessel gesummt.

Dann war Casjen vor der Hintertür aufgetaucht, und der Kater hatte sich unter einen der Büsche in der Nähe der Auffahrt zurückgezogen. Die Frau war in ihren komischen Schuhen mit Casjen zum Schuppen gestolpert. Kurz darauf war der verrückte Hund von nebenan zusammen mit der meckernden Ziege aufgetaucht, die neuerdings auch dort wohnte. Was er von der Frau halten sollte, die auch noch nicht lange im Dorf war und immer »Hiiier« rief, wenn die Tiere in der Nähe waren, wusste er immer noch nicht. Wie die meisten Hunde war auch dieses langhaarige Exemplar, das mit dem Paar in das flache Haus eingezogen war, dumm genug zu tun, was irgendwelche Menschen von ihm wollten.

Jedenfalls eignete sich wohl leider keine der beiden Frauen als Verbündete. Die Auswahl war schlicht und ergreifend kläglich! Die aus seinem Haus war jetzt auch noch ins Gras gefallen und zappelte herum wie ein großer Käfer! Erst als sie am Boden lag, bemerkte sie ihn und schien äußerst erstaunt zu sein, dass er ihr interessiert bei ihrem Tun zuschaute. Als müsste man sich darüber wundern, angestarrt zu werden, wenn man sich komisch benahm.

Er erhob sich würdevoll, reckte sich ausgiebig und spazierte gemächlich davon, damit sie begriff, dass es im Dorf weitaus interessantere Dinge gab als sie.

Aber er wusste, er würde wiederkommen. Spätestens wenn im Haus das Licht brannte und er daran denken musste, wie er mit Lydia auf dem Sofa gesessen hatte. Dann würde er wieder diesen seltsamen Schmerz in der Brust spüren.

Es war absolut nicht richtig, wenn alle im Dorf einfach weiterlebten, als sei nichts geschehen. Die meisten von ihnen ahnten tatsächlich nicht, was passiert war. Aber die, die es wussten oder hätten wissen müssen, mussten bestraft werden. Und leider sah es so aus, als ob er ausgerechnet auf die Hilfe der Frau angewiesen war, die sich bei seinem Anblick jedes Mal aufführte, als hätte sie noch nie eine Katze gesehen. Entweder redete sie mit einer ganz komischen Stimme mit ihm, oder sie tat, als würde sie ihn gar nicht sehen. Als ob er so dumm wäre, nicht zu bemerken, dass sie ihn trotzdem von der Seite beobachtete.

Aber immerhin wohnte sie jetzt in Lydias Haus, und gestern Abend hatte er sie auf dem Sofa sitzen und in einem Buch lesen sehen, fast so wie Lydia es oft getan hatte. Vielleicht war sie ja doch nicht so unbrauchbar, wie es den Anschein hatte.

Rebekka radelte die Hauptstraße von Bradehusen entlang. Jedenfalls nahm sie an, dass es sich um die Hauptstraße handelte, weil hier die einzige Kneipe des Ortes und die Kirche lagen, ebenso wie der kleine Lebensmittelladen, in dem es außer Essbarem ein buntes Sammelsurium an Waren für den täglichen Bedarf und besondere Gelegenheiten zu geben schien.

Sie hielt kurz an und erspähte hinter der blank geputzten Schaufensterscheibe einen schon leicht vergilbten Strauß Stoffblumen, ein dickes Notizbuch in einem quietschbunten Plastikumschlag, ein kleines Gewürzregal aus Holz und ein paar zu einer Pyramide aufgetürmte Dosen Katzenfutter. Sollte sie ein oder zwei davon mitnehmen? Sofort verwarf sie diese Idee. Wahrscheinlich würde der Kater sie wieder anstarren wie ein Wesen vom anderen Stern, wenn sie ihm Katzenfutter hinstellte. Aus irgendeinem für sie nicht ersichtlichen Grund schien alles, was sie tat oder nicht tat, dieses Tier zu verwundern. Vielleicht deutete sie den Blick aus seinen goldfarbenen Augen aber auch vollkommen falsch?

Entschlossen stieg sie wieder auf das alte schwarze Fahrrad und fuhr weiter. Sie hatte keine Ahnung, wie die Frauen, die Gesine ihr genannt hatte, reagieren würden, wenn sie einfach an ihren Türen klingelte und nach Rezepten fragte. Ihr Versuch, im Internet die zu den Namen gehörigen Telefonnummern zu finden, um zunächst telefonisch Kontakt aufzunehmen, war gescheitert. Sie hatte gerade mal zwei Nummern aufgetan, die zumindest zu Nachnamen von ihrer Liste passten. Unter der einen Nummer hatte sich trotz mehrmaliger Versuche niemand gemeldet. Bei der anderen Nummer nahm zwar sofort jemand ab, knallte aber den Hörer wieder auf die Gabel, als sie ihr vorbereitetes Sprüchlein aufsagte: »Entschuldigen Sie bitte die Störung. Ich bin Rebekka Frey und möchte …«

Entweder sprach man hier grundsätzlich nicht mit Fremden, oder die Frau hatte geglaubt, sie wollte ihr ein Zeitschriftenabo oder eine Versicherung andrehen. Vielleicht war es tatsächlich der bessere Plan, an den Türen zu klingeln, freundlich zu lächeln und gleich zu Beginn zu erklären, sie wolle nichts verkaufen.

»Hinter der Kirche gleich links«, murmelte Rebekka vor sich hin. Die Straße führte ziemlich steil bergauf, und je schwerer sich die Pedalen bewegen ließen, umso lauter wurde das Quietschen, das jede ihrer Umdrehungen begleitete.

Als sie laut keuchend schon fast die Ecke der Friedhofsmauer vor der Kirche erreicht hatte, verließen sie die Kräfte. Sie stieg ab, um das letzte Stück den Berg hinaufzuschieben. Seltsamerweise fiel ihr in diesem Augenblick Leonhard ein. Auf einer der wenigen Radtouren, die sie zusammen unternommen hatten, hatte er ihr erklärt, dass ein Mann niemals abstieg. »Eher fällt er tot vom Rad.«

Sie musste lächeln und fragte sich, ob es das erste Mal war, dass sie beim Gedanken an den Mann, den sie hatte heiraten wollen, so etwas wie ein heiteres Gefühl überkam.

Der alte Mann, der mit einem kleinen Blumentopf in der Hand vor der niedrigen Friedhofsmauer stand, verzog sein Gesicht zu einem so breiten Grinsen, dass seine Augen inmitten des Strahlenkranzes aus tiefen Falten, der sich um sie bildete, fast verschwanden. »Is' steil, nich?«

»Ziemlich«, gab Rebekka zu und lehnte das Rad immer noch nach Luft ringend gegen die Mauer, um sich ein wenig auszuruhen. »Ich bin das Radfahren nicht mehr gewohnt, und dieses alte Ding macht es mir nicht gerade leicht.«

»Könnt ein bisschen Öl vertragen«, stellte der Mann fachmännisch fest.

»Ja«, stimmte Rebekka ihm zu. »Ich werde mich darum kümmern. – Kennen Sie vielleicht Frau Andres? Mathilda Andres? Die möchte ich nämlich besuchen.«

»Mathilda? Die wohnt hier gleich um die Ecke. Aber die mag keinen Besuch nich.« Der alte Mann nickte bedächtig. »Nich mehr, seit ihr Mann gestorben ist und ihre Tochter in der Stadt wohnt. Seitdem is' sie oft wütend und redet nich mehr viel. Warum woll'n Sie die denn besuchen?«

»Ich habe gehört, dass sie gut kochen kann.«

»Für wen soll sie denn kochen? Is' doch keiner mehr da.«

»Ich sammle Rezepte aus der Gegend. Für ein Kochbuch.

Vielleicht kennen Sie jemanden, der mir ein paar Rezepte verraten würde?« Obwohl ihr Mut allmählich sank, war es einen Versuch wert.

»Nee.« Der alte Mann schüttelte heftig mit dem Kopf. »Müssen die nich in der Familie bleiben? Wenn es doch Familienrezepte sind?« Als hätte sie versucht, ihm ein finsteres Geheimnis zu entlocken, wandte er sich mit plötzlich verschlossener Miene dem Eingang des Friedhofs zu. »Ich muss dann mal weiter. Hab noch was zu erledigen. Meine Frau hat heut Geburtstag. Is der erste Geburtstag, an dem sie hier liegt.«

»Das tut mir leid.« Rebekka starrte den kleinen Blumentopf mit den halb vertrockneten Stiefmütterchen in seiner Hand an. »Ihre Frau wird sich sicher freuen. Ich meine, sie würde sich freuen … Die Blumen brauchen ein bisschen Wasser, glaube ich.«

»Ich hab sie schon letzte Woche gekauft. Paula hat auch manchmal vergessen, die Töpfe auf der Fensterbank zu gießen«, tröstete der Alte sie. Dann marschierte er entschlossen auf den Friedhof.

Rebekka sah ihm eine Weile nach, während er auf den schmalen Wegen zwischen den Gräbern entlangschlurfte und dabei den Blumentopf wie eine Laterne, die ihm im Dunkeln leuchten sollte, am ausgestreckten Arm vor sich hertrug.

Mit einem unterdrückten Seufzer stieg sie wieder aufs Rad und bewältigte die restlichen Meter den Berg hinauf fast problemlos. Ebenso leicht fand sie nach Gesines Beschreibung das kleine Fachwerkhaus, in dem Mathilda Andres lebte. Die ehemals dunklen Balken waren von Sonne und Regen ausgeblichen, und die Farbe der dazwischenliegenden Wandstücke blätterte an einigen Stellen ab. Der Garten machte einen verwahrlosten Eindruck, und das kleine Holztor im Zaun hing schief in den Angeln. Als sie es öffnete, quietschte es fast noch empörter als ihr Fahrrad.

An der Haustür, deren blasses Grün an einigen Stellen wie Grau wirkte, fand Rebekka keine Klingel. Entschlossen klopfte sie an. Drinnen blieb alles still, im Garten brachte ein plötzlicher Windstoß die Blätter zum Rauschen.

Nachdem sie ein zweites Mal vergeblich geklopft hatte, ging sie um das Häuschen herum. Bei dem schönen Wetter hielt sich die alte Frau womöglich im Garten auf. Die nachlässig gepflegten Beete an der Längsseite des Hauses übten einen seltsamen Zauber auf den Betrachter aus. Dort, wo die blühenden Bodendecker und die bunten Sommerblumen teilweise den schmalen Weg überwucherten, entstand der Eindruck, als würde ein Meer aus Blüten seine schaumigen Wellen an dcn Strand werfen, während sich zwischen den niedrigen Blumen blühende Gräser im Wind wiegten wie Schilf.

Rebekka wühlte in ihrem Lederbeutel nach der Kamera und machte einige Fotos. Solange das Haus nicht zu sehen war, konnten die Bilder mit vielen der Aufnahmen von kunstvoll angelegten Gärten mithalten, die in *Countryside* veröffentlicht wurden.

»Was machen Sie da?«

Seltsamerweise erschrak Rebekka beim Klang der schrillen Stimme kaum. Offenbar hatte sie sich bereits daran gewöhnt, dass in Bradehusen die alten Frauen gern herumschrien.

»Entschuldigen Sie bitte.« Sie ließ die Kamera zurück in ihre Tasche gleiten. »Ihr Garten ist so wunderschön, dass ich nicht widerstehen konnte. Frau Andres? Mathilda Andres?«

»Ja?« Mit misstrauisch zusammengekniffenen Augen kam die alte Frau näher. Sie ging erstaunlich aufrecht, war sehr schlank und groß und trug einen fast modern anmutenden Kurzhaarschnitt. Selbst das eng geschnittene schwarze Kleid wäre ohne den Spitzenkragen, das weiße Tüchlein in der Brusttasche und den am Gürtel befestigten Schlüsselbund als aktuelle Mode durchgegangen.

»Frau Holste hat mir Ihre Adresse gegeben«, erklärte Rebekka und bemerkte im selben Moment, dass es ein Fehler gewesen war, ihre Nachbarin zu erwähnen.

Mathilda Andres' Augen wurden noch schmaler, und ihre Lippen verwandelten sich in einen Strich. »Aha, die. Was wollen Sie von mir?«, herrschte sie Rebekka an.

»Ich habe gehört, dass Sie zu den Frauen hier im Dorf gehören, die besonders gut kochen können«, versuchte Rebekka es mit Schmeichelei.

»Von wem haben Sie das gehört? Von der Holste? Als ob die was vom Kochen versteht!« Den letzten Satz stieß die alte Frau mit einem verächtlichen Schnauben hervor.

»Nicht nur Frau Holste hat Ihre Kochkunst gelobt«, behauptete Rebekka kühn. »Ich bin eben vor dem Friedhof einem Mann begegnet, der ebenfalls meinte, Sie würden …«

»Sie reden mit fremden Männern über mich?« Mathilda Andres kam einen Schritt näher und sah sich prüfend um. Entweder hielt sie Ausschau nach einer Hacke, mit der sie Rebekka vertreiben konnte, oder sie vermutete weitere Eindringlinge in ihrem Garten.

»Da er Sie kannte, ist er kein Fremder für Sie«, stellte Rebekka energisch fest. Offenbar war es in dieser Gegend entscheidend, sich nicht einschüchtern zu lassen.

»Aber *Sie* sind fremd!« Der funkelnde Blick aus den blauen Augen traf Rebekka wie ein todbringender Blitz, den sie jedoch entschlossen ignorierte.

»Entschuldigen Sie, dass ich mich noch nicht vorgestellt habe. Das war unhöflich von mir.« Sie lächelte so freundlich, wie es ihr in der Situation möglich war. »Mein Name ist Rebekka Frey. Ich bin Journalistin und arbeite für die Zeitschrift *Countryside.*«

»Schmierfinken, diese Schreiberlinge«, schimpfte die alte Frau prompt. »Und dann noch so ausländisches Zeug!«

»*Countryside* bedeutet auf dem Land. Es geht um das Leben auf dem Lande«, versuchte Rebekka zu retten, was zu retten war.

Als Mathilda Andres sich bückte, zuckte sie zusammen. Würde die ungastliche Frau sie jetzt mit Steinen bewerfen? Sie zupfte jedoch nur eine verblühte Blume ab und warf sie auf das ungemähte Gras. Aus irgendeinem Grund schien Rebekkas letzte Bemerkung ihr gefallen zu haben. Jedenfalls hoben sich die Winkel ihrer schmalen Lippen ein winziges Stück.

»Momentan schreibe ich über die Küche im Alten Land. Sicher gibt es viele Rezepte mit den wunderbaren Äpfeln, die hier reifen«, versuchte Rebekka ihr mürrisches Gegenüber zu locken.

»Sind auch nicht wunderbarer als anderswo.«

Mit einem Seufzer wollte Rebekka sich abwenden. Schließlich hatte sie noch mehr Adressen, bei denen sie es versuchen konnte. Da machte Mathilda Andres eine Äußerung, mit der sie schon längst nicht mehr gerechnet hätte: »Ich kenne Rezepte mit Äpfeln. Woll'n Sie eine Tasse Kaffee?«

Sie konnte nur verblüfft nicken und der alten Frau stumm um die Hausecke zu einer Terrasse mit gesprungenen Betonplatten folgen. Hier war ein Kaffeetisch für eine Person gedeckt. Die altmodische Porzellankanne hatte ein Muster aus Streublümchen, und um den angeschnittenen Apfelkuchen tanzte eine einsame Hummel.

Mathilda Andres deutete auf die Holzbank, von der aus man einen herrlichen Blick auf das überbordende Blütenmeer ihres Gartens hatte, und murmelte etwas davon, dass sie eine zweite Tasse holen werde.

Erleichtert ließ sich Rebekka auf die Bank fallen. Langsam kam sie zu der Erkenntnis, dass es trotz des Misstrauens, das in dieser Gegend Fremden entgegengebracht wurde, offenbar möglich war, die raue Schale der Dorfbewohner zu knacken. Sie musste nur noch herausfinden, wie genau das funktionierte. Bis jetzt hatte sie nicht die geringste Ahnung, welcher Bemerkung, welchem Verhalten oder welchem Blick sie Mathilda Andres' unvermittelte Einladung zum Kaffee zu verdanken hatte. Bisher hatten ihre Rechercheréisen sie eher in den Süden Deutschlands geführt, wo die Menschen Fremde freundlich grüßten und oft auch gern mit ihnen redeten. Bevor Rebekka ins Alte Land gekommen war, hatte sie zwar gewusst, dass man über die Leute hier oben sagte, sie seien im Umgang ein wenig barsch und zeigten ihre Zu- und Abneigungen sehr offen, aber ihr war nicht klar gewesen, was das für sie als Fremde im Dorf bedeuten würde.

Vielleicht hatte die alte Frau sie letztlich aufgefordert zu bleiben, weil sie einsam war. Es musste ziemlich deprimierend sein, allein vor einem großen Apfelkuchen zu sitzen.

Eine knappe Stunde später verließ Rebekka mit dem Gefühl, dass ihr Unterfangen in Bradehusen doch nicht ganz aussichtslos war, Mathilda Andres' Garten. In der Tasche hatte sie ein Rezept für Schweinefilet mit Äpfeln und eine mit Calvados verfeinerten Sahnesoße.

Als sie auf dem Weg zu ihrem Fahrrad, das sie außen am Zaun abgestellt hatte, an einem der blühenden Rhododendronbüsche vorbeikam, blieb sie erstaunt stehen. Natürlich gab es viele schwarze Katzen, aber diese kam ihr sehr bekannt vor.

»Bist du das, Kater?«

Das Tier blinzelte so kurz, dass Rebekka nicht sicher war, ob die schwarzen Lider tatsächlich für den Bruchteil einer Sekunde das Gold der Augen verborgen hatten. Dann stellte er die linke Pfote ein winziges Stück vor die rechte, als wollte er sie auf seinen schneeweißen Mittelzeh aufmerksam machen. Nur leider konnte Rebekka sich nicht erinnern, ob der Kater in Lydias Garten einen weißen Zeh gehabt hatte.

»Es gibt eine Menge schwarze Katzen. Und ihr seht alle gleich aus.« Da niemand sie hörte, konnte sie ruhig weiter mit dem Tier reden, das sie immer noch anstarrte, als würde es sich eindringlich fragen, was für eine Art Mensch Rebekka war.

»Ich fange an zu spinnen«, murmelte sie vor sich hin und wandte sich entschlossen ab, um endlich zu ihrem Fahrrad zu gehen.

»Peterle! Woher weißt du denn immer, wenn es etwas Gutes zu essen gibt? Das Fleisch ist schon angebraten. Riechst du das durchs ganze Dorf?« Rebekka war bereits hinter dem hohen Busch an der Grundstücksgrenze verschwunden, als sie Mathilda Andres in einem seltsam flötenden Ton durch den Garten rufen hörte.

Neugierig trat Rebekka ein wenig zur Seite, sodass sie zwischen den Zweigen in den Vorgarten sehen konnte. Mathilda stand in der offenen Tür und wartete auf den Kater, der gemächlich zum Haus spazierte. Offenbar lebte er nicht hier, sondern schaute nur gelegentlich vorbei, um sich mit Leckerbissen verwöhnen zu lassen. Was dafür sprach, dass es sich tatsächlich um das Tier handelte, das Lydia vor ihrem Tod regelmäßig gefüttert hatte, ohne dass ihre Nachbarn und Freunde den Kater als ihr Haustier bezeichnet hätten. Der Streuner lief offensichtlich im ganzen Dorf herum und ließ sich von einsamen alten Frauen füttern. Schon deshalb würde sie ihm jedenfalls nichts anbieten. Schließlich war sie weder alt noch einsam.

Kopfschüttelnd stieg Rebekka aufs Rad und machte sich auf den Rückweg zu ihrem Häuschen. Auf der Hauptstraße konnte sie sich bequem bergab rollen lassen.

»Hallo!«, schmetterte ihr eine brüchige Männerstimme von der Friedhofsmauer entgegen. Der alte Mann, dem sie schon auf dem Hinweg begegnet war, winkte ihr wie einer alten Bekannten zu.

Sie bremste und hielt neben ihm an.

»Hat Mathilda etwa mit Ihnen gesprochen?«, erkundigte er sich, als sie neben ihm zum Stehen kam. »Ich war ziemlich lange bei meiner Frau. Hatte dies und das mit ihr zu bereden. Und Sie kommen jetzt erst zurück.« Seine vertrocknete Topfpflanze hatte er auf dem Friedhof gelassen, und Rebekka sah, dass unter seinen Fingernägeln Erde klebte. Der Gedanke, dass er möglicherweise mit bloßen Händen die Blume auf das Grab gepflanzt hatte, rührte sie.

»Frau Andres hat mich zu Kaffee und Kuchen eingeladen und mir ein altes Familienrezept für Schweinefilet mit Äpfeln verraten«, befriedigte Rebekka die Neugier des alten Mannes und konnte einen triumphierenden Unterton in ihrer Stimme nicht verhindern.

»Aha.« Er runzelte angestrengt die Stirn. »Meine Paula konnte auch gut kochen.«

»Vielleicht hätte es ihr gefallen, wenn ein oder zwei ihrer Rezepte in einem Kochbuch über das Alte Land erscheinen. Ich will Sie aber auf keinen Fall drängen.« Rebekka hatte dazugelernt. Sie gab sich große Mühe, sehr zurückhaltend zu sein.

»Sie hat all ihre Rezepte in ein Buch geschrieben. Es ist so dick, und nur ganz hinten sind noch ein paar Seiten frei.« Mit seinen schwieligen Fingern zeigte er den halben Umfang eines Dudens.

Nur mit Mühe unterdrückte Rebekka einen freudigen Aufschrei. Genau solche Rezeptsammlungen hatte sie sich vorgestellt! Hunderte von Rezepten, aus denen sie sich die besten und originellsten für ihr Kochbuch aussuchen konnte. Obwohl ihr das Herz bis zum Hals klopfte, ließ sie sich nichts anmerken.

Der alte Mann musterte sie schweigend. Sie lächelte und erwiderte ausdauernd und freundlich seinen Blick.

»Meinen Sie, ich könnte mir das Buch einmal ansehen?«, erkundigte sie sich schließlich vorsichtig, als er nach einer gefühlten Ewigkeit immer noch nichts gesagt hatte.

»Paula war eigen in solchen Sachen.« Bedächtig wiegte er den Kopf mit dem dünnen grauen Haar hin und her.

»Meinen Sie nicht, es hätte ihr gefallen, anderen Menschen mit ihren Rezepten Freude zu bereiten?«

»Mathilda hätte sie jedenfalls niemals verraten, wie man ihren leckeren Apfelkuchen macht. Paula mochte Mathilda nicht und hat immer gesagt, die kann längst nich so gut backen wie sie. War'n beide bei den Landfrauen.«

»Dann würde es Ihrer Paula wahrscheinlich nicht gefallen, wenn Mathilda in dem Kochbuch erwähnt wird und sie nicht«, gab Rebekka zu bedenken. Vor Anspannung umklammerte sie die abgenutzten Griffe des Fahrradlenkers so fest, dass ihre Handflächen schmerzten. Zu gern hätte sie das handgeschriebene Rezeptbuch wenigstens gesehen.

»Stimmt! Paula wär' wütend geworden.« Er kratzte sich am Hinterkopf. »Dann muss ich Ihnen ja wohl das Buch zeigen.«

»Das ist eine kluge Entscheidung«, lobte Rebekka und spürte ein freudiges Kribbeln im Bauch. »Soll ich gleich mitkommen, dann könnte ich …«

Der alte Mann schüttelte energisch den Kopf. »Muss noch in den *Schwan*.«

»Wenn Sie mir Ihre Adresse geben, hole ich mir das Buch, wann es Ihnen passt. Mein Name ist übrigens Rebekka Frey.« Sie streckte ihm die Hand hin.

»Fedder Alert bin ich.« Trotz seiner mageren Arme und seiner sicher fast achtzig Jahre schüttelte er ihre Hand mit erstaunlicher Kraft.

Anschließend beschrieb er ihr umständlich, wie sie seinen Hof finden konnte und woran sie ihn erkennen würde. Morgen Nachmittag um drei passte es ihm.

Rebekka wünschte Fedder Alert viel Spaß im *Schwan* und schwang sich wieder auf ihr Rad. Das ließ sich gar nicht so schlecht an! Vielleicht war ihre Aufgabe doch nicht so schwierig, wie sie nach ihren ersten Erfahrungen in diesem Dorf zunächst befürchtet hatte.

5. kapitel

Sie träumte nur noch selten von ihm, doch wenn sie es tat, sah sie im Traum immer nur seine Augen und seine Hand. Sein suchender Blick ging durch sie hindurch in die Ferne, als könnte er sie nicht sehen. Doch dann schien seine Hand aus dem Nichts zu wachsen. Wie aus einer Nebelwand streckte sie sich ihr entgegen, und für einen kurzen Moment erkannte sie die kleine Narbe auf dem Ringfinger, die von einem gemeinsamen Spaziergang herrührte, als er ihn sich an einer rauen Baumrinde aufgeschürft hatte. Doch jedes Mal, wenn sie seine ausgestreckten Fingerspitzen berühren wollte, lösten sie sich in einer Nebelschwade auf, und sie spürte nur kühle, feuchte Luft.

In dieser Nacht war es anders. Bevor sie den Arm nach ihm ausstrecken konnte, durchfuhr sie ein heftiger Schreck, und sie erwachte. Mit pochendem Herzen lag sie bewegungslos auf dem Rücken und lauschte in die Dunkelheit. In ihren Ohren war der Nachhall eines Geräuschs, von dem sie offenbar erwacht war.

Sie richtete sich in den Kissen auf und hielt vor Anspannung die Luft an. Hatte unten eine Diele geknarrt? Waren das Schritte im Wohnzimmer, das direkt unter ihrem Schlafzimmer lag?

Mit zitternder Hand tastete sie nach der Nachttischlampe auf dem Eichenholzschränkchen neben dem Bett. Das Licht war so schwach, dass es nur einen gelblichen Schimmer auf die Decken und Kissen warf, den Rest des Zimmers aber im Dunkeln ließ.

Jetzt war nichts mehr zu hören. Entschlossen schlug Rebekka das Federbett zurück, stellte die nackten Füße auf den kühlen Holzboden und ging auf Zehenspitzen zur Tür. So vorsichtig sie die Klinke auch herunterdrückte, das Quietschen war unüberhörbar.

Angestrengt horchte sie durch den nur wenige Zentimeter breiten Türspalt. Unten blieb alles still. Sie trat in den schmalen Flur und überlegte, womit sie sich bewaffnen könnte. Es musste etwas sein, womit sie einem Einbrecher notfalls auf den Kopf schlagen konnte.

Auf dem Schränkchen neben der Treppe stand eine kleine Schüssel aus Steingut, in der Lydia offenbar alte Busfahrkarten und Kassenzettel gesammelt hatte. Sie war ziemlich schwer und jedenfalls besser als nichts.

Im schwachen Mondschein, der durch das Giebelfenster in den Flur fiel, erkannte sie schemenhaft das Treppengeländer. Sie tastete nach der Schüssel und drehte sie um, sodass ihr Inhalt auf das Schränkchen und zum Teil auf den Boden fiel. Ein paar der Papierchen sah sie wie weiße Schmetterlinge durch die Luft flattern.

Sie hob die Hand mit der Schüssel auf Schulterhöhe, griff mit der Linken nach dem Geländer und tastete sich mit den nackten Zehen die Stufen hinunter. Auf halber Höhe der Treppe blieb sie stehen. Was tat sie hier eigentlich? Wenn da unten wirklich ein Einbrecher herumschlich, war es lächerlich und dumm, mit einer Steingutschüssel bewaffnet auf den Eindringling loszugehen. Allerdings hatte sie oben kein Telefon, um Hilfe zu rufen, falls tatsächlich jemand im Haus war. Ihr Handy lag unten in der Küche. Dennoch war es am vernünftigsten, sich in ihrem Schlafzimmer einzuschließen und abzuwarten.

Andererseits stand ihr Laptop im Wohnzimmer. Und daneben lag der USB-Stick, auf dem sich die Sicherungskopien all ihrer Texte befanden. Der Computer war noch fast neu und sehr teuer gewesen. Und er stellte eindeutig den einzigen Gegenstand in diesem Haus dar, den man zu Geld machen konnte – abgesehen von ihrer kleinen DeLonghi, die vielleicht auch ein paar Euro einbringen würde.

Der Gedanke, wegen eines blöden Einbrechers morgens ohne ihren Cappuccino dazusitzen, ließ sie die letzten Stufen im Laufschritt hinunterstürmen. In der Diele schaltete sie die Deckenbeleuchtung ein und schob den Arm durch die offene Tür des Wohnzimmers, um an der Wand neben der Tür nach dem Lichtschalter zu tasten.

Als auch hier die Lampe aufflammte, stellte sie auf den ersten Blick fest, dass ihr Laptop unberührt auf dem kleinen Schreibtisch stand. Allerdings blähte sich die weiße Spitzengardine im Windzug, und einer der beiden Fensterflügel stand halb offen.

Offenbar hatte sie vergessen, das Fenster zu schließen. Wären Einbrecher hier eingestiegen, hätten sie zweifellos ihren Laptop mitgehen lassen. Das Knarren des Dielenbodens hatte sie wahrscheinlich tatsächlich gehört, denn alte Häuser ächzten und stöhnten ohne jeden menschlichen Einfluss, wie sie aus den zahlreichen Romanen wusste, die in alten Landhäusern spielten. Das Krachen, von dem sie erwacht war, rührte sicher von dem Fensterflügel her, den es gegen die Wand geschlagen hatte.

Bevor sie das Fenster schloss, streckte Rebekka den Kopf hinaus in die kühle, duftende Sommernacht. Ein halber Mond hing wie umgekippt, mit der Öffnung nach schräg oben, am Himmel. Daneben flackerten ein paar Sterne. Erst als sie den Kopf zur Seite wandte, bemerkte sie den schwarzen Kater, der einen guten Meter neben ihr auf dem äußeren Sims hockte. Er kehrte ihr den Rücken zu und fauchte leise in die Dunkelheit des Gartens.

»Tu nicht so unschuldig!«, schimpfte Rebekka, der plötzlich klar wurde, dass es doch nicht nur die Geräusche des alten Hauses gewesen waren, die sie von oben gehört hatte. »Ich weiß genau, dass du hier drinnen warst. Glaub ja nicht, du könntest hier ein und aus gehen, wie du möchtest.«

Mit einem entschlossenen Ruck schloss sie das Fenster und zog die dichten dunkelgrauen Übergardinen zu. Auf dem Weg durchs Zimmer schob sie die Schublade des Schranks zu, die sie abends offenbar vergessen hatte zu schließen. Nachdem sie alle Türen und Fenster im Haus kontrolliert und festgestellt hatte, dass auch ihr Kaffeeautomat wohlbehalten an seinem Platz in der Küche stand, ging sie zurück nach oben ins Bett.

Es dauerte eine ganze Weile, bis es ihr gelang, wieder einzuschlafen. Unruhig horchte sie in die Dunkelheit, obwohl sie sich immer wieder sagte, dass der Kater erstens nicht gefährlich war und zweitens jetzt nicht mehr ins Haus gelangen konnte.

Erst als von Osten die ersten Lichtstrahlen wie graue Finger ins Zimmer krochen, fiel sie in einen tiefen, traumlosen Schlaf, aus dem sie spät am Morgen erwachte.

Obwohl sie sich nur bruchstückhaft an die komplizierte Wegbeschreibung von Fedder Alert erinnerte, fand Rebekka sein Grundstück auf Anhieb. Er lebte in einer der Katen, die typisch für viele der kleineren Gehöfte waren. Reetgedeckt, mit schwarzen Fachwerkbalken in den geweißten Wänden und kleinen Sprossenfenstern. Die Haustür war, ebenso wie der Zaun, dunkelgrün gestrichen. Alerts Zuhause ähnelte dem Häuschen, in dem sie zurzeit lebte, nur dass ihres eine dunkelblaue Haustür hatte.

Sie erkannte das Haus auf den ersten Blick an den weißen Kletterrosen, die alle unteren Fenster und die Haustür umrahmten. Er hatte ihr erzählt, dass seine verstorbene Frau die Rosen vor über zehn Jahren gepflanzt hatte und dass sie seitdem jedes Jahr »wie verrückt« blühten, selbst wenn man sich nicht um sie kümmerte.

Rebekka stellte das alte Fahrrad, dessen Kette sie in Ermangelung von Schmieröl mit einem Schuss Salatöl beträufelt hatte, am Zaun ab. Ihre etwas unorthodoxe Behandlung hatte durchaus Wirkung gezeigt. Das Quietschen war fast vollständig verschwunden, und bergauf kam sie deutlich leichter voran.

Der schmale Vorgarten vor Alerts Häuschen bestand aus einer struppigen Rasenfläche, auf der vereinzelt strahlend gelber Löwenzahn leuchtete. Ganz vorn am Zaun wuchs ein Busch, aus dessen Grün zahlreiche vertrocknete Äste wie dünne, mahnende Finger gen Himmel zeigten.

Rebekka drückte auf den kleinen runden Klingelknopf aus Messing und wartete. In Bradehusen schien es niemand besonders eilig zu haben, Besuchern die Tür zu öffnen, denn zunächst geschah wieder einmal nichts.

Sie klingelte ein zweites Mal und lauschte dem scheppernden Klang im Inneren des Hauses. In weiter Ferne meinte sie ein dumpfes Geräusch zu hören, doch das kam vielleicht aus einem der umliegenden Häuser oder von der Straße.

Hatte der alte Mann es sich anders überlegt und ließ sie lieber nicht ins Haus, weil er ihr die Rezepte seiner verstorbenen Frau nicht geben wollte? Oder hatte er die Verabredung vergessen und war im Dorf unterwegs? Nachdenklich legte sie die Hand auf die Türklinke, die sich zu ihrem Erstaunen herunterdrücken ließ. Die Tür schwang lautlos auf und gab den Blick in einen schmalen Flur frei. War es doch kein Märchen aus der *Countryside*, dass die Menschen auf dem Dorf ihre Haustüren nicht abschlossen?

»Hallo?«, rief sie fragend in das stille Haus. »Sind Sie da, Herr Alert?«

Irgendwo im Haus meinte sie erneut ein dumpfes Geräusch zu hören. Dann Schritte auf einem harten Boden.

»Herr Alert?« Langsam bewegte sie sich durch den Flur, von

dem drei Türen abgingen, die alle geschlossen waren. Die Laute schienen ihr aus dem Zimmer am Ende des Ganges gekommen zu sein. Jetzt hörte sie durch die Haustür, die sie hinter sich offen gelassen hatte, laut tuckernd einen Traktor vorbeifahren.

Zögernd trat sie vor die schwere Eichentür, hinter der sie den Bewohner des Hauses vermutete. Hier war es trotz des Sonnenscheins draußen dämmerig. Obwohl sie angestrengt lauschte, hörte sie aus dem Zimmer keinen Ton. Waren die Geräusche von draußen gekommen?

»Herr Alert?«, rief sie ein weiteres Mal. »Wir sind verabredet. Sie wollten mir das Rezeptbuch Ihrer Frau zeigen.« Vielleicht war der alte Mann schwerhörig. Vor dem Friedhof hatte sie zwar nicht den Eindruck gehabt, aber da hatte er sie ja auch gesehen. Viele Schwerhörige lasen mehr oder weniger von den Lippen ab.

Sie klopfte energisch, wartete kurz und drückte dann die Klinke herunter. Nun stand sie in einer großen Küche, die der in ihrem gemieteten Häuschen nicht unähnlich war. Der große Holztisch mit der Eckbank deutete darauf hin, dass hier einmal eine große Familie gemeinsam gegessen hatte. Der Herd war uralt, ebenso das emaillierte Spülbecken. Auf dem Regal neben dem Fenster standen mehrere Trockenblumensträuße, ein paar verstaubte Nippesfiguren und ein abgegriffenes Kochbuch. Aus zwei Metern Entfernung konnte Rebekka nur mühsam die verblichenen Buchstaben des Titels lesen: *So kocht die junge Hausfrau.* Daneben lag eine in buntes Geschenkpapier eingeschlagene Kladde. Sofort spürte Rebekka ein Kribbeln in der Magengrube. Das musste die Rezeptsammlung sein, von der Fedder Alert gesprochen hatte!

Sie zögerte nur kurz, dann trat sie vor das Regal und griff nach der Kladde, die es an Umfang fast mit dem gedruckten Kochbuch aufnehmen konnte. Da der alte Mann angeboten hatte, ihr die Rezeptsammlung seiner verstorbenen Frau zu zeigen, hatte er doch sicher nichts dagegen, wenn sie schon mal einen Blick hineinwarf.

Das Papier, in das das Notizbuch eingeschlagen war, fühlte sich dünn und glatt an wie Pergament. Wie viele Male mochte die Kladde aufgeschlagen worden sein, vielleicht nicht nur von ihrer letzten Besitzerin, sondern auch schon von deren Mutter? Vorsichtig strich Rebekka mit den Fingerspitzen über die verblichenen gelben und roten Blüten auf hellblauem Grund. Dann klappte sie das Buch auf. Eine Haarsträhne fiel ihr in die Augen, und sie schob sie ungeduldig weg. Dabei bemerkte sie aus dem Augenwinkel etwas, das sie für einen Moment erstarren ließ, bevor sie den Kopf wandte. Dann hielt sie erschrocken die Luft an.

Neben dem schweren Holztisch ragten zwei Füße senkrecht in die Höhe. Einer steckte in einem karierten Pantoffel, auf dem deutlich sichtbar ein roter Fleck prangte, der andere war mit einem grauen Wollstrumpf bekleidet. Durch ein Loch in der Spitze bohrte sich der große Zeh mit einem rissigen gelblichen Nagel und deutete anklagend zur Decke. Der zweite Pantoffel lag mit der Sohle nach oben ein Stück entfernt unter dem Tisch.

»Herr Alert?«, stieß Rebekka mit gepresster Stimme hervor, während sie sich bückte, um zwischen Tisch und Fensterbrett zu sehen. Der Platz reichte gerade für einen schmalen alten Mann wie Fedder Alert aus. Er lag auf dem Rücken und starrte mit weit geöffneten, leeren Augen in dieselbe Richtung wie seine Fußspitzen. Ein wenig Blut war hinter seinem Kopf zu sehen.

Als sie hinter sich ein Geräusch hörte, fuhr sie erneut zusammen. Die Küche hatte zwei Türen: die zum Flur, durch die Rebekka gekommen war, und eine weitere in einer Nische, die wahrscheinlich in den Garten hinter dem Haus führte. Noch während sie sich umdrehte, meinte Rebekka zu sehen, wie diese Tür lautlos ins Schloss fiel.

Ihre Glieder fühlten sich merkwürdig schwer an, während sie

die Küche durchquerte, um die Hintertür zu öffnen und hinauszuschauen. Der kleine Garten lag still und ebenso verwahrlost wie das Eckchen vor dem Haus in der Nachmittagssonne. Niemand war zu sehen. Vielleicht hatten ihre Augen ihr in der dämmerigen Küche einen Streich gespielt?

Zögernd wandte sie sich um und kehrte zu dem am Boden liegenden alten Mann zurück. Obwohl sie ihre Fingerspitzen nicht an seine Halsschlagader gelegt hatte, wie es die Polizisten im Krimi immer taten, wenn sie einen reglosen Menschen vorfanden, wusste sie, dass Fedder Alert tot war. Es war die graue Farbe seiner Wangen und die seltsame Stille, die ihn umgab wie ein unsichtbarer Schleier. *Totenstille* – ging es ihr durch den Kopf, und ein Schauer durchlief sie.

Trotz ihrer achtunddreißig Jahre hatte Rebekka noch nie einen Toten gesehen. Sie atmete tief durch und angelte in ihrer Handtasche nach dem Handy. Erst als sie bereits die 110 eingetippt hatte, überlegte sie kurz, ob es in diesem Fall angemessen war, den Notruf der Polizei zu wählen. Der alte Mann hatte wahrscheinlich einen Herzanfall gehabt. Vielleicht war es vernünftiger, einfach den Dorfarzt zu rufen. Falls es einen gab.

»Polizei«, meldete sich in diesem Moment eine geschäftsmäßig klingende Frauenstimme am anderen Ende der Leitung. Die restlichen Worte gingen im lauten Rauschen des Bluts in Rebekkas Ohren unter. Sie ließ sich kraftlos auf den ramponierten Holzstuhl neben Fedder Alerts Füßen fallen, ohne den Blick von seinem aschfahlen Gesicht zu wenden.

»Hier liegt ein Toter«, stieß sie dann mit einer Stimme hervor, die in ihren Ohren ganz klein und fremd klang.

Das Küchenfenster des kleinen Hauses war länger nicht geputzt worden. Dreckspritzer und zahlreiche Schlieren versperrten ihm die Sicht, sodass er von dem schmalen Sims aus nur vage erkennen konnte, was drinnen vor sich ging.

Er wusste, dass der alte Fedder tot war. Und wer dafür gesorgt hatte, dass er jetzt ganz still auf dem Boden lag. Seine Schwanzspitze zuckte angespannt, während er ins Gesicht der Frau starrte, die offensichtlich seine Hilfe benötigte. Er musste ihr klarmachen, was hier geschah, auch wenn sie einen ziemlich begriffsstutzigen Eindruck auf ihn machte.

Er hatte Fedder nicht besonders gemocht. Der alte Mann verstand nichts vom Essen und ernährte sich von hartem Brot, auf das er fette Wurst strich und zu dem er saure Gurken und schrumpelige Äpfel aß. Ein einziges Mal hatte Fedder ihm ein winziges Stück von dem Brot hingeworfen und dabei ein paar unfreundliche Worte vor sich hin gebrummt. Es war die Mühe nicht wert gewesen, auch nur eine Minute dazusitzen, anklagend zu gucken und zu warten.

Doch das hieß nicht, dass Fedder den Tod verdient hatte. Es musste gerecht zugehen im Dorf. Menschen starben, wenn sie eben starben, und nicht dann, wenn irgendeiner von ihnen es so wollte. Schließlich waren das keine Mäuse.

Als mit quietschenden Bremsen ein Polizeiwagen vor dem Haus hielt, sprang er ins Gras und versteckte sich hinter einem Busch, um von dort aus zu beobachten, was weiter geschah. Er hatte wenig Hoffnung, dass die Neue wusste, was sie den Polizisten sagen musste, die von sich aus sowieso nichts verstanden. Wie die meisten Menschen. Lydia war anders gewesen. Bei diesem Gedanken zog sich erneut etwas in seiner Brust zusammen, und er musste für einen kurzen Moment die Luft anhalten. Dann konzentrierte er sich wieder auf die Gegenwart.

Die beiden Polizisten aus dem Dorf kannte er: eine dickliche

Frau mit langen Haaren von der Farbe eines Straßenköters und ein kleiner, schmaler Mann, der sich bei Gefahr mühelos hinter ihr hätte verstecken können. Dass diese beiden den Fall lösen würden, war so gut wie ausgeschlossen.

Als die Haustür hinter ihnen ins Schloss gefallen war, machte er es sich im Gras unter dem Busch bequem. Er hockte sich hin, zog die Pfoten unter die Brust und schloss die Augen bis auf einen schmalen Schlitz.

Auch wenn mal wieder garantiert niemand die Wahrheit erkannte, war klar, dass das hier dauern würde.

Als Rebekka mehr als eine Stunde später das kleine Haus verließ, in dem Fedder Alert nach Aussage der Polizisten sein ganzes Leben verbracht hatte, plagte sie ein schlechtes Gewissen. Der breite Riemen ihrer großen Ledertasche lastete schwerer als sonst auf ihrer Schulter. Es war eine instinktive Bewegung gewesen, mit der sie in dem Moment, in dem das Polizeiauto vor dem Haus hielt, das Notizbuch mit den Rezepten in ihre Tasche geschoben hatte.

Fedder Alert hatte ihr die Kladde geben wollen, versuchte sie sich zu beruhigen. Wahrscheinlich hatte ohnehin niemand außer ihr Interesse daran. Offensichtlich gab es keine Kinder, sonst hätte jemand erwähnt, dass sie benachrichtigt werden mussten.

»War'n Sie dabei, als der alte Fedder gestorben ist?«

Rebekka war so in ihre Gedanken versunken gewesen, dass sie die Schritte überhört hatte, die sich vom Nachbargrundstück aus näherten, während sie ihre Tasche im Korb am Lenker des Fahrrads verstaute. Vielleicht hatte sie auch nichts gehört, weil die Frau, die ihr mit zusammengekniffenen Augen fordernd ins

Gesicht sah, Filzpantoffeln trug, die fast genauso aussahen wie die von Fedder Alert.

»Ich bin seine Nachbarin«, erklärte die Frau streng, als wollte sie Rebekka klarmachen, dass sie jedes Recht hatte, umfassend über die Vorgänge informiert zu werden. Sie war zwischen vierzig und fünfzig und damit deutlich jünger als die anderen Dorfbewohner, die Rebekka bis jetzt kennengelernt hatte. Vielleicht wirkte sie wegen ihrer rabenschwarzen Haare, denen auf den ersten Blick anzusehen war, dass ihre Farbe nicht echt war, sogar älter, als sie tatsächlich war.

»Es tut mir leid. Herr Alert ist tot«, erklärte sie mitfühlend. »Der Arzt, der den Totenschein ausgestellt hat, meint, es sei wohl ein Herzinfarkt gewesen.«

»Ich weiß, dass er tot is. Hab den Leichenwagen gesehen. War grad beim Bohneneinmachen.« Mit einer weit ausholenden Geste, die Rebekka zusammenzucken ließ, deutete Fedders Nachbarin mit der Spitze des kleinen Küchenmessers, das sie in der Hand hielt, auf ein Fenster des Nebenhauses. Das war offenbar der Logenplatz, von dem aus sie die Vorgänge beobachtet hatte.

»Wir waren für heute Nachmittag verabredet. Als ich kam, war er schon tot. Vielleicht lag er schon länger so …«

Sie stockte, denn plötzlich wurde ihr klar, wie wenig sie daran glaubte, dass Fedder Alert im Augenblick seines Todes allein gewesen war und vielleicht schon seit Stunden tot dagelegen hatte. Plötzlich war sie sich ganz sicher: Als sie die Küche betreten hatte, hatte sich außer ihr und dem Toten noch jemand anderes darin aufgehalten. Dieser Mann oder diese Frau hatte sich bei ihrem Eintreten in der Nische hinten im Raum versteckt. Und als sie durch die Entdeckung des auf dem Boden liegenden alten Mannes abgelenkt gewesen war, hatte dieser Jemand die Chance ergriffen, durch die Hintertür zu verschwinden.

»Haben Sie jemanden gesehen, der vor mir Herrn Alert besucht hat?« Manchmal waren gelangweilte Menschen, die den ganzen Tag aus dem Fenster sahen, ganz nützlich.

Die Frau schüttelte energisch den Kopf. »Hab anderes zu tun, als den ganzen Tag aus dem Fenster zu gucken. Außerdem bekam der alte Fedder nie Besuch.«

Nach dieser Bemerkung hob die Frau tatendurstig ihr Messer und marschierte zu ihrem Haus zurück. In der Spätnachmittagssonne leuchteten ihre Haare wie ein schwarzer Tintenklecks.

»Herzliches Beileid zum Tod Ihres Nachbarn«, rief Rebekka ihr hinterher. Das hatte sie sich nicht verkneifen können.

Die Frau drehte sich nicht um, sondern brummelte nur irgendetwas vor sich hin, bevor sie in ihrem Haus verschwand.

Auf verschlungenen Wegen sind die ersten sorgsam notierten Familienrezepte in meine Hände gelangt, und ich gestehe, ich bin ein bisschen aufgeregt.

Die Handschrift, in der die Rezepte notiert sind, ist sorgfältig verschnörkelt wie die eines jungen Mädchens, das Einträge in sein Poesiealbum macht. Nur einige sind flüchtig hingeworfen, eilig notiert im hektischen Alltag.

Nun muss ich mich nur noch entscheiden, welches der Rezepte ich zuerst ausprobieren will, um es dann hier vorzustellen. Auf jeden Fall soll es etwas mit Äpfeln sein. Vielleicht … Ich verrate noch nichts!

Der kleine Schreibtisch, an dem ich dies in mein Notebook tippe, steht direkt vor dem Fenster. Im Garten wachsen ein paar Apfelbäume, in deren Laub es schon rötlich schimmert. Bald werden die ersten Äpfel reif sein. Was für ein herrlicher Gedanke, durch das Gras zu spazieren, die schönsten Früchte auszusuchen, sie mit eigenen Händen zu pflücken, in die Küche zu tragen und sofort zu verarbeiten!

Ein schwarzer Schatten gleitet vor dem Grün des Gartens durch die Luft. Nun sieht mich mit großen goldgelben Augen vom Fenstersims aus der Kater an, dem ich seit meiner Ankunft hier täglich mehrmals begegne. Und jedes Mal kommt es mir vor, als wollte er mir direkt in die Seele schauen, um festzustellen, was für ein Mensch ich bin. Als würde er sich fragen, ob er mir vertrauen kann. Oder wundert er sich, was mich hierher in dieses Dorf gebracht hat? Woher ich komme und ob ich bleiben oder wieder gehen werde?

Zögernd ließ Rebekka ihre Fingerspitzen über der Tastatur schweben. Natürlich wäre es äußerst reizvoll gewesen, die alte Kladde zu beschreiben und in ihrem Blog zu berichten, wie das Buch in ihre Hände gelangt war. Aber das durfte sie selbstverständlich nicht tun.

Schließlich war sie nicht ganz legal an das Buch gekommen. Außerdem passten Tote nicht in die Dorfidylle, die *Countryside* seinen Lesern verkaufte. Allerhöchstens in Form eines verwitterten Grabsteins, der so von wilden Rosen überwuchert war, dass man ihn kaum mehr sah.

Genau genommen war Fedder Alert schon der zweite Tote, mit dem sie in diesem Dörfchen konfrontiert wurde. Obwohl sie sich vorgenommen hatte, dort nicht mehr hinzuschauen, wanderte ihr Blick hinüber zum Kamin. Sie hatte die Kante des Teppichs über den roten Fleck gezogen, aber vor ihrem geistigen Auge sah sie ihn dennoch.

»Was ist mit Lydia passiert, du Stromer?«, murmelte Rebekka vor sich hin und sah nun ihrerseits den Kater forschend an. Er war genau zur richtigen Zeit aufgetaucht, um ihrem Blogeintrag noch ein bisschen mehr idyllisches Flair zu verleihen. Obwohl natürlich nichts dagegensprach, gelegentlich ein niedliches Kätzchen, einen singenden Vogel oder einen Regenbogen über taunassem Gras zu erfinden.

Das Tier erwiderte ihren Blick auf so intensive Weise, dass sie sich nach wenigen Sekunden abwandte. Es war tatsächlich, als wollte der schwarze Kater ihr etwas sagen.

Seufzend stand sie auf und ging in die Küche, um sich noch einen Cappuccino zu machen, bevor sie ihren Text zu Ende schrieb und ins Netz stellte. Hier in Bradehusen hielten erstaunlich viele Dinge sie von der Arbeit ab, dabei sollte man meinen, dass es keinen besseren Ort gab, um in Ruhe zu schreiben, als ein abgelegenes Dort wie dieses.

Die Frau, die jetzt in Lydias Haus wohnte, hatte Augen, die wie der Herbst waren, wenn graue Schleier in den Zweigen der Bäume hingen. Schleier, die vieles verbargen. Die letzten Früchte des Sommers, Menschen, die durch das Dorf schlichen, weil sie Böses im Schilde führten, die Autos der letzten Touristen des Jahres, die die Straße entlangbrausten und die man nur aus der Ferne sah, weil sie im Nebel glühende Augen hatten.

Als die Frau ihre Nebelaugen auf ihn richtete, dachte er plötzlich, dass sie nicht so dumm war, wie er am Anfang vermutet hatte. Manchmal runzelte sie ihre Stirn, als würde sie angestrengt über etwas nachdenken, vielleicht sogar über das, was im Haus vom alten Fedder passiert war.

Auch jetzt saß sie in Gedanken versunken da. Vielleicht hatte sie endlich eine Erleuchtung. Doch im nächsten Moment wandte sie sich ab, stand auf und verschwand durch die Tür zum Flur.

Ärgerlich mauzte er durch die Scheibe ihren Rücken an, doch natürlich änderte das nichts. Sie kam nicht zurück.

»Kakuka.« Casjen, der ihn offenbar gehört hatte, kam quer über den Rasen auf ihn zugelaufen. Ihm war immer ein bisschen unbehaglich zumute, wenn der Mann, der sich so anders verhielt als die anderen Männer im Dorf, ihn ungeschickt zwischen den Ohren kraulte, wie Lydia es ihm früher einmal gezeigt hatte. Dennoch blieb er sitzen.

Casjen war seltsam, aber er war eine freundliche Seele. Lydia hatte ihn gern gehabt, und der Kater mochte ihn auch. Als Verbündeter war er nicht geeignet, aber es konnte trotzdem hilfreich sein, Casjen auf seiner Seite zu haben. Wenn er recht darüber nachdachte, war es auch gar nicht so unangenehm, von ihm gestreichelt zu werden. Zwar strich Casjen ihm mal in die richtige und mal in die falsche Richtung über seinen Kopf, und hinterher stand sein seidiges Fell in alle Richtungen ab. Aber das ließ sich wieder richten.

Träge blinzelte er in die Abendsonne, die schon fast hinter dem Horizont verschwunden war. Im *Schwan* gab es heute Fisch, das hatte er bei seinem nachmittäglichen Streifzug durchs Dorf erschnuppert. Und – was viel wichtiger war – er hatte gesehen, dass nicht der dicke Wirt an diesem Tag hinter dem Herd stehen würde, sondern das kleine dünne Männchen, das an manchen Tagen mit dem stinkenden Motorrad herbeigefahren kam. Wenn der etwas zubereitete, war das den Weg zum *Schwan* wert. Die kleinen Fischstückchen mit der braunen Butter und …

»Die schwarze Katz! Wirst du wohl aufhören, das Viehzeug auch noch zu streicheln. Lass das sofort sein!« Die laute Stimme von Casjens Mutter riss den Kater aus seinen Träumen.

Er stand auf, stellte sich seitlich auf den Fenstersims und machte einen Buckel, um möglichst groß und bedrohlich zu wirken. Dabei fauchte er, so laut er konnte.

Tatsächlich blieb sie ein paar Schritte vor ihm stehen. »Komm da weg«, schrie sie. »Das Vieh kratzt dir noch die Augen aus!«

Casjen, den alle für dumm hielten, war klug genug zu begreifen, dass der Kater ihm nichts tun würde. Er ließ zwar den Arm sinken, wich aber nicht vor ihm zurück.

Der Kater richtete den Blick auf ihn, und er verstand. Er schüttelte heftig den Kopf. Was entweder bedeutete, dass er sich weigerte zu gehorchen oder dass er wusste, ihm würde nichts geschehen. Wahrscheinlich hieß es beides.

Gesine machte einen großen Schritt nach vorn, packte Casjen beim Handgelenk und zog ihn weg. Dann bückte sie sich, sammelte ein paar kleine Kieselsteine von der Auffahrt und warf sie nach ihm.

Er harrte noch einen Moment aus, bevor er mit einem lauten Fauchen hinunter ins Gras sprang und sich gemächlich auf den Weg zum *Schwan* machte, wo der Fisch um diese Zeit sicher schon fertig war. Dass Gesine ihm Steine hinterherwarf, kümmerte ihn nicht weiter. Sie war zum Glück ziemlich schlecht im Zielen.

»Komm bloß nicht wieder. Du fängst die Vögel in meinem Garten und kratzt und bringst Unglück«, rief die alte Frau ihm hinterher.

Was für ein dummes Geschwätz! Er kannte die Menschen schon eine ganze Weile, und die meisten von ihnen schafften es ohne jede Hilfe, unglücklich zu sein.

6. kapitel

Der Gastraum des *Schwans* war bis auf die Bedienung hinter der Theke und einen einsamen Biertrinker vor dem Tresen leer. Rebekka wandte sich an die junge Frau, die mit gelangweilter Miene am Spülbecken stand und Gläser polierte.

»Entschuldigung, ich habe gehört, hier treffen sich heute die Landfrauen. Ich meine, der Verein.«

Die Frau stellte eine Biertulpe weg und griff nach der nächsten. Dabei musterte sie Rebekka von Kopf bis Fuß und grinste mit offenem Mund, sodass ihr Zungenpiercing im schwachen Licht funkelte. Aus irgendeinem Grund hatte Rebekka nicht erwartet, so etwas in Bradehusen zu sehen. Aber schließlich gab es auch hier Fernsehen, Internet und Autos, und bei den wenigen jungen Leuten, die nicht in die Stadt zogen, kamen die Moden trotzdem an.

»Is' ne geschloss'ne Gesellschaft«, erklärte die Kellnerin, nachdem sie sich, worüber auch immer, genug amüsiert hatte. »Geh'n Sie ruhig rein. Wenn *die Damen* Sie da drin nich haben woll'n, werden sie Ihnen das schon sagen.« Die junge Frau deutete auf eine Tür links von der Theke.

»Glaub ich auch.« Der Glatzkopf, der bis jetzt gedankenverloren in sein fast leeres Bierglas gestarrt hatte, wachte für einen Moment aus seiner Trance auf.

»Dann frage ich mal.« Entschlossen klopfte Rebekka an die dunkle Holztür, hinter der sie Stimmengewirr und Gelächter hörte. Als niemand reagierte, was bei dem Lärm da drinnen nicht erstaunlich war, trat sie unaufgefordert ein.

Das Hinterzimmer der einzigen Gaststätte von Bradehusen war klein und düster und wirkte mit seinen abgestoßenen Tischen und Stühlen alles andere als einladend. Möglicherweise sah es aus, wie Tausende anderer Hinterzimmer in unzähligen Dorfkneipen nun einmal aussahen. Rebekka kannte sich da nicht sonderlich gut aus.

Die unwirtliche Atmosphäre schien die etwa zwanzig Frauen, die sich um die im Raum verteilten Tische versammelt hatten, nicht im Geringsten zu stören. Die Stimmung war ausgelassen. So ausgelassen, dass niemand Rebekkas Eintreten bemerkt zu haben schien. Man redete laut durcheinander, lachte und prostete sich zwischendurch mit den Schnapsgläsern zu, die neben den Kaffeetassen standen.

Verblüfft betrachtete Rebekka die Szene. Aus irgendeinem Grund hatte sie sich eine lange Tafel mit einer Vorsitzenden am Kopfende und eine ernsthafte Diskussion über … was auch immer vorgestellt. Aber vielleicht war diese muntere Gesellschaft viel besser für ihren Plan geeignet. Eine Landfrau, die gerade sehr ernsthaft über die Probleme bei der Steigerung der Milchproduktion nachsann, hatte womöglich keine Lust, nebenbei ihr Lieblingsrezept zu verraten.

Rebekka näherte sich dem Tisch, der am nächsten bei der Tür stand, und räusperte sich. Immer noch schien niemand sie wahrzunehmen.

»Guten Tag. Mein Name ist Rebekka Frey«, versuchte sie es mit erhobener Stimme.

Eine der Frauen hob den Kopf, warf ihr einen Blick zu und brach gleichzeitig in lautes Gelächter aus.

Erschrocken strich sich Rebekka über die Haare und fuhr sich mit dem Handrücken über den Mund. Stimmte irgendetwas mit ihrem Äußeren nicht? Dann jedoch wurde ihr klar, dass die Runde am Tisch nicht über sie lachte, denn auch die anderen vier Frauen wussten sich vor Heiterkeit kaum zu lassen, und von denen hatte keine sie auch nur angesehen.

»Darf ich mich für einen Moment zu Ihnen setzen?« Sie zog einen der überzähligen Stühle heran, die an der Wand aufgereiht waren. Da von den Damen immer noch keinerlei Reaktion erfolgte, ließ sie sich einfach nieder. Besondere Zurückhaltung schien in dieser Runde nicht nötig zu sein und würde definitiv zu nichts führen.

Da es sich kaum verhindern ließ, den Neuzugang am Tisch wahrzunehmen, wenn sie nicht zwanghaft den Kopf wegdrehen wollte, sah sich die ihr gegenübersitzende Frau gezwungen, Rebekka ihre Aufmerksamkeit zu schenken.

»Wer sinn Sie denn?«, lallte sie und fand ihre eigenen Worte offenbar so lustig, dass sie sofort in Gelächter ausbrach, von den anderen Frauen am Tisch herzhaft unterstützt.

»Rebekka Frey«, stellte sie sich erneut vor. »Ich bin Foodjournalistin und wegen der hervorragenden regionalen Küche nach Bradehusen gekommen.«

Augenblicklich herrschte verblüfftes Schweigen, das in deutlichem Kontrast zum übermütigen Gelächter und Geplauder an den Nachbartischen stand.

»Futt was?«, fragte schließlich die schwarzhaarige Frau. »Sind Sie vom Fernseh'n?«

»Ich schreibe für eine Zeitschrift. Es geht um das Landleben und um die ländliche Küche. Ich dachte mir, dass Sie hier vom Landfrauenverein sicher etwas vom Kochen verstehen. Deshalb wollte ich fragen, ob Sie mir ein paar Ihrer Lieblingsrezepte verraten würden.«

Angesichts des alkoholisierten Zustands der Frauen konnte ein wenig Schmeichelei nicht schaden, mit subtilen Bemerkungen kam sie hier ganz sicher nicht weiter.

»Kochen?«, ließ sich die Jüngste am Tisch vernehmen. Sie

hatte einen modisch asymmetrischen Kurzhaarschnitt und trug mindestens drei Schichten Mascara. »Heute wird nich gekocht. Heute ham wir unsern freien Tag.«

Das fanden die anderen Frauen am Tisch mal wieder sehr lustig.

»Darf ich Ihnen eine Runde ausgeben?« Rebekka war sich nicht sicher, ob es zielführend sein würde, den Frauen noch mehr Alkohol zu beschaffen, aber es schien ihr ein guter Weg zu sein, in die heitere Runde aufgenommen zu werden.

»Klar«, nuschelte die Frau, die sie als Erste angesprochen hatte. Sie trug zwar kein Make-up, aber eine auffallende Goldkette über ihrer dunkelblauen Bluse. Offenbar machten die Landfrauen sich schick, wenn sie sich trafen.

Rebekka stand auf, öffnete die Tür zum Schankraum und rief der Bedienung zu: »Sechs …« Ja, was eigentlich?

»Damengedecke?«, half die Kellnerin ihr aus.

»Genau!« Sie nickte heftig.

Zwei Minuten später wurde serviert. Jede der Frauen erhielt eine frische Kaffeetasse und dazu ein mit klarem Schnaps gefülltes Gläschen.

Rebekka nahm sich vor, sich an den Kaffee zu halten. Ein erster Schluck belehrte sie eines Besseren. In dem Kaffee war ebenfalls Alkohol, und zwar nicht zu knapp. Die Landfrauen schienen einmal in der Woche so richtig auf den Putz zu hauen.

Höflich nippte Rebekka ebenfalls an ihrem Glas. »Was die Rezepte angeht …«, begann sie wieder, konnte sich aber gegen das Gelächter, das aus irgendeinem Grund soeben ausgebrochen war, nicht durchsetzen.

»Ich kenn Sie«, verkündete die schwarzhaarige Frau überraschend. »Sie ham was mit dem Tod vom armen Fedder zu tun.«

»Ganz so würde ich das nicht ausdrücken. Ich habe den alten Mann tot in seiner Küche gefunden.«

»Ach, Sie sind das! Dann kenn ich Sie auch«, erklärte die Jüngste in der Runde, die Rebekka noch nie zuvor gesehen hatte, stolz.

Plötzlich musste Rebekka daran denken, dass sie etwas in Fedder Alerts Küche gehört hatte, als sie hereingekommen war. Und da war diese komische Bewegung in der Nähe der Hintertür gewesen, die sie aus dem Augenwinkel wahrgenommen hatte. Vielleicht ergab sich hier, bei dem Vereinstreffen der Landfrauen, ganz unverhofft die Gelegenheit, irgendetwas Aufschlussreiches darüber in Erfahrung zu bringen? Wenn ein wenig Licht ins Dunkel käme, würde die Ungewissheit und das Herumrätseln sie womöglich nicht mehr ganz so belasten.

»So ein plötzlicher, unerwarteter Tod. Das ist doch merkwürdig«, hakte sie einer plötzlichen Eingebung folgend nach und sah die Frauen gespannt eine nach der anderen an. Wenn jemand wusste, was im Dorf vor sich ging, dann ja wohl sie. »Theoretisch könnte da doch auch jemand nachgeholfen haben. Schließlich hatte der Tote eine Kopfwunde. Können Sie sich denn vorstellen, dass jemand einen Grund gehabt hat, Fedder Alert zu töten?«, erkundigte sie sich forsch.

Plötzlich erstarrte die eben noch so heitere Runde. Einzig und allein das Gesicht der Jüngsten am Tisch hatte sich nicht in eine Maske der Empörung verwandelt. »Haben die sich nicht im Skatklub immer wild beharkt? Der Fedder war doch da mit ein paar anderen Männern richtig verfeindet.«

»Als ob unser Bradehusen eine Räuberhöhle is!« Die Frau mit der Goldkette wedelte wild mit der Hand durch die Luft. »Was das denn für ne abstruse Idee!«

»Genau! Kann ja sein, dass da, wo Sie herkommen, sich alle gegenseitig umbringen, wenn sie sich mal nich grün sind. Aber hier bei uns doch nich!« Die Schwarzhaarige funkelte Rebekka empört an.

»Natürlich nicht«, ruderte Rebekka hastig zurück, hob ihr Glas und prostete in die Runde. Schließlich war sie nicht hier, um die Umstände von Fedder Alerts Tod aufzuklären, sondern sie wollte Rezepte sammeln. »Die Bradehusener Männer sind anständig, die tun so was nicht. Und was essen sie denn am liebsten?«

Ein kräftiger Schluck Schnaps ließ die Stimmung am Tisch sofort wieder steigen.

»Meiner stopft alles in sich rein, was man ihm hinstellt«, erklärte Rebekkas direkte Nachbarin, offenbar stolz auf die gute Erziehung, die sie ihrem Ehemann hatte angedeihen lassen.

»Und was gab es gestern?«

Die Fünfzigerin mit den Dauerwellenlöckchen runzelte angestrengt die Stirn. Dann nahm sie einen großen Schluck aus ihrer Tasse, um ihrem Gedächtnis auf die Sprünge zu helfen. »Speckpfannkuchen mit Äpfeln«, erklärte sie schließlich.

Rebekka schnappte vor Entzücken nach Luft. »Das klingt wunderbar. Und was kommt da rein?«

»Weiß ich nich mehr.« Die Frau gluckste angesichts ihrer eigenen Gedächtnislücken fröhlich vor sich hin.

»Is doch ganz einfach«, mischte sich eine der anderen Landfrauen ein. »Mehl, Milch, Eier, Salz, Speck und Äpfel natürlich.«

»Natürlich«, stimmte Rebekka zu. Sie musste ohnehin selbst herausfinden, wie die Pfannkuchen am besten gelangen und welchen Pfiff sie ihnen geben konnte.

»Gibt es noch irgendeinen Trick?«, erkundigte sie sich dennoch und fand zu ihrem Erstaunen sogar Gehör.

»Nich anbrenn lassen«, lallte Fedders ehemalige Nachbarin und fiel vor Lachen fast vom Stuhl.

»Und was haben Sie gestern gekocht?«, wandte Rebekkka sich an die Frau, die bisher eher ruhig gewesen war und ausdauernd in ihrer Tasse gerührt hatte.

»Heute will ich nichts von der Schufterei in der Küche wissen«, erklärte die Angesprochene streng und leerte in einem Zug ihr Schnapsglas. Sie war mit ihren sicher an die achtzig die Älteste am Tisch.

Rebekka ging zur Tür, um eine weitere Runde zu bestellen. Als sie an den Tisch zurückkehrte, wurde sie energisch darauf aufmerksam gemacht, dass sie weder ihr Schnapsglas noch ihre Tasse geleert hatte.

»Das gehört sich nich. Was Neues bestellen, wenn man das Alte noch gar nich geschafft hat. Und wir müssen noch Brüderschaft trinken, sonst darfst du uns nich dauernd ein' ausgeben.«

Eine Stunde später konnte Rebekka sich selbst nur noch mit Mühe daran erinnern, was sie am Vortag gekocht hatte. Aber sie kannte die Namen der Frauen an ihrem Tisch und hatte mindestens sechs oder sieben Seiten auf ihrem Block vollgekritzelt. Die meisten Rezepte waren ganz sicher nicht vollständig, und ob sie später ihre eigene Schrift überhaupt würde entziffern können, stand auch noch nicht fest.

Mittlerweile hatte sie den Überblick über die Anzahl der Runden verloren, die sie den Landfrauen ausgegeben hatte. Was besonders schlimm war, weil sie gezwungen gewesen war, jedes Mal Tasse und Glas zu leeren, wenn die Kellnerin mit dem vollen Tablett kam.

»Ich muss … ich muss jetzt gehen.« Ihre Zunge schien plötzlich zu groß für ihren Mund zu sein. Wie schafften es die anderen Frauen, die ja schon vor ihr mit dem Trinken angefangen hatten, sich immer noch zu artikulieren? Das machte wahrscheinlich das jahrelange Training.

»Schade.« Gertrud Kramer, Marion Bricks, Lore Silsen und die beiden anderen Frauen, deren Namen sie schon wieder vergessen hatte, bedauerten den Aufbruch ihrer edlen Spenderin offenbar sehr.

»Man sieht sich«, warf Rebekka locker in die Runde und stakste auf steifen Beinen zur Tür. Hinter ihr waren die Frauen in eine wilde Diskussion über irgendeine Dora vertieft, die irgendeinen offenbar vollkommen hilflosen Karl »ins Heu gezerrt hatte«, und bemerkten ihren Abgang gar nicht.

Als sie an der Theke hörte, wie hoch ihre Rechnung war, reichte sie der Bedienung wortlos ein paar Scheine und versuchte im Kopf zu überschlagen, wie viel sie wohl jedes einzelne der mehr oder weniger unvollständigen Rezepte auf ihrem Notizblock gekostet hatte, kam aber zu keinem brauchbaren Ergebnis.

Die frische Abendluft vor dem Gasthof traf sie wie ein Schlag gegen den Kopf. Sie machte gar nicht erst den Versuch, auf ihr Fahrrad zu steigen, sondern schob es nach Hause, wo sie sofort ins Bett kroch und einschlief.

Er spazierte gemächlich die Dorfstraße entlang und fragte sich, ob er vielleicht doch noch bei Mathilda vorbeischauen sollte, obwohl es dort am Mittwoch immer Eintopf gab. Lores Rinderbeinscheiben mit geschmortem Gemüse waren heute eine herbe Enttäuschung gewesen. Er hatte nur so viel davon hinuntergewürgt, dass gerade eben sein größter Hunger gestillt war. Eigentlich hätte er es wissen sollen. Gestern war der Tag gewesen, an dem die Frauen den ganzen Nachmittag bis in den Abend hinein im Hinterzimmer vom *Schwan* hockten und hinterher in eine Wolke von Alkoholdunst gehüllt, durcheinanderredend und laut lachend wieder auftauchten. Am nächsten Tag ging es den meisten von ihnen schlecht, und das wirkte sich immer auch auf das Essen auf, das sie dann fabrizierten. Selbst den besten Köchinnen im Dorf schien der Nachmittag in der Kneipe nicht gutzutun.

Mathilda ging nicht in den *Schwan,* aber Eintopf mochte er nun mal nicht sonderlich. Also würde er wohl besser bis zum Abend warten. Dann kochte die Neue, und sie hatte ihm bereits ein paar feinste Leckereien serviert. Einmal hatte sie ihm ein Gericht in verschiedenen Variationen vorgesetzt, um zu sehen, welche ihm am besten schmeckte. Manche waren zwar nicht ganz so lecker, doch das machte ihm Spaß. Weil sie so begeistert war, dass er genau das Schälchen bis zum letzten Krümel ausleckte, von dem sie es offenbar erwartet hatte.

Er ließ Mathildas Haus links liegen, ging weiter die Straße entlang und bog schließlich in die Einfahrt zu Lydias Haus ein. Für ihn würde es immer Lydias Haus bleiben, auch wenn Rebekka jetzt dort wohnte und er nach gründlichem Nachdenken in der vergangenen Nacht zu der Ansicht gelangt war, dass sie zwar keine zweite Lydia war, man aber doch, mit viel Geduld, etwas mit ihr anfangen konnte.

Hinter der Hausecke hörte er leise Geräusche. Es klang wie das Klirren einer Hacke, die gegen die Steineinfassung der Beete stieß. Sein Herz begann schneller zu schlagen, und er blieb bewegungslos stehen, um zu lauschen. Jetzt war alles still. Dann vernahm er das leise Brabbeln von Casjen, der immer genau auf diese Weise vor sich hin geredet hatte, wenn er Lydia bei der Gartenarbeit geholfen hatte.

Sie kommt nicht zurück. Sie haben sie in einer Kiste aus dem Haus getragen. Wenn sie das tun, kommen die Menschen niemals zurück.

Ganz langsam und vorsichtig, mit angehaltenem Atem, als könnte er durch eine unbedachte Bewegung die Hoffnung zunichtemachen, die sich ganz tief in seinem Inneren regte, näherte er sich der Hausecke. Er reckte den Kopf vor – und sein Herz blieb fast stehen.

Sie hatten sich über die Kräuterspirale vor der Hintertür gebeugt und steckten die Köpfe zusammen, um irgendetwas genau zu betrachten. Lydia und Casjen. Wie immer an sonnigen Tagen trug sie bei der Gartenarbeit den Strohhut mit dem roten Band um die Krempe.

Der Kater bewegte sich langsam vorwärts, als könnte er durch eine hastige Bewegung das wunderbare Bild vertreiben. Und dann war von einer Sekunde auf die andere die Leere in seinem Herzen wieder da – schmerzhafter noch als vor wenigen Augenblicken, fast so wie ganz zu Beginn, als er gerade erst begriffen hatte, was geschehen war. Als hätte er Lydia nach diesem Moment der Hoffnung zum zweiten Mal verloren.

Natürlich war sie nicht zurückgekehrt! Die Neue im Haus trug ihren alten Hut, der wohl irgendwo herumgelegen hatte. Die breite Krempe beschattete ihr Gesicht, und auf der Nase hatte sie eine Sonnenbrille, wie Lydia auch oft eine getragen hatte.

Wut und Trauer vermischten sich in seinem Herzen zu einem fast unerträglichen Gefühl. Er öffnete das Maul und stieß einen lauten, klagenden Ton hervor.

Die Frau und Casjen fuhren erschrocken herum. Dann kam der Mann mit der Kinderseele sofort auf ihn zugelaufen und begann ihn zu streicheln. Er wollte ihn trösten, doch in diesem Moment gab es keinen Trost. Er würde warten müssen, bis die Zeit wieder einen Schleier über seine Erinnerung legte und er den Moment der Hoffnung mehr und mehr vergessen konnte.

Die Frau hatte sich langsamer genähert und betrachtete ihn nun aufmerksam. »Bist du verletzt? Oder krank?«

Er starrte sie wütend an. Sie war schuld an seinem Schmerz, denn sie hatte Lydias Hut aufgesetzt und benutzte Lydias Gartengeräte. Warum musste sie auch tun, was Lydia so oft getan hatte!

»Hast du Hunger?«, fuhr sie fort, nachdem sie ihn von allen Seiten gemustert hatte, wohl auf der Suche nach einer Wunde.

Aber die Verletzung, die sie ihm zugefügt hatte, war unsichtbar. »Komm rein, ich gebe dir was zu fressen. Es ist noch ein Rest von gestern da.«

Sie ging zur Hintertür, und er folgte ihr betont langsam. Sein Magen knurrte, sonst hätte er ihrem Angebot vielleicht widerstanden. Casjen lief neben ihm her und redete mit seinen unverständlichen Worten auf ihn ein. Vielleicht wusste er, aus welchen Tiefen seiner Seele der Schrei gekommen war, den er ausgestoßen hatte. Denn Casjen verstand vieles, was die anderen Menschen nicht begriffen.

Zu dritt traten sie aus der Sonne in die angenehm kühle Küche. Er setzte sich neben den Tisch, und während er wartete, dass die Frau den kleinen Teller vor ihm auf den Boden stellte, nahm er sich fester denn je vor, sie zu zwingen, die Dinge, die in diesem Dorf aus dem Lot waren, wieder zurechtzurücken.

Noch einmal stieß er einen lauten Ton aus. Doch dieses Mal war es weniger Schmerz als die Wut und Entschlossenheit, die auf diese Weise aus ihm herausbrachen. Er wollte ihr mitteilen, dass sie ihm helfen musste.

»Du bekommst ja gleich was«, sagte sie über ihre Schulter zu ihm. »Hast du solchen Hunger?«

Am liebsten hätte er sie angefaucht. Es würde ein weiter Weg werden und ihn ziemlich viel Mühe kosten, gemeinsam mit dieser Frau dafür zu sorgen, dass es gerecht zuging in Bradehusen. Aber er würde nicht eher lockerlassen, als bis er dieses Ziel erreicht hatte. Irgendjemand musste sich darum kümmern, und außer ihm tat es ja niemand.

»Das ist wirklich sehr … hübsch. Ich wollte sagen … ziemlich beeindruckend.« Etwas ratlos fixierte Rebekka das große Bild, das in dem geräumigen Gartenhaus, welches Simone als Atelier diente, an der Wand lehnte.

Ihre Nachbarin lachte hell auf und nahm einen großen Schluck aus ihrer Tasse. Sie trank ihren laschen Filterkaffee schwarz und machte sich auch sonst nicht viele Umstände damit. Sie hatte nicht mal Milch im Haus.

»Amanda gibt noch keine Milch«, erzählte sie fröhlich. »Wenn es so weit ist, werde ich lernen müssen, sie zu melken.«

Bei dem Gedanken, Ziegenmilch in ihren Espresso zu geben, erschauderte Rebekka. Sie nahm sich vor, Simone möglichst bald mit dem bekannt zu machen, was sie unter richtigem Kaffee verstand. Ihrer Meinung nach musste jeder, der einmal den Kaffee aus ihrer DeLonghi probiert hatte, zwangsläufig für alle Zeiten bekehrt sein.

Vorsichtig nippte sie ein weiteres Mal an ihrer riesigen Tasse, auf der ein Foto von Bonnie prangte, die im hohen Gras saß und mit schief gelegtem Kopf in die Kamera sah. Doch auch das niedliche Hundebild konnte das missglückte Heißgetränk nicht retten. Heldenhaft nahm Rebekka noch einen Schluck und heftete dann ihren Blick wieder auf die Collage, die Simone ihr als ihr neustes Werk vorgestellt hatte.

»Du erkennst gar nicht, was das sein soll, nicht wahr?« Amüsiert sah die Künstlerin sie von der Seite an, während sie den Träger ihrer weiten Latzhose zurück auf die Schulter zog. Als Rebekka zu dem versprochenen Besuch aufgetaucht war, hatte Simone sie ohne weitere Umschweife geduzt. Was eine angenehme Erinnerung an das Stadtleben war, wo die Leute locker miteinander umgingen. Seltsam, wie fern ihr nach den wenigen Tagen in Bradehusen ihr Osnabrücker Alltag erschien.

»Es ist nicht so einfach, mit irgendwelchen Dingen wie Glasscherben, Knöpfen und anderem Abfall etwas so darzustellen, dass der Betrachter es erkennt. Aber genau darum geht es. Um ein bisschen Rätselraten und das große Erstaunen.« Simones sonst so offenes Lächeln war plötzlich schüchtern.

Rebekka betrachtete immer noch forschend das Werk der jungen Frau. »Das ist das Meer, nicht wahr? Ein Stück Strand?«

»Fast getroffen!« In Simones Blick war fast so etwas wie Erleichterung. »Es ist ein Stück Elbufer, nicht weit von hier. Die blauen Glasscherben sind das Wasser, die Aststücke das Geländer eines Fußwegs am Ufer, der große Messingknopf die Sonne … Guck mal, so sieht es richtig gut aus.« Sie schaltete eine Stehlampe ein und richtete einen der Strahler auf das Bild.

Überrascht schrie Rebekka auf. »Wie schön!« Im Licht funkelten die Glasscherben wie Wasser in der Sonne, und der große Messingknopf in der rechten oberen Ecke leuchtete warm.

»Schön für mehr als dreitausend Euro?«, erkundigte Simone sich in spöttischem Ton.

»Warum denn nicht?« Verblüfft starrte Rebekka ihre Nachbarin an. Weniger wegen des hohen Preises für die Collage als wegen der Tatsache, dass die Künstlerin selber so wenig von ihrer eigenen Kunst zu halten schien. Die meisten kreativen Menschen waren von dem, was sie geschaffen hatten, höchst überzeugt.

»Das kann doch jeder.« Simone verschränkte die Arme vor der Brust und starrte mit zusammengekniffenen Augen ihr Bild an.

»Quatsch!«, widersprach Rebekka energisch. »Außerdem macht es nun mal nicht jeder. Es ist dein ganz eigener Stil. Ich wäre nie darauf gekommen, Wasser mit Glasscherben darzustellen. Es ist ein kleines bisschen kontraproduktiv, wenn du deine eigenen Werke heruntermachst.«

»Ich weiß. Das sagt mein Galerist auch immer. Manchmal ist er sogar richtig wütend auf mich.« Simone seufzte tief. »Aber ich kann irgendwie nicht anders. Mangelndes Selbstbewusstsein, behauptet Tim. Ich könnte mir einfach nicht vorstellen, dass etwas, das ich mache, richtig gut und besonders ist.«

»Könnte sein.« Nachdenklich betrachtete Rebekka die junge Frau, die auf den ersten Blick so heiter und sorglos wirkte.

»Lass uns nach draußen in die Sonne gehen.« Simone deutete auf die offene Tür, an der gerade laut bellend die kleine Sheltie-Hündin vorbeigelaufen war.

Vor dem Atelier standen ein zierlicher Tisch mit einer großen Thermoskanne darauf und zwei Stühle. Von hier aus hatte man einen herrlichen Blick über die Wiese direkt hinter dem Elbdeich, auf der sich soeben Bonnie und die Ziege Amanda tummelten. Inzwischen drehte Amanda den Spieß zeitweise um und rannte ihrerseits hinter der Hündin her. Dann machte Bonnie den Eindruck, als wüsste sie nicht recht, was sie von diesem Rollentausch halten sollte.

»Noch Kaffee?« Fröhlich schwenkte Simone die Kanne.

»Nein, danke«, wehrte Rebekka hastig ab. »Ich habe noch.«

»Aber der ist doch längst kalt. So schmeckt er nicht.« Energisch griff Simone nach dem Becher, leerte ihn ins Gras und füllte ihn wieder bis zum Rand.

Mit einem gemurmelten Dank ließ Rebekka sich auf dem hölzernen Klappstuhl nieder. »Kennst du eigentlich ein paar Leute im Dorf näher?«, erkundigte sie sich und schob den dampfenden Kaffee ein Stück von sich weg.

Simone nahm einen kräftigen Schluck aus ihrer ebenfalls frisch gefüllten Tasse und zuckte dann mit den Schultern. »Nur vom Sehen. Ehrlich gesagt finde ich die Menschen hier nicht besonders freundlich. Ich weiß auch gar nicht, was ich mit ihnen reden soll. Mit dem Wetter ist man ja immer schnell durch.«

»Ich glaube, die Leute hier an der Küste sind ein Fall von raue Schale, weicher Kern. Wenn sie einen erst besser kennen, können sie sehr nett sein, fast herzlich. Ich habe ja schon öfter auf dem Land recherchiert. Im Süden sind die Leute anders als hier, aber das heißt nicht, dass die Norddeutschen tatsächlich unfreundlich sind.« Ganz überzeugt war Rebekka noch nicht von ihren Worten, aber sie hoffte zumindest, dass sich dieser bisherige Eindruck auf Dauer bestätigen würde. Mathilda Andres zumindest hatte sie zu Kaffee und Kuchen eingeladen, nachdem sie zunächst den Eindruck gemacht hatte, als wollte sie sie mit Gewalt aus ihrem Garten vertreiben. Und die Landfrauen waren beim Schnaps ganz schön aufgetaut.

»Tatsächlich?« Zweifelnd sah Simone sie an.

»Allerdings bin ich nicht ganz sicher, ob das hier tatsächlich so ein friedliches Dorf ist, wie es den Anschein hat …«

»Nicht?« Jetzt musterte Simone sie noch erstaunter.

»Ich habe einen Toten gefunden. Und ich halte es für möglich, dass er keines natürlichen Todes gestorben ist«, platzte Rebekka nach kurzem Zögern heraus.

Simone wurde schlagartig blass und stellte ihre Tasse zurück auf den Tisch. »Einen Toten?«, hauchte sie und ließ gleich darauf das lang gezogene »Hiiier« ertönen, mit dem sie ihren Hund zu rufen pflegte.

Bonnie kam angelaufen und setzte sich auf ein Handzeichen neben die mit Farbspritzern in unterschiedlichen Farben übersäten Stoffschuhe. Sofort vergrub Simone ihre Finger im üppigen Fell des Shelties, als müsste sie sich vergewissern, dass es dem Hund gut ging, und dafür sorgen, dass es auch so blieb. Dabei ließ sie die Ziege nicht aus den Augen, die ein paar Schritte entfernt den Kopf beugte und mit spitzem Maul vom Gras naschte.

»Vielleicht hatte er ja doch einen Herzinfarkt«, versuchte Rebekka ihre neue Nachbarin zu beruhigen. »Aber ich weiß nicht – jetzt im Nachhinein bin ich ganz sicher, dass jemand im Zimmer war, als ich hereinkam und den alten Mann am Boden fand. Und bevor ich ins Haus ging, habe ich von drinnen Geräusche gehört. Ich dachte, dass die Töne von draußen kamen, aber je länger ich darüber nachdenke …«

Leider sann sie fast ständig über ihren Leichenfund nach, obwohl sie sich Mühe gab, es nicht zu tun.

»Hast du das der Polizei erzählt?« Simone schaute sich um, als würde sie befürchten, dass sogleich ein Meuchelmörder aus den Büschen sprang.

»Nein. Erst dachte ich ja, ich hätte mir das nur eingebildet. Schließlich hat der Dorfarzt einen Herzinfarkt diagnostiziert. Allerdings ohne großartige Untersuchung, wohl weil es eben ein alter Mann war. Er meinte, die Kopfwunde hätte er sich beim Sturz zugezogen. Aber inzwischen bin ich mir ziemlich sicher, dass da jemand war. Ich meine auch, ich hätte nachher gesehen, dass die Hintertür zufiel. So aus dem Augenwinkel. Da hat er sich rausgestohlen.« Dass sie durch die wunderbare Rezeptsammlung abgelenkt gewesen war, erwähnte sie lieber nicht.

»Du musst unbedingt eine Aussage machen!« Inzwischen hatte Simone ihren Schreck überwunden und ließ auch ihren kleinen Hund wieder herumtoben.

»Das sollte ich wohl.« Rebekka sah auf ihre Armbanduhr und stand auf. »Gleich morgen früh. Heute ist es wahrscheinlich schon zu spät. Ich glaube, die Polizeiwache im Dorf hat nur von acht bis vier geöffnet. Mord ist hier nicht vorgesehen. Irgendwie hoffe ich, dass es für all das eine andere Erklärung gibt.«

Morde kamen in Kriminalfilmen und in blutrünstigen skandinavischen Thrillern vor. Vielleicht noch in den Problemvierteln der Großstädte.

»Aus welchem Grund sollte jemand einen alten und offensichtlich keineswegs reichen Witwer umbringen?«, fragte sie nachdenklich Simone, während sie Seite an Seite zur Grundstücksgrenze schlenderten.

Mit in Falten gelegter Stirn blieb Simone stehen und starrte in die Luft. »Aus Liebe, aus Hass, aus Geldgier«, zählte sie dann auf. »Lernt man doch in jedem *Tatort*, dass Mordmotive immer mit Leidenschaft oder mit Geld zu tun haben. Warum sollte das hier auf dem Land anders sein? Immerhin hatte der alte Mann ein Haus und ein Grundstück, oder nicht?«

»Ein ganz kleines Haus. Und da drin sieht es nicht aus, als wäre er sonderlich wohlhabend gewesen.« Rebekka unterdrückte einen Seufzer. »Ich gehe morgen zur Polizei.«

»Sag ich doch!« Zufrieden nickend schaute Simone sich nach ihren Tieren um und ließ gleich darauf ihr hohes, lautes »Hiiier« ertönen.

Rebekka zuckte bei diesem schrillen Ruf kaum noch zusammen. Sie lächelte nur, hob zum Abschied die Hand und ging durch die Lücke in der Buschreihe zurück zu dem kleinen Haus, das sie in Gedanken schon als ihres bezeichnete.

Obwohl es immer noch warm war, fegte ein so heftiger Wind die Dorfstraße entlang, dass die Luft sein Fell wie ungeschickte Finger gegen den Strich bürstete. Er zog sich für einen Moment in den Windschatten der Hecke des Vorgartens von Luise Brackmann zurück. Luise konnte nicht gut kochen. Ihre Sonntagsbraten waren eine reine Katastrophe. Zäh, schlecht gewürzt, in klumpiger Soße schwimmend. Zwar lockte sie ihn mit ihrer brüchigen Stimme, sobald sie ihn sah, und bot ihm freigiebig Kostproben an, doch er hatte nach zwei oder drei Versuchen gelernt, um ihr Haus einen Bogen zu machen. Bis auf die Tage, an denen sie Rindfleisch mit Graupen und Gartengemüse kochte.

Wie durch ein Wunder gelang ihr dieses Gericht immer. Das Fleisch war herrlich mürbe, aber nicht trocken und zäh, die Brühe wunderbar gewürzt mit frischen Kräutern, das Gemüse hatte Biss. Und die Graupen – er verstand nicht, warum Luise die Einzige im Dorf war, die diese Körner kochte. Sie sättigten ihn, ohne ihm wie kleine Steine im Magen zu liegen. Er mochte Graupen.

Der Sommerflieder mit seinen gelben Blüten bot ihm zwar Schutz vor dem Wind, aber zwischen seinen Zweigen tummelten sich Schmetterlinge, die bei der lauen Witterung zuhauf unterwegs waren. Sie waren verrückt nach dem Nektar dieses Strauchs.

Ihn aber machte das blöde Geflatter über seinem Kopf verrückt. Als eines der taumeligen Viecher direkt vor seiner Nase herumflog, schlug er mit der Pfote nach ihm und verfehlte es nur um Haaresbreite. Immerhin erkannte der rot-blaue Schmetterling die Gefahr und ergriff die Flucht. Auch die anderen albernen Gesellen schienen begriffen zu haben, dass es vernünftiger war, oben im Busch zu bleiben. Soweit man bei solchen überflüssigen Geschöpfen von Vernunft sprechen konnte.

Er wandte den Kopf, um mithilfe seiner Zunge sein Fell am Rücken wieder in Ordnung zu bringen. Soeben wollte er energisch über die zerzausten Haarspitzen fahren, als ihm der bewusste Duft in die Nase stieg.

Sofort hielt er inne und öffnete das Maul ein bisschen weiter, sodass die Luft über Zunge und Gaumen streichen konnte. Sein Flehmen bestätigte ihm seinen Verdacht: Bei Luise Brackmann gab es heute Graupen! Vielleicht holte er sich später eine Portion ab.

Vorerst wartete er hier auf die Frau aus Lydias Haus. Er wollte sie auf ihrem Weg durchs Dorf begleiten, um festzustellen, ob sie endlich etwas wegen der Sache mit Fedder Alert unternahm.

Inzwischen hatte er aufgeschnappt, dass die Fremde Rebekka hieß, aber so vertraut war sie ihm noch nicht, dass er sie in Gedanken so genannt hätte. Da kam sie. Die Kette des alten Fahrrads, mit dem sie herumfuhr, quietschte leise vor sich hin. Nicht mehr so schlimm wie ganz am Anfang, aber immer noch ziemlich jämmerlich. Wahrscheinlich hörte sie es nicht, weil sie eben nur ein Mensch war und wie alle Menschen kaum die Hälfte von dem wahrnahm, was um sie herum vorging.

An diesem Morgen war das Keuchen, mit dem sie sich bei Gegenwind abmühte, bergauf zu fahren, allerdings so laut, dass das Quietschen fast darin unterging. Ihre dunklen Haare waren zerzaust und ihre Wangen gerötet. Eigentlich sah sie richtig nett aus, wenn auch nicht ganz so nett wie Lydia. Vielleicht gewöhnte er sich auch nur langsam an ihren Anblick.

Trotz ihres Geächzes kam sie erstaunlich schnell vorwärts, und er konnte nur notdürftig sein Fell in Ordnung bringen, bevor er betont lässig unter dem Busch hervorspazierte, als hätte sein Erscheinen nicht das Geringste mit ihr zu tun.

Erstaunlicherweise bemerkte sie ihn fast sofort. Sie hielt an und schob sich mit einer Hand lächelnd die Haare aus dem Gesicht. »Na, hast du auf mich gewartet?«

Menschen! Es gab wohl keine anderen Geschöpfe auf Erden, die sich selbst so wichtig nahmen. Er würdigte sie keines Blickes, sondern ließ sich nun doch nieder, um sein Fell zu glätten.

Sie kräuselte die Nase und schnupperte albern in die Luft. Offenbar bemerkte sie den Duft, der aus Luises offenem Küchenfenster über die Straße wehte. Ein Ruck ging durch ihren Körper, dann stellte sie ihr Fahrrad an den Zaun und marschierte entschlossen zu Luises Haustür.

Als Luise öffnete, machte die Neue im Dorf ein großes Getue

um den »köstlichen Geruch nach gutem Essen«, und langsam heiterte sich das sonst meistens griesgrämige Gesicht der alten Frau auf. Dann ließ sie die Fremde tatsächlich in ihr Haus.

Der Kater zog sich wieder unter die Büsche zurück und wartete geduldig, dass sie zum Vorschein kam und weiterfuhr. Es war wichtig, sie im Auge zu behalten und ihr Zeichen zu geben, wenn es sich ergab. Und wenn sie durch ihn im Dorf die Häuser fand, in denen anständig gekocht wurde, sollte es ihm auch recht sein.

Die Polizeistation von Bradehusen war in einem reetgedeckten Fachwerkhaus untergebracht, das sich von den anderen Häusern des Dorfes nur durch das Schild über der Eingangstür unterschied. Nachdem sie unterwegs durch den würzigen Geruch aus Luise Brackmanns Küche aufgehalten worden war und ein wunderbares Rezept ergattert hatte, kam Rebekka dort wesentlich später an als geplant. Sie hoffte, dass auf der Wache nicht inzwischen Mittagspause war.

Bevor sie die grün gestrichene Haustür öffnete, schaute sie sich noch einmal um. Der Kater schaffte es nicht schnell genug, hinter der Hecke des Nachbargrundstücks zu verschwinden. Sie sah noch seinen dunklen Schatten vor dem Grün.

Warum lief er ihr hinterher, wollte aber nicht, dass sie es bemerkte? Was ging hinter seiner pechschwarzen Stirn vor? Natürlich war es sinnlos, sich über die Beweggründe eines streunenden Katers Gedanken zu machen. Wahrscheinlich war er ohnehin einfach auf Mäusejagd, und sie bildete sich nur ein, dass er ihr folgte.

Entschlossen stieß sie die Tür zur Polizeiwache auf. Kühles Dämmerlicht und Stille empfingen sie. Durch einen schmalen

Flur gelangte sie in ein großes Amtszimmer, dessen Fenster sich zum Garten hinaus öffneten, der eine erstaunlich üppige Vegetation aufwies. Zwei Schreibtische standen einander so gegenüber, dass ihre Schmalseite jeweils gegen eine der Fensterbänke stieß. In der Mitte blieb ein breiter Gang frei, an dessen Ende eine Holzbank ihren Platz hatte. Womöglich mussten dort die Verdächtigen bis zu ihrem Verhör warten.

Einer der Arbeitsplätze war verwaist, auf der rechten Seite saß die Polizistin, die Rebekka schon im Haus des alten Alert kennengelernt hatte. Bei der Gelegenheit hatte sie festgestellt, dass die junge Frau dazu neigte, sich von ihren Aufgaben leicht ablenken zu lassen, was Rebekka schon ein wenig nervös machte. Es hatte eine kleine Ewigkeit gedauert, bis die wenigen Punkte, die Rebekka zu Protokoll zu geben hatte, in dem dafür vorgesehenen Formular notiert gewesen waren. Zwischendurch hatte die Polizistin ausdauernd Löcher in die Luft gestarrt, als ob sie mit ihren Gedanken ganz woanders gewesen war.

»Guten Tag«, grüßte Rebekka höflich und ging zu dem Schreibtisch mit dem etwas überdimensionierten Namensschild *Katrin Schirmer*, vor dem ein unbequem aussehender Holzstuhl stand.

Die Polizistin murmelte etwas Unverständliches vor sich hin, ohne auch nur den Kopf zu heben. Sie schien ihre gesamte Konzentration für die Aufgabe zu benötigen, mit der sie hinter dem Messingschild mit ihrem Namen beschäftigt war.

»Wir sind uns vorgestern begegnet. Im Haus von Fedder Alert … «, begann Rebekka, nachdem sie eine Weile geduldig gewartet hatte, ohne dass etwas geschah. »Ich bin Rebekka Frey und habe den Toten gefunden.«

Der aschblonde Kopf blieb gesenkt. Nur die Stirn unter den zurückgekämmten Haaren runzelte sich leicht, und zwischen den halb geöffneten Lippen tauchte eine rosige Zungenspitze auf.

»Ich möchte meine Aussage ergänzen.«

Mit einem Ruck hob die Polizistin den Kopf. »Hauke!«, schrie sie und beugte sich sofort wieder über das, was sie da auf ihrem Schreibtisch tat.

Neugierig trat Rebekka einen Schritt auf Katrin Schirmers Schreibtisch zu und beugte sich vor.

»Oh«, machte sie, als sie über das Namensschild hinweg auf die braune Holzplatte sehen konnte. »Das ist ja eine echte Mammutaufgabe. Beweismaterial, nehme ich an?«

»Mein Exfreund«, murmelte die Polizistin zwischen zusammengebissenen Zähnen.

»Oh«, wiederholte Rebekka. Etwas Besseres fiel ihr nicht ein.

»Hauke!«, schrie die junge Frau erneut, dieses Mal ohne den Kopf von ihrer Arbeit zu heben. Vor ihr auf der Schreibtischplatte lag ein in unzählige kleine Schnipsel zerrissenes Foto, das sie offenbar zusammenzusetzen versuchte. Bis jetzt war ihr das nur bei der linken oberen Ecke gelungen.

»Der Scheißkerl hat mich betrogen. Und als icke es rausgefunden hab, hat er mich verlassen. Jetz is er mit der Zicke von diesem Bauernhof zusammen. Die macht eenen auf Naturmädel, und er findet es och noch toll. Treibt es dauernd mit ihr im Heu.«

Wie bei ihrer ersten Begegnung war Rebekka im ersten Moment äußerst erstaunt über den Berliner Dialekt der Dorfpolizistin.

»Sind Sie seinetwegen nach Bradehusen gekommen?«, erkundigte sie sich mitfühlend.

Katrin Schirmer nickte, und als sie Rebekka kurz ansah, standen Tränen in ihren Augen. »Hab mir nur wegen ihm in det Kaff versetzen lassen. Und jetz häng icke hier fest. Det wird er mir büßen. Ick will ihn zurück!« Ein Schluchzer drang aus der üppigen Brust unter der ein wenig zu engen Uniformjacke.

»Willst du nicht, Katrin. Und das mit dem Bild kannst du sein lassen, morgen zerreißt du es sowieso wieder.« Durch die Tür, die hinaus in den Garten führte, war der kleine, drahtige Polizist eingetreten. Mit geübten Bewegungen streifte er sich die Gartenhandschuhe ab und warf sie auf ein Schränkchen in der Ecke.

»Ich möchte meine Aussage ergänzen. Wegen der Sache mit dem Toten, den ich gefunden habe«, verkündete Rebekka energisch.

»Wir haben den Fall abgeschlossen.« Der junge Polizist schien nicht sonderlich begeistert von ihrem Anliegen. Wahrscheinlich gab es im Garten viel zu tun. »War ja eigentlich auch kein Fall. Ein alter Mann ist gestorben. So ist das Leben, würde ich sagen.«

»Es könnte sein, dass da etwas nicht mit rechten Dingen zugegangen ist«, wandte Rebekka ein.

»Was meinen Sie? Übersinnliches, Geister, Voodoo?« Der Blick, den der Dorfpolizist ihr zuwarf, zeigte deutlich, dass er ihr als Städterin praktisch jede unvernünftige Idee zutraute.

Rebekka schüttelte energisch den Kopf. »Ich bin mir inzwischen ziemlich sicher, dass jemand in der Küche war, als ich kam. Dieser Jemand hat sich vor mir versteckt und ist dann durch die Hintertür verschwunden, als ich ihm den Rücken zukehrte. Trotzdem habe ich beim Umdrehen noch gesehen, wie die Tür geschlossen wurde. Von außen.«

»Und das fällt Ihnen jetzt erst ein?« Polizist Hauke sah sie drohend an, als wollte er gleich seine Handschellen hervorholen.

Ungerührt erwiderte Rebekka seinen Blick. Schließlich tat sie nur ihre Pflicht als Bürgerin. »Ich war geschockt, als ich den Toten fand, und habe das mit der Tür nur am Rande wahrgenommen. Aber je länger ich darüber nachdenke, desto sicherer bin ich, dass da jemand war.«

»Das ist aber kein Beweis dafür, dass Fedder Alert nicht eines natürlichen Todes gestorben ist.« Widerwillig bewegte Hauke sich in Richtung seines Schreibtischs.

»Wenn jemand vor mir den Toten entdeckt hat, hätte er keinen Grund gehabt, sich zu verstecken und anschließend wegzulaufen, es sei denn, er hatte etwas zu verbergen«, gab Rebekka zu bedenken.

Wortlos ließ der Polizist sich auf seinen Schreibtischstuhl plumpsen. Das Schild an seinem Arbeitsplatz wies ihn als *Hauke Einers* aus.

»Könnte auch eine Frau gewesen sein.« Erstaunlicherweise schien sich Katrin Schirmer plötzlich für den Fall zu interessieren. »Vielleicht hat er sie betrogen. Oder verlassen. Oder beides.«

»Das sagst du nur, weil du deinen Ex am liebsten umbringen würdest. Fedder war achtzig Jahre alt. Da fällt enttäuschte Liebe als Motiv ja wohl flach. Wenn wir die Umstände seines Todes als unklar einstufen, kommt wieder so ein Kommissar aus Stade und bringt hier alles durcheinander. Diese Leute sind …« Auf der Suche nach dem richtigen Wort wedelte Hauke mit der Hand in der Luft herum. »… anstrengend.«

»Gab es in Bradehusen denn schon mal einen Mord?« Für den Moment schien Katrin Schirmer ihr zerrissenes Foto vergessen zu haben.

»Vor ungefähr zwanzig Jahren. Ich kann mich nicht erinnern, weil ich noch zu klein war, aber mein Vater saß damals hier.« Hauke Einers deutete auf die zerschrammte Platte seines Schreibtischs. Offensichtlich stammte er aus einer Dynastie von Dorfpolizisten. »Er hat früher dauernd davon erzählt. Besonders von dem Kommissar aus Stade. Da war Schluss mit lustig bei der Arbeit.«

»Ich bestehe darauf, dass Sie meine Aussage aufnehmen, auch wenn das vielleicht etwas Unruhe mit sich bringt.« Rebekka baute sich vor seinem Schreibtisch auf. »Fedder Alert mag alt gewesen sein. Dennoch sollte niemand mit einem Mord davonkommen. Es muss jedenfalls geklärt werden, ob es ein Mord war.«

Seufzend zog Hauke Einers die Tastatur seines Computers zu sich heran und ließ seine beiden Zeigefinger darüber schweben.

Nur mühsam unterdrückte Rebekka die Frage, ob sie ihre Aussage nicht lieber selbst tippen sollte. Hier auf dem Dorf verliefen die Tage eben gemächlicher. Sie würde sich daran gewöhnen müssen.

7. kapitel

Nach mehreren sonnigen Tagen zogen gegen Abend Wolken auf, und fast lautlos ging ein sanfter Sommerregen nieder. Rebekka stand mit der Kaffeetasse in der Hand am offenen Fenster und sah über den Garten und den im letzten Tageslicht spiegelnden Asphalt der Straße hinüber zur Weide, wo die Kühe die abendliche Dusche zu genießen schienen. Sie standen mit erhobenen Köpfen in einem Halbkreis in der Nähe des Zauns, obwohl sie sich auch unter den Bäumen am anderen Ende der Wiese hätten versammeln können. Die großen schwarzen Flecke in ihrem cremeweißen Fell glänzten wie lackiert.

Hier am Ortsrand von Bradehusen war nur eine Straßenseite bebaut. Auf der anderen Seite lagen Weiden und kleine Obstplantagen mit Apfel- und Kirschbäumen. Und nur wenige Meter hinter den Grundstücken befand sich der Deich, der das Dorf schützen sollte, wenn die Elbe bei Hochwasser über die Ufer trat.

Seit ihrem Besuch bei der Polizei vor drei Tagen war sie viel ruhiger. Manchmal dachte sie stundenlang nicht an den toten Fedder Alert. Nur die Kladde aus seiner Küche, die neben ihrem Laptop auf dem Schreibtisch lag, schien sie jedes Mal, wenn ihr Blick darauf fiel, vorwurfsvoll anzustarren.

Als ihr Handy seine Melodie erklingen ließ, wandte sie ein wenig unwillig den Kopf. Obwohl sie einen Großteil des Tages allein verbrachte, fühlte sie sich durch dieses Signal aus der ihr sonst so vertrauten, betriebsamen Welt seltsamerweise gestört. Beim Anblick des Namens auf dem Display griff sie jedoch lächelnd nach dem Telefon.

»Hallo Häuptling«, begrüßte sie ihren alten Freund. »Wie geht es dir?«

»Das sogenannte Steak liegt mir immer noch im Magen«, klagte York. »Und ich habe ewig gebraucht, um die Fasern wieder aus meinen Zahnzwischenräumen zu pulen. Wie konntest du Marietta raten, Steaks für mich zu braten, weil das angeblich so einfach ist?«

Nur mit Mühe verkniff sie sich ein Lachen. »Habe ich ihr nicht geraten. Sie ist von allein auf die Idee gekommen, dass man dabei nichts falsch machen kann. Sie wollte dich doch so gern mit einem leckeren Essen verwöhnen.«

»Dann hättest du es ihr ausreden müssen!«

»Aber du liebst Steaks! Als ich das letzte Mal …«

»Du kannst ja auch kochen«, unterbrach York sie und lachte plötzlich laut. »Angebrannt waren sie auch. Das ganze Essen war eine Katastrophe. Zu den Steaks gab es …«

»Bitte verschone mich«, flehte Rebekka. »Ich beschäftige mich die ganze Zeit mit Rezepten. Aus der Kladde, du weißt schon. Da kann ich kein Kopfkino von zähem Fleisch und matschigem Gemüse gebrauchen.« Sie hatte York per Mail über die Geschehnisse in Bradehusen auf dem Laufenden gehalten und versucht, auf diesem Wege ihr schlechtes Gewissen wegen der Kladde zu erleichtern, die sie einfach rasch in ihre Tasche gesteckt hatte. »Außerdem wäre es schön, wenn deine diversen Freundinnen mich mit ihren Anrufen verschonen würden. Du lässt dich nicht ansatzweise auf sie ein, und im Gegenzug reißt sich eine nach der anderen sämtliche Beine aus, um dich davon zu überzeugen, dass sie die Richtige für dich ist und dich glücklich machen könnte. Und weil ich dich schon so lange kenne, fragen sie mich früher oder später um Rat, wie sie dich von sich überzeugen können. Ich habe keine Lust, mich in deine Beziehungsdramen hineinziehen zu lassen.«

»Als Drama würde ich eine missglückte Mahlzeit nun auch nicht bezeichnen.« Er klang ein wenig kleinlaut. »Was kann ich dafür, wenn ich immer so komische Frauen kennenlerne? Am Anfang sind sie cool und fröhlich, und innerhalb kürzester Zeit mutieren sie zu Klammeräffchen.«

Rebekka stellte ihre leere Tasse neben sich auf den Schreibtisch. Draußen war es mittlerweile so dunkel, dass sie von den Kühen nur noch die hellen Flecken durch den regnerischen Abend schimmern sah. Es hatte aufgehört zu regnen, doch die Wassertropfen plätscherten immer noch von einem Blatt zum anderen über das Laub der Bäume abwärts. Die Luft war klar wie frisch gewaschen.

»Das liegt an dir«, erklärte Rebekka ihrem Freund nicht zum ersten Mal. »Je mehr du dich zurückziehst, umso mehr laufen sie dir hinterher.« Sie atmete ein letztes Mal tief ein und wollte das Fenster schließen, um im Zimmer Licht machen zu können, ohne dass sich ganze Schwärme von Insekten um die Lampe versammelten. Dieser Fehler war ihr am Vorabend unterlaufen, und die zahlreichen Mückenstiche juckten noch immer.

Als sie die Hand zum Fenstergriff hob, sah sie zwischen den Obstbäumen im vorderen Teil des Gartens eine Bewegung. Ein menschlicher Schatten löste sich vom tiefen Dunkel eines Baumstamms und verschmolz gleich darauf mit dem Schwarz des Nachbarbaums.

»Da ist jemand im Garten«, flüsterte sie ins Telefon.

»Was sagst du? Die Verbindung ist plötzlich so schlecht.«

»Ich sagte, ich habe im Garten einen Schatten gesehen, als ob da jemand zwischen den Bäumen herumschleicht«, erklärte Rebekka in normaler Lautstärke, nachdem sie mit Schwung das Fenster zugeworfen hatte. Jetzt starrte sie angespannt durch die Scheibe ins Dunkel, konnte aber keine Bewegung mehr erkennen.

»Seit wann bist du so ängstlich? Da draußen auf dem Land laufen sicher auch nachts irgendwelche Tiere rum. Katzen, Hunde, Kühe …« York klang irritiert.

»Das war ein Mensch. Und es sah aus, als wollte er sich verstecken.« Sie zögerte. »Hört sich das an, als würde ich unter Verfolgungswahn leiden?«

»Es klingt, als hättest du ein Problem mit dem einsamen Leben auf dem Land. Geht es dir gut? Schließlich stolpert man nicht jeden Tag über einen Toten.«

»Es ist nicht nur das …« Sie hatte noch mit keinem Menschen über jene Nacht gesprochen, als sie meinte, jemanden im Haus gehört zu haben, und war sich nicht sicher, ob sie sich York gegenüber lächerlich machen wollte. Andererseits hatte er sie noch nie ausgelacht, wenn sie sich wegen irgendetwas Sorgen machte. Selbst als sie sich in einer langen Mail über ihr schlechtes Gewissen wegen der stibitzten Rezeptsammlung ausgelassen hatte, war er verständnisvoll gewesen.

»Was brennt dir auf der Seele, Zöpfchen?«

Sie zögerte. »Vor ein paar Nächten habe ich im Haus komische Geräusche gehört. Es klang, als würde ein Mensch hier unten herumlaufen. Aber ich glaube, es war wohl nur der Kater, der hier ständig herumschleicht.«

Eine Weile blieb es am anderen Ende der Leitung still. Beunruhigend still. »Und wenn es doch nicht der Kater war?«, fragte York schließlich. »Wenn in dem Zimmer mit dem toten alten Mann jemand war, hat er dich gesehen, und er glaubt vielleicht, du hättest ihn auch gesehen. Es könnte ein Mörder sein.«

Hastig ging Rebekka zum Fenster und zog die Übergardinen zu.

»Das war, bevor ich den Toten gefunden habe.« Ihre Kehle fühlte sich ein wenig eng an, aber es gelang ihr, mit fester Stimme zu sprechen, hauptsächlich um sich selbst zu beruhigen.

»Es wäre trotzdem besser, wenn du in ein Hotel oder in eine Pension ziehen würdest«, schlug York vor. »Du hast Angst, und vielleicht hast du auch einen Grund, Angst zu haben.«

»Ich fühle mich wohl hier. Und ich muss hierbleiben, weil ich eine Küche brauche, um die Rezepte auszuprobieren. Bradehusen ist ein beschauliches Dorf und keine gefährliche Großstadt, in der hinter jeder Ecke eine Verbrecherbande lauert. In der Nacht, als ich die Geräusche hörte, war bestimmt der Kater hier im Haus. Wer sonst? Ich habe ihn sogar draußen im Garten gesehen. Es war albern von mir, Angst zu haben.« Sie ließ sich auf das Sofa fallen, lehnte sich zurück und schlug die Beine übereinander. Dass sie nicht wirklich entspannt war, konnte York ja nicht sehen.

»Nun ja. Wenn jemand dir etwas hätte tun wollen, weil er glaubte, du hättest zu viel gesehen, wäre er nicht einfach so wieder verschwunden«, bemerkte York nachdenklich.

»Genau! Und wenn ein normaler Einbrecher im Haus gewesen wäre, würde ich irgendetwas vermissen. Es ist aber alles da.«

»Du weißt ja nicht, was er gesucht hat.«

Seit wann war York ein solcher Bedenkenträger? Hätte er selbst hier gewohnt, hätte er garantiert über ein bisschen Geklapper und eingebildete Schritte in der Nacht gelacht.

»Da war niemand, also hat auch niemand nach irgendetwas gesucht«, teilte sie York energisch mit. »Mach dir keine Sorgen um mich, ich bin schon groß. Kümmere dich lieber um deine Teenager-Freundin, die hat es viel nötiger als ich.« Das hatte sie sich nicht verkneifen können.

»Marietta ist dreiundzwanzig.« York räusperte sich. Wahrscheinlich war ihm selbst klar, dass das angesichts seiner fast vierzig Jahre keine sonderlich überzeugende Aussage war.

»Dann ist sie ja fast noch ein Teenager«, neckte sie ihn prompt. »Und sag jetzt nicht, dass sie sehr reif für ihr Alter ist!«

»Sie ist …« Er stockte.

»Sie sieht gut aus«, half Rebekka ihm, als er nach einiger Zeit immer noch schwieg.

»Ich bin nicht mit ihr zusammen, weil sie gut aussieht. Also, nicht nur.«

»Entschuldige. Du bist mir keine Rechenschaft schuldig.« Rebekka stand auf, ging zum Fenster und zog die Gardine beiseite. Im nächsten Augenblick schrie sie erschrocken auf.

»Rebekka? Was ist los? Sag doch was!«, rief York am anderen Ende der Leitung ebenfalls erschrocken in den Hörer.

»Nichts«, erklärte sie so cool wie möglich, obwohl sich ihr rasender Herzschlag noch nicht beruhigt hatte. »Der Kater. Wie ich schon sagte, er schleicht ständig ums Haus herum.« Entschlossen erwiderte sie den Blick aus den beiden im Licht der Wohnzimmerbeleuchtung funkelnden Augen, die sie durch die Fensterscheibe anstarrten.

»Du hast mir einen Schreck eingejagt«, beklagte York sich. »Ich dachte …«

»Nur eine Katze«, wiederholte sie. »Mach dir keine Sorgen. Dein Leben ist so schon aufreibend genug, fürchte ich.« Selbst in ihren eigenen Ohren klang ihr Lachen zu schrill und zu laut.

»Quatsch!« Seine harsche Bemerkung hörte sich dagegen merkwürdig liebevoll an.

»Ich muss mir jetzt was zu essen machen. Mein armer leerer Magen singt schon ganze Arien«, erklärte sie hastig, bevor das Gefühl der Einsamkeit und die Sehnsucht nach ihrer vertrauten Umgebung sich in ihr ausbreiten konnten.

»Schade, dass ich nichts abbekomme.« York stieß einen tiefen Seufzer aus.

»Was willst du denn? Ich habe gehört, dass du ein tolles Steak vorgesetzt bekommen hast. Bis bald!« Lachend beendete Rebekka das Gespräch.

Ohne dem schwarzen Kater da draußen noch einen weiteren Blick zu gönnen, zog sie die Gardine wieder zu und ging in die Küche.

Leise vor sich hin summend rührte Rebekka in dem kleinen Stieltopf, in dem die Apfelstückchen und die klein gehackten Zwiebeln, die sie erst in Butter angedünstet und dann mit einem kräftigen Schuss Sahne aufgegossen hatte, eine wunderbar cremige Verbindung eingingen.

Sie hatte endlich entschieden, welches der Rezepte, die sie in Bradehusen schon gefunden hatte, sie als Erstes in ihrem Blog vorstellen wollte. Schlechtes Gewissen hin oder her – hätte sie die Kladde nicht in die Tasche gesteckt, würde sie dieses wunderbare Rezept nicht besitzen.

Sie rührte die duftende Mischung noch einmal um, bevor sie mit ihrem Probierlöffel einen kräftigen Bissen aus dem Topf angelte und mit geschlossenen Augen kostete. Gut! Ein bisschen Salz noch, ein Hauch Pfeffer und die klein geschnittene Petersilie, dann würde es nahezu perfekt sein.

Oder aber … Nachdenklich starrte sie die zahlreichen Gewürzdöschen an, die sie in einem großen Plastikbeutel von zu Hause mitgebracht und auf dem unteren Brett des Hängeschranks neben dem Herd aufgereiht hatte. Gerade streckte sie die Hand nach dem Curry aus, als ein seltsames Geräusch sie zusammenzucken ließ. Es kam von draußen. Genauer gesagt durch die Hintertür, die in den Garten führte.

Erst als der lang gezogene klagende Laut sich wiederholte, begriff sie, dass es das Mauzen einer Katze war.

Sie ging zur Tür und wischte sich die Hände an den Jeans ab. Noch nie hatte sie sich überwinden können, bei der Küchenarbeit eine Schürze zu tragen, und ein Handtuch war nie in greifbarer Nähe. Dann drehte sie den Schlüssel um und öffnete die Tür einen Spaltbreit. Zunächst sah sie nur die leuchtenden Katzenaugen. Als sie sich nach einigen Sekunden an die Dunkelheit gewöhnt hatte, erkannte sie auch die Umrisse des Katers, dessen Fell noch schwärzer war als die schwarze Nacht um ihn herum.

Eine Weile starrten sie einander an. Schließlich setzte sich der Kater gemächlich in Bewegung und spazierte an ihr vorbei in die warme, hell erleuchtete Küche. Hier ließ er sich neben dem Tisch nieder, legte den Schwanz possierlich über die Vorderpfoten und fixierte das Blech, auf dem die Koteletts bereitlagen. Dabei benahm er sich, als würde das Haus ihm gehören.

Rebekka beschloss, ihn zu ignorieren und abzuwarten, was geschah. Wenn der Kater sie im Haus zu sehr störte oder irgendetwas durcheinanderbrachte, konnte sie ihn immer noch hinauswerfen.

Sie ging zurück zum Herd, teilte die Apfel-Zwiebel-Masse in zwei Portionen und würzte die eine kräftig mit Curry, dessen Aroma sie durch die Beigabe von ein wenig Zucker unterstrich. Die andere Portion schmeckte sie noch einmal mit Salz, Pfeffer und Rosenpaprika ab. Dann häufte sie das cremige Gemüse auf die Koteletts, belegte jedes mit einer Scheibe Emmentaler und schob das Blech in den vorgeheizten Backofen. Anschließend sah sie nach den Kartoffeln für das Püree, die auf dem Herd köchelten.

»Könnte es sein, dass du dir eine Mahlzeit erhoffst?« Jetzt hielt sie die Stille zwischen sich und dem Tier doch nicht mehr aus. Es war, als wäre ein fremder Mensch ins Zimmer gekommen, hätte sich ohne ein Wort hingesetzt und würde sie nun stumm beobachten.

Als sie sich zu ihm umdrehte, blinzelte der Kater nicht einmal, sondern starrte sie mit dem Blick einer altägyptischen Sphinx an.

Achselzuckend schaltete Rebekka das Radio ein und drehte es laut auf. Belanglose Popmusik füllte das Zimmer mit ihren Klängen.

Der Kater rührte sich nicht von der Stelle und starrte weiterhin in Richtung Herd. Inzwischen verbreitete der geschmolzene Käse seinen würzigen Duft im Zimmer, während Rebekka die Kartoffeln stampfte und mit warmer Milch, Butter und Gewürzen verrührte. Dabei beschloss sie, eine Portion Püree mit Thymian und eine ohne zu machen. Thymian passte mit seinem Hauch von südlicher Frische besonders gut zu Curry.

Whitney Houston sang in schmelzenden Tönen von der ewigen Liebe, Rebekka sang mit, der Kater legte das rechte Ohr kaum merklich zurück, war aber in Anbetracht der Mahlzeit, die ihn möglicherweise erwartete, offenbar wild entschlossen, sich auch von noch so vielen sehr lauten und sehr falschen Tönen nicht in die Flucht schlagen zu lassen.

Als es kräftig an die Fensterscheibe klopfte, zuckte Rebekka zusammen. War hier auf dem flachen Land die Akustik so gut, dass die Nachbarn sich von ihren Gesängen gestört fühlten?

Sie stellte das Radio leiser und räusperte sich. »Wer ist da?«

»Polizei«, kam es zurück. »Würden Sie bitte die Tür öffnen?«

»Worum geht es?«, erkundigte sie sich mit der Hand auf der Klinke. Dass sie wegen ihres mangelnden Sangestalents sofort festgenommen wurde, glaubte sie nun doch nicht. Sie zog die Gardine zur Seite, die die kleine Scheibe oben in der Tür bedeckte, erkannte draußen jedoch nur eine schemenhafte Gestalt.

»Hier ist mein Ausweis.« Ein kleines weißes Rechteck wurde gegen die Scheibe gepresst. Es konnte sich ebenso gut um einen Bibliotheksausweis oder eine Kreditkarte handeln.

Zu ihrem Erstaunen schmiegte sich plötzlich der Kater warm und weich an ihre Wade und mauzte leise, als wollte er sie auffordern, die Tür zu öffnen.

»Kommissar Garsen. Kripo Stade. Es geht um Ihre Aussage bei der örtlichen Polizeidienststelle.«

Erstaunt riss Rebekka die Tür auf. Aus irgendeinem Grund hatte sie nicht damit gerechnet, dass ihr Besuch bei der Polizei irgendeine Wirkung haben würde.

»Sie sind extra aus Stade gekommen? Wegen meiner Aussage?«

Der Mann vor ihrer Hintertür blinzelte ins helle Licht der Deckenlampe. Seine Augen schimmerten in einem geheimnisvollen Nachtblau, und sein kantiges, von tiefen Furchen durchzogenes Gesicht erinnerte Rebekka an Clint Eastwood in *Die Brücken am Fluss.*

Ihre Frage beantwortete er mit einem Nicken. »Aus Stade. Amtshilfe leisten. Es gibt näher gelegene Dienststellen, aber dort herrscht gerade Personalmangel. Meistens sind es am Ende wir aus Stade. Aber zum Glück werden in diesen abgelegenen Dörfern nicht so oft Kapitalverbrechen begangen.«

»Ich hoffe, ich habe mich nicht getäuscht. Sonst hätten Sie den Weg umsonst gemacht.« Sie stockte, als ihr klar wurde, was sie da gesagt hatte. »Ich meine, ich hoffe natürlich nicht, dass es ein … Kapitalverbrechen, also … ein Mord war. Ich habe eben nur beobachtet …«

»Laut Protokoll sind Sie ganz sicher, dass jemand im Raum war, als Sie den Toten fanden. Jemand, der sich dann weggeschlichen hat.« Das klang fast drohend. Wahrscheinlich fand Clint, dessen echten Namen sie längst wieder vergessen hatte, es nicht besonders ersprießlich, wegen ihrer verspäteten Aussage und eines möglicherweise nur in ihrer Fantasie existenten Mordfalls in ein verschlafenes Nest eilen zu müssen.

Sie nickte heftig. »Bin ich auch. Und ich hielt es für meine Pflicht, das der Polizei mitzuteilen.«

»Ist in Ordnung. Ich werde mich für ein paar Tage im Dorfgasthof einmieten. Länger als eine Woche sollte das hier nicht dauern. Dann muss ich zurück nach Stade. – Darf ich reinkommen?«

Stumm trat sie zur Seite, und auch der Kater, der bis jetzt neben ihren Füßen gestanden hatte, machte dem eintretenden Polizisten Platz.

Ein wenig unsicher deutete Rebekka auf den großen Tisch. Sie hatte keine Ahnung, wie man sich verhielt, wenn unverhofft ein ermittelnder Kripobeamter ins Haus schneite. Bot man ihm etwas an? Komischerweise konnte sie sich nicht erinnern, wie das in Fernsehkrimis gehandhabt wurde. Dort fanden Verhöre nicht in der Küche statt. Aber das hier war doch auch gar kein Verhör, oder?

»Das Essen ist gleich fertig«, erklärte sie vage. »Der streunende Kater hier hat sich bereits dazu eingeladen.«

Clint lächelte unverbindlich, zog einen der Holzstühle unter der zerkratzten Platte hervor und ließ sich darauf nieder.

Jetzt hielt er sie wahrscheinlich für eine vereinsamte Frau in mittleren Jahren, der nur Katzen freiwillig Gesellschaft leisteten. Konnte man achtunddreißig wirklich schon als mittleres Alter bezeichnen, zumal sie meistens deutlich jünger geschätzt wurde?

»Ich koche nicht für mich allein solche Mengen«, beeilte sie sich zu erklären, weil im erleuchteten Backofen ein Blech mit mehreren Koteletts brutzelte und der Topf auf dem Herd auch nicht gerade klein war.

Ihr Gast warf einen fragenden Blick zur Tür, als würde er erwarten, dass im nächsten Augenblick sechs hungrige Kinder samt Vater die Küche stürmten.

»Nein, nein … Ich wohne allein hier. Aber ich koche beruflich. Für meinen Blog. Rezepte aus dem Alten Land.« Erschöpft hielt sie inne. Clint sah nicht so aus, als würde er auch nur ein Wort von ihren wirren Ausführungen verstehen. »Ich schreibe ein Kochbuch«, fügte sie hinzu.

Warum war es ihr so wichtig, ihm zu erklären, dass er keine vereinsamte Hausfrau vor sich hatte? Vielleicht weil sie glaubte, dass er ihre Aussage dann ernst nahm?

»Aha«, meinte der Kripobeamte an ihrem Küchentisch und schaute interessiert zum Backofen hinüber. Kochbuch klang offensichtlich verständlich.

Der Kater teilte auf seinem Platz neben dem Tisch jetzt seine Aufmerksamkeit zwischen Rebekkas Gast und dem duftenden Essen.

»Einen Augenblick dauert es noch. Sie wollten mich doch sicher etwas fragen.« Rebekkas Selbstbewusstsein kehrte allmählich zurück.

»Natürlich. Äh, es geht um Ihre Beobachtungen beim Fund der Leiche.« Er griff in die Innentasche seiner Lederjacke und zog zu Rebekkas Erstaunen nicht etwa ein abgegriffenes Notizbuch hervor, sondern ein kleines Tablet. Aber schließlich trug er auch keinen zerknitterten Trenchcoat, sondern eine braune Lederjacke.

Sie ließ sich auf einem Stuhl nieder, von dem aus sie den Herd im Blick hatte, und wartete.

Eine Weile geschah gar nichts. Clint Eastwood strich heftig mit dem linken Zeigefinger auf dem Tablet herum und starrte mit gerunzelter Stirn aufs Display.

»Entschuldigen Sie. Ich habe leider Ihren Namen wieder vergessen«, brachte Rebekka sich nach einiger Zeit in Erinnerung. Mit einem Tablet in der Hand und eher geistesabwesend als energiegeladen erinnerte ihr Gast sie plötzlich gar nicht mehr so sehr an den Schauspieler.

»Garsen«, erwiderte er, ohne den Kopf zu heben. »Max Garsen. Kommissar. Kripo Stade. Ich habe vorne geklingelt, aber Ihre Musik war zu laut. Sie haben mitgesungen. Da konnten Sie mich vermutlich nicht hören.«

»Ich … nein. Das war nur das Radio«, behauptete sie.

»Es ist nicht verboten, bei der Küchenarbeit zu singen«, teilte er ihr ruhig mit und hielt dabei immer noch den Blick auf den kleinen Bildschirm gerichtet.

Rebekka sprang auf und zog den Topf mit dem Kartoffelpüree von der Herdplatte. Wenn sie es noch länger warmhielt, würde es am Topfboden ansetzen. Dann griff sie nach der Pfeffermühle, um das Püree noch einmal abzuschmecken. Sollte Garsen sich irgendwann entschließen, ihr seine Fragen zu stellen, konnte sie die auch beim Kochen beantworten. Wenn ihn das störte, musste er seinen Besuch das nächste Mal ankündigen.

»Die Obduktion, die auf Ihre Aussage hin angeordnet wurde, hat ergeben, dass das Opfer vor seinem Tod eine vergiftete Mahlzeit zu sich genommen hatte. Die eigentliche Todesursache war jedoch die Kopfverletzung, die ihm mit einem Schürhaken zugefügt wurde, den wir inzwischen im Garten hinter dem Haus gefunden haben. Das Blut des Toten klebt daran, aber der Griff wurde abgewischt.«

Mit lautem Klirren fiel der Topfdeckel ins Spülbecken, als er Rebekka aus der Hand glitt. Sie fuhr herum und starrte den Kommissar entsetzt an. Aus dem Augenwinkel sah sie, dass der Kater, wohl wegen des Lärms, unter einem der Stühle Schutz gesucht hatte und nun von dort aus das Geschehen verfolgte. Er war nicht ängstlich, aber vorsichtig – ein Verhalten, dass einem Streuner wie ihm da draußen nur zugutekam.

»Eine Obduktion wegen meiner Aussage? Und Sie haben festgestellt, dass der Mann erschlagen und vorher vergiftet wurde – sozusagen?« Sie schnappte nach Luft.

Garsen nickte und legte das Tablet auf den verschrammten Küchentisch, wo es merkwürdig deplatziert wirkte. »Hätte eigentlich sowieso gemacht werden sollen, wenn die Polizisten und der Arzt vor Ort nicht so ... Er war ein alter Mann, aber bei plötzlichen Todesfällen, sollte man immer genauer hinsehen.«

»Als ich den Toten fand, war unter seinem Kopf eine kleine Blutlache«, erklärte Rebekka. »Aber ich dachte, die Verletzung am Kopf hätte er sich beim Fallen zugezogen. An der Tischkante oder so. Wenn jemand einen Herzinfarkt bekommt, ist es ja nicht so abwegig, dass er umfällt. Wahrscheinlich hat der Arzt sich die Kopfwunde genauso erklärt.«

Rebekka ließ ihre Kartoffeln Kartoffeln sein und kehrte zum Tisch zurück, um sich zu setzen. Plötzlich war ihre Kehle ganz eng. Aus irgendeinem Grund hatte sie trotz allem nicht wirklich an einen Mord geglaubt.

»Seltsamerweise sieht es so aus, als sei das Opfer vor seinem Tod mehrmals gestürzt.« Der Kommissar sah immer noch angestrengt auf sein Tablet. »Vielleicht hat ihn jemand umgestoßen, er hat versucht, wieder aufzustehen, und ist noch einmal gefallen, als er den Schürhaken über den Kopf bekam.«

»Meinen Sie, das mit dem Schürhaken ist passiert, kurz bevor ich ins Haus kam?« Vielleicht hätte sie Fedder Alert retten können. Vielleicht wäre sie aber auch selbst zum Opfer geworden, wenn sie ein paar Minuten früher dagewesen wäre.

»Könnte sein. So genau lässt sich der Todeszeitpunkt im Nachhinein nicht feststellen. Das geht nur in den Fernsehkrimis.« Garsen lächelte freudlos. »Das Erstaunliche ist, dass Fedder Alert außer etwas Brot, Butter und Leberwurst nichts Essbares im Haus hatte, wie wir festgestellt haben. Allerdings war der Ort des Leichenfunds leider nicht gesichert. Jeder hatte Zugriff. Theoretisch könnte der Täter das vergiftete Essen also nachträglich aus dem Haus geholt haben. Haben Sie in der Küche etwas

Essbares herumstehen sehen? Die Reste einer warmen Mahlzeit?«

Die Püree wurde kalt, aber Rebekkas Knie waren so weich, dass sie sich nicht in der Lage sah, zum Herd zu gehen.

Sie schüttelte den Kopf. »Nein, da war nichts. Nicht mal benutztes Geschirr. Vielleicht war es ja eine Täterin«, überlegte sie dann laut. »Ich habe mal gelesen, dass nur Frauen mit Gift morden.«

»Aha«, machte Garsen. »Gift deutet nicht unbedingt auf eine Täterin hin. Ich hatte mal einen Fall, bei dem ein Mann seine Frau langsam mit Rattengift umgebracht hat, und ein anderer Mann gab seiner Erbtante eine Überdosis von ihrer Herzmedizin.« Die Erinnerung an diese Giftmorde schien Garsen aufzumuntern. Er strahlte sie für einen Moment an – und knipste von einer Sekunde auf die andere sein Lächeln wieder aus.

»Was wollten Sie eigentlich bei dem Toten?«

Rebekka zuckte zusammen. Die Frage schien wie ein Schwert über ihr zu schweben. Schon allein wegen des Tons, in dem der Kommissar sie ausgesprochen hatte.

»Wir waren verabredet. Er wollte mir Rezepte seiner verstorbenen Frau zeigen«, stieß sie nach einer kurzen Pause hervor.

»Und wo haben Sie Fedder Alert kennengelernt?« Garsen ließ sie nicht aus den Augen. Warum notierte er sich ihre Antworten nicht?

»Vor dem Friedhof.« Sie atmete tief durch. Barsch konnte sie auch.

Der Kommissar zog die Brauen hoch.

Sie schwieg, weil Brauen hochziehen keine Frage war, wenn sie auch nicht genau wusste, was er damit erreichen wollte.

»Was haben Sie dort gemacht?«, ließ er sich schließlich herab zu fragen.

Erstaunt stellte sie fest, dass er plötzlich überhaupt keine Ähnlichkeit mehr mit Clint Eastwood hatte. Er sah einfach nur aus wie ein Mann in mittleren Jahren mit einem ziemlich zerfurchten Gesicht.

»Ich bin auf dem Fahrrad vorbeigekommen. Also, eigentlich bin ich abgestiegen, weil das Fahrrad nicht geölt war, und die Strecke hin zur Kirche ist ziemlich steil, und ich bin es ehrlich gesagt auch nicht gewohnt, weitere Strecken auf dem Rad zu fahren.« Das war jetzt überhaupt nicht knapp gewesen.

»Sie sind also vor dem Friedhof vom Rad gestiegen, um mit dem Toten zu reden.«

»Da war er noch ziemlich lebendig.« Sie lachte – aber leider klang das nicht heiter, sondern nervös.

Garsen kniff die Augen zusammen und fixierte sie noch intensiver.

»Hören Sie mal!« Sie musste sich beherrschen, um nicht aufzuspringen, zum Herd zu flüchten und bei der beruhigenden Tätigkeit des Kochens Zuflucht zu suchen. »Habe ich irgendetwas verbrochen? Ich habe einen Toten gefunden und die Polizei gerufen. Bin ich deshalb verdächtig?«

»Grundsätzlich ja.«

Ihre Frage war rein rhetorisch gewesen. Was bildete dieser Kripotyp sich ein, darauf mit Ja zu antworten? Sie kniff ebenfalls die Augen zusammen. So sehr, dass sie ihn zwischen ihren Wimpern kaum noch erkennen konnte.

»Ich habe meine Pflicht getan! Meine Bürgerpflicht sozusagen. Wenn Sie daraufhin Leute verdächtigen, dürfen Sie sich nicht wundern, wenn niemand mehr freiwillig eine Aussage macht.« Die Worte zischten zwischen ihren Lippen hervor.

Als sie eine sanfte Berührung an ihrer Wade spürte, sah sie erstaunt nach unten. Der Kater hatte sich so dicht neben sie gesetzt, dass sie durch den festen Stoff ihrer Jeans die Wärme seines Körpers fühlen konnte. Für einen kurzen Moment sahen das

Tier und sie einander an, und obwohl es verrückt war, schien es ihr, als wollte der Kater ihr versichern, dass er auf ihrer Seite war.

»Ich tue ebenfalls meine Pflicht. Und es ist nun einmal so, dass zunächst jeder verdächtig ist, mit dem das Opfer in irgendeiner Weise Kontakt hatte. Sie waren zum Todeszeitpunkt allein und haben infolgedessen kein Alibi.« Garsen klang ruhig und geschäftsmäßig.

»Ich war nicht allein«, berichtigte sie ihn kühl. »Wie ich bereits erwähnte, war offenbar der Täter, der *wahre* Täter oder die *wahre* Täterin, noch im Zimmer, als ich den Toten fand.«

»Was Ihnen aber erst nach einigen Tagen einfiel. Außerdem hat der *wahre* Täter sich bis jetzt bei uns nicht gemeldet, um Ihnen ein Alibi zu geben.« Garsens Gesicht war vollkommen unbewegt, nur die beiden Falten, die von seinen Nasenflügeln bis auf die Höhe der Mundwinkel führten, schienen noch ein wenig tiefer zu werden.

»Ich war nach dem Leichenfund etwas durcheinander. Immerhin habe ich zum ersten Mal einen Toten gesehen.« Sie presste die Lippen aufeinander und kämpfte mit sich. »Und ich hatte ein schlechtes Gewissen. Ein *etwas* schlechtes Gewissen. Das hat mich wohl abgelenkt.«

Garsen richtete sich kerzengerade auf. »Ein schlechtes Gewissen?«

Was war das eigentlich für eine blöde Verhörmethode mit diesen ständigen Wiederholungen ihrer Worte?

»Ein schlechtes Gewissen«, bestätigte sie. Was er konnte, konnte sie schon lange! Auf diese Weise gewann sie Zeit. Sie hatte dem Kommissar die Sache mit der Rezeptsammlung gestehen wollen, war sich aber plötzlich nicht mehr so sicher. Wahrscheinlich traute er ihr dann erst recht einen Mord zu.

»Warum?« Er verschränkte die Arme vor der Brust. Jetzt sah er aus wie ein Frührentner, der auf einen verspäteten Zug wartete und sich dabei über die Bahn ärgerte. Clint Eastwood verschränkte niemals die Arme vor der Brust. Das wirkte irgendwie … unmännlich.

»Weil ich mich verspätet hatte«, behauptete sie. »Wäre ich rechtzeitig gekommen, hätte ich den Mord vielleicht verhindern können.«

»Aber zu dem Zeitpunkt war Ihnen doch angeblich noch gar nicht klar, dass sich jemand im Haus aufhielt und dass es folglich ein Mord sein könnte.« Garsen runzelte seine ohnehin schon zerfurchte Stirn noch ein wenig mehr.

»Seinen Tod hätte ich vielleicht dennoch verhindern können«, erwiderte Rebekka triumphierend. »Wenn es ein Herzinfarkt war – und genau das hat der Dorfarzt behauptet –, bringt rasche Hilfe meistens etwas.« Sie kreuzte ebenfalls die Arme vor der Brust.

Garsen seufzte leise, griff nach seinem Tablet und tippte mit der Spitze seines Zeigefingers darauf. Dann hielt er es so unter die Tischkante, dass sie nicht erkennen konnte, was er weiter damit machte. »Sie haben den Toten also vor dem Friedhof kennengelernt. Selbstverständlich als er noch lebte. Sie hielten dort an, weil Ihnen die Steigung zu steil war. Und weiter?«

»Wir kamen ins Gespräch. Ich weiß nicht mehr genau, wie. Möglicherweise fragte ich ihn nach dem Weg. Oder er sprach mich an, wie alte, einsame Männer das so tun.«

»Sie werden häufig von alten, einsamen Männern angesprochen?«

»Nein!«, fauchte sie. »Aber dieser hat es getan, wenn ich mich recht erinnere.«

»Und dann hat er Sie zu sich nach Hause eingeladen, weil er so einsam war?« Garsen machte unter dem Tisch irgendetwas mit dem Tablet.

»Nein. Ich habe ihn gefragt …«

»… ob Sie ihn besuchen sollen, weil er so einsam aussah?«

Rebekka holte tief Luft, um diesem ignoranten Kommissar, der auf diese Weise wohl niemals herausfinden würde, ob und von wem Fedder Alert ermordet worden war, zu erklären, dass sie sich weigerte, mit ihm zu sprechen, wenn er weiterhin den derart voreingenommenen Beamten gab. In diesem Moment ließ die alte Haustürglocke in der Diele ihren scheppernden Ton erklingen.

Automatisch sah Rebekka auf die Wanduhr über der Tür. Sie ging nicht genau, das hatte sie schon herausgefunden. Aber die Zeiger bewegten sich einigermaßen gleichmäßig um das Zifferblatt herum, und gestern war sie nur sieben oder acht Minuten nachgegangen. Also musste es jetzt etwa acht Uhr sein. Kam man um diese Zeit auf dem Land noch zu seinen Nachbarn, um sich ein Ei oder eine Tasse Mehl zu leihen?

»Entschuldigen Sie mich bitte«, sagte sie in eisigem Ton zu Garsen und verließ die Küche. Der Kater folgte ihr in die Diele. Ganz gleich, wer sie um diese Zeit besuchte, die Unterbrechung kam ihr gerade recht. Sie riss die Haustür auf.

Noch bevor sie im Dämmerlicht der schwachen Dielenbeleuchtung erkannte, wer da draußen stand, schob der Kater neben ihren Beinen den Kopf durch den Türspalt und stieß ein drohendes Fauchen hervor.

»Du hast offensichtlich einen todesmutigen Beschützer gefunden.« Yorks Lachen sorgte dafür, dass es ihr sofort wieder gut ging.

»Wo kommst du denn her?« Ungestüm warf sie sich ihrem alten Freund in die Arme. »Warum hast du nicht angerufen? Ich hätte …«

»… du hättest mir erklärt, dass du selbstverständlich allein klarkommst und keine Hilfe brauchst, obwohl du dich offensichtlich in diesem Dorf fast zu Tode fürchtest. Also hätte ich behaupten müssen, dass ich dich aus reiner Langeweile oder aus welchem an den Haaren herbeigezogenen Grund auch immer besuche. Dabei habe ich mir einfach Sorgen um dich gemacht.«

Rebekka hob den Kopf von seiner Schulter und sah ihm von unten ins Gesicht. »Das ist wirklich lieb von dir. Aber es ist nicht so, dass …«

»Ich weiß, ich weiß … Also gut: Ich bin aus reiner Langeweile hier. Und weil ich dich vermisst habe. Hast du immer noch ein schlechtes Gewissen wegen der gemopsten Rezeptsammlung? Das schien dir nämlich ganz schön auf der Seele zu brennen. Obwohl sich wahrscheinlich niemand für so ein altes Notizbuch interessiert. Aber ich habe mir überlegt, wenn du willst, bringen wir das Ding einfach dahin zurück, woher du es genommen hast. Vorher wischen wir natürlich alle Fingerabdrücke ab …« Die letzten Sätze hatte er in verschwörerischem Ton in ihr Ohr geflüstert.

»Ich verabschiede mich dann für heute. Falls ich noch Fragen habe, melde ich mich.«

Als sie von der Küchentür her Garsens Stimme hörte, zuckte Rebekka zusammen. Hatte er etwas von dem mitbekommen, was York über die Rezeptsammlung gesagt hatte? Forschend sah sie ihm ins Gesicht. Er wirkte aber einfach nur müde und gelangweilt, als würde es ihn nach wer weiß wie vielen Jahren bei der Kripo nur noch anöden, irgendwelche Mörder jagen.

Als Rebekka ihn nur stumm anstarrte, fügte Garsen hinzu: »Es sei denn, Ihr Mann weiß auch etwas über die Sache.«

»Nein, nein, er weiß gar nichts«, beteuerte sie hastig.

»Ich bin nicht ihr Mann«, erklärte York gleichzeitig.

Sie lachte verlegen auf, weil sie nicht daran gedacht hatte, diesen Irrtum aufzuklären, was ihm aber wichtig zu sein schien. »Wir sind nicht verheiratet und werden auch niemals heiraten.« Sie schüttelte den Kopf.

»Das kann man nie wissen«, brummte Garsen vor sich hin. »Als ich meine Frau kennenlernte, fand ich sie schrecklich. Sechs Monate später waren wir verheiratet. Sie werden es nicht glauben, es war für uns beide die erste Ehe. Wir waren uns so sicher, dass wir den Rest unseres Lebens … und so weiter. Vor zwei Monaten hat sie mir gesagt, dass sie es nicht mehr aushält, mit mir zusammenzuleben. Sie ist es gewohnt, allein zu sein. Und es stört sie, dass ich so unregelmäßige Dienstzeiten habe. Man hätte meinen sollen, wenn sie doch so gern allein ist, gefällt es ihr, dass ich häufig an Wochenenden und abends arbeiten muss.« Er starrte einen Fleck an der Wand an, als könnte er dort die Frau sehen, die ihn offenbar sehr verletzt hatte.

»Das tut mir leid«, sagte Rebekka nach einer Weile. Plötzlich hatte sie Mitleid mit dem zerfurchten Kommissar, dessen Ähnlichkeit mit Clint Eastwood mittlerweile vollkommen verschwunden war.

»Ich wollte nur sagen …« Erst jetzt schien ihm aufzufallen, dass er einen Teil seiner Lebensgeschichte vor zwei Fremden ausgebreitet hatte, und er sah verlegen zur Tür. »Man kann nie wissen. Sie sind ein hübsches Paar. Warum sollten Sie nicht eines Tages heiraten. Oder sind Sie Bruder und Schwester?«

»So ähnlich. York Liebermann. Rebekka und ich sind seit unserer Schulzeit beste Freunde.« York reichte ihm die Hand und lächelte verbindlich, als würden der Kommissar und er sich bei einer Party beim Small Talk kennenlernen.

»Max Garsen.« Der Kripobeamte lächelte ebenfalls. Yorks lockere, freundliche Art hatte diese Wirkung auf Menschen.

»Bleiben Sie doch zum Essen. Es ist genug da.« Die Einladung war über Rebekkas Lippen, bevor sie darüber nachgedacht hatte.

Garsen zögerte sichtlich. »Es riecht wirklich gut. Aber nein … vielen Dank.«

Da sie ahnte, weshalb der Kommissar eine Einladung ablehnte, die er offensichtlich gern angenommen hätte, schnappte Rebekka nach Luft.

»Ich melde mich wieder bei Ihnen. Schönen Abend noch.« Garsen hob kurz die Hand und verschwand durch die noch offen stehende Haustür in die dunkle Nacht.

»Er hält mich für eine Verdächtige«, raunte sie York zu, nachdem sie eilig die Tür hinter dem Kommissar geschlossen hatte. »Bei Verdächtigen darf er sicher nicht essen.«

»Quatsch!« York schüttelte energisch den Kopf.

»Er hat gesagt, jeder ist verdächtig, der irgendwie mit dem Fall zu tun hat. Dabei weiß er noch nicht mal, dass ich die Rezeptsammlung mitgenommen habe.« Seit jenem unbedachten Moment hatte sie schon hundert Mal bereut, die Kladde eingesteckt zu haben.

»Wir bringen das Ding noch heute Abend zurück«, beschloss York.

»Das Haus ist ganz bestimmt abgeschlossen. Der Kommissar hat erzählt, inzwischen gilt es als Schauplatz eines Mordes. Wie sollen wir da reinkommen?«

»Wir versuchen es. Falls es nicht klappt, denken wir uns was anderes aus.« Beruhigend strich York ihr über den Arm, nur leider machte sie das auch nicht ruhiger.

Als es direkt hinter ihr an die Haustür klopfte, entfuhr Rebekka ein unterdrückter Schrei. Der Kommissar kam zurück! Vielleicht hatte er nur seine Handschellen aus dem Wagen geholt.

»Huhu?«, kam es fragend durch die geschlossene Haustür. »Bist du das, Rebekka? Ich habe deine Stimme gehört.«

»Es ist offen, Mama«, rief Rebekka nach einer Schrecksekunde. Die Erleichterung, die sie ganz kurz gespürt hatte, machte einer leichten Panik Platz.

8. kapitel

Nachdenklich betrachtete York die beiden Frauen, die ihm an dem großen Holztisch mit der von unzähligen Schrammen überzogenen Platte gegenübersaßen. Wenn man Rebekka und Liane Frey nebeneinander sah, wäre man nie darauf gekommen, dass sie Mutter und Tochter waren.

Schon äußerlich war die brünette Rebekka mit den nebelhellen Augen in fast allem das Gegenteil von ihrer schwarzhaarigen Mutter mit den dunklen Augen. Mit ihren gut eins fünfundsiebzig überragte Rebekka die zierliche Liane um einen ganzen Kopf.

Beim Charakter setzten sich die Gegensätze fort. Rebekka bemühte sich zwar, tough zu wirken, und war das in vielerlei Hinsicht auch. Aber tief in ihrem Inneren war sie verletzlich – und verletzt. Sie würde es nicht zugeben, und deshalb fragte York sie nicht, aber sie hatte die Geschichte von damals, auch wenn es schon zwei Jahre her war, längst noch nicht verwunden. Er fiel nicht auf sie herein. Da mochte sie in manchen Momenten noch so laut lachen. Wenn er manchmal aus irgendeinem Grund zu später Stunde noch mit ihr telefonierte, hörte er den dunklen Nachhall in ihrer Stimme. Wobei er es für möglich hielt, dass Rebekka sich selbst einredete, es sei alles in bester Ordnung.

Liane sah zwar aus, als könnte ein Windhauch sie davontragen, wer sie näher kennenlernte, hatte aber bald den Eindruck, nichts und niemand könnte ihr etwas anhaben. Sie schien nicht einmal zu ahnen, wie verletzlich andere Menschen sein konnten, allen voran ihre eigene Tochter. Niemals hielt sie mit ihrer Meinung über Rebekkas Tun und Lassen hinter dem Berg. Und meistens war sie mit dem Leben ihrer Tochter unzufrieden. Kein Wunder, dass Rebekka ihr Entsetzen über den Überraschungsbesuch ihrer Mutter nur mit Mühe verbergen konnte. Wobei allzu viel Mühe gar nicht nötig war, denn Liane konnte oder wollte ohnehin nicht hinter die Fassade ihrer Tochter schauen.

»Ich habe gelesen, dass bei TV14 Moderatoren für ein politisches Magazin gecastet werden«, erzählte Liane gerade in heiterem Ton. »Das wäre doch was für dich.«

»Ich habe nicht besonders viel Ahnung von Politik. Meistens rege ich mich nur darüber auf.« Rebekka stocherte in ihrem Kartoffelpüree herum und sah ihre Mutter beim Sprechen nicht an.

»Ich glaube nicht, dass es da um Ahnung geht«, behauptete Liane kühn. »Man verkauft eine Ware, das ist alles. Meine besten Verkäuferinnen sind nicht unbedingt die, die am meisten von Mode verstehen.«

»Wie laufen die Boutiquen denn so?« Rebekka ergriff sofort die Gelegenheit, das Thema zu wechseln.

»Ach. Alles geht seinen Gang. Die Herbstkollektion ist schon da. Ziemlich langweilig dieses Jahr.« Liane winkte ab, was erstaunlich war, denn normalerweise sprach sie gern über sich und ihre beruflichen Erfolge als Geschäftsführerin einer Kette exklusiver Boutiquen.

Heute aber schien sie sich noch dringlicher für die Karriere ihrer Tochter zu interessieren. »Reifere Frauen haben zurzeit gute Chancen beim Fernsehen. Es gibt einige Moderatorinnen, die bestimmt fünfzehn Jahre älter sind als du und ihre eigene Show haben …«

»So, jetzt will ich aber eure Meinung über das Essen wissen«, unterbrach Rebekka ihre Mutter energisch. »Welches Gemüse und welches Püree schmeckt euch besser? Ich möchte euer Urteil, und ich möchte Begründungen.« Sie zog den Notizblock zu sich heran, den sie auf dem Tisch bereitgelegt hatte.

Liane öffnete den Mund, und York befürchtete, dass sie beileibe nicht vorhatte, ihre Meinung zum Essen kundzutun.

»Für mich ist es eindeutig«, kam er ihr eilig zuvor. »Beide Varianten schmecken gut. Aber im Vergleich sind das Apfelgemüse mit Curry und das Püree mit Thymian einfach der Knaller.«

Rebekka strahlte ihn an. »Ohne Curry und Thymian ist es das Originalrezept. Ich dachte, man könnte es ein bisschen aufpeppen.«

»Das ist dir gelungen.« Er hob beide Daumen.

»Und was sagst du?«, drängte Rebekka ihre Mutter.

»Ungewöhnlich, aber ganz gut«, erklärte Liane lustlos. Sie hatte höchstens die Hälfte ihrer Mahlzeit aufgegessen. Wahrscheinlich machte sie gerade wieder irgendeine Diät.

Rebekka schob ihren Notizblock weg, ohne etwas aufgeschrieben zu haben. In diesem Moment kam von unten ein tiefes, lang gezogenes Geräusch. York brauchte einige Sekunden, bis er begriff, dass der schwarze Kater, der die ganze Zeit bewegungslos neben dem Tisch gesessen hatte, auf sich aufmerksam machen wollte.

Rebekka lachte. »Stimmt! Wir haben ja noch einen Testesser!«

Sie stand auf und füllte aus einer kleinen Schüssel, die sie zum Abkühlen neben den Herd gestellt hatte, Kartoffelpüree und Apfel-Zwiebel-Gemüse auf einen Unterteller, den sie dem Kater auf den Boden stellte. »Hier hast du. Das habe ich vor dem Würzen abgefüllt, damit es nicht zu scharf für dich ist.«

Mit lang gestrecktem Hals näherte sich der Kater dem Tellerchen. Er schnüffelte, leckte ein bisschen Kartoffelpüree vom Rand und beroch ausführlich das Gemüse. Dann wandte er dem Essen demonstrativ den Rücken zu, setzte sich wieder hin und starrte Rebekka aus riesigen goldfarbenen Augen an. Hätte es sich nicht um eine Katze gehandelt, hätte York behauptet, der

Blick sei strafend. Wäre es anatomisch möglich gewesen, hätte das Tier wahrscheinlich die Nase gerümpft.

»Sieht so aus, als wäre es ihm ungewürzt zu fade«, stellte York erheitert fest.

»Man sollte meinen, so ein Streuner ist froh, wenn er überhaupt etwas zu fressen bekommt.« Rebekka schüttelte den Kopf.

»Versuch es mit dem, was wir gegessen haben«, schlug York vor.

Liane schob ihren noch halb vollen Teller zum Tischrand. »Du kannst etwas von meinem Essen nehmen. Ich bin satt.«

Wortlos holte Rebekka zwei weitere Unterteller aus dem Küchenschrank. Auf einen tat sie eine Kostprobe des Curry-Gemüses mit Thymianpüree, auf den anderen löffelte sie etwas von beidem nach Originalrezept. Hinzu kam jeweils ein wenig Fleisch.

»Da bin ich ja gespannt«, murmelte sie vor sich hin und stellte die improvisierten Futterschälchen neben das erste.

Wieder dachte der Kater nicht daran, sich hungrig auf das Essen zu stürzen, wie man es von einem herrenlosen Tier erwartet hätte. Stattdessen nahm er sich erneut viel Zeit zum Schnüffeln. Anschließend probierte er vorsichtig von beiden neu hinzugekommenen Varianten. Den ersten Teller mit dem ungewürzten Futter beachtete er gar nicht mehr.

Während Liane gelangweilt am Riesling nippte, den Rebekka zum Essen serviert hatte, warteten Rebekka und York interessiert, was der Kater tun würde.

»Nicht möglich!«

»Das glaube ich nicht!«

Sie sahen sich an und lachten erstaunt, als das Tier sich nach kurzem Zögern genüsslich über das Curry-Gemüse mit dem Thymian-Püree hermachte.

»Ein Feinschmecker«, jubelte Rebekka. »Der versteht was

vom Essen. Wer hätte gedacht, dass eine Katze Curry mag? Da ihr beide ja eher selten da seid, weiß ich jetzt, wen ich in Zukunft als Testesser für regionale Spezialitäten des Alten Landes beschäftigen werde. Der Kater erinnert mich an Jamie Oliver. Total lässig, aber trotzdem ein echter Gourmet.«

»Ach, ich denke, dass ich ein paar Tage bleiben werde«, ließ Liane sich vernehmen.

Rebekka hob ruckartig den Kopf. »Aber kannst du denn die Boutiquen so lange allein lassen? Du schaffst es doch sonst nur mit monatelangen Vorbereitungen, mal für eine Woche nach Fuerteventura zu fliegen.«

»Ach. Das habe ich im Griff.« Mit ihrer lässigen Handbewegung hätte Liane fast das Weinglas vom Tisch gefegt. »Ich finde es wichtig, dass wir zwei endlich mal ein bisschen Zeit miteinander verbringen.«

Rebekka warf York einen hilfesuchenden Blick zu.

»Morgen Nachmittag ist Abnahme des Rohbaus eines Zweifamilienhauses«, erklärte er auf ihre unausgesprochene Frage hin. »Da muss ich dabei sein.«

»Vielleicht ist es ganz gut, wenn du vorerst nicht allein im Haus bist. Die nächtlichen Geräusche – möglicherweise hast du dir die ja doch nicht eingebildet. Als Fast-Augenzeugin eines Mordes ...«

Erst als Rebekka ihm unter dem Tisch gegen das Schienbein stieß, wurde ihm sein Fehler bewusst. Natürlich hatte Rebekka nicht die Absicht gehabt, ihrer Mutter von dem Leichenfund zu erzählen.

»Du warst Augenzeugin eines Mordes?«, stieß Liane mit Verzögerung hervor. Sie war tatsächlich für einen Moment sprachlos gewesen.

Als York sie ansah, erkannte er erstaunt, dass es nicht etwa Entsetzen gewesen war, das ihr die Stimme verschlagen hatte.

Ihre Augen funkelten vor Begeisterung. »Wie aufregend! Du musst mir alles darüber erzählen.«

»Tut mir leid«, sagte er leise, doch Rebekka beachtete ihn nicht.

»Es gibt nicht viel zu erzählen«, erklärte sie stattdessen ihrer Mutter und schenkte sich Wein nach, ohne Yorks leeres Glas zu beachten. »Ich habe von dem Mord nichts mitbekommen. Der Mann war schon tot, als ich ihn gefunden habe. Erst jetzt hat sich herausgestellt, dass er vergiftet wurde.«

Dass der alte Mann eigentlich mit einem Schürhaken erschlagen worden war, unterschlug sie vorsichtshalber, wie York auffiel. Während ihre Mutter sich vor dem Essen frisch gemacht hatte, hatte Rebekka ihm alles erzählt, was sie von dem Kommissar erfahren hatte.

»Und man kennt den Täter nicht?« Liane beugte sich gespannt auf ihrem Stuhl nach vorn. »In einem so kleinen Dorf kann es doch nicht schwierig sein, einen Mörder zu finden. Ich könnte mich unters Volk mischen und ganz unauffällig umhören. Irgendjemand hat immer etwas gesehen …«

»Du bist in diesem Dorf *unter dem Volk* ungefähr so unauffällig wie ein Hai im Goldfischbecken«, unterbrach Rebekka ihre Mutter genervt.

»Wieso Hai?« Liane schob die dezent geschminkten Lippen beleidigt nach vorn.

»Rebekka meint wie ein Paradiesvogel unter lauter Spatzen«, mischte York sich ein. Er hatte keine Lust, den restlichen Abend mit zwei streitenden Frauen zu verbringen.

»Aber ich kann …« Der Gedanke, sich als Miss Marple zu betätigen, schien Liane zu gefallen.

»Sie sind einfach zu elegant, Frau Frey. Selbst wenn Sie sich einen alten Sack überwerfen, sieht jeder auf den ersten Blick, dass Sie keine Bäuerin sind.«

Eigentlich hatte er nicht erwartet, dass seine dick aufgetragene Schmeichelei bei Rebekkas Mutter Wirkung zeigen würde. Sie strich sich jedoch mit einem zufriedenen Lächeln über die kunstvoll verwuschelten Haare und zupfte am Kragen ihrer Bluse.

Rebekka stand auf. »York und ich wollen noch einen Spaziergang machen. Die Küche räume ich morgen früh auf. Bevor wir gehen, bereite ich oben das zweite Schlafzimmer für dich vor, Mama. York wird mit dem Sofa im Wohnzimmer vorliebnehmen müssen.«

»Ich glaube nicht, dass ich jetzt schlafen kann. Dazu bin ich viel zu aufgeregt. Dass in diesem Dorf ein Mörder frei herumläuft, kann man doch nicht einfach akzeptieren!« Liane hatte offensichtlich ihre Pläne als Undercover-Ermittlerin immer noch nicht aufgegeben.

»Ich werde euch auf eurem Spaziergang begleiten«, beschloss sie. »Dann kannst du mir das Haus zeigen, in dem der Mord begangen wurde.«

»Das geht nicht!« Rebekka schrie ihre Mutter fast an.

»Warum denn nicht? Ein bisschen frische Luft vor dem Schlafengehen wird mir guttun.« Lächelnd stand Liane auf.

»Sieh dir doch mal deine Schuhe an! Wenn du im Dunkeln mit diesen Absätzen die Dorfstraßen entlangstöckelst, brichst du dir die Beine. Oder gleich das Genick. Da sind überall Schlaglöcher und andere Stolperfallen.«

»Meinst du?« Erstaunlicherweise schien Liane für dieses Argument zugänglich. »Vielleicht könnte ich mir von dir ein Paar …«

»Die passen nicht richtig, und dann stolperst du auch. Trink einfach noch ein Glas Wein, dann kannst du auch gut schlafen.«

Bevor ihre Mutter etwas erwidern konnte, verließ Rebekka fluchtartig die Küche. York folgte ihr fast ebenso eilig. Er wusste genau, was sie vorhatte. Schließlich war es sein Vorschlag gewesen, die Rezeptsammlung zurückzubringen.

»Da kommen wir nie rein!« Rebekkas Stimme klang so verzweifelt, dass er ihr am liebsten um die Beine gestrichen wäre, um ihr zu zeigen, dass er auf ihrer Seite war. Aber so vertraulich hatte er sich sogar Lydia gegenüber erst nach langer Bekanntschaft verhalten. Eigentlich war es schon seltsam, dass er die Neue in Lydias Haus inzwischen in Gedanken bereits beim Namen nannte, als würde sie schon immer im Dorf wohnen.

»Hast du erwartet, dass alle Türen offen stehen, Zöpfchen?« Der Mann, mit dem sie in dunkler Nacht im Dorf herumschlich, hatte allerdings einen anderen Namen für sie, zumindest manchmal. Seltsame Sache. Andererseits redete ihn selbst ja auch jeder im Dorf mit einem anderen Namen an.

Als Rebekka mit dem fremden Mann, den sie York nannte, nach draußen gegangen war, hatte sie ihn gerufen, weil sie nicht wollte, dass er im Haus blieb. Fast war sie erstaunt gewesen, dass er ihr folgte, aber schließlich musste er sehen, was die beiden vorhatten. Sie taten unglaublich geheimnisvoll, beide hatten sich alte Gartenhandschuhe von Lydia angezogen, und Rebekka nahm ihre große Tasche mit.

Jetzt saß er unter einem Busch und sah zu, wie Rebekka und der fremde Zöpfchen-Sager zum zweiten Mal um Fedders Haus schlichen. Wieso wollte Rebekka da unbedingt rein? Und warum waren die beiden Menschen zu dumm herauszufinden, dass das ganz einfach ging?

Er war schon ein paar Mal in Fedders Haus gewesen, hatte aber immer wieder nur festgestellt, dass es da drinnen nichts Interessantes zu sehen oder zu fressen gab.

»Aber du hast doch gesagt, irgendwie schaffen wir das schon«, flüsterte Rebekka aufgeregt und rüttelte ein bisschen an der verschlossenen Haustür, was natürlich überhaupt keinen Sinn hatte.

»Wir könnten das Buch in den Schuppen legen«, schlug der Mann vor.

»Da fällt es doch sofort auf«, jammerte Rebekka. »Die Polizei hat garantiert auch den Schuppen durchsucht, und wenn plötzlich diese bunte Kladde da liegt, versuchen die herauszufinden, wo die herkommt. Da behalte ich sie lieber, das ist dann immer noch sicherer.«

»Du könntest sie auch einfach vernichten«, schlug der Mann vor.

»Auf gar keinen Fall!« Rebekka umklammerte das Buch wie einen Schatz. »Außerdem könnte es unter den Erben ja doch jemanden geben, der an der Rezeptsammlung interessiert ist. Wenn sie fehlt, dann bin ich sofort verdächtig. Sie muss wieder ins Haus! Wenn ich nur wüsste, wie!«

Da konnte er es nicht mehr mit ansehen. Er beschloss, ihr zu helfen, wenn er auch nicht wusste, ob es vernünftig war, was sie plante.

Mit einem freundlich-beruhigenden Mauzen kam er unter dem Busch hervor. Aus irgendeinem vollkommen unverständlichen Grund schrie Rebekka auf.

»Willst du das ganze Dorf aufwecken?«, erkundigte sich der Mann.

Er schien ziemlich dumm zu sein, sonst hätte er diese Frage nicht gestellt. Wieso sollte Rebekka erst so herumschleichen und dann das ganze Dorf aufwecken wollen?

»Tut mir leid. Meine Nerven. Ich bin es nicht gewohnt, nachts in fremde Häuser einzubrechen. Tagsüber auch nicht. Wo kommt denn der schwarze Kater plötzlich her?« Rebekkas Flüsterstimme klang ganz heiser vor Aufregung.

Schon wieder eine dumme Frage! Wo sollte er schon herkommen? Die Straße entlang. Auf genau dem gleichen Weg wie sie. Warum sie ihn unterwegs nicht bemerkt hatte, war ihm schleierhaft. Menschen waren im Dunkeln offenbar noch hilfloser und blinder, als er bisher angenommen hatte. Schlimmer noch als Hunde.

»Er tut, was Streuner eben so tun. Er streunt.«

Ach, du liebe Güte! Mithilfe dieses Typen würde Rebekka auch nicht weiterkommen. Der bildete sich tatsächlich ein, er würde ohne Sinn und Verstand in der Gegend herumlaufen und wäre rein zufällig hier.

Jetzt hatte der Kater wirklich genug. Er stieß ein sehr energisches *Miau* hervor und ging schnurstracks zu dem bewussten Kellerfenster, das seit vielen Jahren nicht richtig schloss. Einmal hatte Fedder versucht, es zu reparieren, aber hinterher hing es noch schiefer in den Angeln und war sogar manchmal aufgegangen, wenn der Wind ein bisschen stärker blies.

Er schob seine Pfote in den klaffenden Spalt und half mit dem Kopf ein bisschen nach – schon öffnete sich das Fenster mit einem unangenehmen Quietschen, das ihm in seinen empfindlichen Ohren wehtat.

»Sieh nur!« Plötzlich hatte sie eine ganz hohe Stimme. »Er zeigt uns, wie wir ins Haus kommen können. Woher weiß er …«

»Zufall. Ein streunender Kater kennt wahrscheinlich jeden Unterschlupf im Dorf. Schließlich ist er im Winter darauf angewiesen, ein warmes Plätzchen zu finden.«

Der Kater beschloss, einfach nicht mehr hinzuhören, wenn der fremde Mann etwas sagte.

»Das wäre aber ein seltsamer Zufall.« Rebekka kniete sich vor das offene Kellerfenster. »Da drinnen ist es stockdunkel. Hast du eine Taschenlampe bei dir?«

»Mein Handy hat eine.« Der Mann gab ihr eines der leuchtenden Kästchen, mit denen Menschen so gern redeten. »Ich fürchte, ich passe nicht durch das kleine Fenster. Traust du dich allein da rein?«

In der Nachtluft spürte er Rebekkas Angst. Sie wollte nicht in das dunkle, stille Haus, in dem immer noch Fedders Geruch hing und die Erinnerung an ein ganzes Leben, das er da drinnen verbracht hatte.

»Ich muss ja … Ich muss das Buch loswerden.« Die Worte kamen ganz leise und atemlos aus ihrem Mund.

Da tat er, was getan werden musste, sprang durch das Fenster auf den Kellerboden und rief von unten nach ihr.

»Du liebe Güte! Jetzt ist der Kater da drinnen! Wenn er jetzt nicht wieder rausfindet!« Nun klang Rebekka eher besorgt als ängstlich. Was schon mal gar nicht so schlecht war. Er entfernte sich vom offenen Fenster und stieß wieder einen Ruf aus.

Da sah er als Erstes ihre Beine, die eine Weile in der Luft zappelten, bevor ihre Füße den Boden berührten. Dann stand sie endlich in dem niedrigen Kellerraum und leuchtete mit der kleinen Lampe, die der Mann ihr gegeben hatte, in seine Richtung.

»Was machst du denn nur?«, sagte sie leise zu ihm. »Am Ende wirst du eingesperrt und musst hier drinnen verhungern. Wer weiß, wann wieder mal jemand in dieses Haus kommt.«

Glaubte sie jetzt etwa, sie müsste ihn retten? Wenn jemand hier nicht wieder herausfand, dann ja wohl sie! Um ihr zu zeigen, dass er genau wusste, wo es langging, öffnete er mit der Pfote die angelehnte Tür zur Treppe, huschte die Stufen hinauf und wartete oben auf sie.

»Jamie? Lauf doch nicht weg!«

Er dachte nicht daran, wieder nach unten zu laufen! Sollte sie doch zu ihm kommen, damit es hier voranging, wenn er auch nicht genau wusste, womit eigentlich. Sicher wollte sie nach oben. Dorthin, wo sie den toten Fedder gefunden hatte und wohl auch dieses komische bunte Buch.

Tatsächlich kam Rebekka mit ihrem Lämpchen die Treppe herauf, öffnete die Tür, die in die Diele führte, und sah sich suchend um, bevor sie tatsächlich den Weg zur Küche einschlug. Neugierig folgte er ihr.

In der Küche, wo es immer noch nach Tod und Leberwurst roch, ging sie sofort zu dem kleinen Regal in der Ecke. Dort blieb sie stehen, holte das bunte Buch aus ihrer Umhängetasche und stellte es neben die anderen Bücher auf das Brett.

»Erledigt!«, sagte sie erleichtert zu sich oder zu ihm oder zu ihnen beiden.

Dann eilte sie hinter dem Licht in ihrer ausgestreckten Hand so eilig den Weg zurück, den sie gekommen waren, dass er Mühe hatte, noch vor ihr im Keller zu sein.

Damit sie wieder aus dem Fenster kam, musste der Mann sie von draußen hochziehen. Er folgte ihr, der Mann zog das Kellerfenster zu – und was auch immer diese Sache für einen Sinn gehabt hatte, sie war erledigt.

»O Gott! Ich habe einen Jackenknopf verloren!«, jammerte Rebekka prompt los.

»War er denn noch dran, als du ins Haus geklettert bist?«, wollte der Mann wissen. Er hörte sich besorgt an.

»Ich bin nicht sicher, aber ich glaube, ja.« Sie schwieg eine Weile und schien nachzudenken. »Ich gehe da nicht noch mal rein. Das sind keine besonders auffälligen Knöpfe. Ich ziehe die Jacke einfach nicht mehr an, solange ich hier in Bradehusen bin. Und zu Hause kaufe ich mir dann neue Knöpfe. Und wenn jemand daraufkommt, dass der Knopf mir gehört, kann ich immer noch behaupten, ich hätte ihn verloren, als ich den Toten gefunden habe.«

»Gut. Dann lass uns jetzt schlafen gehen. Ich bin hundemüde.

Morgen muss ich früh zurück nach Osnabrück.« Der Mann schien zufrieden mit dem Ergebnis von Rebekkas Überlegungen zu sein.

»Ich bin so erleichtert, dass ich die Kladde los bin«, sagte Rebekka, während sie neben dem Mann zurück zu Lydias Haus ging.

»Du warst doch zunächst mal so froh, dass du die Rezeptsammlung hattest.«

Sie kicherte leise. »Natürlich habe ich schon längst alle Rezepte in meiner Datenbank archiviert. Es ist allerdings auch schade, dass ich das Buch nicht mehr habe. Es war etwas ganz Besonderes. Vielleicht ist unter den Erben ja doch eine Frau, die nach den Rezepten in dem Buch kocht. Das wäre schön.«

Der Kater huschte in den Schatten eines alten Apfelbaums und von dort weiter unter einen Busch. Wahrscheinlich bekamen die beiden auf der Straße wieder einmal nicht mit, dass er ihnen folgte. Als am Ende der Straße Lydias Haus auftauchte und er das Licht im Fenster sah, das sie beim Fortgehen nicht ausgeschaltet hatten, flatterte in seiner Brust ein kleiner Schmetterling. Es war nicht mehr so, wie es mit Lydia gewesen war, aber vielleicht, ganz vielleicht konnte es trotzdem irgendwie gut werden, ein kleines bisschen gut zumindest, auch wenn der Gedanke, Lydia niemals wiederzusehen, immer noch sehr wehtat.

Durch das geöffnete Fenster drang der frühmorgendliche Gesang der Vögel. Auf dem Gras funkelte der Tau, und die schon fast reifen Äpfel leuchteten in den ersten Strahlen der Sonne.

Rebekka atmete tief ein, nippte an ihrem dampfenden Cappuccino und klappte den Laptop auf. Sie hatte herrlich geschlafen und war um sieben Uhr frisch und ausgeruht erwacht. Was angesichts der Tatsache, dass sie gestern in das Haus eines Mordopfers eingebrochen war und ihre Mutter drohte, sich in Bradehusen demnächst als Privatdetektivin zu betätigen, eher erstaunlich war.

Sie hatte sich den Bademantel übergeworfen und war so leise wie möglich die Treppe hinuntergeschlichen. Was nicht besonders leise war, weil mindestens jede zweite Holzstufe erbärmlich knarrte. Dennoch schien niemand im Haus erwacht zu sein – außer dem Kater, der am Fuß der Treppe stand und ihr entgegensah.

»Bist du immer noch hier?«, flüsterte sie. »Nicht dass du glaubst, du könntest dich hier einnisten. Ich habe keine Zeit, mich um dich zu kümmern.«

Als sie mit York von ihrem Ausflug zu Fedders Haus zurückgekommen war, hatte der Kater erwartungsvoll die Tür angestarrt, während sie aufgeschlossen hatte. Angesichts der Tatsache, dass sie ohne seine Hilfe wahrscheinlich nicht in Fedders Küche gelangt wäre, um die Kladde dorthin zu stellen, wo sie hingehörte, hatte sie ihn mit ins Haus genommen. Dort war er sofort ins Wohnzimmer spaziert und hatte sich bescheiden auf dem Fensterbrett zusammengerollt. Da York erklärt hatte, er werde mit einer Katze im Zimmer schon klarkommen, hatte sie die beiden ihrem Schicksal überlassen. Zumindest der Kater wirkte zufrieden mit dem Verlauf der Nacht.

Nun ging er gemächlich zur Haustür und starrte von unten die Klinke an, als könnte er die Tür durch bloße Willenskraft dazu bringen, sich zu öffnen. Im Grunde ging es aber wohl darum, Rebekka seinen Willen aufzuzwingen. Katzen waren so, das wusste sie, obwohl sie selbst nie eine besessen hatte. Sie hielten Menschen für geistig minderbemittelte Wesen, die nur dazu da waren, sich um sie und ihr Wohlbefinden zu kümmern.

Da es für einen Machtkampf definitiv zu früh am Morgen war, öffnete Rebekka die Tür und sah zu, wie der schwarze Kater sich durch den Spalt schlängelte und lautlos zwischen den Büschen seitlich vom Eingang verschwand.

Dann schlich sie ins Wohnzimmer, wo von York nur ein Büschel dunkler Haare zu sehen war, das unter der Decke hervorguckte, die er sich bis über die Nase gezogen hatte. Sie schnappte sich ihren Laptop vom Schreibtisch, um ihn mit in die Küche zu nehmen.

Jetzt saß sie am Küchentisch und starrte mit gerunzelter Stirn auf den leeren Monitor. Sie wollte die frühmorgendliche Ruhe nutzen, um schnell ihren Blogeintrag zu schreiben. Mit ihrer Mutter im Haus wusste sie nicht, ob und wann sie sonst dazu kommen würde. Allerdings fehlte ihr ein passendes Thema, ein Aufhänger.

Als das Handy neben ihr auf dem Tisch klingelte, schreckte sie aus ihren Gedanken hoch. Beim Blick aufs Display überlegte sie kurz, ob sie an diesem bis jetzt erstaunlich schönen Morgen in der Stimmung war, einen Anruf ihres Chefredakteurs entgegenzunehmen. Wenn sie es nicht tat, musste sie ihn allerdings zurückrufen. Also konnte sie es genauso gut gleich hinter sich bringen.

»Hallo, Thilo«, flötete sie ländlich-munter ins Telefon. »Ich sitze gerade an meinem Blogeintrag für heute.« Dass sie zu einer Zeit, zu der die meisten Redaktionsmitglieder der *Countryside* sich noch einmal im Bett umdrehten, schon bei der Arbeit war, musste Thilo Christens doch wohl beeindrucken. Er selber erschreckte bevorzugt seine freien Mitarbeiter mit unverschämt frühen Anrufen, während er zu Hause gemütlich am Frühstückstisch saß. Heute jedenfalls war es ihm nicht gelungen, Rebekka irgendwelche verschlafenen Töne zu entlocken.

»Gut«, erwiderte er knapp. Sie hörte, wie er seine Kaffeetasse abstellte. »Ich wollte dich gern über die neueste Zielgruppenanalyse unserer Marketingabteilung informieren. Könnte interessant für die Themenwahl und die Ansprache der Leser sein.«

»Da bin ich gespannt«, behauptete sie, obwohl sie seit zwei Jahren zum Team gehörte und die letzten beiden groß angekündigten Berichte über die typischen Käufer der Zeitschrift sie nicht im Mindesten überrascht hatten.

»Unsere Leser träumen vom Leben auf dem Land«, erklärte Thilo wichtig, nachdem er tief durchgeatmet hatte.

Ach nein, wirklich?

»Aber viele von ihnen haben ihr ganzes bisheriges Leben in der Stadt verbracht und kennen das Landleben höchstens vom Urlaub auf dem Bauernhof. Ein Großteil der Befragten hat auch keine konkreten Umzugspläne.« Er machte eine bedeutsame Pause, und Rebekka stand auf, um ihren Kaffeeautomaten einzuschalten. Es war entschieden Zeit für einen weiteren Cappuccino.

»Was bedeutet das für uns?«

Sie wusste, dass die Frage rein rhetorisch war und den nächsten Teil von Thilos Vortrag einleiten sollte, aber sie konnte nicht an sich halten: »Wir leisten keine Beratung, indem wir das Leben auf dem Land realistisch oder gar kritisch betrachten. Unser Fokus liegt auf den schönen Dingen. Blumen, frisches Obst, Haustiere, Landhäuser, unberührter Schnee im Winter, allzeit entspannte Menschen. Wir verkaufen Träume.«

»Äh – so in etwa.« Ihr früher Anrufer klang enttäuscht. »Du hast verstanden, wie ich sehe.«

»Ist nicht so schwierig«, erwiderte sie cool. »Heute werde ich über einen glücklichen Dorfkater schreiben.«

»Klingt gut«, bemerkte Thilo knapp. Er konnte es nicht leiden, wenn man ihm die Worte aus dem Mund nahm. Andererseits war es ziemlich unmöglich, sich über eine Mitarbeiterin zu beschweren, die verstanden hatte, was die Zielgruppe der Zeitschrift lesen wollte.

Grinsend beendete sie das Gespräch, um endlich ihren Blogeintrag zu schreiben.

Vor ein paar Tagen erwähnte ich ihn als geheimnisvollen Gast auf meinem Fenstersims, der mit ausdauernden Blicken aus seinen goldfarbenen Augen zu ergründen schien, wer ich bin und was mich umtreibt. Inzwischen glaube ich, es ging ihm wohl eher nicht darum, das Innerste meiner Seele zu erforschen. Wahrscheinlich hat er sich vielmehr gefragt, ob ich gut kochen kann, und falls ja, ob ich ihm dann Proben meiner Kochkunst zukommen lassen würde.

Nicht zum ersten Mal lud ich gestern den schwarzen Kater, den ich draußen vor dem Haus schon so oft gesehen hatte, in meine Küche ein. Nun ja, ehrlich gesagt lud er sich selbst ein, und ich ließ es zu. Da ich annehme, dass er als frei lebendes Tier ohne offiziellen Besitzer auch keinen offiziellen Namen hat, nenne ich ihn seitdem Jamie – und das aus gutem Grund.

Meine regelmäßigen Leser wissen, dass ich Jamie Olivers schlichte, moderne, einfallsreiche Küche mag. Wenn ich überlege, wie ich ein Rezept aufpeppen kann, denke ich darüber nach, was Jamie tun würde. Ein einziges Gewürz, Kräuter, die man in einer bestimmten Kombination nicht erwarten würde, nur ein kleiner Dreh, und aus einem etwas langweiligen Klassiker wird der Hit!

Gestern ging ich so ähnlich bei einem der Gerichte aus dem Alten Land vor: Ich fügte Curry und Thymian hinzu – und siehe da, es blieb traditionell und war doch modern.

Unten finden Sie das Originalrezept und meine Variation in Gelb und Grün. Original und Abwandlung, probieren Sie es selbst aus und entscheiden Sie, was Ihnen besser schmeckt.

Vielleicht haben Sie denselben Geschmack wie Jamie. Dann erraten Sie, welches Schälchen er fein säuberlich ausleckte und von welchem er nur ein kleines bisschen probierte …

Nachdem sie die Rezepte und ihren Text online gestellt hatte, klappte Rebekka lächelnd den Laptop zu. Es war inzwischen kurz nach acht. York und ihre Mutter schliefen noch. Die Landluft machte müde.

Durchs Fenster sah sie Casjen auf dem Nachbargrundstück auftauchen. Wenn sie sich rasch etwas überzog, konnte sie ihn fragen, ob er Lust hatte, ihr beim Äpfelpflücken zu helfen. Es war dumm, Äpfel im Laden zu kaufen, wenn sie direkt vor dem Haus wuchsen. So frisch bekam sie sie nirgends.

Fünf Minuten später verließ sie in Jeans, einer alten karierten Bluse und Gummistiefeln das Haus. Seltsamerweise kam sie sich in diesem Augenblick ein bisschen so vor, wie sie die glücklichen Menschen auf dem Land in ihren Artikeln beschrieb.

»Guten Morgen, Casjen«, rief sie über die Büsche hinweg zum Nachbargarten hinüber. »Hast du Lust, mit mir Äpfel zu pflücken?«

Sofort überquerte ihr freundlicher Nachbar in einem etwas ungelenken Trab den Rasen. Dabei nickte er heftig.

»Im Schuppen habe ich eine Leiter gesehen.« Sie schüttelte Casjens Hand, die er ihr freudestrahlend hinstreckte, als er vor ihr stand. »Vielleicht finden wir da drinnen auch einen Korb.«

Der Kater, der wie aus dem Nichts wieder aufgetaucht war, sah vom Hackklotz aus zu, wie sie wenig später mit Casjens Hilfe die alte Holzleiter an einen der knorrigen Apfelbäume lehnte. Casjen wollte hinaufklettern, doch sie war sich nicht sicher, ob Gesine damit einverstanden sein würde, also stieg sie selbst hinauf, während ihr eifriger Helfer unten die Leiter mit wichtiger Miene festhielt.

»Du liebe Güte, Kind. Ich hatte keine Ahnung, dass diese uralte Bluse noch existiert! Die hat dir noch nie gestanden!« Der Morgenwind trug die glockenhelle Stimme ihrer Mutter über die grüne Wiese.

Seufzend linste Rebekka durch die Blätter hinüber zu dem kleinen Fenster im ersten Stock, aus dem ihre Mutter ihren bereits wohlfrisierten Kopf steckte.

»Guten Morgen, Mama«, rief sie mit gespielter Fröhlichkeit. »Ich pflücke nur vor dem Frühstück schnell ein paar Äpfel.«

»Wie idyllisch!« Das war ironisch gemeint. Ihre Mutter gehörte jedenfalls nicht zur Zielgruppe der *Countryside.*

»*Ich* mag deine Bluse, Zöpfchen. Hab sie schon immer gemocht.« Yorks Stimme kam direkt vom Fuß der Leiter.

»Wieso bist du denn auch schon auf? Eben hast du doch noch tief und fest geschlafen.«

»Ich habe mir den Handy-Wecker gestellt. Ich muss los. Mein Terminkalender ist voll.«

Es war sowieso ein Wunder, dass York sich so kurzfristig hatte freimachen können. Seit er sich als Architekt selbstständig gemacht hatte, arbeitete er zwölf und mehr Stunden am Tag und hatte eigentlich nur an den Wochenenden Zeit und das auch nicht immer.

»Du bleibst aber wenigstens noch zum Frühstück!«, rief sie nach unten. »Ich könnte Apfelpfannkuchen machen. Aus Äpfeln, die vor ein paar Minuten noch am Baum gehangen haben. Guck mal, möchtest du den da?« Sie zeigte auf ein besonders schönes rotwangiges Exemplar, das an einem Ast über ihr hing.

Als sie sich nach dem Apfel reckte, stellte sie fest, dass ihr Arm zu kurz war. Sie stieg eine Sprosse höher und spürte das Gewicht des Apfels schon in ihrer Hand, als es unter ihr laut knirschte. Es gab einen Ruck, und sie fiel. Der Schrei, der durch den stillen

Morgen gellte, kam nicht von ihr, sondern von ihrer Mutter. Sie hatte gar nicht genug Zeit zum Schreien.

Ihre Landung war überraschend weich. Ihr tat absolut nichts weh. Sie lag einfach nur da und sah hinauf in den blankgeputzten Himmel, vor den sich gleich darauf Casjens vor Schreck blasses Gesicht schob. Er starrte sie an und machte dabei einen gurgelnden Laut.

»Alles in Ordnung«, murmelte sie.

Unter ihr rührte sich etwas. »Kann ich dann wieder aufstehen?«

»York!« Erst jetzt begriff sie, dass sie auf ihrem Freund gelandet war.

»Ich wollte dich auffangen, aber du hattest zu viel Schwung«, erklärte er. Seine Stimme direkt neben ihrem Ohr klang etwas gepresst.

»Tut mir leid. Die Sprosse war wohl morsch.« Sie versuchte, sich hochzurappeln, was ihr aber nicht gelang. »Du kannst mich jetzt loslassen. Tiefer kann ich nicht mehr fallen.«

Als sie endlich wieder beide auf den Beinen standen, zupfte York ihr ein paar Grashalme aus den Haaren, sie klopfte ihm ein bisschen Erde vom Hemd. Casjen lief aufgeregt um sie beide herum.

Als Rebekka an der Leiter hinaufsah, stellte sie erstaunt fest, dass der Kater in einer Astgabel direkt neben der zerbrochenen Sprosse hockte, als wollte er der Ursache für ihren Unfall genauestens auf den Grund gehen. Jedenfalls musterte er aufmerksam den erstaunlich glatten Bruch im Holz. Ein seltsames Tier!

Vom Haus kam ihre Mutter herbeigeeilt. »Warum kletterst du nur auf dieser morschen Leiter herum?«, rief sie. »Es ist doch wohl kaum deine Aufgabe, in diesem verwahrlosten Garten die Äpfel zu ernten.«

Rebekka verweigerte die Aussage, sondern erklärte nur, zum

Glück sei ihr nichts passiert. Apfelpfannkuchen seien dann aber für heute von der Speisekarte gestrichen.

Nebenan war Gesine in der Haustür aufgetaucht und sah misstrauisch zu ihnen herüber. »Casjen, komm sofort her!«

»Es ist alles in Ordnung, Frau Holste«, rief Rebekka ihr eilig zu. Vielleicht hatte ihre Nachbarin ja gar nichts von dem peinlichen Sturz mitbekommen. »Casjen hat mir beim Äpfelpflücken geholfen. Aber jetzt müssen wir aufhören.«

»Ist gut.« Für die Menschenansammlung unter dem alten Apfelbaum schien Gesine sich nicht weiter zu interessieren. Sie rief noch einmal nach ihrem Sohn und verschwand im Haus.

Casjen trottete hinter ihr her, und Rebekka forderte York und ihre Mutter auf, sich um den Frühstückstisch zu versammeln. Wenn es schon keine Eierpfannkuchen gab, verkündete sie, werde sie Rühr- oder Spiegeleier zubereiten. Ja, auch ein weich gekochtes Ei im Glas für ihre Mutter.

Im Weggehen bemerkte Rebekka, dass der Kater immer noch oben im Baum neben der zerbrochenen Leiter saß. Als sie zu ihm hinaufsah, sah er ihr direkt in die Augen und mauzte leise, als wollte er ihr etwas sagen. Wahrscheinlich hatte er schon wieder Hunger. Wenn er zur Hintertür kam, würde sie ihm eine kleine Portion Rührei mit Schinken geben.

Schlecht gelaunt sah er der kleinen Menschengruppe nach, die in Lydias Haus verschwand. Rebekka war wohl doch so dumm, wie er zu Anfang befürchtet hatte. Zwischendurch hatte er Hoffnung geschöpft, weil sie verstanden zu haben schien, dass in diesem Dorf etwas nicht stimmte. Denn es war ganz und gar nicht in Ordnung, wenn Menschen sterben mussten, nur weil ein anderer Mensch es so wollte. Drei waren es nun schon. Wie sollte das weitergehen, wenn niemand diesem Menschen Einhalt gebot, der falsch wie eine Schlange sein böses Werk verrichtete und sonst so harmlos tat?

Lydia gehörte zu den drei Menschen, denen großes Unrecht widerfahren war. Lydia hatte andere Menschen durchschaut. Sie hatte versucht, der Wahrheit auf den Grund zu gehen. Und war einen Moment unaufmerksam gewesen. Er würde aufpassen, dass das Rebekka nicht passierte, wenn sie endlich anfing zu verstehen. Allerdings musste sie selbst auch ein bisschen aufpassen.

Wenn sie so weitermachte, würde es ihr am Ende doch wie Lydia ergehen. Sie würde leblos irgendwo herumliegen, weil das Böse, das hier im Dorf sein Unwesen trieb, *geglaubt* hatte, sie wüsste etwas, obwohl sie ahnungslos wie ein neugeborenes Kätzchen war.

Wer stürzte denn von einer Leiter und sah sich hinterher nicht die Sprosse an, die schuld an dem Unfall war? Hatte sie eben etwas von morsch und alt gesagt? Seit wann brach morsches Holz mit nur ganz wenigen Splittern? Diese Sprosse war angesägt worden. Von jemandem, der dachte, Rebekka würde zu viel wissen oder in Erfahrung bringen, was sie nicht wissen sollte.

Entschlossen sprang er von der Astgabel hinunter auf den federnden Boden und schnürte zur Hintertür. So lästig es war, sich mit so viel Dummheit auseinandersetzen zu müssen – ihm blieb nichts anderes übrig, als weiter zu versuchen, Rebekka zu zeigen, was sie tun musste.

Er setzte sich vor die Tür und lauschte aufmerksam. Rebekka saß mit dem Mann und der älteren Frau in der Küche. Sie unterhielten sich und klapperten dabei mit Geschirr und Bestecken. Durchs Schlüsselloch zog der Duft von gebratenem Schinken und Ei.

Er stieß jenen lang gezogenen, ein wenig traurig klingenden Ton hervor, der ihm in diesem Dorf so manche Tür öffnete. Es dauerte nicht lange, bis auch diese aufging. Rebekka sah zu ihm herunter. Sie bemühte sich um ein ernstes Gesicht, aber ihre Augen lächelten.

»Ach, du bist es«, stellte sie überflüssigerweise fest. Wer glaubte sie saß vor ihrer Tür? Der alberne Hund von nebenan? Sie seufzte demonstrativ und trat zur Seite. »Na komm schon. Es ist noch ein bisschen Rührei übrig. Glaub aber nicht, dass du hier ein und aus gehen kannst, wie es dir gefällt.«

9. kapitel

»Ich könnte mitkommen. Mich hat schon immer interessiert, was so ein … was solche Apfelexperten eigentlich machen.« Liane zupfte sich eine kleine Fluse vom Ärmel und begutachtete in der spiegelnden Fensterscheibe den Sitz ihrer Frisur.

»Hast du Gummistiefel mit?«, erkundigte sich Rebekka, obwohl sie die Antwort natürlich kannte. »Der Pomologe hat mir extra gesagt, ich soll in Gummistiefeln kommen, weil seine Streuobstwiese nach dem letzten Regen noch sehr feucht ist.«

»Ich könnte im Auto warten oder so lange einen kleinen Spaziergang durch den Ort machen. Auf jeden Fall wäre eine Tour durchs Alte Land ganz nett. Zeit zum Reden und so.« Lianes Lächeln wirkte tatsächlich ein bisschen unsicher. Sie hatte keine Erfahrung damit, Zeit mit ihrer Tochter zu verbringen. Warum aber wollte sie das plötzlich?

»Ist auch wirklich alles in Ordnung mit dir, Mama?«, erkundigte Rebekka sich erneut.

»Was soll denn mit mir nicht in Ordnung sein?« Liane zückte einen Taschenspiegel und überprüfte ihr Make-up. »Wann geht es los?«

»Gleich. Der Pomologe wohnt nur ein Dorf weiter. Da nehme ich das Fahrrad. Wenn du willst, kann ich meine Nachbarin fragen, ob sie dir ihr Rad leiht.« Es war zwar gemein, aber die Vorstellung, wie ihre Mutter in ihrem Bleistiftrock Rad fuhr, bereitete Rebekka einiges Vergnügen. Sie wusste nicht einmal, ob Liane überhaupt Rad fahren konnte.

»Oh. Dann sollte ich vielleicht doch besser im Dorf ein bisschen shoppen gehen. Ich habe dir aus der Boutique etwas Hübsches mitgebracht. Es fehlt aber noch ein Tuch dazu, das die Sache ein bisschen aufpeppt. Die Herbstmode ist wirklich trist. Vielleicht finde ich etwas Nettes. Vor allen Dingen werde ich mich wegen dieser Mordsache ein bisschen umhören.«

Glaubte ihre Mutter tatsächlich, es gäbe im Zentrum von Bradehusen so etwas wie eine Einkaufspassage? Mehr als einen Putzlappen würde sie im Tante-Emma-Laden auf der Suche nach einem Tuch ganz sicher nicht finden. Und erst recht keine Informationen über Fedder Alerts Tod. Aber das würde sie schon selbst herausfinden. Rebekka selber war seit fast zwei Wochen hier im Dorf und kannte vom Sehen schon eine Menge Leute. Trotzdem wurde sie immer noch als die Fremde behandelt, mit der man möglichst nicht sprach.

Sie warf Handy und Notizblock in ihren großen Lederbeutel. »Ich mache mich dann auf den Weg.«

Zwar blieb ihr bis zu ihrem Termin mit dem Pomologen noch eine knappe Stunde Zeit, aber sie wollte lieber das Haus verlassen, bevor Liane auf neue Ideen kam und am Ende vielleicht entschied, dass sie Rebekka doch auf dem Rad begleiten wollte, um die Shoppingmeile im Nachbardorf unsicher zu machen.

»Und du gehst sofort raus hier«, forderte sie den Kater auf, der dem Sitzkissen eines der Küchenstühle lag, nachdem er gnädig eine große Portion Rührei mit Schinken verspeist hatte. Dabei war es ihm gelungen, es wie eine besondere Gunst aussehen zu lassen, dass er diese schlichte Mahlzeit annahm.

Der Kater hob den Kopf und sah sie fragend an, als würde es ihn wundern, dass sie sich erlaubte, ihm Befehle zu erteilen.

»Raus jetzt, Streuner!«

Da sie energisch ihre Stimme gehoben hatte, wurden seine goldenen Augen noch größer. Natürlich rührte er sich nicht von der Stelle.

Sie packte den Stuhl, auf dem er lag, bei der Lehne, kippte die Sitzfläche nach vorn und zwang ihn so, auf den Boden hinabzuspringen. Sie hatte mit empörtem Mauzen gerechnet, doch der Kater blieb stumm. Ohne sie eines weiteren Blickes zu würdigen, spazierte er gemächlich zur Hintertür, die sie ihm bereits geöffnet hatte. Verblüfft sah sie zu, wie er quer durch den Thymian marschierte und hinter den Stachelbeerbüschen verschwand. Auch wenn er jetzt beleidigt tat, spätestens zur Essenszeit würde er wieder auftauchen, so gut kannte sie ihn schon.

Rebekka winkte ihrer Mutter zu, die sich vor dem Dielenspiegel die Lippen nachzog, und ging in den Schuppen, um das alte Fahrrad zu holen. Der Tag hielt, was der frühe Morgen versprochen hatte. Der Himmel war strahlend blau, nicht das kleinste Wölkchen war zu sehen, und die Sonne schien so warm, dass sie beschlossen hatte, keine Jacke mitzunehmen.

Gemächlich radelte sie los. Wenn sie auf direktem Weg zu dem Pomologen fuhr, würde sie viel zu früh dort sein. Sie überlegte, ob sie noch bei einer der Frauen von der Liste klingeln sollte, die Gesine Holste ihr gegeben hatte. Allerdings fühlte sie sich momentan nicht danach, mit barschen Worten vertrieben zu werden und dann verdutzt dazustehen und die Tür zu betrachten, die ihr vor der Nase zugemacht worden war. Das passierte ihr immer noch bei jedem zweiten Besuch. Einige Male hatte sie auch an Türen geklingelt, vor denen sie den Kater gesehen hatte. Auch in diesen Fällen war die Reaktion gemischt. Dennoch füllte ihre Computerdatei sich langsam mit interessanten Rezepten.

Als sie am weit offen stehenden Friedhofstor vorbeikam, schoss ihr unvermittelt ein Gedanke durch den Kopf. Sie hielt an und lehnte das Fahrrad gegen die Mauer. Direkt hinter dem Eingang befand sich ein kleines gemauertes Becken mit einem rostigen Wasserhahn darüber, neben dem auf einer Eisenstange fünf oder sechs Gießkannen an ihren Griffen aufgefädelt waren. Sie nahm sich die oberste und füllte sie mit Wasser. Vielleicht lebte das armselige Stiefmütterchen noch, das Fedder seiner Frau zu ihrem Geburtstag gebracht hatte.

Suchend sah sie sich auf dem Friedhof um. Außer ihr waren zwei Frauen hier. Beide waren alt und dunkel gekleidet. *Schwarze Witwen*, ging es Rebekka durch den Kopf. Dann drehte eine der Frauen sich um, und Rebekka erkannte erstaunt Gesine Holste. Sie kniete neben einem der Gräber und hielt ein großes Büschel Unkraut in der Hand. Sie zumindest war keine Witwe.

Während Rebekka sich mit ihrer Gießkanne näherte, blickte Gesine ihr mit ernster Miene entgegen. Als sie nur noch drei oder vier Schritte entfernt war, konnte sie die verschnörkelte Inschrift auf dem Grabstein entziffern, neben dem Gesine kniete. *Volkmar Rielsen* stand da.

»Was suchen Sie denn auf dem Friedhof?«, erkundigte Gesine sich streng, als Rebekka neben ihr stehen blieb.

»Ich wollte nach dem Stiefmütterchen sehen, das Fedder Alert auf das Grab seiner Frau gepflanzt hat. Ich dachte …« Gesines Blick ließ sie verstummen.

»Es wäre ihm egal, ob die Blumen vertrocknen oder nicht«, behauptete ihre Nachbarin kühl.

»Warum sollte er sie dann gepflanzt haben?« Rebekka musste daran denken, wir sehr der Gedanke sie gerührt hatte, der alte Mann könnte die Pflanze am Geburtstag seiner toten Frau mit bloßen Händen eingebuddelt haben.

»Damit alle im Dorf glauben, er hätte sie geliebt und würde um sie trauern.« Gesines Stimme klang bitter.

Energisch schüttelte Rebekka den Kopf. »Es schien ihm wichtig zu sein, ihr zu ihrem Geburtstag etwas zu bringen.« Sie stockte. War es wirklich eine so liebevolle Geste, jemandem eine mehr oder weniger vertrocknete Blume aufs Grab zu pflanzen?

Gesine zuckte mit den Schultern und stand langsam auf. Das Unkraut warf sie in einen kleinen Korb, in dem schon eine ganze Menge ausgerupfte Wildkräuter lagen. Dabei murmelte sie etwas vor sich hin, das Rebekka nicht verstand.

Sie wollte nachfragen, als die alte Frau plötzlich blass wurde, nach Luft schnappte und sich die rechte Hand auf die Brust presste.

»Geht es Ihnen nicht gut?«, erkundigte Rebekka sich erschrocken.

Gesine schüttelte den Kopf. »Nur das Alter. Wenn Sie erst mal achtzig sind, werden Sie verstehen, was ich meine.« Das klang ein bisschen so, als wäre Rebekka schuld, dass sie noch jung war und Gesine alt.

Erleichtert beobachtete Rebekka, wie die Farbe in Gesines Wangen zurückkehrte.

»Sie kümmern sich um dieses Grab?«, wechselte sie das Thema. »Liegt hier ein Verwandter von Ihnen?«

»Irgendjemand muss es doch machen. Verwandt … nein, verwandt waren wir nicht. Volkmar hatte keine nahen Verwandten mehr. Jedenfalls wohl keine, die es für nötig halten, mal zu gucken, wie sein Grab aussieht.«

»Das ist aber nett von Ihnen, dass Sie das machen. Sie haben ihn wahrscheinlich gut gekannt?« Rebekka deutete auf den Grabstein. Der Todestag von Volkmar Rielsen lag noch nicht einmal ein Jahr zurück.

Wieder zog Gesine die Schultern hoch. »Wie man sich so kennt in unserem Dorf.« Sie sah an Rebekka vorbei zur Friedhofsmauer hinüber.

Als Rebekka in die gleiche Richtung schaute, bemerkte sie gerade noch, wie die zweite alte Frau durch das offen stehende Tor den Friedhof verließ.

»Dann werde ich mal das Stiefmütterchen gießen. Wissen Sie,

wo das Grab von Paula Alert liegt?« Tatendurstig hob Rebekka die Gießkanne.

»Da drüben.« Vage deutete Gesine in Richtung der kleinen Dorfkirche, die das Friedhofsgelände an einer Seite begrenzte. Aus irgendeinem Grund schien es ihr nicht zu gefallen, dass Rebekka sich um Paulas Grab kümmern wollte, obwohl sie selber sich gerade auch einer vernachlässigten Grabstätte annahm.

Plötzlich meinte Rebekka zu begreifen. Vielleicht hatte Gesine es sich zur Aufgabe gemacht, sich um die Toten zu kümmern, wenn schon die Lebenden hier im Dorf sie ausstießen. Und nun kam sie und mischte sich ein.

»Ich gieße das Grab nur heute«, erklärte sie hastig. »In zwei, drei Wochen bin ich ohnehin nicht mehr da.«

Gesine nickte und murmelte wieder etwas Unverständliches.

Rebekka nickte Gesine zu und bewegte sich entschlossen in die Richtung, die ihre Nachbarin ihr gezeigt hatte. Außer dem Namen, der in schlichten schwarzen Buchstaben die ganze obere Hälfte einnahm, standen auf Paula Alerts Grabstein nur Geburts- und Todestag. Die Frau war im Alter von achtundsiebzig Jahren gestorben.

Das Grab wirkte vernachlässigt. Die kleinen Azaleen und das Rosenbüschchen, die darauf wuchsen, waren viel zu selten gewässert worden, und zwischen den Pflanzen spross Unkraut.

Rebekka hob die Kanne und ließ das Wasser durch den Brausekopf niederprasseln. Plötzlich stutzte sie. Wo war das Stiefmütterchen? Sie konnte es nicht entdecken. Stattdessen fiel ihr jetzt eine kleine Mulde direkt vor dem Grabstein auf. Hatte jemand die frisch gesetzte Pflanze ausgerissen? Weshalb? Weil sie verdorrt gewesen war?

Mit der leeren Kanne in der Hand ging sie zurück zu Gesine. »Sagen Sie … halten Sie das Grab von Paula Alert auch in Ordnung?«

»Warum sollte ich?« Gesine hob den Kopf und sah sie mit gerunzelter Stirn an, als sei dieser Gedanke vollkommen absurd.

»Gibt es denn jemanden, der sich darum kümmert, nachdem Paulas Mann …?«

»Weiß nicht. Ich mach's nicht. Kann mich ja schließlich nicht um alles kümmern.« Entschlossen packte Gesine eine blühende Kamillenpflanze und zog sie mit einer Handbewegung aus dem Boden, die aussah, als würde sie einem Huhn den Hals umdrehen.

»Das Stiefmütterchen ist nicht mehr da. Es sieht aus, als hätte jemand es ausgerissen.«

»Das war wohl Lisbeth«, erklärte Gesine gleichmütig.

»Die Frau, die vorhin hier war?« Sie hatte sich tatsächlich in dem Teil des Friedhofs aufgehalten, wo Paula Alert begraben lag.

Gesine nickte mit unbewegter Miene. »Eifersucht«, erklärte sie in einer Art Bühnengeflüster.

»Eifersucht?«, wiederholte Rebekka ungläubig. Wegen eines vertrockneten Stiefmütterchens auf einem verwahrlosten Grab?

Erstaunlich behände richtete Gesine sich auf und schob ihr Gesicht so dicht an Rebekkas heran, dass diese den nach Kräutern riechenden Atem der alten Frau auf ihrer Wange spürte.

»Seit Paula tot ist, war Lisbeth hinter Fedder her.« Gesines Augen funkelten. »Natürlich wollte sie vor Paulas Tod auch schon was von ihm, aber da hat Paula immer aufgepasst. Jetzt war Fedder allein auf sich gestellt. Da war Lisbeth fast jeden Tag bei ihm. Wohnt ja gleich nebenan. Sie hat ihm Essen gebracht, seine Wäsche gewaschen, an ihm herumgetätschelt.« Bei den letzten Worten verzog Gesine angewidert den Mund.

Rebekka spürte, wie ihr Herzschlag sich beschleunigte, als sie von dem Essen hörte, das Lisbeth dem alten Mann gebracht hatte. »Und er wollte nicht, dass sie das alles tat?«

»Oh nein.« Energisch schüttelte Gesine den Kopf. »Er hat

überall im Dorf herumerzählt, dass sie ihn nicht in Ruhe lassen wollte, obwohl er ihr immer wieder gesagt hat, dass er allein klarkommt. Was eindeutig nicht stimmte. Das sieht man schon, wenn man an seinem Haus vorbeigeht. Und Paulas Grab, na ja … Wird seinen Grund haben, dass er sich nicht richtig drum gekümmert hat.«

Rebekka, die der Meinung war, dass Fedder einfach nur ein hilfloser alter Mann gewesen war, der sich mit Blumen nicht auskannte, schwieg und wartete, was Gesine noch zu erzählen hatte. Immerhin klang es so, als hätte diese Lisbeth ein Mordmotiv gehabt. Und sie hatte Fedder Essen gebracht.

»Irgendwann hat Fedder der aufdringlichen Alten sein Haus verboten«, berichtete Gesine genüsslich. Sie hatte es längst aufgegeben, geheimnisvoll die Stimme zu senken. Jeder, der draußen an der Friedhofsmauer vorbeiging, konnte sie wahrscheinlich verstehen.

»Und Sie meinen, Lisbeth war wütend, weil Fedder seiner Paula zu ihrem Geburtstag etwas aufs Grab gepflanzt hat?« Fassungslos starrte Rebekka zu Paula Alerts Grab hinüber. Diese Leute waren alle um die achtzig! Dass es in diesem Alter immer noch Eifersuchtsdramen und Liebeswerben gab, fand sie … irgendwie beeindruckend. Aber auch beängstigend, weil das hieß, dass man selbst im hohen Alter vor all dem Schmerz nicht sicher war.

Jedenfalls musste die Polizei von der alten Frau erfahren, die von Fedder Alert abgewiesen worden war und deshalb offensichtlich eine große Wut gegen ihn und sogar gegen seine verstorbene Frau hegte. Vielleicht hatte der alte Mann sie doch noch einmal in sein Haus gelassen und ein letztes Mal ihr Essen angenommen.

»Lisbeth ist alles zuzutrauen«, verkündete Gesine, nun wieder im Flüsterton.

»Wie ist ihr Nachname?« Rebekka ertappte sich dabei, dass sie ebenfalls im verschwörerischen Ton redete.

»Gran.«

»Danke, Frau Holste«, sagte Rebekka hastig, als ihr plötzlich einfiel, dass sie einen Termin beim Pomologen hatte. »Ich muss weiter. Wir sehen uns bestimmt bald wieder einmal.«

»Natürlich. Wir sind Nachbarinnen.« Gesine lächelte sie breit an.

Sie nickte der alten Frau zu und eilte mit der leeren Gießkanne in der Hand zum Friedhofstor. Sie würde Kommissar Garsen auf jeden Fall auffordern, sich mit Gesine Holste über Lisbeth Gran und ihre unerwiderte Zuneigung zu Fedder Alert zu unterhalten.

Von der Friedhofsmauer aus winkte sie Gesine noch einmal zu und schwang sich auf ihr Fahrrad, um so schnell es ging zum Pomologen im Nachbardorf zu fahren, der ihr hoffentlich verzieh, wenn sie ein paar Minuten zu spät kam.

Ob die geneigten Leser dieses Blogs beim Anblick von Jens K., seines Zeichens Pomologe, auch so verblüfft gewesen wären wie ich?

Ich habe keine Ahnung, wie andere Leute sich einen Mann vorstellen, der sich tagein, tagaus mit Äpfeln beschäftigt – ich sah vor meinem Besuch beim Pomologen einen gütigen älteren Mann mit Apfelbäckchen (was sonst?) vor mir. Mit grauen Haaren und blitzenden blauen Augen, umgeben von einem Strahlenkranz aus Fältchen vom ständigen Blinzeln gegen die Sonne, gekleidet in eine abgetragene Latzhose und ein kariertes Hemd.

Der Mann, der am Rand einer großen Streuobstwiese auf mich wartete, als ich windzerzaust und völlig außer Atem auf dem alten Fahrrad aus der Scheune meines Ferienhäuschens angestrampelt kam, war das genaue Gegenteil: Über eins neunzig groß und etwa Mitte dreißig. Die dunkelbraunen Haare haben einen modischen Schnitt, er trägt einen Dreitagebart und eng sitzende Markenjeans. Wenn Jens K. eines Tages keine Lust mehr hat, sich mit Äpfeln zu beschäftigen, kann er sein Geld auch als Dressman verdienen. Allerdings ist er kamerascheu. Er wollte mir nicht erlauben, dass ich ein Foto von ihm in meinen Blog stelle, weshalb meine Leserinnen hier ihre Fantasie bemühen müssen.

Außerdem glaube ich nicht, dass Jens jemals dem Aufspüren, der Zucht und dem Studium alter Apfelsorten den Rücken kehren wird. Denn man bemerkt sofort: Das ist seine Leidenschaft. Ist erst einmal das Wort »Äpfel« gefallen, gibt es kein Halten mehr. Jens ist ein wandelndes Fachbuch. Was auch immer ich über Äpfel wissen wollte, er konnte es mir sagen. Und noch viel mehr.

Höchst erstaunlich fand ich die Tatsache, dass es über viertausend verschiedene Apfelsorten gibt. Wir wissen aber natürlich alle, dass wir die meisten davon nicht im Laden kaufen können. Sie werden nicht gewerbsmäßig angebaut, weil sie zu empfindlich sind oder die Ernte zu gering wäre.

Seite an Seite wanderten Jens K. und ich zwischen seinen Apfelbäumen über die Wiese. Er konnte jede der mehreren Dutzend Sorten, die dort wachsen, sofort beim Namen nennen und mir erklären, ob sie Schatten oder Sonne, viel oder wenig Wasser benötigten. Kennt ein Obstbauer die speziellen Bedürfnisse einer Apfelsorte, kann sich auch der Anbau von seltenen alten Sorten lohnen.

Auf die Frage, welches seine Lieblingssorte sei, musste Jens dann doch länger überlegen. Schließlich führte er mich zu einem Baum, der für mich trotz aller Erklärungen aussah wie die anderen Apfelbäume auch. Fast zärtlich strich er über den Stamm, bevor er sich reckte und eine Frucht pflückte.

»Das ist der Dülmener Herbstrosenapfel«, stellte er mir den rot-

wangigen Apfel vor, dessen Duft ich selbst aus einem Meter Entfernung wahrnahm. »Er ist ein Kind des Gravensteiners und stammt, wie der Name schon sagt, aus Dülmen, wo er um 1870 gezüchtet wurde.« Seine Worte klangen, als würde er von einem Kind aus gutem Hause sprechen.

»Probieren Sie!«, forderte er mich auf.

Das tat ich. Ich spare mir den Versuch, das Aroma des Herbstrosenapfels zu beschreiben. Süß und doch ein bisschen säuerlich mit feinen Nuancen, die zu schildern ich gar nicht erst versuche. Nun habe auch ich einen Lieblingsapfel! Und ein Problem, denn diesen Apfel werde ich wahrscheinlich in keinem Laden kaufen können. Erst einmal habe ich aber einen kleinen Vorrat, denn Jens K. hat ein knappes Dutzend der köstlichen Äpfel in den Korb vorne an meinem Fahrrad gelegt. Genügend, um sie auch in der Küche auszuprobieren. Zum Beispiel stelle ich mir die Herbstrosenäpfel ganz köstlich in den Apfel-Speck-Pfannkuchen vor, die offenbar hier im Dorf zu den Gerichten gehören, die fast alle Frauen kennen. Jedenfalls wurden sie mir schon mehrmals genannt. Heute Abend werde ich dieses Rezept ausprobieren …

»War dieser Pomologe wirklich so attraktiv, oder hast du das nur geschrieben, um deinen Text interessanter zu machen?«

Als sie die Stimme ihrer Mutter hörte, fuhr Rebekka erschrocken herum. Liane stand dicht hinter ihr und hatte offenbar über ihre Schulter den Blogbeitrag auf dem Monitor gelesen.

»Wo kommst du denn so plötzlich her? Ich habe die Tür gar nicht gehört.« Ohne hinzusehen, klappte Rebekka ihr Notebook zu, was schon deshalb eine einigermaßen absurde Handlung war, weil im Netz jeder ihre Worte lesen konnte. Außerdem hatte Liane ohnehin längst gesehen, was sie sehen wollte.

»Wo soll ich schon herkommen? Aus dem Dorf. Ich habe mir alles angeguckt und war dann im Gasthaus ein Glas Wein trinken. Die haben nur eine Sorte Weißwein, und die ist nicht zu empfehlen.« Liane verzog den Mund. »Und? Sieht er tatsächlich so gut aus?«

»Ich denke schon.« Rebekka zuckte mit den Schultern und klappte langsam das Notebook wieder auf. Es wurde Zeit, den Beitrag online zu stellen. Spätestens am frühen Nachmittag erwarteten ihre Leser Neuigkeiten aus Bradehusen.

Offenbar war für ihre Mutter das Thema Jens noch nicht erledigt. Was Rebekka ein wenig erstaunte. Liane hatte nie zu den Müttern gehört, die ihre Töchter bei jeder Gelegenheit fragten, wann denn endlich ein traumhafter Schwiegersohn auf der Bildfläche erscheinen werde, damit sie die ersehnten Enkelkinder in die Arme schließen konnten. Sie wollte, dass ihre Tochter Karriere machte. Und aus eigener Erfahrung wusste Liane nur zu gut, dass ein Kind eine Karriere keinesfalls beschleunigte.

»Ist er verheiratet?«

Verblüfft hob Rebekka den Kopf und starrte ihre Mutter an. »Ich habe keine Ahnung. Wir haben uns über Äpfel unterhalten.« Irgendetwas stimmte mit Liane nicht, und es war wohl besser, wenn sie es so bald wie möglich herausfand. »Warum fragst du?«

»Du bist in einem gewissen Alter …« Den Rest des Satzes ließ Liane vielsagend in der Luft hängen.

Nicht auch das noch! Eine Mutter, die gleichzeitig von ihr eine Karriere als Politik-Redakteurin und einen Stall voller Enkelkinder erwartete, war nun wirklich zu viel! Rebekka beschloss, sich zu diesem Thema auf keinen Fall zu äußern. Mit einem entschlossenen Tastendruck schickte sie ihren Blogbeitrag in die Weiten des www.

»Ich habe uns etwas zu essen mitgebracht«, verkündete Liane stolz. »Aus dem *Schwan*. Man kann sich da alle Gerichte für zu Hause einpacken lassen. Richtig modern, obwohl sie Pappteller mit Blümchen und Plastiktüten als Verpackung benutzen. Es gibt heute Schweinelendchen mit Backpflaumen. Lendchen to go sozusagen.« Liane lachte über ihren eigenen Scherz und verschwand in der Küche.

Das Essen war genießbar, aber keine Sensation. Ihre Überraschung hatte Liane sich als Nachtisch aufgehoben. »Ich habe übrigens den Namen eines Verdächtigen! Des Hauptverdächtigen, würde ich sagen«, verkündete sie stolz und schob ihren wie üblich nur zur Hälfte geleerten Teller beiseite.

»Hm?«, machte Rebekka mit vollem Mund und kaute auf dem etwas zu trockenen Schweinefleisch herum. Sie wusste nicht, ob sie entsetzt oder interessiert sein sollte. Im Zweifel war eine Liane Frey, die sich als Detektivin betätigte, noch anstrengender als in ihrer Rolle als Mutter, die immer nur das Beste für ihre erwachsene Tochter wollte.

»Der Mann, der dir dieses Haus vermietet hat«, begann Liane mit wichtiger Miene.

»Friedrich Damann.« Rebekka schluckte das Fleisch hinunter und beschloss, dass sie ebenfalls satt war. »Was soll mit ihm sein? Er scheint ein seriöser, wohlhabender Geschäftsmann zu sein.«

»Genau! Der Mann macht ziemlich erfolgreich in Immobilien. Bis jetzt wohl nur in Hamburg. Aber seit dem vergangenen Jahr plant er eine Ferienhaussiedlung hier im Dorf. Er ist wohl darauf gekommen, weil er öfter mal seine Schwester hier besucht hat. Wegen der Idylle.« Das letzte Wort sprach Liane auf eine Weise aus, die deutlich machen sollte, dass sie persönlich nicht verstand, was Leute an dieser dörflichen Abgeschiedenheit hinter dem Deich fanden.

»Und weiter?« Was auch immer ihre Mutter im Dorf gehört haben mochte. Die Vorstellung, Friedrich Damann könnte ein Mörder sein, der einem alten Mann vergiftetes Essen brachte, war einigermaßen absurd. Trotzdem war Rebekka gespannt, was jetzt kommen würde.

»Natürlich braucht er die entsprechende Fläche, um seine Feriensiedlung mit Tennisplätzen und Hallenbad zu bauen. Den Hinterwäldlern im Dorf gefällt der Gedanke nicht, Feriengäste hier zu haben, die am Ende noch die Wirtschaft ankurbeln. Ich meine – stell dir doch mal vor! Man bräuchte wahrscheinlich sogar einen Supermarkt und ein paar andere Läden.« Liane Frey schüttelte missbilligend den Kopf. Dass es Menschen gab, die keine Geschäfte machen wollten, konnte sie beim besten Willen nicht begreifen.

»Wahrscheinlich geht es um Felder«, warf Rebekka vorsichtig ein. »Bauern brauchen nun mal Felder, sie können sie nicht einfach verkaufen.«

»Wie auch immer. Diesem Toten, diesem Fedder Soundso gehörte ein großes Stück von dem Land, das Friedrich Damann für seine Ferienhaussiedlung braucht. Er wollte nicht verkaufen, egal, was Damann ihm bot. Seine Erben werden das wahrscheinlich anders sehen. Wenn das kein Motiv ist!« Triumphierend sah Liane ihre Tochter an.

»Könnte sein. Aber du kennst Damann nicht. Dem springt die Seriosität aus allen Knopflöchern seines Maßanzugs. Der bringt niemanden um, nur weil er ein Geschäft nicht machen kann.«

»Natürlich nicht! Solche Männer machen sich nicht selbst die Finger schmutzig. Die *lassen* umbringen.« Liane klang, als würde sie schon ihr Leben lang Verbrecher jagen.

»Und woher hast du das alles?« Wenn es tatsächlich stimmte, was Liane da erzählte, war die Möglichkeit, dass Damann hinter Fedder Alerts Tod steckte, nicht ganz auszuschließen.

»Ich habe die Frau im Laden ganz geschickt in ein Gespräch über den Mord verwickelt. Sie wusste nichts weiter, aber kurz darauf kam eine andere Frau dazu, und die hat das erzählt«, berichtete Liane stolz.

»Dann weißt du noch nicht mal, von wem du dieses Gerücht gehört hast.« Als Privatdetektivin musste ihre Mutter noch entschieden üben. Obwohl es durchaus beeindruckend war, wie viele Informationen sie von einem einzigen Spaziergang durch das Dorf mitbrachte.

»Spielt doch keine Rolle, wer mir das erzählt hat. Die Polizei muss ja nur feststellen, ob das mit dem Feriendorf stimmt.« So leicht ließ Liane sich ihre Lorbeeren nicht streitig machen. »Morgen früh gehen wir zusammen hin und melden das.«

»Das sollten wir wohl tun.« Rebekka behielt für sich, dass sie auf dem Friedhof etwas in Erfahrung gebracht hatte, was die Polizei ebenfalls erfahren sollte. Sie stand auf und stellte die Teller zusammen. »Heute Abend gibt es übrigens Speckpfannkuchen mit Dülmener Herbstrosenäpfeln.«

Ihre Mutter blies die Wangen auf. »Speck und Pfannkuchen. Das klingt kalorienreich.«

»Du kannst auch einen Apfel ohne Speck und ohne Pfannkuchen haben«, schlug Rebekka vor, während sie das Geschirr zur Spüle trug.

10. kapitel

»Ich muss noch mal weg«, rief Rebekka quer durch den Garten und gab ihrer Mutter, die unter einem Apfelbaum saß und sich die Nägel lackierte, keine Gelegenheit zu fragen, wohin sie wollte und wann sie zurück sein würde.

Eine Minute später saß sie auf dem alten Rad und fuhr in Richtung Dorfmitte. Da Gesine erwähnt hatte, dass Lisbeth Gran direkt neben Fedder wohnte, konnte es nicht schwer sein, sie zu finden. Und indem sie sie nach alten Rezepten fragte, hatte Rebekka auch einen unverfänglichen Grund, an ihrer Tür zu klingeln. Sie musste einfach mit dieser Frau reden! Falls sie in der Ecke der Küche gestanden hatte, als Rebekka gekommen war, würde sie sich vielleicht verraten. Wenn ausgerechnet die Frau an ihrer Tür klingelte, die sie beinahe in der Küche ihres Opfers überrascht hätte, musste sie schließlich einen gewaltigen Schreck bekommen.

Fedders Nachbarin zur Linken hatte Rebekka bereits kennengelernt. Es war die Frau mit den schwarz gefärbten Haaren, die auch beim Treffen der Landfrauen gewesen war. Also musste Lisbeth Gran rechts von Fedder wohnen.

Rebekka lehnte ihr Fahrrad an den Zaun und ging auf das Haus zu. Es war erstaunlich groß und wirkte mit einem augenscheinlich vor Kurzem neu gedeckten Dach und einem gepflasterten Vorplatz mit Blumenkübeln und einer frisch lackierten Sitzbank auffallend gepflegt. Aus finanzieller Not war Lisbeth Gran offenbar nicht hinter Fedder her gewesen.

Als Rebekka auf den Klingelknopf mit dem kleinen Messingschild *Gran* drückte, hallte im Inneren des Hauses ein wohltönender Dreiklang wider. Sie betrachtete die Fenster, die alle mit dicken Übergardinen verhängt waren. Da drinnen musste es sehr dunkel sein. Vielleicht war Lisbeth Gran nicht zu Hause. Gerade wollte sie noch einmal klingeln, als sie leise Geräusche hinter der Tür hörte.

»Frau Gran?« Sie klopfte an die schneeweiße Haustür. »Darf ich bitte kurz mit Ihnen reden?«

Eine Weile blieb es still, dann öffnete sich langsam die Tür. Die Frau, die Rebekka aus der Dämmerung der Diele entgegenblinzelte, wirkte vollkommen anders als die, die sie in einiger Entfernung auf dem Friedhof gesehen hatte. Falls sie überhaupt diejenige gewesen war, die vor Paula Alerts Grab gehockt hatte. Vielleicht hatte Rebekka sich auch einfach nur eingebildet, Lisbeth Gran müsste so ähnlich aussehen wie Gesine, weil sie ebenfalls alt und allein war und in diesem Dorf lebte. Diese Frau wirkte jedoch ebenso gepflegt wie ihr Haus.

Zwar war sie schwarz gekleidet, trug aber ein modisches Kostüm und einen Kurzhaarschnitt in schimmerndem Weiß. Ihre Fingernägel waren farblos lackiert und ihr Schmuck dezent, aber teuer.

»Entschuldigen Sie bitte, Frau Gran. Mein Name ist Rebekka Frey. Ich sammele für ein Kochbuch traditionelle Rezepte aus dem Alten Land. Hätten Sie vielleicht einige Familienrezepte, die …«

»Sie klingeln bei mir, weil Sie Rezepte wollen?« Aus rot geränderten Augen sah die Frau sie entgeistert an. Offenbar hatte sie in dem verdunkelten Haus geweint.

»Wenn ich ungelegen komme …« Rebekka überlegte fieberhaft, wie sie das Gespräch auf Fedder Alert bringen konnte, ihr fiel aber kein geschickter Übergang ein.

»Ich rede nicht über Rezepte und auch nicht über irgendetwas anderes. Ich bin in Trauer.« Aus Lisbeth Grans linkem Augen löste sich eine Träne und kullerte langsam über ihre Wange, ohne dass sie sich darum kümmerte.

»Mein Beileid. Das mit Ihrem Nachbarn tut mir sehr leid.«

»Was geht Sie das an? Ich kenne Sie überhaupt nicht.« Plötzlich kam Leben in die alte Frau. Sie wischte sich mit dem Handrücken übers Gesicht und starrte Rebekka wütend an.

»Ich habe den Toten gefunden«, erklärte Rebekka hastig.

Lisbeth Gran erstarrte für ein oder zwei Sekunden, dann schüttelte sie heftig den Kopf. »Gehen Sie. Ich will niemanden sehen. Ich …« Der Rest des Satzes wurde von der dicken Tür verschluckt, die sie mit einem Ruck schloss.

Irritiert wandte Rebekka sich ab und ging zurück zu ihrem Fahrrad. Lisbeth Gran war wegen Fedder Alerts Tod in tiefer Trauer. Verhielt sich so eine Mörderin? Nachdem man jemanden umgebracht hatte, weinte man sich doch nicht die Augen aus! Oder hatte sie keinen anderen Weg mehr gesehen, nachdem Fedder sich geweigert hatte, irgendeine Art von Kontakt mit ihr zu haben? War es möglich, dass sie ihn getötet hatte, weil sie es nicht mehr ertragen konnte, ihn unerreichbar nebenan zu wissen?

Nachdenklich radelte Rebekka zurück nach Hause. Es wurde Zeit fürs Kochen.

In letzter Zeit ertappte Max Garsen sich immer häufiger dabei, dass er sich aufraffen musste, seine Arbeit zu tun. So wie heute. Als Tina ihn verlassen hatte, war sein erster Impuls gewesen, sich in die Arbeit zu stürzen. Das funktionierte jedoch erstaunlicherweise zum ersten Mal in seinem Leben nicht. Er brachte nur noch sporadisch Interesse dafür auf, wer aus welchem Motiv den alten Mann vergiftet hatte, dessen Tod er untersuchen sollte.

Zunächst war er fast froh darüber gewesen, dass er für einige Zeit Stade verlassen und im Dorfgasthof von Bradehusen wohnen musste. Dort erinnerte ihn nicht alles an das Scheitern seiner Ehe. Dafür hatte er in diesem Kaff aber auch nichts, was ihn von seinen düsteren Gedanken ablenkte. Blieb letzten Endes doch wieder nur die Arbeit – die ihn allerdings in vielen Momenten noch weniger interessierte als das immerhin gut gekühlte Bier und die langweilige Bedienung hinter der Theke vom *Goldenen Schwan.*

Er schüttelte energisch den Kopf und betätigte die Klingel an Rebekka Freys Haustür. Das heisere Scheppern war von draußen nur schwach zu hören. Als sich auch nach einer guten Minute nichts tat, drückte er probeweise die Klinke herunter. Abgeschlossen.

Also ging er um die Hausecke herum zur Hintertür, wo er auch bei seinem ersten Besuch mehr Erfolg gehabt hatte. Plötzlich tauchte zwischen den Büschen an der Schmalseite des Häuschens ein kleiner langhaariger Hund auf, der eine fröhlich meckernde Ziege vor sich hertrieb. Verblüfft blieb Garsen stehen und starrte das seltsame Gespann an, das in der nächsten Sekunde hinter dem Gartenhaus verschwand. Da der Auftritt von Ziege und Hund nur so kurz gewesen war, wirkte das Ganze auf ihn wie ein Trugbild. Möglicherweise wurde er langsam wahnsinnig.

Von der Rückseite des Hauses wehte ihm der Geruch von knusprig gebratenem Speck entgegen. Sofort lief ihm das Wasser im Mund zusammen. Seit dem Frühstück hatte er nur ein pappiges Käsebrot gegessen, von dem er nur noch hungriger geworden war. Das Küchenfenster stand offen, und Rebekka Frey schien schon wieder ein neues Rezept auszuprobieren.

Als er sich dem Fenster näherte, hörte er, dass sie nicht allein war. Sie unterhielt sich mit einer Frau und hantierte dabei unter einigem Klirren und Scheppern mit Geschirr. Rebekka war keine Frau, die wie ein ätherisches Wesen durch die Welt schwebte. Sie war sehr lebendig, ziemlich laut und zupackend. Ein bisschen wie Tina, die allerdings eine lausige Köchin war. Was er ihr natürlich nie gesagt hatte.

Als er Rebekka laut lachen hörte, ließ Max die Hand sinken, die er bereits gehoben hatte, um an die Hintertür zu klopfen.

»Du hast tatsächlich hier im Dorf einen Schal gekauft?« Rebekka untermalte ihre Worte mit dem Klappern eines Topfdeckels.

»Genau! Die haben in dem Laden einfach alles.« Die andere Frau hatte im Vergleich zu Rebekka eine leise, aber ebenso energische Stimme.

»Jedenfalls bieten sie dort ein ziemlich buntes Sortiment von Waren an. Ich hätte allerdings nie geglaubt, dass du dort etwas kaufen würdest. Noch dazu einen Schal.«

»Er passt zu der Bluse, die ich dir aus der neuen Winterkollektion mitgebracht habe.«

»Den soll ich tragen?« Mit lautem Geschepper wurde ein Löffel oder etwas Ähnliches in ein Gefäß fallen gelassen, dann brach Rebekka erneut in Gelächter aus. »Der stammt bestimmt aus den Fünfzigerjahren des vergangenen Jahrhunderts. Und er sieht so aus, als hätte er einen Teil seines langen Lebens im Schaufenster in der Sonne verbracht. Der ist ja total ausgeblichen und halb zerlumpt. Hast du dafür etwas bezahlt?«

»Das ist Vintage. Und noch dazu reine Seide! Total angesagt. Ich akzeptiere ja, dass du dich nicht sonderlich für Mode interessierst. Aber du solltest dich nicht darüber lustig machen. Es kann nicht schaden, wenn du dich ein bisschen nach den neuen Trends richtest.«

»Tut mir leid, aber das Ding ist völlig verstaubt.«

»Stell dich nicht so an. Der Schal peppt sogar das alte T-Shirt auf, das du da anhast.«

»Soll ich ihn beim Kochen mit Fett bespritzen?«

Bevor sich die beiden Frauen in der Küche an die Kehle gingen, klopfte Max laut an die Tür. Sofort wurde es drinnen mucksmäuschenstill.

»Wer ist das?«, erkundigte sich die Ältere der Frauen flüsternd.

»Keine Ahnung.« Energische Schritte näherten sich der Tür. Rebekka Frey öffnete und nickte knapp. »Herr Kommissar. Es trifft sich gut, dass Sie hier sind. Wir wären sonst morgen zum Polizeirevier gekommen.« Trotz ihrer Bemerkung wirkte sie nicht sonderlich begeistert über seinen Besuch. Dennoch trat sie zur Seite und ließ ihn ein.

In der Küche empfingen ihn Wärme und ein so überwältigender Duft nach gutem Essen, dass sein Magen vernehmlich knurrte. Er tat, als hätte er mit dem verdächtigen Geräusch nichts zu tun, und zog den Bauch ein.

»Es ist genug da. Sie sind eingeladen«, erklärte Rebekka und verzog den Mund nun doch zu einem amüsierten Lächeln. »Das ist meine Mutter, Liane Frey. Sie möchte auch etwas zu Protokoll geben.« Sie deutete auf die ältere Frau, die ihn prüfend musterte. »Und das ist Kommissar Garsen.«

Rebekka Freys Mutter eilte auf ihn zu und reichte ihm mit einem strahlenden Lächeln die Hand. »Wie nett«, zwitscherte sie, als wäre er einzig und allein vorbeigekommen, um sie in Bradehusen zu begrüßen. »Es ist immer angenehm, männliche Gesellschaft zu haben. Ich hoffe sehr, Sie machen uns die Freude, mit uns zu essen. Obwohl heute Abend eine eher rustikale Mahlzeit auf den Tisch kommen wird.« Den letzten Satz äußerte sie in einem entschuldigenden Ton.

»Ich weiß wirklich nicht … eigentlich bin ich hier, weil noch einige Fragen zu klären sind …«

»Der Kommissar darf sicher nicht bei Verdächtigen zu Abend essen«, ließ Rebekka Frey sich spöttisch vernehmen. »Und falls doch, könnte das gefährlich sein. Immerhin geht es um Giftmorde.«

Garsen beschloss, nicht auf diese Bemerkung zu reagieren. »Was wollten Sie denn auf dem Revier zu Protokoll geben?«

Nachdem sie eine Pfanne von der Herdplatte gezogen hatte, bot Rebekka ihm einen Platz am Küchentisch an und setzte sich ihm gegenüber. Sie erzählte eine lange, komplizierte Geschichte, in der ein Besuch auf dem Friedhof, der Geburtstag einer Toten, vertrocknete Stiefmütterchen und ein Eifersuchtsdrama zwischen hochbetagten Menschen eine Rolle spielten. Das Ganze gipfelte in der Frage, ob eine Mörderin um ihr Opfer trauern konnte.

»Lisbeth Gran?«, vergewisserte er sich und machte sich ein paar Notizen auf seinem Tablet. Das klang alles einigermaßen absurd. In diesem Moment war er seines Berufs wieder derart überdrüssig, dass er am liebsten auf der Stelle seine Koffer gepackt hätte, um nach Borkum überzusiedeln, wo er vorhatte, die Jahre nach seiner Pensionierung zu verbringen. Nur dass man mit knapp fünfzig nicht pensioniert wurde. Außerdem war er nicht sicher, ob er ohne seine Arbeit einen Weg gefunden hätte, die Tage und Wochen herumzubringen, ohne vor lauter quälenden Gedanken verrückt zu werden. Also erklärte er in geschäftsmäßigem Ton, er werde Frau Gran zu dieser Angelegenheit befragen.

»Ich kann Ihnen jemanden nennen, der noch verdächtiger ist«, verkündete Liane Frey, die sich ebenfalls an den Tisch gesetzt und die ganze Zeit ungeduldig auf ihrem Stuhl herumgezappelt hatte. Sie begann ebenfalls mit einem langen Monolog.

Er hörte nicht zu und unterdrückte einen tiefen Seufzer. Vielleicht sollte er doch nach Borkum ziehen, ohne auf seine Pensionierung zu warten. Blieb die Frage, wovon er dann leben sollte. Vielleicht konnte er bei einem Krabbenfischer anheuern …

»Haben Sie das?«, unterbrach die ältere Frau Frey seine Fluchtgedanken und deutete auf sein Tablet.

»Ja«, behauptete er kühn, da sie ja wohl kaum etwas wirklich Wichtiges herausgefunden haben dürfte.

»Ist das nicht höchst verdächtig?«

»Ja.« Ihm war längst klar, dass es nicht ratsam war, dieser Frau zu widersprechen. »Können Sie mir bitte den Namen des Verdächtigen buchstabieren?«

»Damann, mit einem M und zwei N. Im Dorf hier kennt ihn jeder.« Liane Frey nickte nachdrücklich.

»Er ist mein Vermieter«, mischte Rebekka sich ein. »Er betreibt in Hamburg eine Immobiliengesellschaft, ist aber hier in Bradehusen aufgewachsen. Seine Schwester lebte in diesem Haus.«

Auch das noch! *Immobilienhai bringt Bauern aus seinem Heimatdorf um.* Wegen einer alten Familienfehde. Oder weil er ihm vor fünfzig Jahren die Dorfschönheit weggeschnappt hatte. Genau das kam dabei heraus, wenn gelangweilte Frauen Detektiv spielten.

»Ich kümmere mich darum«, murmelte Garsen und hob dann die Stimme. »Eigentlich bin ich gekommen, um mich zu erkundigen, ob jemand Sie gesehen hat, als Sie an dem bewussten Tag in Fedder Alerts Haus gingen.«

»An dem bewussten Tag?« Seine Frage schien sie zu erschrecken. Bevor sie antwortete, sah sie ihn eine Weile starr an.

»Ja. An dem Tag, an dem Sie den Toten gefunden haben«, half er nach.

Rebekka atmete tief durch. »Vielleicht die Nachbarin zur Linken. Sie hat mich angesprochen, als ich wieder herauskam, und erzählte, dass sie am Fenster Gemüse geputzt hat oder etwas in der Art.«

»Die Nachbarin ist schon befragt worden. Sie kann sich aber

an keine Uhrzeit erinnern.« Er war es so leid, dauernd Leute zu fragen, ob und wann und warum sie jemanden gesehen oder nicht gesehen hatten! »Ging vielleicht gerade jemand auf der Straße vorbei, als Sie Alerts Haus betraten?«

»Tss. Als ob in diesem Dorf jemand auf der Straße zu sehen ist!«, mischte sich an dieser Stelle wieder Liane Frey ein. »Als ich heute unterwegs war, bin ich keiner Menschenseele begegnet. Nur jeder Menge Trecker.«

»Wenn das alles ist, mache ich jetzt das Essen fertig. Sie können gern mitessen, Herr Kommissar.« Rebekka Frey sah ihn prüfend an.

Natürlich war es nicht ganz korrekt, dennoch nickte er. »Vielen Dank. Ein paar Happen wären nicht schlecht. Ich habe seit dem Frühstück kaum etwas gegessen.«

»Es gibt Dülmener Herbstrosenäpfel mit Speckpfannkuchen«, verkündete Rebekka, während sie aufstand und zum Herd ging.

»Oh!« Er erschrak so heftig, dass er fast aufgesprungen wäre. »Speckpfannkuchen mit Äpfeln?«

»Ich sagte schon zu meiner Tochter, dass das eine ziemlich deftige Mahlzeit ist. Selbst für einen Mann, wenn er nicht gerade im Straßenbau arbeitet.« Liane Frey schien mit diesem Gericht ebenfalls nicht einverstanden zu sein, wenn auch wahrscheinlich aus ganz anderen Gründen als er.

»Oh nein«, beteuerte er automatisch. »Ich habe überhaupt nichts gegen Speck und Pfannkuchen. Mit diesen Äpfeln … Das ist sicher eine hervorragende Kombination.«

»Greifen Sie zu.« Rebekka holte aus dem Backofen eine Platte mit einem Stapel fertiger Pfannkuchen und stellte sie vor ihm auf den Tisch. Wenige Sekunden später hatte sie ihn mit Besteck und einem Teller versorgt. »Ich brate nur schnell noch die letzten Speckscheiben aus.«

Während er dasaß und die würzig duftenden goldgelben Pfannkuchen anstarrte, als müsste er befürchten, dass sie ihm ins Gesicht sprangen, hantierte Rebekka hinter ihm am Herd. Er hörte das Fett in der Pfanne zischen und den Speck leise brutzeln. Die Leere in seinem Magen wurde zu einem riesigen Loch, aber es war entschieden vernünftiger, die köstliche Mahlzeit nicht anzurühren.

»Fangen Sie an«, forderte Rebekka ihn erneut auf, als sie sich umdrehte und feststellte, dass er immer noch vor seinem leeren Teller saß.

»Darf ich Ihnen etwas auftun?«, wandte er sich an Liane Frey, die die Pfannkuchen ebenso misstrauisch betrachtete wie er.

»Nein, nein. Vielen Dank.« Sie hielt beide Hände flach über ihren Teller. »Das ist mir wirklich zu schwer. Noch dazu als Abendmahlzeit. Aber lassen Sie mich Ihnen etwas geben. Sie sind der Gast. Und Sie sollten jetzt essen. Rebekka mag es nicht, wenn man ihr Essen kalt werden lässt.« Mit dem Pfannenheber, den Rebekka neben die Platte gelegt hatte, nahm Liane den obersten Pfannkuchen und lud ihn auf seinen Teller.

Jetzt stand er doch auf. Er konnte nicht anders. Wenn Liane etwas gegessen hätte, hätte er es vielleicht auch gewagt. Selbst wenn Mutter und Tochter sich offenbar nicht sonderlich gut verstanden, würde Rebekka ihre eigene Mutter nicht vergiften. Aber Liane aß nichts, und Rebekka legt ihr jetzt demonstrativ einen rotwangigen Apfel auf den Teller.

»Tut mir leid. Ich muss gehen«, stieß er hervor und schob sein Tablet in die Jackentasche. »Ein wichtiger Termin … ich habe einen wichtigen Termin vergessen.«

»Halt!« Rebekkas energische Stimme holte ihn ein, als er die Tür zum Garten schon fast erreicht hatte. »Sie verdächtigen mich nicht ernsthaft, dass ich Fedder Alert vergiftet habe, oder?« Sie fuchtelte mit einer Schöpfkelle in der Luft herum und ließ dabei einen Sprühregen gelber Teigtröpfchen auf den Fußboden niedergehen.

Er griff nach der Türklinke. »In Fedder Alerts Magen hat man Reste von Pfannkuchen gefunden. Und von Speck. Und von Äpfeln. Das war die Mahlzeit, mit der er vergiftet wurde.«

Sekundenlang starrte Rebekka ihn an. Dann öffnete sie den Mund und fing herzhaft an zu lachen. »Was für ein absurder Zufall!«, stieß sie glucksend hervor. Entweder war sie eine hervorragende Schauspielerin, oder sie fand die ganze Situation wirklich komisch.

»Speckpfannkuchen mit Äpfeln sind eine der traditionellen Mahlzeiten aus der Gegend. Fast jede der Frauen, mit denen ich hier gesprochen habe, hat mir das Rezept gegeben. In Variationen, aber doch sehr ähnlich.« Sie wischte sich die Lachtränen aus den Augen. »Sind diese Frauen auch alle verdächtig?«

»Sie waren wahrscheinlich nicht alle in der Nähe des Toten«, erwiderte Garsen steif und drückte unauffällig die Klinke herunter.

»Nein. Aber möglicherweise eine von ihnen, wenn man bedenkt, dass ich ihm jedenfalls keine Pfannkuchen gebracht habe.« Rebekka sah ihn streng an.

»Natürlich. Ich muss jetzt wirklich gehen.« Er öffnete die Tür zum Garten, und an seinen Füßen huschte der schwarze Kater vorbei, den er schon bei seinem letzten Besuch hier im Haus gesehen hatte. Während er zum Abschied die Hand hob, verfluchte er den Tag, an dem er sich für eine Karriere bei der Kriminalpolizei entschieden hatte. Wie ermittelte man in einem Mordfall, wenn einem die Identität des Täters erstens vollkommen egal war und man zweitens größte Mühe hatte, sich auf Fragen, Antworten, Spuren und Hinweise zu konzentrieren?

»Ich werde dem Kater etwas von den Speckpfannkuchen geben«, hörte er Rebekka Frey sagen, bevor er die Tür hinter sich schloss. »Wenn Sie ihn morgen noch im Dorf herumlaufen sehen, werden Sie wissen, dass das Essen nicht vergiftet war.«

Jamie, den sie meistens nur im Stillen und manchmal versehentlich sogar laut bei diesem Namen nannte, fraß fast einen ganzen Pfannkuchen mit allem Speck und einem Teil der geschmorten Apfelstücke auf, bevor er sich von dem Teller abwandte, auf dem sie ihm die in kleine Stücke geschnittene Mahlzeit angeboten hatte.

Ihm schmeckte es offensichtlich, und auch Rebekka fand das herzhafte Gericht durchaus schmackhaft. Ihre Mutter hatte sich inzwischen Müsli zubereitet und den Apfel in kleinen Stückchen darübergestreut. Beim Essen redeten sie nicht viel, doch nachdem Liane ihr Schälchen fast geleert hatte und offenbar satt war, konnte sie nicht mehr an sich halten.

»Ich glaube nicht, dass es eine gute Idee war, den Kommissar auszulachen.« Sie sah Rebekka zweifelnd an.

»Glaube ich auch nicht«, gab Rebekka zu. »Aber ich konnte einfach nicht anders. Es kommt mir so absurd vor. Als würde ich durchs Dorf schleichen, um alte Männer zu vergiften. Noch dazu wegen ein paar Rezepten.«

»Dabei haben wir ihm zwei Verdächtige genannt. Ich weiß nicht, ob der Mann besonders fähig ist.« Liane nippte an ihrem Mineralwasser.

»Wenn Fedder Alert tatsächlich mit Speckpfannkuchen und Äpfeln vergiftet wurde, könnte ich mal nachgucken, wer mir alles dieses Rezept gegeben hat.« Nachdenklich sah Rebekka die übrig gebliebenen Eierkuchen auf dem Tisch an. »Vielleicht ist das tatsächlich eine Spur. Allerdings habe ich die Rezepte nach Zutaten und nicht nach Namen geordnet. Wie blöd müsste denn außerdem eine Mörderin sein, als Beitrag zu einem Kochbuch ein Rezept zu nennen, mit dem sie vor Kurzem jemanden umgebracht hat?«

»Ich glaube nicht, dass es nötig ist, deine gesammelten Rezepte zu durchforsten. Damann war's. Allerdings könnte es sein, dass er eine Frau aus dem Dorf dafür bezahlt hat, Speckpfannkuchen für ihn zuzubereiten und mit Gift zu versetzen.«

Als ihr Handy seine fröhliche Melodie spielte, angelte Liane es vom Regal neben dem Fenster, warf einen Blick aufs Display und erblasste. Hastig stand sie auf und verließ die Küche.

»Irgendwas stimmt da nicht, so viel steht fest«, teilte Rebekka dem Kater mit, der sich auf einem freien Stuhl niedergelassen hatte.

Als Rebekka ihn ansprach, kniff er kurz die Augen zusammen und riss sie dann wieder auf. Sie nahm es als Zustimmung.

Wenige Minuten später, Rebekka hatte inzwischen das Geschirr in die Spülmaschine geräumt, kam ihre Mutter in die Küche zurück. Unter ihrem Make-up wirkte sie immer noch bleich, bemühte sich aber um ein harmloses Lächeln.

»Was ist denn los?«, erkundigte Rebekka sich erschrocken.

»Ich muss sofort nach Düsseldorf zurück. Es gibt Schwierigkeiten mit der neuen Kollektion.« Liane sah aus dem Fenster in die beginnende Abenddämmerung und wandte sich dann wieder Rebekka zu. »Es war schön, dich gesehen haben, aber nun ruft wieder die Arbeit.«

»Große Schwierigkeiten? Ich meine, mit der neuen Kollektion?« Rebekka beugte sich über den Kater und kraulte ihn zwischen den Ohren. Es war beruhigend, seine Wärme zu spüren.

»Das lässt sich alles klären«, verkündigte Liane mit einem nervösen Lachen, während sie ihr Handy in die Hülle schob.

»Wäre es nicht besser, wenn du morgen früh fährst?«, schlug Rebekka vor. »Du siehst müde aus.«

»Die Sache ist dringend.« Schon beim Sprechen verließ Liane das Zimmer.

Der Abschied war kurz und hastig. Anschließend stand Rebekka nachdenklich vor dem Haus und sah dem Auto ihrer Mutter hinterher, bis es verschwunden war. Als sie in die Küche zurückkehrte, hatte Jamie sich auf dem Küchenstuhl zusammengerollt. Für Lianes Kommen und Gehen schien er sich nicht zu interessieren.

Rebekka überlegte, ob sie den Kater hinaus in den Garten schicken sollte, damit er sich nicht zu sehr daran gewöhnte, nach Belieben zu kommen und zu gehen.

»He, du«, sagte sie probeweise, um zu sehen, ob er reagierte.

Er hob den Kopf und sah sie an.

»Komm. Wir gehen ins Wohnzimmer. Ich muss die Rezepte sortieren. Dann kann ich gleich nachsehen, wer mir alles das Rezept für die Speckpfannkuchen gegeben hat. Obwohl das sicher überhaupt nichts zu bedeuten hat. Welche Mörderin würde denn mit dem Rezept für das Giftgericht hausieren gehen?«

Sie hielt ihm die Tür auf, und er sprang von seinem Stuhl und spazierte an ihr vorbei in den Flur, als hätte er ihre Worte verstanden.

»Meinst du, es ist tatsächlich eine Mörderin?«, fuhr sie nachdenklich fort, während sie sich an den kleinen Schreibtisch am Fenster setzte. »Schließlich kann sich jeder Mann irgendwo Essen besorgen und Gift hineintun. Es soll sogar Männer geben, die kochen können. Ist mittlerweile ein blödes Vorurteil, das mit der Giftmörderin, was denkst du?«

Der Kater, der inzwischen auf das Sofa gesprungen war, fauchte leise und starrte zur Tür. Als sie aus der Diele ein Geräusch hörte, wandte Rebekka erschrocken den Kopf. Hatte sie vergessen, die Haustür abzuschließen?

Sie sprang auf, durchquerte mit großen Schritten das Zimmer

und riss mit einem Ruck die Tür auf. Im selben Moment spürte sie den Kater. Er stand so dicht bei ihr, dass sie seine Wärme an ihren Beinen fühlte.

Die Gestalt in dem kleinen Vorraum verschmolz im Dämmerlicht fast mit der Wand neben den Garderobenhaken. Mit angehaltenem Atem tastete Rebekka nach dem Lichtschalter. Als das Deckenlicht aufflammte, stieß sie erleichtert die Luft aus.

»Frau Holste! Sie haben mir aber einen Schreck eingejagt!«

»Ich hab geklopft, aber Sie haben mich nicht gehört, wahrscheinlich weil Sie da drinnen so laut geredet haben. Da dachte ich, Sie haben wohl doch noch Besuch, auch wenn die Autos nicht mehr dastehen, und wollte nicht stören.« Mit einer seltsamen Geste der Verlegenheit strich sich die alte Frau über ihre ohnehin schon straff zurückgekämmten Haare.

»Ich … ich habe nur laut gedacht. Das ist so eine Angewohnheit von mir. Wahrscheinlich bin ich zu oft allein. Es ist nett, dass Sie vorbeikommen, möchten Sie …« Rebekkas Worte wurden von einem nicht zu überhörenden Fauchen zu ihren Füßen unterbrochen.

Sofort richtete Gesine sich kerzengerade auf und sah den Kater an, der neben Rebekka einen Buckel machte. »Ach, die schwarze Katz«, stellte sie in nachsichtigem Ton fest. »Sie haben sie bei sich im Haus. Das bringt Unglück, lassen Sie sich das gesagt sein.«

»Ich glaube nicht an solche Dinge.«

»Sie müssen wissen, was Sie tun.« Offenbar war Gesine zu der Ansicht gelangt, dass Rebekka in ihrer Unvernunft nicht zu helfen war. »Er fängt die Vögel im Garten. Ich erlaube nicht, dass er bei mir herumstreunt.«

»Eigentlich kann ich mir nicht vorstellen, dass er so etwas wie Vögel überhaupt frisst. Er ist eine Art Gourmet.«

Als Rebekka den entgeisterten Blick ihrer Nachbarin bemerkte, lachte sie nervös auf und zuckte mit den Schultern. Vielleicht war sie tatsächlich zu einsam in dem kleinen Haus hier und brauchte deshalb die Gesellschaft des schwarzen Katers.

»Ich wollte eigentlich nur fragen, ob Sie mal wieder zum Tee kommen wollen. War doch ganz schön, mal mit jemandem zu reden.« Wieder tastete Gesine nach dem Sitz ihrer tadellosen Frisur.

In diesem Moment flog Rebekkas Herz der alten Frau zu. Eben noch hatte sie darüber nachgedacht, ob ihr Leben vielleicht zu einsam war. Dabei gab es Menschen, mit denen Sie jederzeit offen reden konnte und die ihr im Notfall zur Seite standen. York zum Beispiel war die weite Strecke aus Osnabrück gefahren, nur um zu sehen, ob es ihr gut ging. Gesine Holste aber war offenbar wirklich einsam. Vollkommen allein mit der Verantwortung für ihren behinderten Sohn.

»Ich komme gern«, sagte sie rasch, als sie sah, wie Gesine die Lippen aufeinanderpresste, während sie auf ihre Antwort wartete. »Passt Ihnen morgen Nachmittag?«

Gesine nickte mit ernster Miene. »Morgen Nachmittag.« Sie drehte sich um, öffnete die Haustür und war im nächsten Moment wie ein geisterhafter Schatten in der Nacht verschwunden.

11. kapitel

Nur noch selten streifte er am Elbufer entlang. Die Wiesen, die sich an den Sandstrand anschlossen, waren übersät mit Mauselöchern. Besonders dumme oder unvorsichtige Tiere tanzten ihm buchstäblich vor der Nase herum, wenn er durchs Gras strich. Er hätte nur die Pfote ausstrecken und zuschlagen müssen, doch das langweilte ihn. Lieber harrte er viele Stunden vor dem Eingang zu einem der unterirdischen Gänge aus, doch inzwischen interessierte die Jagd ihn allenfalls noch am Rande.

Wenn er Mäuse fing, dann um den Menschen zu helfen, die ihn mit gutem Essen versorgten. Lydias Garten hatte er nur zu gern von den Biestern frei gehalten. Ob er das weiterhin tun wollte, wusste er noch nicht. Rebekka kochte herrliches Essen, und auch sie holte regelmäßig aus dem Garten Kräuter und Äpfel in die Küche. Also ärgerte sie sich wohl ebenso wie Lydia, wenn die Mäuse sich an den Pflanzen und Wurzeln gütlich taten. Vielleicht sollte er demnächst mal wieder einen Streifzug durch den Garten hinter dem kleinen Haus machen.

Heute schien die Sonne herrlich warm auf sein Fell, und er beschloss, eine kleine Runde außerhalb des Dorfs zu drehen und ausnahmsweise bis hinunter zum Fluss zu gehen. Manchmal gefiel es ihm, aus sicherer Entfernung den Wellen zuzusehen, die unermüdlich dahinplätscherten, als hofften sie, irgendein Ziel zu erreichen, an dem sie doch niemals ankamen.

Auf der Suche nach einem windgeschützten Plätzchen für eine ausgedehnte Rast spazierte er durchs Gras. Plötzlich war außer dem Geruch nach Wasser und Erde noch etwas anderes in seiner Nase. Er erstarrte und flehmte angestrengt in den Wind. Es roch nach totem Mensch!

Obwohl seine Glieder vor Entsetzen ganz starr waren, lief er los. Rannte geradewegs auf den Geruch zu, wurde immer schneller, sprang über einen Maulwurfshügel, umrundete eine hohe Diestel, jagte quer durch ein Meer aus kleinen lila Blüten. Jetzt war es nur noch Wut, die ihn antrieb. Wut, weil in seinem Dorf Menschen getötet wurden, ohne dass der Mörder eine Strafe erhielt. Aber auch Wut auf sich selbst, weil es ihm nicht gelungen war, mehr Tote zu verhindern.

Der Wind riss seinen raschen Atem mit sich fort. Er flog durchs Gras, seine Pfoten berührten kaum noch den Boden – bis etwas Helles in sein Blickfeld kam. Er kam so unvermittelt zum Stehen, dass er sich fast überschlagen hätte.

Zunächst sah er nur einen zwischen Quecken und blühenden Herbstzeitlosen ausgestreckten Arm und eine Hand mit gekrümmten Fingern. Dann erkannte er im tiefen Gras den von spärlichen grauen Haaren bedeckten Kopf. Vorsichtig tat er einen Schritt seitwärts, sodass er in das wachsbleiche Gesicht sehen konnte. Er kannte jeden Menschen in dem kleinen Dorf und natürlich auch den alten Mann, der dort lag.

Ein oder zwei Sekunden nahm er sich Zeit, darüber nachzudenken, ob und wie sehr er ihn vermissen würde. Nun ja, er und seine Frau hatten fast ausschließlich von Doseneintopf gelebt, und so eine Dose reichte ohnehin kaum für zwei, was auch nicht gerade bedauerlich war. Aber darum ging es in diesem Fall genauso wenig wie in den anderen.

Energisch setzte er sich wieder in Bewegung und lief noch schneller als vorher in die entgegengesetzte Richtung. Er würde dafür sorgen, dass endlich etwas geschah!

»Dies hier reißen wir aus, das da bleibt stehen, das ist Thymian.« Mit einem Ruck zupfte Rebekka den Löwenzahn aus, der Anstalten machte, in der Kräuterspirale die Herrschaft zu übernehmen.

Casjen tat es ihr begeistert nach. Entweder hatte er sehr viel von Lydia gelernt, oder er hatte ein hervorragendes Auge für Pflanzen. Wenn er sie im Garten sah, kam er sofort angelaufen, falls seine Mutter ihn nicht gerade brauchte, kniete sich neben ihr an den Rand des Beets und half ihr bei der Arbeit. Soweit sie es erkannt hatte, passierte ihm beim Unkraut jäten nie ein Irrtum. Mit vor Konzentration kraus gezogener Stirn, die Zungenspitze zwischen die Lippen geklemmt zupfte und zog er und ruhte nicht eher, als bis das letzte Wurzelstückchen eines Unkrauts entfernt war.

Gesine war heute zu Beginn ihrer gemeinsamen Gartenarbeit einmal kurz in der Tür erschienen, um nach ihrem Sohn Ausschau zu halten, und sofort wieder verschwunden. Sie schien froh zu sein, dass Casjen beschäftigt war.

Zufrieden legte Rebekka den Kopf in den Nacken und sah hinauf in den dunstigen Himmel, in dem eine milchige Sonne stand, die genügend Wärme lieferte, um in kurzen Ärmeln zu arbeiten.

Gerade wollte sie sich wieder über die Ecke mit dem Schnittlauch beugen, als Casjen lauschend den Kopf hob.

Sie horchte ebenfalls, nahm aber nur das Rascheln der Blätter im Wind wahr. In der Ferne fuhr ein Auto vorbei. Dann war es bis auf die gedämpften Geräusche der spätsommerlichen Natur wieder vollkommen still.

Casjen sprang auf und deutete in Richtung Elbe.

»Was ist denn?« Verwundert sah Rebekka zu, wie er einige Schritte in Richtung Hausecke lief.

Dort tauchte in diesem Moment laut mauzend der Kater auf,

den Casjen offenbar schon lange vor ihr gehört hatte. Das Fell des Tiers leuchtete in der Sonne wie schwarzer Lack, die goldenen Augen blitzten, im geöffneten Maul waren die spitzen weißen Zähne zu sehen.

Casjen deutete aufgeregt auf den Kater, drehte sich zu Rebekka um und rief ihr ein paar unverständliche Laute zu. Das Tier blieb nur kurz stehen und setzte dann entschlossen seinen Weg fort, um sich vor Rebekka aufzubauen und sie laut anzumauzen. Sie war höchst erstaunt darüber, was für gewaltige Töne aus einem so relativ kleinen Körper kommen konnten. Sie klangen wie die Schreie eines Kindes in höchster Not. Das ganze Tier bebte nur so vor Energie. Was wollte der Kater von ihr?

Verblüfft beobachtete Rebekka, wie er sich abrupt umdrehte und zurück zum Haus lief. Casjen rannte ohne jedes Zögern los, und im nächsten Moment waren beide um die Hausecke verschwunden.

»Casjen! Wo willst du denn hin? Du kannst nicht einfach hinter dem Kater herlaufen. Er streicht im ganzen Dorf herum. Deiner Mutter will nicht, dass …«

Als ihr klar wurde, dass Casjen nicht auf ihre Rufe reagieren würde, ließ sie ihre Hacke neben der Kräuterspirale auf den Boden fallen und spurtete ebenfalls los.

Erst als sie außer Atem geriet, begriff sie, worauf sie sich eingelassen hatte. In der flachen Landschaft konnte sie den Kater als schwarzen Fleck erkennen, der sich auf der schmalen Straße in Richtung Elbe rasch vorwärtsbewegte. Casjen, ein bemerkenswert guter Läufer, rannte mit einigem Abstand hinterher – und ihr blieb nichts anderes übrig, als Gesines behinderten Sohn zu verfolgen. Schließlich hatte sie die Verantwortung für ihn übernommen, indem sie ihm erlaubte, ihr bei der Gartenarbeit zu helfen.

»Casjen!«, keuchte sie atemlos und ohne große Hoffnung.

Falls er sie hörte, dachte er gar nicht daran stehen zu bleiben. Was sollte sie tun, wenn sie einfach nicht mehr weiterlaufen *konnte*? Falls ihm etwas passierte, würde sie sich das nie verzeihen. Sie wusste nicht, ob er allein nach Hause finden würde. Ob er schwimmen konnte, falls er ins Wasser fiel. Ob er …

Sie blieb stehen, stemmte die Hände in die Seiten, wo sie jetzt heftige Stiche spürte, und rang nach Luft. York forderte sie immer wieder auf, mit ihm joggen zu gehen, und sie nahm sich auch wirklich oft vor, regelmäßig Sport zu treiben, aber bis jetzt hatte stets die Faulheit gesiegt. Sobald sie wieder zu Hause war, würde sie sich Joggingschuhe kaufen!

Casjen verschwand etwa sechzig oder siebzig Meter vor ihr um eine Kurve. Bei seinem Tempo würde er in fünf Minuten den Elbstrand erreichen.

Obwohl ihre Beine sich mittlerweile schwer wie Blei anfühlten, setzte sie sich wieder in Bewegung. Wohin führte dieser blöde Kater den hilflosen Mann? Einzig der Gedanke, dass Katzen wasserscheu waren, tröstete sie in diesem Moment. Jamie würde wahrscheinlich nicht schnurstracks in die Elbe rennen, wie es bei einem Hund vielleicht zu befürchten gewesen wäre. Aber was wollte das verrückte Tier hier?

Keuchend erreichte Rebekka den Deichkamm, von dem aus sie über die Wiesen bis hinunter zum Sandstrand und zum Fluss sehen konnte. Erleichtert stellte sie fest, dass Casjen auf halbem Weg zum Wasser im hohen Gras der Wiese stehen geblieben war. Neben seinen Beinen erkannte sie als schwarzen Fleck im Grün den Kater. Vor ihnen im Gras breitete sich ein länglicher Schatten in Grau und Braun aus …

Nicht schon wieder, flehte sie im Stillen, während sie bereits in der Tasche ihrer Jeans nach dem Handy tastete.

»Auch vergiftet?« Obwohl sie es befürchtet hatte, starrte Rebekka Kommissar Garsen entsetzt an. Konnte nicht einfach einmal einer der alten Männer in Bradehusen eines natürlichen Todes sterben – notfalls auch am Elbstrand?

Der Kripobeamte, der zwei Tage, nachdem sie ihren neuesten Leichenfund zu Protokoll gegeben hatte, unangemeldet bei ihr aufgetaucht war, nickte mit ernster Miene und wischte auf der Suche nach irgendwelchen Informationen mit dem Zeigefinger heftig auf seinem Tablet herum.

»Es gibt ein paar Fragen, die ich dringend mit Ihnen klären muss.« Als er versuchte, seine Beine auszustrecken, stieß er mit den Knien an den Tisch vor dem Sofa.

Dieses Mal hatte sie ihn ins Wohnzimmer geführt und ihm absichtlich einen Platz auf der niedrigen Couch angeboten. Sie selber saß auf dem viel höheren Stuhl, der sonst vor dem Schreibtisch stand.

Amüsiert beobachtete sie, wie der Kater, der mit Garsen ins Haus gehuscht war, kurz zögerte und dann neben ihm aufs Sofa sprang, um sich auf dem geblümten Kissen niederzulassen. Allerdings rollte er sich nicht wie gewöhnlich zum Schlafen zusammen, sondern blieb aufrecht sitzen und musterte den Kommissar mit starrem Blick.

Garsen bemerkte sofort, dass er unter Beobachtung stand. Er versuchte, von dem Kater abzurücken, stieß aber gegen die Seitenlehne.

»Ich kann nichts dafür, dass ich in diesem Ort ständig über Tote stolpere«, kam Rebekka irgendwelchen Verdächtigungen zuvor. »Eigentlich habe ja auch nicht ich den Toten gefunden, sondern Casjen von nebenan. Und der ist wiederum hinter dem Kater hergerannt.« Sie deutete auf Jamie, der inzwischen possierlich den Schwanz über seine Vorderpfoten gelegt hatte. Als er für ein oder zwei Sekunden seinen Blick von dem Kommissar ab- und ihr zuwandte, bildete sie sich ein, er würde ihr zuzwinkern. Um ihre Nerven war es offenbar nicht allzu gut bestellt, was angesichts der neuesten Ereignisse kein Wunder war.

»Wenn Sie mich aus irgendeinem absurden Grund zur Verdächtigen machen, werde ich an dem nächsten Toten, der hier herumliegt, achtlos vorbeigehen und auf gar keinen Fall die Polizei benachrichtigen«, drohte sie wütend.

Eigentlich war sie weniger auf den Kommissar wütend, der schließlich nur seine Arbeit machte, als auf die Tatsache, dass sie gegen ihren ausdrücklichen Willen in den zweiten Mordfall hineingezogen wurde.

Garsen hob ruckartig den Kopf. »Was bringt Sie zu der Ansicht, dass es noch mehr Tote geben wird?«

Nur mit Mühe unterdrückte sie einen frustrierten Aufschrei. »Nichts! Aber da ich innerhalb kürzester Zeit zwei Mordopfer gefunden habe, erscheint es mir nicht komplett abwegig. Dieses Dorf ist offenbar alles andere als friedlich.«

»Kannten Sie diesen Mann auch?« Er musterte sie unter hochgezogenen Brauen hervor.

»Nie gesehen«, beteuerte sie mit heftigem Kopfschütteln.

»Das war Heinz Kramer.« Als hätte er den Namen nicht im Kopf, sah Garsen schon wieder auf sein Tablet.

»Nie gehört.« Rebekka funkelte ihn kampflustig an, was sie sich hätte sparen können, weil er immer noch in den Anblick seines Tablets vertieft war.

Endlich hob er den Kopf und musterte sie erstaunt. »Weshalb regen Sie sich denn so auf?«

»Würden Sie sich nicht aufregen, wenn Sie dauernd Tote fänden und verhört würden wie eine Verdächtige? Ich finde …«

»Sie gehören im Fall Heinz Kramer definitiv nicht zu den Verdächtigen«, unterbrach er sie mit sanfter Stimme. »Sie haben ein Alibi.«

»Ein Alibi?«, wiederholte sie erstaunt. Im Grunde empörte es sie, dass sie überhaupt ein Alibi brauchte, aber wahrscheinlich musste sie dennoch dankbar dafür sein.

»Das Gift, das Heinz Kramer verabreicht wurde, war schnellwirkend. Es handelt sich um eine Mischung aus verschiedenen Naturstoffen mit betäubender Wirkung und einer Komponente, die schließlich innerhalb von weniger als einer halben Stunde nach Einnahme zum Herzstillstand führte. Das heißt, wenn Kramer nicht allein an die Elbe gegangen ist, um eine vergiftete Mahlzeit zu sich zu nehmen – was nach dem Fall Fedder unwahrscheinlich erscheint –, muss ihm jemand höchstens eine Stunde, bevor Sie den Leichenfund gemeldet haben, das vergiftete Essen gegeben haben.«

Rebekka zuckte mit den Schultern. »Und wieso soll ich das nicht gewesen sein? Ich bin doch sonst auch Ihre Lieblingsverdächtige.«

Er lächelte verhalten. »So würde ich das nicht ausdrücken. Was Heinz Kramer betrifft, bezeugt Frau Holste, dass sie Sie zwischen elf und vierzehn Uhr bei der Gartenarbeit mit ihrem Sohn fast ständig in den Augen gehabt hat. Da der Mörder oder die Mörderin Heinz Kramer offenbar zu einem Picknick eingeladen hat, bei dem er die vergiftete Mahlzeit erhielt, können Sie das schwerlich gewesen sein.«

»Woher wissen Sie das mit dem Picknick?«, erkundigt Rebekka sich erstaunt.

»Zwar hat der Täter sich auch in diesem Fall viel Mühe gegeben, alle Essensreste mitzunehmen, aber ein paar Bröckchen haben wir am Tatort gefunden. Und die Abdrücke einer Decke.« Garsen sah sie so stolz an, als würde er Lob erwarten.

Sie presste die Lippen aufeinander. »Was hat Heinz Kramer denn vor seinem Tod gegessen?«, erkundigte sie sich nach einer Pause dann doch neugierig.

»Ich weiß nicht, ob ich solche Informationen an Sie weitergeben sollte.« Der Kommissar sah sie prüfend an.

»Müssen Sie ja nicht. Da ich Rezepte für mein Kochbuch sammele, kann ich aber vielleicht helfen. Wenn jemand mir das betreffende Gericht genannt hat, wäre das vielleicht interessant.«

Garsen zog die Stirn in Falten. »Glauben Sie wirklich, der Mörder oder die Mörderin hätte Ihnen ein Rezept gegeben, um es gleich darauf für einen geplanten Mord zu verwenden?«

»Das habe ich auch schon gedacht. Aber glauben *Sie* wirklich, es geht hier um einen gewieften Verbrecher, der genau überlegt, was er tut?«, schoss sie zurück. Dass ihre ersten Versuche, Rezepte und diejenigen, die sie ihr genannt hatten, in irgendeiner Weise zusammenzubringen, angesichts der Fülle und Ähnlichkeit kläglich gescheitert waren, behielt sie lieber für sich.

Der Kommissar zögerte. »Als ich das erste Mal hier war, haben Sie etwas ganz Ähnliches gekocht. Fleisch mit Äpfeln und Zwiebeln.«

»Was für ein Fleisch? Schwein?«

Garsen nickte. »Spielt das eine so große Rolle?«

»Das ist leider wieder eines der hier im Dorf ausgesprochen weit verbreiteten Gerichte. Genau wie die Speckpfannkuchen.«

»Eigentlich wollte ich Sie fragen, ob Ihnen noch etwas eingefallen ist, was Sie am Fundort der Leiche gesehen haben.« Mit den gespreizten Fingern der rechten Hand fuhr er sich durch die schon licht werdenden Haare. In diesem Moment ähnelte er wieder auf fatale Weise Clint Eastwood. Einem Eastwood ohne die Coolness, die der Schauspieler in seinen Filmen zur Schau trug. Dennoch erschien Garsen ihr momentan für seine Verhältnisse erstaunlich konzentriert und energiegeladen.

»Dieses Mal sind mir im Nachhinein keine Erleuchtungen mehr gekommen, fürchte ich.« Allerdings fragte sie sich immer noch, ob der Kater sie tatsächlich absichtlich zu der Leiche geführt hatte. Warum ausgerechnet sie? Oder hatte er Casjen den Toten zeigen wollen? Aus irgendeinem Grund glaubte sie das allerdings nicht.

Mit einer Kopfbewegung deutete sie auf den Kater, der die Szene zwischen ihr und dem Kommissar immer noch aufmerksam verfolgte. »Sie sollten *ihn* fragen. Er hat den Toten als Erster gesehen. Vielleicht war er sogar Zeuge des Mordes.«

Garsen warf dem Kater einen Seitenblick zu und drückte sich noch ein wenig enger an die Armlehne des Sofas. »Schade, dass er nicht sprechen kann«, murmelte er vor sich hin.

Dann stand er mit behutsamen Bewegungen vom Sofa auf, schob das Tablet in die Innentasche seiner Lederjacke und reichte Rebekka die Hand.

»Ich danke Ihnen. Und machen Sie sich keine Gedanken. Es ist und bleibt Angelegenheit der Polizei, die Mordfälle zu klären.«

Rebekka nickte. Zufällig fiel ihr Blick auf den Blutfleck am Kamin. Der Teppich war schon wieder verrutscht. Lydia war etwa im gleichen Alter gewesen wie Fedder und Heinz. Und ihr Tod schien ganz ähnlich verlaufen zu sein. Plötzlich hatte sie tot in ihrem Haus gelegen. Was wegen ihres Alters niemanden erstaunt hatte. Ganz ähnlich wäre die Sache in Fedders Fall verlaufen, wenn sie nicht zufällig die Geräusche an der Hintertür gehört hätte.

»Sagen Sie …« Sie stockte. Sollte sie wirklich dem Kommissar von ihrem Verdacht erzählen? Würde er ihr dann blühende Fantasie und Verfolgungswahn unterstellen? Musste die Polizei nicht von sich aus alle verdächtigen Todesfälle der vergangenen Zeit aufrollen?

»Bitte?« Schon halb an der Tür drehte er sich noch einmal um.

»Nichts.« Sie schüttelte den Kopf. »Viel Erfolg.«

»Ich tue mein Bestes.«

Sie fragte sich, ob das Beste dieses oft so geistesabwesenden Kommissars für eine Mordermittlung gut genug war. Heute zumindest war er ihr ein wenig konzentrierter erschienen.

Als Garsen fort war, kroch die Abenddämmerung durch die Apfelbäume auf das Haus zu und schlich sich in die Ecken der kleinen Zimmer des Häuschens. Rebekka setzte sich an den Schreibtisch am Fenster, knipste die Tischlampe an und öffnete die Datei, in der sie die Rezepte gespeichert hatte, die sie bisher den Dorfbewohnerinnen hatte entlocken können. Dabei spürte sie, wie ganz zu Anfang in diesem Haus, das Vorhandensein des roten Flecks auf der Kamineinfassung wie die Anwesenheit einer bedrohlichen Person im Zimmer.

Ein Blick auf den Kater, der sich sofort nach dem Abschied des Kommissars auf seinem Lieblingskissen zusammengerollt hatte, beruhigte sie ein wenig. Tiere hatten ein gutes Gespür für Gefahr. Wenn Jamie ruhig war, konnte sie das wahrscheinlich auch sein.

Seufzend vertiefte sie sich in die Auflistung der Rezepte. Leider waren sie nach Zutaten geordnet und nicht etwa nach den Personen, die sie ihr verraten hatten. Wenigstens hatte sie Rezepte, die ihr häufig genannt worden waren, genauso häufig aufgeschrieben, weil sie sich für Variationen interessierte, auch wenn sie noch so winzig waren.

Das Rezept für Schweinekoteletts mit Äpfeln und Zwiebeln war ihr nicht nur in der Rezeptsammlung von Fedders verstorbener Frau begegnet, auch ihre trinkfesten Bekannten vom Landfrauenverein und einige andere Frauen aus dem Dorf hatten es ihr genannt. Ähnlich verhielt es sich mit den Speckpfannkuchen. Das hatte sie schon längst festgestellt.

Entweder hatte der Mörder oder die Mörderin ganz bewusst

weit verbreitete Rezepte ausgewählt, oder aber er oder sie kochte grundsätzlich traditionell.

Diese Erkenntnis brachte sie auch nicht viel weiter. Rebekka zog die Nase kraus und schloss die Datei mit den Rezepten, um sich ihrem Blog zu widmen.

12. kapitel

Als es irgendwo im Haus laut krachte, fuhr Rebekka an ihrem Schreibtisch zusammen. Der Kater, zu dem sie sich sofort umdrehte, hob nicht einmal den Kopf. Natürlich war es der Wind gewesen, der das Küchenfenster, das sie zum Lüften offen gelassen hatte, zugeschlagen hatte.

Sie stand auf, um das Fenster zu schließen, bevor es sie ein weiteres Mal erschreckte. Dann lief sie unruhig durch alle Zimmer und überprüfte sämtliche Fenster. Anschließend sah sie nach, ob die Tür zum Garten und die Haustür abgeschlossen waren. Dabei sagte sie sich immer wieder, dass es keinen Grund gab, sich zu fürchten. Sie wusste nichts über die Morde, und ihre wenigen Beobachtungen hatte sie längst der Polizei mitgeteilt, deshalb hatte niemand etwas davon, sie aus dem Weg zu räumen. Zumal sie als Fremde im Dorf nicht einmal ahnen konnte, welche Motive zu den Morden geführt haben mochten.

Dennoch gelang es ihr nicht mehr, sich auf ihre Arbeit zu konzentrieren. Schließlich beschloss sie, bei Gesine Holste hereinzuschauen, um sich abzulenken. Bei der Einladung zum Tee war es längst nicht mehr so steif zugegangen wie beim ersten Mal. Gesine hatte ziemlich locker über das Dorf und seine Bewohner geplaudert und war Rebekka auch nicht mehr so verbittert vorgekommen, was ihre Stellung in der Dorfgemeinschaft betraf. Obwohl sie ein paar Fragen in dieser Richtung gestellt hatte, war es Rebekka allerdings auch nicht gelungen, herauszufinden, wer im Dorf noch ein Motiv gehabt haben könnte, Fedder Alert umzubringen. Aber wieso sollte ausgerechnet Gesine das wissen?

Heute wollte Rebekka sich bei ihrer Nachbarin für das Alibi bedanken. Vielleicht konnte sie herausfinden, ob Fedder Alert und Heinz Kramer irgendetwas gemeinsam hatten, was dazu geführt haben könnte, dass jemand sie aus dem Weg haben wollte.

»Hopp, nach draußen!«, forderte sie den Kater auf und klatschte in die Hände.

Nur widerstrebend sprang Jamie vom Sofa und mauzte dabei missgestimmt vor sich hin.

»Du bist ein Streuner«, teilte sie ihm streng mit. »Das bedeutet, du bist immer nur zu Gast. So lange, bis man dir sagt, dass du gehen musst.«

Als hätte er sie verstanden, glitt der Kater ohne weitere Proteste quer durch die Diele zur Küchentür. Er betrat und verließ das Haus fast immer durch die Tür zum Garten.

Rebekka beschloss, ebenfalls diesen Weg zu nehmen, schloss hinter sich ab und verstaute den sperrigen Schlüssel in der Tasche ihrer Jeans. Dann überquerte sie den Rasen, schob sich durch eine Lücke zwischen den Büschen und klopfte an die Hintertür der Holstes. Hinter sich hörte sie Jamie nun doch missmutig mauzen. Offenbar war ihm angesichts des kühlen Spätsommerabends eingefallen, dass es auf dem Sofa weit gemütlicher war.

Es dauerte nur wenige Sekunden, bis die Tür von einem freudestrahlenden Casjen aufgerissen wurde, der sie ohne Umschweife bei der Hand nahm und ins Haus zog. In der großen Küche war es warm und gemütlich. Es roch nach Zimt, Zitrone und dem Apfelmus, den Gesine gerade einkochte.

Ihre betagte Nachbarin warf ihr über die Schulter einen freundlichen Blick zu, während sie weiter in dem großen Topf auf dem Herd rührte. Mit der freien Hand deutete sie auf den Holztisch, der ähnlich groß und zerschrammt war wie der in Lydias Küche nebenan.

»Nehmen Sie sich Tee. Ich muss den Apfelmus noch in die Gläser füllen.«

»Soll ich helfen?«, bot Rebekka an und trat neben Gesine, die zwar erklärte, das mache sie immer allein, dann aber doch ganz zufrieden schien, dass ihr jemand die Gläser zum Füllen über den Topf hielt und anschließend die Deckel auflegte.

»Vielen Dank, dass Sie dem Kommissar gesagt haben, Sie hätten mich vorgestern den ganzen Vormittag im Garten gesehen«, unterbrach Rebekka nach einer Weile das einträchtige Schweigen, das nur von dem leisen Geräusch unterbrochen wurde, mit dem Casjen auf dem Tisch die fertigen Gläser zu exakt ausgerichteten Fünferreihen ordnete. »Sie haben mir sozusagen ein Alibi verschafft.« Sie lachte nervös.

»Er hat mich gefragt, und ich hab ihm die Wahrheit gesagt«, erklärte Gesine schlicht, bevor sie mit ihrer Kelle ein weiteres Glas bis exakt einen Daumenbreit unter dem Rand mit heißem, duftendem Apfelmus füllte.

»Ich habe noch mal über Lydias Tod nachgedacht.« Rebekka zögerte, weil sie nicht recht wusste, wie sie die Frage formulieren sollte, die sie in Abständen immer wieder quälte.

»Lydia war alt und offenbar nicht gesund.« Der unerwartete Tod ihrer Nachbarin schien Gesine ebenso wenig aufzuregen wie die Morde an zwei alten Männern im Dorf. Vielleicht lag das an ihrem Beruf. Hebammen sahen ständig neues Leben beginnen. Der Tod war dann womöglich auch etwas ganz Normales.

»Genau deshalb fällt ein Mord an alten Leuten in vielen Fällen gar nicht auf. Selbst wenn sie eine Wunde haben, wie Fedder am Kopf, glauben alle, die hätten sie sich selbst zugezogen. Bei einem Sturz zum Beispiel«, gab Rebekka zu bedenken. »Bei Fedder Alert wäre das auch so gewesen, wenn ich nicht …«

»Bei alten Leuten wie uns spielt ein Mord aber vielleicht auch gar keine so große Rolle.« Gesine ließ die Kelle in den schon fast leeren Mustopf gleiten und wandte sich Rebekka kopfschüttelnd zu. »Nächstes oder übernächstes Jahr, vielleicht auch nächste Woche wären die alten Männer doch sowieso gestorben. Ich könnte auch auf der Stelle tot umfallen. So ist das Leben.«

»Deshalb darf man sie aber nicht ungestraft töten«, murmelte Rebekka vor sich hin. Vielleicht hätte sie das alles auch anders gesehen, wenn sie ihren achtzigsten Geburtstag bereits hinter sich gehabt hätte.

Selbst der eigene Tod schien Gesine nicht weiter aufzuregen. Machte sie sich nicht einmal Gedanken, was dann aus Casjen werden sollte? Wahrscheinlich hatte sie auf irgendeine Weise für ihn vorgesorgt. Oder sie sah es schlicht als Lauf des Lebens an, dass sie eines Tages nicht mehr da sein würde und ihr behinderter Sohn dann notfalls von staatlichen Stellen Hilfe bekam. Dieses schwierige Thema würde sie aber lieber nicht anschneiden. Stumm hielt sie Gesine das nächste Glas zum Füllen hin.

Als es wenig später ans Fenster klopfte, wandten alle drei fast gleichzeitig die Köpfe. Casjen sprang sofort auf, um erneut die Tür zum Garten zu öffnen.

»Herr Damann!« Erstaunt begrüßte Rebekka ihren Vermieter, der, ganz seriöser Geschäftsmann, in der nach Zimt und Zitrone duftenden Küche seltsam fehl am Platz wirkte.

Unbehaglich schob er den Zeigefinger der linken Hand zwischen Hemdkragen und Hals, als würde ihm die Krawatte plötzlich die Luft abschnüren. »Tut mir leid, dass ich störe. Ich habe Sie nebenan nicht angetroffen, und weil der schwarze Kater hier vor dem Haus saß, als würde er auf Sie warten, dachte ich, dass Sie vielleicht hier sind.«

Wieso glaubte selbst Damann, sie hätte etwas mit dem Streuner zu tun? Sie öffnete den Mund, um zu erklären, dass man den Kater überall und nirgends im Dorf antraf, doch dazu kam sie nicht, weil Gesine, die Schöpfkelle wie eine Waffe erhoben, an ihr vorbei durch die offene Tür nach draußen stürmte. Erst in diesem Moment bemerkte Rebekka, dass der Kater von draußen durchs Fenster in die Küche sah, die goldfarbenen Augen zu schmalen Schlitzen zusammengekniffen.

»Unglücksvieh! Du bringst den Tod ins Haus«, rief Gesine, die eben noch so gelassen über das Ende des Lebens gesprochen hatte. »Wirst du wohl verschwinden!«

Wie ein Schatten glitt das Tier vom Fenstersims, und als Rebekka sich vorbeugte, konnte sie den Kater in der Dunkelheit des Gartens schon nicht mehr sehen.

Zufrieden kehrte Gesine in die Küche zurück und musterte misstrauisch ihren unverhofften Gast.

Als müsste er eilig beweisen, dass er einen guten Grund für seine Anwesenheit hatte, stellte Damann den großen Pappkarton, den er unter dem Arm getragen hatte, vor sich auf den Boden. »Bitte sehr, Frau Frey. Die versprochenen Notizen meiner Schwester. Darunter müssten eine Menge Rezepte sein, aber auch alte Fotos und Briefe und was sie sonst noch gesammelt hat. Sortieren Sie einfach alles aus, was mit Kochen zu tun hat, den Rest nehme ich bei Gelegenheit wieder mit.«

»Vielen Dank!« Rebekka juckte es in den Fingern, sofort den Deckel anzuheben und nachzusehen, ob der ziemlich große Karton tatsächlich voll war. Möglicherweise verbargen sich darin echte Schätze für ihr Kochbuch.

»Ist mit dem Haus alles in Ordnung?«, erkundigte sich Damann, während er die Hand bereits auf die Klinke legte.

»Alles bestens. Wenn es irgendwelche Probleme gibt, rufe ich Sie sofort an. Hoffentlich sind Sie nicht extra wegen des Kartons von Hamburg hierhergefahren. Ich hätte ihn mir auch abholen können.«

»Nein, nein. Ich hatte ohnehin hier in der Nähe zu tun. Einen schönen Abend wünsche ich. Auf Wiedersehen.« Der Geschäftsmann öffnete die Tür und verschwand ebenso schnell und geräuschlos in der Nacht wie kurz zuvor der Kater.

Rebekka fixierte noch eine Weile die Tür, durch die Damann soeben verschwunden war. Sie musste an die Informationen über ihn denken, die ihre Mutter aus dem Dorf mitgebracht hatte. War Damann wegen seines geplanten Feriendorfs in Bradehusen? Und war diesem Mann tatsächlich zuzutrauen, einen Mord in Auftrag zu geben, um Felder an sich zu reißen, die die Bauern ihm nicht verkaufen wollten? Seit wann begingen Auftragsmörder Giftmorde? Nein, das war vollkommen absurd!

»Fällt Ihnen irgendetwas ein, was die beiden ermordeten Männer gemeinsam hatten, Frau Holste?«, fragte Rebekka in das Schweigen hinein, das seit Damanns Abgang in der Küche herrschte. »Können Sie sich einen Grund denken, weshalb jemand gerade diese beiden aus dem Weg haben wollte?«

Gesine zuckte mit den Schultern und stellte den leeren Mustopf ins Spülbecken. »Sie hatten eine Menge gemeinsam. Das waren zwei griesgrämige alte Männer, die gern Streit gesucht haben.«

»Wenn man die alle umbringen wollte ...« Rebekka musste schlucken. Aus irgendeinem Grund fiel ihr ihr Vater ein. Er war mittlerweile fast siebzig Jahre alt. Ob er auch so ein Mann war, den manche Leute lieber tot als lebendig sehen wollten? Oder gehörte er zu den Menschen, die mit dem Alter weiser und geduldiger wurden? Sehnsucht stieg in ihr auf, doch sie konzentrierte sich schnell wieder auf das Naheliegende.

»Dann werde ich mal den Karton mit Lydias Schätzen nehmen und mich an die Arbeit machen. Das ist genau die richtige Tätigkeit für eine lange Nacht.«

»Ich dachte, wir wollten noch eine Tasse Tee zusammen trinken. Und vielleicht ein Gläschen Likör. Der Apfellikör vom letzten Jahr muss weg. Im Oktober setze ich neuen an.« Flink durchquerte Gesine die Küche und öffnete die Tür zur Speisekammer.

»Das klingt sehr verführerisch. Ein andermal wirklich gern. Aber heute habe ich keine Ruhe mehr. Ich bin so gespannt, was alles in der Schachtel ist.«

Casjen stellte sich neben den Karton und grinste sie an.

»Möchtest du mir helfen, ihn nach drüben zu tragen? Das ist nett von dir.« Rebekka musste sich beherrschen, um ihm nicht wie einem lieben, kleinen Jungen über die Wange zu streichen. Sie wusste, dass er sich seiner Stellung zwischen den Kindern, denen er im Kopf nahe war, und den erwachsenen Männern, denen er körperlich glich, auf irgendeine Weise bewusst war. Manchmal hatte sie schon gesehen, wie sein Blick nachdenklich auf einem Mann ruhte, der zufällig in der Nähe war. Möglicherweise wünschte er sich, wie die anderen Männer zu sein und auch so behandelt zu werden. Deshalb bemühte sie sich, nicht allzu offensichtlich mit ihm umzugehen wie mit einem Kind.

»Wenn Sie schon nicht bleiben wollen, gebe ich Ihnen ein Fläschchen von dem Likör mit«, beschloss Gesine energisch. Sie verschwand in der geräumigen Speisekammer und ließ die Tür hinter sich ins Schloss fallen. Dort drinnen hörte Rebekka sie zwischen den klirrenden Flaschen und Gläsern kramen.

Es schien nicht so leicht zu sein, den Apfellikör unter all den Vorräten zu finden, jedenfalls dauerte es einige Minuten, bis Gesine mit geröteten Wangen wieder zum Vorschein kam. In der Hand hielt sie eine schlichte Glasflasche mit Schraubverschluss, in der sich eine klare gelbliche Flüssigkeit befand.

»Damit können Sie sich einen netten Abend machen.« Sie drückte Rebekka die Flasche in die Hand. »Apfellikör mit Lavendel. Sehr bekömmlich und nicht sehr stark.«

»Ich sollte aber doch wohl heute nicht mehr die ganze Flasche austrinken«, scherzte Rebekka. »Sonst werde ich beim Sortieren der Papiere wahrscheinlich mehr singen als lesen.«

Gesine verzog den Mund zu einem Lächeln, das aber wie üblich ihre traurigen Augen nicht erreichte. »Fröhlicher Gesang hat noch keinem geschadet. Trinken Sie so viel, wie Sie mögen. Der Likör wird Sie nicht umhauen. Sie sind ja schließlich erwachsen.«

»Vielen Dank. Apfellikör mit Lavendel klingt toll. Bei Gelegenheit komme ich mir das Rezept holen. Oder ist es ein Geheimnis?«

»In einem Dorf gibt es keine Geheimnisse«, behauptete Gesine, was Rebekka angesichts von zwei ungeklärten Mordfällen etwas gewagt fand.

Mit der kleinen Flasche in der Hand folgte sie Casjen, der eifrig den Karton zu ihrer Tür trug, durch den dunklen Garten.

Nachdem er seine Last neben dem Schreibtisch im Wohnzimmer abgestellt hatte, bedankte sie sich bei ihm und schickte ihn zurück nach Hause. Seiner Mutter würde es nicht gefallen, wenn er zu so später Stunde länger ausblieb. Rebekka hatte beobachtet, dass jeden Abend um Punkt zehn Uhr nebenan im Haus das Licht ausging.

Erst als sie die Tür hinter Casjen abgeschlossen hatte, bemerkte sie, dass der Kater unbemerkt mit ins Haus gekommen war.

»Du schon wieder!« Sie tat, als wäre das Tier ihr lästig. Aber in Wirklichkeit hatte sie den Kater mittlerweile ganz gern um sich. Dann war es in dem kleinen Haus nicht ganz so einsam. Sie musste nur aufpassen, dass sie sich nicht zu sehr an ihn gewöhnte, denn wenn ihre Zeit in Bradehusen vorbei war, gab es in ihrem Leben keinen Platz mehr für ein Tier.

Er hockte mit eingeschlagenen Vorderpfoten auf dem Kissen, das auch schon sein Lieblingsplatz gewesen war, als Lydia noch das Sofa mit ihm geteilt hatte. Anstatt sich gemütlich neben ihn zu setzen und ihn zwischen den Ohren zu kraulen, hockte Rebekka auf dem Boden vor dem offenen Pappkarton, den Casjen ihr ins Haus getragen hatte, und wühlte neugierig darin herum.

Ungeduldig beobachtete er ihr sinnloses Tun. Sie sollte sich endlich mit den Mordfällen beschäftigen! Wenn er nur einen Weg finden würde, wie er sie auf die richtige Spur bringen konnte! Wann immer er das Maul öffnete, war sie der Meinung, er wolle hinaus, um sein Geschäft zu erledigen. Oder er wolle nicht hinaus, weil es draußen zu kalt war oder gar regnete. Oder er wolle etwas zu fressen. Als hätte ein Kater nichts anderes im Kopf, als zu fressen, seinen Verdauungstrakt zu entleeren und ein warmes Plätzchen zum Schlafen zu finden! Sie musste offenbar noch viel über Katzen lernen, ganz besonders über ihn!

Er stand auf, stieg von dem weichen Kissen, streckte sich und sprang auf den Boden.

»Musst du raus?«, erkundigte sie sich, ohne den Kopf zu heben.

Da er sie in ihrer irrigen Ansicht nur unnötig bestärken würde, wenn er antwortete, ging er stumm zum Kamin und blieb vor dem Blutfleck stehen. Sie versuchte immer wieder, den Fleck mit dem Teppich zu bedecken, dessen Ecke er genauso oft umklappte, damit sie das Zeichen des Unrechts vor Augen hatte.

»Da geht es nicht raus. Es sei denn, du kannst im Schornstein hochklettern.« Mit einem Seufzer stand sie auf und öffnete die Tür zur Diele.

Manchmal war sie so begriffsstutzig, dass er vor lauter Wut am liebsten einen stinkenden Haufen mitten im Wohnzimmer hinterlassen hätte. Wenn sie sowieso der Ansicht war, er müsse ungefähr jede halbe Stunde nach draußen und sei zu blöd, ihr das deutlich klarzumachen, hatte sie nichts anderes verdient, als dass er diese Meinung bestätigte. Aber natürlich würde ihr Verhalten anschließend nur noch nervtötender werden.

Folglich beschränkte er sich auf einen strafenden Blick, wandte sich dann wieder dem Fleck zu und stellte seine rechte Vorderpfote darauf.

»Willst du …« Sie stockte, und er konnte sehen, wie es hinter ihrer Stirn arbeitete. Offenbar kam ihr zum ersten Mal der Gedanke, dass in seinem Kopf für mehr Dinge Platz war als für Fressen und Schlafen und alles, was damit zusammenhing.

»Willst du mir etwas zeigen?«, stieß sie hervor, nachdem sie tief durchgeatmet hatte. Offenbar fiel es ihr schwer, diesen Gedanken zuzulassen.

Er antwortete ihr mit einem sanften Miau. Es war der Ton, mit dem er sich so oft mit Lydia verständigt hatte. Das fiel ihm erst auf, als er das tiefe Purren in den eigenen Ohren hatte. Ein kurzer Schmerz durchfuhr ihn, dann war er wieder in der Gegenwart, in der es galt, wichtige Angelegenheiten zu klären. Auch und besonders im Namen von Lydia.

Er bewegte sich ein kleines Stück rückwärts und stellte dann ein zweites Mal die Vorderpfote energisch auf den Blutfleck.

»Ist das Blut? Lydias Blut?« Rebekka bewegte sich langsam durch das Zimmer auf ihn zu.

Wieder antwortete er ihr mit jenem Ton, der »Ja« hieß. Und dieses Mal schien sie ihn tatsächlich zu verstehen. Sie ging neben ihm auf die Knie und betrachtete den Fleck mit zusammengekniffenen Augen.

»Wenn sie einen Herzanfall hatte und dadurch umgefallen ist, bedeutet dieser Fleck nicht, dass jemand bei ihrem Tod nachgeholfen hat.«

Er gab sich so große Mühe, in ein lautes Mauzen all seinen Widerspruch und seine Empörung zu legen, dass sich vor Anstrengung sein Magen zusammenzog. Zwar war er nicht dabei gewesen, denn dann hätte er sie warnen können. Aber er hatte genug gesehen, um zu *wissen,* wer gewollt hatte, dass Lydia nicht mehr da war.

»Mein Gott!« Rebekka legte ihm die Hand so schwer auf den Rücken, dass sich ihr Gewicht fast so anfühlte wie der Stein in seiner Brust. In letzter Zeit wurde er in manchen Momenten zu seiner Überraschung ein wenig leichter. Dann bekam er Angst, er könnte eines Tages vergessen, was geschehen war, könnte vielleicht sogar Lydia vergessen. Und er schwor sich, dass das nicht geschehen durfte.

»Sie ist ermordet worden, nicht wahr? Weißt du etwa, wer es getan hat?« Als wollte sie ihn trösten, strich Rebekka ihm über Kopf und Rücken. Allerdings waren ihre Bewegungen so hektisch, dass sie nicht allzu beruhigend auf ihn wirkten. Doch das war egal. Er fühlte sich trotzdem besser als in irgendeinem anderen Moment, seit sie die tote Lydia aus dem Haus getragen hatten.

Endlich hatte Rebekka begriffen! Endlich waren sie ein Team und konnten gemeinsam die Falle zuschnappen lassen!

Natürlich war ihm klar, dass seine Aufgabe, ihr den richtigen Weg zur Lösung des Rätsels zu zeigen, dennoch nicht leicht sein würde. Aber er wusste, er würde es schaffen. Und sie auch. Sie beide zusammen!

»Komm mit! Es ist noch ein Rest Kalbsragout da«, forderte Rebekka den Kater auf, nachdem sie eine kleine Ewigkeit den roten Fleck auf der Kamineinfassung angestarrt und sich gleichzeitig gefragt hatte, ob dieses Tier sie wirklich darauf hatte aufmerksam machen wollen oder ob sie langsam aber sicher verrückt wurde und einem streunenden Kater menschliche Eigenschaften andichtete.

Sie wandte sich der Tür zu, Jamie mauzte noch einmal, sehr sanft dieses Mal, und durchquerte dann eilig das Zimmer, um ihr in die Küche zu folgen.

Während Jamie hingebungsvoll das Ragout verzehrte, holte sie eines der hübschen Likörgläser aus der Vitrine neben dem Fenster und kehrte damit ins Wohnzimmer zurück, wo sie beim Heimkommen die Flasche mit Gesines Apfellikör auf dem Tisch abgestellt hatte.

Sie schenkte sich ein Glas ein und nippte daran. Köstlich! Gleichzeitig süß und herb, mit dem Aroma von duftenden Frühlingsnächten und dem Duft von Sommertagen im Apfelgarten. In Momenten wie diesem wünschte sie sich, sie könnte ein ganzes Jahr hier so nah bei der Natur erleben. Mit schneebedeckten Feldern, Gänseblümchen auf den Wiesen, der Apfelblüte, der Erntezeit und dem bunten Laub im Herbst.

Im nächsten Augenblick fiel ihr unweigerlich ein, dass es in Bradehusen längst nicht so friedlich zuging, wie es auf den ersten Blick den Anschein hatte. Bei ihrem letzten Telefongespräch mit York, als sie ihm von dem Toten am Elbufer erzählt hatte, hatte er ihr dringend geraten, sie fast angefleht, sich eine andere Unterkunft zu suchen. Schließlich konnte sie ein paar Dörfer weiterziehen und sich notfalls ein Zimmer in einem Gasthof nehmen.

Doch das ging nicht. Sie brauchte ihre eigene Küche. Sie fühlte sich wohl in Lydias Haus.

Sie … im Grunde wusste sie, was sie wirklich hier hielt. York hatte es ihr am Telefon klargemacht. Während sie noch einmal am Likör nippte, meinte sie, seine tiefe, wohlklingende Stimme zu hören. »Du willst da nicht weg, bevor du weißt, was geschehen ist, nicht wahr?«

Sie war für einen Moment erstarrt. Woher wusste er so genau, was in ihr vorging? »Kann schon sein«, gab sie dann zu.

»Du könntest es nicht ertragen, mit noch mehr ungelösten Fragen zu leben, stimmt's?«

Sie schluckte. »Würdest du nicht wissen wollen, was passiert ist?« Erst als sie die Worte ausgesprochen hatte, wurde ihr klar, wie mehrdeutig sie für York klingen mussten. So mehrdeutig, wie sie sie letztlich gemeint hatte.

»Ich kann dich gut verstehen. Aber vielleicht wirst du nie erfahren, was mit Leonhard geschehen ist. Ob er freiwillig gegangen ist oder ob …«

»Darüber denke ich fast gar nicht mehr nach«, erklärte sie wahrheitsgemäß. »Ich habe mich damit abgefunden, dass er nicht wiederkommt und dass ich nie wissen werde, warum er verschwunden ist. Ist er wirklich freiwillig gegangen, hatte er einen Unfall, hat er womöglich das Gedächtnis verloren, oder hat ihn sogar jemand entführt oder umgebracht, was bei seinem Beruf gar nicht so erstaunlich wäre? Das Ergebnis bleibt immer das Gleiche: Ich werde ihn wahrscheinlich nicht wiedersehen.«

»Wahrscheinlich«, wiederholte York ihre kleine Einschränkung. »Aber du bist dir nicht sicher. Was, wenn er eines Tages doch plötzlich vor der Tür steht?«

Sie lachte kurz und hart auf. »Wie sollte ich mir sicher sein? Es gibt keine Sicherheit im Leben, nicht wahr?«

»Und wann gedenkst du, dich mal wieder auf einen Mann einzulassen?«

»Wie meinst du das? Soll ich auf Teufel komm raus einen Nachfolger für Leonhard suchen?«

»Wann hast du zuletzt mit einem Mann geschlafen?«

Sie hielt erschrocken die Luft an. York konnte sehr direkt sein. Manchmal zu direkt für ihren Geschmack.

»Ich glaube, darüber möchte ich nicht mit dir reden«, sagte sie schließlich.

»Dachte ich es mir doch!« Er tat, als hätte sie ihm eine Antwort gegeben. »Geh doch wenigstens mal wieder mit einem Mann aus. Wie wäre es denn mit dem attraktiven Pomologen?«

»Woher weißt du denn von dem?«, erkundigte Rebekka sich überrascht.

»Ich habe deinen Blog gelesen. Wenn du nicht willst, dass jemand von den Männern erfährt, die du kennenlernst, darfst du dich nicht im Internet über sie auslassen. Hatte er Interesse?«

»Nun ja, er hat mich gefragt, ob es in meinem Leben einen Mann gibt …«

»Und du hast natürlich abgeblockt«, unterbrach York sie triumphierend.

»Er sieht gut aus, er ist nett, aber ich kann doch nicht mit jedem x-beliebigen Mann …«

»Jeder Mann ist x-beliebig, bis du ihn besser kennenlernst. Hast du Angst, dich zu verlieben, und dann taucht Leonhard unverhofft wieder auf?«

»Quatsch! Ich sagte doch, dass ich nicht damit rechne. Nach zwei Jahren ist das ja wohl so gut wie ausgeschlossen. Es sei denn, er wurde entführt und war die ganze Zeit irgendwo eingesperrt. Und wer sollte das tun, ohne Lösegeldforderung oder irgendeine Art von Erpressung? Also kommt er nicht wieder. Punkt!« All die Gedanken, die ihr in den Monaten nach Leonhards Verschwinden in langen Nächten wieder und wieder durch den Kopf gegangen waren, kamen ihr auch heute noch flüssig über die Lippen wie ein oft eingeübter Vortrag.

»Und du bist frei für einen neuen Mann«, stellte York zufrieden fest. »Erst recht, falls der feige Kerl zwei Monate vor eurer geplanten Hochzeit einfach das Weite gesucht hat, ohne auch nur mit dir zu reden. Versprich mir, dass du die nächste Einladung annimmst, die du von einem einigermaßen akzeptablen Mann bekommst!«

»Wieso sollte ich? Einigermaßen akzeptabel ist noch lange nicht gut.«

»Es geht nur darum, dich sozusagen wieder auf den Markt zu werfen. Du sollst den Mann nicht gleich heiraten. Du musst nicht mal mit ihm ins Bett gehen. Es sei denn, du hast Lust dazu.«

»Auf den Markt werfen!« Rebekka schnalzte verächtlich mit der Zunge. »Wenn ich das höre, werde ich vielleicht doch lieber eine wunderliche alte Frau mit Katze.« Sie warf dem Kater, der es sich neben ihr auf dem Sofa bequem gemacht hatte, einen fast liebevollen Blick zu.

York lachte. »Versprich es mir! Die nächste Einladung nimmst du an!«

Da sie ihren besten Freund lange genug kannte, wusste sie, dass er nicht eher Ruhe geben würde, als bis sie nachgab. »Na gut. Dann kann ich nur hoffen, dass der Typ, wer auch immer es ist, ein anständiges Restaurant vorschlägt.« Die Gefahr, dass sie tatsächlich ihr Versprechen einhalten musste, war ohnehin äußerst gering. Erstens trauten die meisten Männer sich nicht, ohne dass die Frau ihnen goldene Brücken baute, ihr Interesse kundzutun, und zweitens war ihr in Bradehusen außer Jens Klar noch kein Mann begegnet, der auch nur im Geringsten infrage gekommen wäre.

»Einladungen in die nächste Würstchenbude musst du nicht annehmen«, zeigte York sich großzügig.

Bei der Erinnerung daran, wie ausgerechnet York, der nicht gerade ein leuchtendes Beispiel für funktionierende Beziehungen war, während dieses Telefongesprächs versucht hatte, sie dazu zu bringen, sich wieder für Männer zu interessieren, musste sie grinsen.

Nachdem sie sich ein weiteres Gläschen von dem köstlichen

Apfellikör eingegossen hatte, zog sie den Karton mit Lydias Nachlass neben den Couchtisch. Das Chaos aus einzelnen Zetteln, lose herumliegenden Fotos, Notizbüchern und geöffneten Briefumschlägen hatte sie beim ersten Anblick erschreckt. Wie sollte sie nur Ordnung in dieses Durcheinander bringen? Jetzt holte sie tief Luft und fischte entschlossen einen Zettel aus dem Karton.

Knusprige Bratkartoffeln mit Apfelrotkraut lautete die Überschrift. Das Rezept war keine Sensation, aber es machte ihr Mut. Zwar würde sie eine Menge Zeit brauchen, um den Inhalt der Schachtel durchzusehen, aber der Aufwand konnte sich lohnen.

Mit beiden Händen schaufelte sie einen Stapel loser Blätter und Fotos direkt auf den Tisch vor sich und begann damit, sie zu sortieren, nachdem sie zuvor noch einmal am Apfellikör genippt hatte.

13. kapitel

Es mochten zwei Stunden vergangen sein, als Rebekka sich mit einem Stöhnen gegen die Lehne des Sofas zurückfallen ließ. Sie war so vertieft in den Inhalt des Kartons gewesen, dass sie gar nicht bemerkt hatte, wann diese Kopfschmerzen begonnen hatten. Jetzt pochte es jedoch so heftig in ihren Schläfen, dass sie es einfach nicht mehr ignorieren konnte. Zudem spürte sie eine so gewaltige Müdigkeit, dass sie kaum noch die Augen offen halten konnte. Es wurde höchste Zeit, ins Bett zu gehen.

Sie strich sich über die Stirn, atmete tief durch und legte dann die Stapel aufeinander, die sie auf dem Tisch aus Lydias Notizen und Fotos gemacht hatte. Diese bereits geordneten Unterlagen verstaute sie sorgfältig auf einer Seite des Kartons, nachdem sie die ungeordneten Zettel und Bilder auf der anderen Seite zusammengeschoben hatte.

In letzter Zeit hatte sie sich angewöhnt, ihre Wertgegenstände nachts in dem alten Eichenschrank zu verstauen, der im Gegensatz zu seinem Zwilling in der anderen Ecke des Zimmers leer war. In diesem anderen Schrank hatte Friedrich Damann die Erbstücke von Lydia eingeschlossen, über deren Verbleib er später entscheiden wollte. Den Schlüssel hatte er abgezogen und offenbar mitgenommen.

Der zweite Schrank stand Rebekka zur Verfügung. Dort hinein legte sie jetzt ihren Laptop und die Kladden, in denen sie Ideen und Entwürfe notierte. In dem großen Fach unten war genug Platz für den Pappkarton mit Lydias Nachlass. Sie schloss die Tür, drehte den Schlüssel um und zog ihn ab.

Der Schrank war äußerst solide gebaut, mit massiven Holzwänden und -türen und festen Eisenbeschlägen. Auf jeden Fall würde es einige Mühe kosten, die Türen aufzustemmen. Seit sie in jener Nacht Geräusche im Haus gehört hatte, schlief sie ruhiger, wenn sie die wenigen Dinge, die ihr wirklich wichtig waren, in Sicherheit wusste.

Nachdem das erledigt war, ging sie vor Müdigkeit wankend zur Tür und hinaus in die Diele. Jamie war direkt neben ihr. Sie musste ihn hinaus in den Garten schicken und sich dabei vergewissern, dass die Türen nach draußen abgeschlossen waren. Doch der Weg zur Haustür erschien ihr unendlich weit. Ganz abgesehen von der Tatsache, dass sie nicht die Kraft hatte, den Kater wie üblich mehrmals aufzufordern, das Haus zu verlassen.

Stattdessen erklomm sie die schmale Treppe ins Obergeschoss, putzte sich im Bad flüchtig die Zähne und warf sich etwas Wasser ins Gesicht. Im Schlafzimmer streifte sie ihre Kleidung ab und ließ sich aufs Bett fallen.

Der frische Geruch der Bettwäsche, die sie am Vortag im Garten unter den Apfelbäumen getrocknet hatte, tat ihr gut. Sie rollte sich auf die Seite, schaffte es, sich die Decke wenigstens über die Beine zu ziehen, und versank im nächsten Moment in einen unruhigen Halbschlaf, in dem sie zu spüren meinte, wie das Bett unter ihr schaukelte, sich das Zimmer mit ihr drehte und im Garten ein Käuzchen rief.

Hinter ihren geschlossenen Lidern zogen wirre Bilder vorbei. Eine Landschaft im Nebel mit roten und grünen Äpfeln an den Bäumen und üppig blühendem Lavendel, der hinter den dichten Nebelschwaden nur ganz schwach blau leuchtete. Der Ruf des Käuzchens hallte in ihrem Kopf wider. Dann hörte sie ein fernes Knarren, Schritte auf dem Dielenboden und schließlich Jamies lautes Mauzen.

Sie kämpfte gegen den Schlaf an, und es gelang ihr tatsächlich, ihre bleischweren Lider zu öffnen. Im Licht der Nachttischlampe, die sie nicht gelöscht hatte, sah sie den Kater laut mauzend vor der geschlossenen Zimmertür stehen. Jetzt kratzte er sogar am Holz.

»Ich kann nicht, Jamie«, flüsterte sie. »Tut mir leid. Du kannst nicht raus.«

Als sie ein Gewicht auf ihren Beinen spürte, zuckte sie zusammen und riss erneut die Augen auf. Der Kater war aufs Bett gesprungen und zupfte mit seinen Krallen an der Decke.

»Geh weg! Ich kann dir nicht helfen.« Nie wieder würde sie Alkohol trinken, jedenfalls keinen selbst gemachten Likör!

Mit diesem Gedanken versank sie erneut in ihre wirren Träume. Jetzt hüpfte ein böse kichernder Kobold zwischen den Apfelbäumen umher. Durch den Nebel brach die Sonne, und Tautropfen funkelten in ihren Strahlen.

Der Kobold machte einen Sprung und landete auf ihrer Brust, sodass sie rückwärts ins Gras fiel und hinauf ins Geäst der Bäume schaute. Das Gewicht auf ihrer Lunge machte ihr das Atmen schwer. Sie schlug mit den Armen um sich und hörte ein lautes Fauchen. Der Kobold verwandelte sich in eine schwarze Katze.

Jamie saß auf ihrer Brust und mauzte ihr mitten ins Gesicht. Mit letzter Kraft schob sie ihn von sich herunter, drehte sich zur Wand und schmiegte ihre pochende Schläfe fest gegen die kühle Baumwolle des Kissenbezugs.

»Lass mich in Ruhe«, murmelte sie und versank erneut in den Wellen des Schlafs. Dieses Mal so tief, dass weder wirre Bilder noch störende Geräusche sie erreichten.

Als Rebekka erwachte, lag ihre Zunge wie ein rissiger, ausgetrockneter Schwamm in ihrem Mund und fühlte sich so dick an, als würde sie nie wieder zum Sprechen taugen. Ihr Kopf tat nur noch ein bisschen weh, war aber immer noch seltsam vernebelt. Eine leichte Übelkeit quälte sie, aber wenigstens konnte sie problemlos die Augen öffnen.

Vorsichtig drehte sie sich im Bett um, doch nichts schaukelte oder wankte. Offenbar war sie wieder nüchtern. Beim Gedanken daran, dass sie sich am Vorabend mit ein paar Gläsern Likör ins Aus geschossen hatte, schlug sie sich die Hände vors Gesicht. Wie peinlich!

Sie hatte es sich zur Regel gemacht, niemals allein zu trinken. Den Likör, den Gesine allerdings als vollkommen harmlos bezeichnet hatte, hatte sie gar nicht für voll genommen. Möglicherweise war ein solcher Apfellikör für die trinkfeste Bevölkerung von Bradehusen, die sie beim Treffen der Landfrauen kennengelernt hatte, tatsächlich harmlos. Was die Sache für sie nicht besser machte. Sie musste in Zukunft vorsichtiger mit Alkohol sein, so viel stand fest.

Langsam richtete sie sich im Bett auf und stellte fest, dass die Sonne schon ziemlich hoch am Himmel stand. Jamie saß auf dem Fensterbrett und sah hinaus in den Garten. Obwohl er sicher mitbekommen hatte, dass sie aufgewacht war, ignorierte er sie.

Jetzt fiel ihr ein, dass er nachts dringend hinausgewollt hatte. Ihm war sicher ein Malheur passiert, und deshalb tat er so, als sei er gar nicht anwesend.

»Du kannst nichts dafür«, murmelte sie. »Meine Schuld. Du hast dich ja gemeldet.«

Suchend sah sie sich im Zimmer um, entdeckte aber auf den ersten Blick weder einen Haufen noch eine Pfütze. Wahrscheinlich hatte er die Peinlichkeit in irgendeiner Ecke verrichtet, wo sie nicht sofort ins Auge fiel. Nachdem sie jedoch erfolglos das ganze Zimmer abgesucht hatte und sogar auf den Knien vor dem Bett herumgerutscht war, betrachtete sie kopfschüttelnd den Kater, der ihr immer noch den Rücken zuwandte und regungslos hinunter in den Garten sah.

»Was wolltest du denn so dringend? Hattest du einfach nur keine Lust mehr, drinnen zu sein? Wollest du im Dorf herumlaufen und konntest nicht? Streuner bleibt Streuner, nicht wahr?«

Ohne sie eines Blickes zur würdigen, sprang Jamie vom Fensterbrett und ging zur Tür. Dort blieb er stehen und starrte die Klinke an. Offensichtlich war der Kater ihr böse, weil sie ihn nicht nach Lust und Laune ins Haus herein- und wieder hinausließ.

Na gut, das konnte sie auch. Indem sie ebenfalls so tat, als wäre sie vollkommen allein, öffnete sie die Tür und verließ das Schlafzimmer. Dabei gab sie vor, gar nicht zu bemerken, dass ein gewisser Kater mit ihr in den Flur gehuscht war, von wo er zielstrebig zur Treppe lief und in Richtung Erdgeschoss verschwand.

Sie selbst ging zunächst ins Bad, um sich die Zähne zu putzen. Außerdem brauchte sie dringend eine Dusche, doch die musste noch ein paar Minuten warten, weil es vernünftiger war, ihre Missachtung des beleidigten Katers jetzt aufzugeben. Inzwischen musste das Tier sicher dringend ins Freie, sonst passierte garantiert ein Malheur.

Auf Strümpfen eilte sie die Treppe hinunter. In der Diele war von Jamie nichts zu sehen. Wahrscheinlich wartete er vor der Hintertür.

Sie spürte den kalten Luftzug, schon bevor sie die Küche betrat. Entsetzt sah sie sich um. Die Tür zum Garten stand einen Spaltbreit offen, während einige Schranktüren und Schubladen weit aufgerissen waren. Auf der Arbeitsplatte waren in buntem Durcheinander sämtliche Töpfe und Schüsseln aufgereiht, die am Vorabend noch ordentlich in den Schränken gestanden hatten. Alles deutete darauf hin, dass nachts jemand ins Haus eingedrungen war und nach irgendetwas gesucht hatte.

Als die Hintertür weiter aufschwang, zuckte sie zusammen. Es war jedoch nur Jamie, der der Tür geschickt einen Stoß versetzt hatte. Jetzt stand er auf der Schwelle, drehte sich zu ihr um und mauzte laut.

»Nun geh schon raus!«, forderte sie ihn auf. »Du hast doch sicher ein oder zwei dringende Geschäfte zu erledigen.«

Der Kater blieb jedoch stehen und stieß erneut einen lauten Ton aus.

»Raus jetzt!« Mit großen Schritten durchquerte Rebekka die Küche, um die Hintertür zu schließen. Dabei schob sie Jamie mit sanfter Gewalt in den sonnigen Garten. Von draußen hörte sie ihn noch einmal mauzen, dann war endlich Ruhe.

Das Schloss war funktionsfähig, und der Schlüssel ließ sich ebenso leicht wie vorher umdrehen. Wie hatte der Eindringling die Tür geöffnet, ohne das Schloss zu zerstören? Oder war die Tür gar nicht abgeschlossen gewesen? Schließlich hatte sie sich nicht wie sonst vor dem Schlafengehen vergewissert, weil sie so furchtbar müde gewesen war.

Mit angehaltenem Atem ging sie hinüber ins Wohnzimmer. Sie war sicher, dass niemand mehr im Haus war. Die Nacht war vorbei, die Sonne stand hoch am Himmel – und da sie so lange geschlafen hatte, war nun wirklich genug Zeit gewesen, die untere Etage vollkommen auf den Kopf zu stellen.

Auch das Wohnzimmer war zweifellos durchsucht worden. Die Schreibtischschubladen standen auf, die Polster des Sofas waren offensichtlich alle hochgehoben und nachlässig wieder zurückgelegt worden.

Die beiden Eichenschränke sahen allerdings unangetastet aus. Sicherheitshalber schloss Rebekka den Schrank, zu dem sie den

Schlüssel besaß, auf und schaute nach. Im unteren Fach stand der geschlossene Karton, noch immer bis oben mit Papieren, Notizbüchern und Fotos gefüllt. Auch ihr Notebook und ihre Notizbücher waren noch da. Sie schloss die Tür wieder ab, verwahrte den Schlüssel in ihrer Hosentasche und griff nach dem Telefon, um die Polizei anzurufen.

Garsen brauchte drei ganze Stunden, um endlich bei ihr aufzutauchen. Während dieser langen Wartezeit starrten die offenen Küchenschränke und die klaffenden Schubladen, die sie aus Beweisgründen nicht angerührt hatte, Rebekka schadenfroh an. Als der Kommissar an ihrer Tür klingelte, wirkte er seltsam zerknittert, als hätte er schlecht geschlafen – noch dazu in seiner Kleidung. Die Falten um die Augen und den Mund schienen tiefer zu sein als sonst, und seine Haare sahen aus, als hätte er sie sich seit dem Aufstehen ununterbrochen gerauft.

»Ich denke, der Fall ist schon geklärt«, teilte er ihr anstelle einer Begrüßung mit. »Ich habe mich bereits in der Nachbarschaft umgehört.«

»Ist dort auch eingebrochen worden?« Aus irgendeinem Grund hätte es Rebekka beruhigt, wenn andere Häuser in der Gegend ebenfalls betroffen gewesen wären.

Doch Garsen schüttelte den Kopf. »Nein, aber einer der Bauern hier in der Straße konnte mir den entscheidenden Hinweis geben. Der neben Ihrer Nachbarin zur Rechten …«

»Neben Frau Holste?«

Er wischte mit einer ungeduldigen Handbewegung durch die Luft. »Der kurz vor der Kurve. Erst hat er nur Andeutungen gemacht, doch als ich nachhakte, sagte er, das sei sicher Frau Holstes behinderter Sohn gewesen. Er würde manchmal um die

Häuser herumschleichen und auch schon mal hereinkommen, um sich drinnen umzusehen, selbst wenn gerade niemand da sei. Der Bauer hat ihn heute Nacht, als er nicht schlafen konnte und im Garten eine Zigarette geraucht hat, auf der Straße hier vor dem Grundstück gesehen. Damit ist die Sache ja wohl klar.« Trotz seines desolaten Zustands sah Garsen sie zufrieden an, als hätte er den Fall in mühsamer Kleinarbeit geklärt.

»Casjen soll hier alles durchsucht haben? Das kann ich mir nicht vorstellen! Glauben Sie nicht, dass die Einbrüche vielleicht doch mit den Morden zusammenhängen? Damit, dass der Mörder vielleicht denkt, ich hätte irgendwelche Beweise, über die ich mir womöglich selbst nicht im Klaren bin?«

Der Kommissar kniff die Augen zusammen und musterte sie, als würde er an ihrem Verstand zweifeln. »Beweise, über die Sie sich selbst nicht im Klaren sind? Was sollte das denn zum Beispiel sein?«

Zum Glück kam sie um eine Antwort herum, denn in diesem Moment klingelte es erneut an der Tür. Als sie öffnete, standen Gesine und Casjen davor.

»Stimmt es, dass bei Ihnen eingebrochen wurde?«, erkundigte Gesine sich in so strengem Ton, als sei Rebekka die einzig Schuldige an dieser Tat.

»Nun ja …« Hilfe suchend drehte Rebekka sich zu Garsen um, der in der Tür zur Diele erschienen war.

»Könnte es sein, dass Ihr Sohn gelegentlich in fremde Häuser geht und sich darin umsieht?« Der Kommissar zückte sein Tablet, als wollte er Gesines Antwort auf diese Frage sofort notieren.

Rebekka erwartete, dass Gesine wegen dieser Verdächtigung ihres Sohnes wütend wurde, aber die alte Frau atmete nur einmal tief durch und schüttelte dann bedächtig den Kopf.

»Nachts liegt Casjen in seinem Bett und schläft. Nicht wahr?«

Sie wandte sich ihrem Sohn zu und strich ihm die offensichtlich ohnehin frisch gekämmten Haare glatt.

Casjen bewegte unruhig Hände und Füße und schüttelte den Kopf, während sein Blick wie gehetzt zwischen Rebekka und dem Kommissar hin und her huschte. Er schien zu verstehen, dass über ihn gesprochen wurde, und wohl auch, dass es nichts Positives war.

»Wenn im Dorf irgendetwas passiert, soll es immer Casjen gewesen sein. Weil er eben anders ist.« Jetzt ereiferte sich Gesine doch ein wenig.

»Sie können es aber auch nicht ausschließen, dass er nachts aufsteht und im Dorf herumläuft. Oder schließen Sie ihn ein?«, erkundigte Garsen sich in gelassenem Ton.

»Natürlich nicht. Der Schlüssel steckt von innen in der Haustür. Aber ich wüsste nicht, warum er so etwas tun sollte.« Gesine zuckte mit den Schultern und packte Casjen beim Handgelenk. »Schließlich kann er Frau Frey tagsüber besuchen, so oft er will. Sie behauptet, das stört sie nicht.«

»Da nichts gestohlen wurde und wir nicht ausschließen können, dass jemand einfach nur aus Spaß hier hereinspaziert ist und ein bisschen herumgewühlt hat, werden wir den Fall auf sich beruhen lassen.« Offensichtlich war Garsen weiterhin überzeugt, dass die Unordnung in Haus auf Casjens Konto ging, wollte das aber vor Gesine nicht offen aussprechen. »Falls Sie tatsächlich nicht abgeschlossen haben, tun Sie das bitte demnächst, Frau Frey.«

»Ich denke schon, dass abgeschlossen war.« Rebekka überlegte so angestrengt, dass ihre Kopfschmerzen sich wieder meldeten. »Leider bin ich mir nicht vollkommen sicher.«

»Dann überprüfen Sie das in Zukunft vor dem Schlafengehen.« Ein strafender Blick, ein Nicken, dann war der Kommissar verschwunden.

»Haben Sie es denn nicht hier unten rumoren hören?«, erkundigte sich Gesine, die Casjen, der sich offenbar unwohl fühlte und am liebsten nach draußen verschwunden wäre, unerbittlich am Handgelenk festhielt.

»Ich … Ich habe ja geschlafen«, murmelte Rebekka.

»Und wie hat Ihnen der Likör geschmeckt?«

Rebekka zuckte zusammen. Wahrscheinlich ahnte Gesine, dass sie nichts gehört hatte, weil sie am Abend ein bisschen zu tief in die Likörflasche geschaut hatte.

»Gut. Er schmeckt sehr gut. Aber ich habe ihn nicht vertragen. Kopfschmerzen.« Sie deutete auf ihre Schläfen.

»Das kann nicht von dem Likör kommen. Der ist sehr bekömmlich«, behauptete Gesine in entschiedenem Ton. Dann verabschiedete sie sich und zog Casjen mit sich.

Als sie wieder allein war, eilte Rebekka ins Wohnzimmer und griff nach der Likörflasche, die immer noch mitten auf dem Tisch stand. Sie brachte sie in die Küche, um den Rest in den Ausguss zu leeren. Auf keinen Fall würde sie das Zeug noch einmal anrühren.

Ein erneutes Klingeln an der Haustür ließ sie verwundert in die Diele eilen. War einer von ihren Besuchern zurückgekehrt, um doch noch etwas zur Klärung der Angelegenheit beizutragen?

»Hallo, Simone«, begrüßte sie ihre Nachbarin, erfreut darüber, ein lächelndes Gesicht zu sehen.

Simone sah erst sie und dann die Flasche in ihrer Hand überrascht an. »Ist das Likör? Kann ich gerade gut gebrauchen. Ich nehme ein Glas.«

»Was ist mit dir los?« Hastig brachte Rebekka die Flasche hinter ihrem Rücken in Sicherheit. »Von dem Zeug gebe ich dir auf keinen Fall was. Möchtest du einen Kaffee?«

Wortlos marschierte Simone an ihr vorbei ins Haus und weiter in die Küche. »Ich bin wütend auf Tim«, verkündete sie dort und ließ sich auf einen der Stühle fallen. »Er hat versprochen, mich zur Ausstellungseröffnung zu begleiten, und jetzt ist er doch wieder auf Geschäftsreise gegangen. Ich weiß gar nicht, wozu ich verheiratet bin, wenn ich meinen Mann so gut wie nie zu Gesicht bekomme.«

Aha. Ganz so gut, wie sie immer vorgab, kam Simone also doch nicht mit der ständigen Abwesenheit ihres Karrieremanns zurecht. Rebekka startete ihre DeLonghi.

»Weiß er, wie wichtig es dir ist, dass er dich begleitet?«, erkundigte sie sich vorsichtig, während sie eine Tasse bereitstellte. Als sie den begehrlichen Blick sah, mit dem die Freundin die Likörflasche betrachtete, leerte sie den Inhalt rasch in die Spüle.

»Das ist doch wohl logisch!« Simone verschränkte die Arme vor der Brust, starrte ein Loch in die Luft und schien das leise Jaulen vor der Hintertür nicht zu hören. Sie war so wütend, dass sie sogar ihre kleine Hündin vergessen hatte. Im Hintergrund meckerte die Ziege Amanda.

Während der Kaffeeautomat zischend seine Arbeit tat, ließ Rebekka den Hund in die Küche. Im letzten Moment konnte sie verhindern, dass auch noch die Ziege ins Haus kam. Nachdem die kleine Sheltie-Hündin sie freudig begrüßt hatte, setzte sie sich neben die Füße ihrer Herrin, die sie einen Moment gedankenverloren ansah, um dann wieder mit leerem Blick in die Luft zu starren.

»Vielleicht solltest du Tim sagen, wie sehr es dich trifft, dass er nicht mitkommt«, schlug Rebekka vor und stellte Simone einen Cappuccino mit einer perfekten Haube aus Milchschaum hin. Endlich hatte sie Gelegenheit, ihrer neuen Freundin einen guten Kaffee anzubieten.

»Wenn er das nicht weiß, kann ich ihm auch nicht helfen.« Simone rührte den Kaffee nicht an.

»Natürlich bin ich kein Ersatz für einen gut aussehenden Ehemann, aber wenn du möchtest, begleite ich dich.«

Simone lachte kurz auf und presste dann wieder die Lippen aufeinander, als wäre sie über ihr eigenes Lachen erschrocken. »Das ist lieb von dir.«

»Vielleicht solltest du aber doch vorher noch mal mit Tim reden.« Rebekka stellte ihre eigene Tasse ebenfalls auf den Tisch und ließ sich Simone gegenüber nieder.

»Meinst du, wenn ich ihn anrufe, macht er sich sofort von Hongkong aus auf den Rückweg, um meine Werke in der Galerie zu bewundern?« Mit einem verbissenen Gesichtsausdruck schüttelte Simone den Kopf.

»Wann fahren wir morgen los?« Rebekka stand auf und schloss die letzte Schranktür, die noch offen stand. Sie würde Simone später einmal von dem Einbruch erzählen. Heute war definitiv der falsche Zeitpunkt.

»Die Ausstellungseröffnung ist um achtzehn Uhr. Ich muss sehr pünktlich da sein. Wir sollten so gegen halb fünf hier starten.« Plötzlich fielen Simone die Töpfe und Schüsseln auf, die noch auf der Arbeitsplatte standen. »Räumst du die Schränke um?«

»Das ist nur …« Rebekka zögerte. »Da ist nur jemand eingebrochen.«

»Warum sagst du denn nichts?« Plötzlich kam wieder Leben in die temperamentvolle Simone. »Meinst du, das hängt mit den Morden im Dorf zusammen?«

Rebekka schüttelte zögernd den Kopf. »Es ist nichts gestohlen worden. Und Kommissar Garsen meint, es wäre Casjen gewesen, weil ihn einer der Nachbarn angeblich nachts auf der Straße gesehen hat.« Ihr Blick fiel auf die Kaffeetasse, die noch immer unberührt vor Simone stand. »Probier doch mal!«

»Glaubst du, dass er es war?« Simone schien sich nicht im Geringsten für den perfekten Cappuccino zu interessieren. Langsam fiel der herrliche Milchschaum in sich zusammen.

»Ich weiß nicht. Wenn er bei mir im Haus ist, fasst er niemals etwas an, und schon gar nicht wühlt er in Schubladen herum. Aber wenn er tatsächlich vergangene Nacht im Dorf herumgelaufen ist … Ich bin mir nicht mal sicher, ob ich die Tür abgeschlossen habe. Er könnte also ganz leicht hereingekommen sein. Das Schloss ist jedenfalls noch in Ordnung.«

»Und wenn er es nicht war? Wenn jemand dir Angst machen wollte? Weil du so was Ähnliches wie eine Mordzeugin bist und möglichst schnell verschwinden sollst? So eine Tür wie die hier kann man mit einer Scheckkarte öffnen. Das könnte sogar ich.«

»Probier doch mal meinen Cappuccino«, wiederholte Rebekka. Am liebsten wollte sie nicht mehr darüber nachdenken, ob und warum ein möglicherweise gefährlicher Mörder im Haus gewesen war.

Gedankenverloren hob Simone die Tasse an den Mund und trank. »Wenn tatsächlich jemand hier eingebrochen ist, um dir Angst zu machen, glaubt der Mörder jedenfalls, dass du etwas weißt. Das heißt, du warst näher dran, als dir überhaupt bewusst war.« Sie stellte die Tasse zurück auf den Tisch, ohne irgendetwas zu sagen.

Rebekka starrte die Freundin enttäuscht an. Bemerkte sie tatsächlich den Unterschied zu ihrem wässrigen Filterkaffee nicht?

»Hast du Lust, mit in den *Schwan* zu kommen?«, fragte sie dann. »Da trifft sich heute der Skatklub. Das habe ich auf dem Anschlagbrett vor dem Gemeindebüro gelesen.«

»Ich fürchte, meine Skatkenntnisse sind ein kleines bisschen eingerostet.« Entschuldigend zog Simone die Schultern hoch und ließ sie wieder fallen.

»Ich kann auch nicht Skat spielen und habe auch gar nicht vor, es zu lernen. Aber es ist die beste Gelegenheit, die Männer hier im Dorf kennenzulernen.«

»Männer?« Simone starrte sie so verblüfft an, dass sie laut lachen musste.

»Genau! Männer, deren Frauen gut kochen.«

»Du willst den armen Kerlen ausgerechnet beim Skat Rezepte abschwatzen?« Simone kicherte vor sich hin. »Du schreckst ja wirklich vor nichts zurück! Glaubst du wirklich, du wirst sie beim Skatkloppen für das Thema gewinnen können?«

»Ich gehe mit einer Freundin in den *Schwan*, um ein Glas Wein zu trinken. Sollte ich dort ein paar Leute treffen, bei denen alte Familienrezepte gehortet werden, von denen sie mir ein bisschen vorschwärmen können, wenn das Gespräch darauf gelenkt wird, ist das ein netter Zufall.« Rebekka zwinkerte ihr zu.

»Na gut. Wenn du mit zur Ausstellungseröffnung kommst, kann ich ja wohl nicht anders, als dich in den *Schwan* zu begleiten. Wenn es auch eine ulkige Idee ist. Was zieht man denn zum Skat im Dorfgasthof an?«

»Mach dich hübsch. Männer, die etwas Nettes zu sehen bekommen, sind vielleicht freigiebiger mit alten Rezepten.«

Plötzlich freute Rebekka sich auf den Abend. Mit Simone hatte sie bestimmt eine Menge Spaß, ob sie nun bei dieser Gelegenheit gute Rezepte bekam oder nicht. Bevor sie sich auf den Ausflug in den *Schwan* vorbereitete, musste sie aber unbedingt noch Friedrich Damann von dem Einbruch berichten. Schließlich war er Eigentümer des Hauses und interessierte sich wahrscheinlich dafür, wer hier ein- und ausging, ohne an Türen oder Fenstern Einbruchspuren zu hinterlassen. Mittlerweile glaubte sie nicht mehr daran, dass sie die Hintertür nicht abgeschlossen hatte. Zwar überprüfte sie das sonst jeden Abend vor dem Schlafengehen, aber noch nie hatte sie dabei festgestellt, dass sie das Abschließen vergessen hatte.

Damann besaß sicher einen Zweitschlüssel. Aber sie konnte sich genauso wenig vorstellen, dass er Giftmorde in Auftrag gab, wie sie glaubte, dass er im Haus herumschlich und in Küchenschränken wühlte.

Sie wählte die Nummer, die er ihr gegeben hatte, und rechnete damit, dass sich eine Sekretärin oder Assistentin meldete. Er war aber sofort selbst am Apparat. Nachdem sie ihm den Einbruch geschildert hatte, ohne zu erwähnen, dass für die Polizei Casjen der Hauptverdächtige war, zeigte Damann sich sehr besorgt.

»Ich werde noch heute jemanden beauftragen, so schnell wie möglich neue Schlösser einzubauen und die Fenster und Türen auf ihre Einbruchsicherheit zu überprüfen und entsprechend auszurüsten.« Im Gegensatz zu Kommissar Garsen nahm er den Einbruch wenigstens ernst!

Missmutig saß er in der schon tief stehenden Sonne des langsam sterbenden Sommers. Seit Stunden mied er Rebekka und das Haus, das er immer noch als Lydias betrachtete. Zwar war ihm nach wie vor klar, dass er nur gemeinsam mit Rebekka die Dinge wieder ins Lot bringen konnte, doch nach dem, was in der vergangenen Nacht geschehen war, befand seine Hoffnung sich auf einem neuen Tiefpunkt. Und dabei war er kurz zuvor noch so sicher gewesen, dass Rebekka und er es schaffen konnten!

Trotz all seiner Bemühungen war es ihm nicht gelungen, sie zu wecken, als es so dringend nötig gewesen war. Und nachdem sie dann morgens endlich bemerkt hatte, dass jemand im Haus gewesen war, hatte sie alles Mögliche getan, nur nicht auf ihn und die Zeichen geachtet, die er versucht hatte, ihr zu geben. Er hätte ihr die richtige Spur zeigen können!

Es war ein Kreuz mit dieser Frau! Was sollte er nur tun?

Er war so in seine Gedanken versunken, dass er die Schritte hinter sich im Gras nicht wahrnahm. Die Hände, die sich nach ihm ausstreckten, bemerkte er erst, als sie schon die Haarspitzen auf seinem Rücken berührten. Nicht um ihn sanft zu streicheln, sondern um ihn zu packen, das war ihm sofort klar.

Zum Glück hatte er trotz einiger Abende auf dem Sofa und vieler guter Mahlzeiten seine Instinkte nicht vollständig verloren. Mit einer gleitenden Bewegung sprang er nach vorn und drehte sich in der Luft um, sodass er seinem Feind ins Gesicht blicken konnte. Dann fauchte er laut und ausgiebig mit geöffnetem Maul und zeigte dabei seine spitzen Zähne, bevor er rasend schnell den Stamm eines nahe stehenden Apfelbaums hinaufkletterte.

»Das ist vielleicht doch etwas übertrieben für einen Besuch im *Schwan.*« Überrascht musterte Rebekka das Outfit, in das Simone sich für den Abend geworfen hatte. »Solltest du das nicht lieber für die Ausstellungseröffnung morgen aufheben?«

»Das habe ich bei der Vernissage im Frühling getragen. Für morgen habe ich etwas Neues.« Simone, die pünktlich zur vereinbarten Zeit an Rebekkas Tür geklopft hatte, zupfte Rocksaum und Ausschnitt ihres teuer aussehenden und äußerst sexy wirkenden Kleids zurecht.

Da Rebekka ihre Nachbarin bisher nur in farbverschmierten Latzhosen gesehen hatte, war ihr nicht klar gewesen, was ihre Aufforderung, sich etwas Hübsches anzuziehen, bewirken würde. »Neben dir sehe ich wie eine graue Maus aus«, stellte sie fest, während sie die Haustür hinter sich abschloss.

»Deine Schuhe sind toll«, bemerkte Simone freundlich, nachdem sie Rebekka in ihren grauen Jeans, mit der schwarzen Lederjacke und den hochhackigen Ankle Boots genau betrachtet hatte. »Und die hochgesteckten Haare stehen dir toll.«

»Mit einem Wort: Wir sehen beide einfach klasse aus«, stellte Rebekka fest. Dann prusteten sie gleichzeitig los wie zwei Teenager auf dem Weg zum samstäglichen Clubbesuch. Ein bisschen fühlte Rebekka sich tatsächlich so, als würde sie endlich mal wieder nur zum Spaß ausgehen. Es war ohnehin ein ziemlich verrückter Plan, einer wahrscheinlich ausschließlich aus Männern bestehenden Skatrunde die Rezepte ihrer Frauen entlocken zu wollen. Wie das genau funktionieren sollte, hatte sie sich noch gar nicht überlegt. Jetzt aber war es ihr fast egal, ob sie mit diesem Unterfangen Erfolg haben würde. Sie wollte sich einfach mit ihrer neuen Freundin amüsieren. Was dann geschah, würden sie gemeinsam herausfinden.

Immer noch lachend hakte Rebekka sich bei Simone unter, und sie machten sich auf den Weg. Der Spätsommerabend war mild und klar und duftete nach reifen Äpfeln.

Als sie die Tür zur Gaststube öffneten, war es, als würden sie eine andere Welt betreten. Im Raum war es trotz der eingeschalteten Deckenlampen dämmerig, unter der Decke hingen dichte Rauchschwaden.

»Ich glaube, wir haben uns ganz umsonst Mühe mit unserem Outfit gegeben.« Simone wedelte mit der Hand durch die Luft, als könnte sie dadurch die Sicht verbessern. Dann ging sie zielstrebig zur Theke, hinter der das Mädchen mit dem Piercing lehnte und in einer Zeitschrift blätterte. Aus der altmodischen Musikbox verkündete ein Sänger laut und blechern, welch eine Hölle seine verschmähten Gefühle für ihn darstellten.

»Ich hätte gern einen Moscow Mule«, gab Simone mit einem strahlenden Lächeln ihre Bestellung auf.

»Ham wir nicht«, erklärte die junge Frau, ohne von ihrer Lektüre aufzusehen. »Es gibt Bier und Schnaps und Wein.«

»Und ein Damengedeck«, mischte Rebekka sich ein. »Wenn du tapfer bist, solltest du das probieren, Simone.«

Da Simone bereits von Rebekkas Erfahrungen beim Treffen der Landfrauen gehört hatte, entschied sie sich für ein Bier.

Rebekka, die nach ihren Apfellikör-Erfahrungen beschlossen hatte, bis auf Weiteres keinen Alkohol anzurühren, bestellte ein Mineralwasser.

Nachdem sie ihre Getränke bekommen hatten, sahen sie sich ein wenig ratlos um. Außer ihnen waren ausschließlich Männer da, die die neu angekommenen Gäste vollkommen ignorierten, so sehr waren sie ins Kartenspiel vertieft. Die etwa zwanzig Anwesenden spielten mit einer Ernsthaftigkeit Skat, als hinge ihr Leben davon ab. Auf allen Tischen standen Bier- und Schnapsgläser, und in den Aschenbechern qualmten zahlreiche Zigaretten vor sich hin. Das Rauchverbot in Gaststätten schien hier zumindest an diesem Abend nicht zu gelten.

Ab und zu schwollen an einem der Tische die Stimmen an, wenn einer der Männer mit Schwung eine Karte auf die Holzplatte knallte und sein Tun mit triumphierendem Gelächter untermalte.

»Null ouvert«, brüllte gerade einer der Männer. Er war etwa im Alter von Fedder Alert und Heinz Kramer, und Rebekka fragte sich, ob die beiden Toten auch jeden Freitag hierher zum Skat gekommen waren. Kurz entschlossen ging sie zu dem Tisch, an dem der Endsiebziger soeben all seine Karten offen vor sich ausbreitete. Seine beiden Mitspieler begutachteten sein Blatt so intensiv, als wollten sie sich dieses Bild für den Rest ihres Lebens einprägen – auch wenn das angesichts ihres Alters und des Dorfes, in dem sie lebten, vielleicht nicht mehr allzu lange sein würde.

»Guten Abend«, grüßte Rebekka höflich. »Dürfen wir zusehen?«

Die Männer hoben die Köpfe und musterten sie erstaunt. »Zusehen?«, vergewisserte sich ein Glatzkopf mit wenigen Restzähnen. »Könn'n Sie denn Skat?«

»In Grundzügen«, behauptete Simone, und Rebekka nickte vage. Irgendwann hatte sie die Regeln dieses Spiels zumindest teilweise beherrscht.

»Aber ruhig sein«, befahl der Mann mit den offenen Karten streng und deutete auf die freien Stühle am Tischende.

Stumm ließen Rebekka und Simone sich mit ihren Gläsern nieder. »Meinst du tatsächlich, das mit den Rezepten könnte was werden?«, flüsterte Simone skeptisch.

»Ruhe!« Der Glatzkopf warf ihnen einen tödlichen Blick zu, und sie schwiegen gehorsam. Selbst aus der Nähe interessierten Simones Dekolleté und Rebekkas elegant hochgesteckte Haare die Männer weit weniger als ihr Spiel.

Der Alte, der mit offenen Karten spielte, wischte gerade wütend alle Karten vom Tisch, während sich seine beiden Mitspieler vor Freude auf die Schenkel klopften.

»Aber Sie haben doch wenigstens einen Stich bekommen«, versuchte Rebekka eine Kommunikation in Gang zu bringen. Immerhin kannte sie sich so weit mit Kartenspielen aus, dass sie wusste, was ein Stich war. Komischerweise versuchten jetzt alle drei Männer, sie mit ihren Blicken zu töten.

»Null ouvert«, erklärte ihr Simone mit sanfter Stimme. »Das heißt, man möchte keinen einzigen Stich haben.«

»Oh. Darf ich Ihnen dann eine Runde ausgeben? Zum Trost sozusagen, und für die anderen Herren, um Ihren Sieg zu feiern.« Was bei den Landfrauen funktioniert hatte, war hier wahrscheinlich auch nicht verkehrt.

»Frauen am Tisch bringen Unglück«, behauptete der Verlierer missmutig und bückte sich laut ächzend, um die Karten wieder aufzusammeln.

»Nur weil manche Frauen besser Skat spielen als viele Männer.« Herausfordernd musterte Simone die Männer einen nach dem anderen. Zuletzt war der Alte dran, der gerade wieder mühsam seinen Kopf über die Tischkante schob.

Eine Weile herrschte ratloses Schweigen. Die Skatspieler sahen erst einander an und betrachteten dann Simone, als müssten sie befürchten, eine Außerirdische vor sich zu haben.

»Sie können Skat spielen?« Der Glatzkopf schien der Wortführer zu sein.

Simone nickte wortlos.

»Und Sie fordern uns heraus?«

Wieder nickte Simone. »Sagen wir der Einfachheit halber zehn Runden? Wer nimmt es mit mir auf? Und was soll der Einsatz sein?«

Rebekka wagte kaum zu atmen, während sie die Szene verfolgte.

»Wir spielen um einen halben Cent pro Punkt. Da kommt ganz schön was zusammen. Das wagen Sie nicht, stimmt's?« Der Alte, der sein Nullspiel verloren hatte, grinste triumphierend.

»Die paar Cent sind mir als Preis nicht genug.« Simone machte eine wegwerfende Handbewegung. »Ich möchte Ihre Lieblingsrezepte.«

Fast hätte Rebekka laut aufgelacht. Darauf musste man erst mal kommen!

»Lieblingsrezepte?«, erkundigte sich der dritte Mann am Tisch, der bisher stumm gewesen war, und schob seine Brille mit der Spitze des Zeigefingers auf dem Nasenrücken hoch. »Ich kann nich kochen, und ich kenn auch keine Rezepte.«

»Wer kocht für Sie?« Simone betrachtete ihn mit einem sanften Lächeln.

»Meine Frau natürlich.«

»Und was kann Ihre Frau besonders gut kochen?«

»Ich mag gern Ochsenschwanz mit Gemüse«, mischte sich der Glatzkopf ein. »Geschmort.«

»Wenn ich gewinne, liefern Sie alle drei Ihr Lieblingsrezept bei meiner Freundin hier ab«, verkündete Simone energisch.

»Is sowieso egal. Als ob uns 'ne Frau besiegen könnte.« Der Verlierer der letzten Runde schüttelte den Kopf. »Und was bekommen wir, wenn wir gewinnen, was ja nu passieren wird?«

»Mein Einsatz ist …« Hilfesuchend sah Simone sich um. Rebekka war ebenso ratlos. »Eine Runde?«

»Wenn Sie verlier'n, geh'n Sie mit Hannes auf die Hochzeit von Lisa und Florian. Sie sitzen am Tisch neben ihm und tanzen mit ihm. Nich, Hannes, das wär doch was?« Der Glatzkopf sah den Schweiger namens Hannes erwartungsvoll an.

Der wurde rot und wand sich verlegen. »Ich weiß nich.«

»Das kannst du nicht machen, Simone«, mischte Rebekka sich in die Verhandlungen ein. »Schließlich bist du verheiratet.«

»Ich werde ja nicht verlieren. Außerdem glaube ich nicht, dass Tim vor Eifersucht außer sich geraten wird. Dazu hat der Arme gar keine Zeit.« Simone leckte sich über die Oberlippe und fragte dann in die Runde: »Wer spielt nun mit, und wer gibt?«

Da Rebekka die Regeln nicht kannte, war sie auf die Mienen der Mitspieler und die Menge der Karten, die jemand vor sich aufstapelte, angewiesen, um zu erahnen, wie das Spiel lief.

Simone wirkte ruhig und heiter. In einem der Spiele bekam sie nur einen einzigen Stich, obwohl sie nichts von Null gesagt hatte.

»So eine Bauernhochzeit ist sicher ganz spaßig«, sagte sie nach mehreren Runden, als sie mit dem Verteilen der Karten dran war. »Meine Freundin Rebekka kommt sicher auch gern mit.«

Das musste sie wohl tun, wenn Simone sich schon derart für ein paar Rezepte einsetzte. Rebekka trank mit einem Zug ihr Mineralwasser aus. Vielleicht war eine Hochzeitsfeier hier im Dorf in kulinarischer Hinsicht gar nicht so uninteressant. Sie könnte in ihrem Blog darüber schreiben und …

»Das war's dann wohl.« Simones helles Lachen riss sie aus ihren Gedanken. »Am besten geben Sie die Rezepte in den nächsten Tagen hier im *Schwan* ab, dann können wir sie bei Gelegenheit abholen. – Ich geb trotzdem eine Runde aus.« Sie nahm ihr leeres Bierglas und marschierte zur Theke. Die Männer und Rebekka sahen ihr sprachlos hinterher.

»Hat sie gemogelt?«, erkundigte der Glatzkopf sich im Flüsterton bei den anderen beiden Männern.

»Nee.« Der wortkarge Hannes schüttelte entschieden den Kopf. »Die kann das. Vielleicht … Ich mein, wir sind inzwischen ja schon ganz schön wenige geworden. Vielleicht, wenn wir sie fragen, ob sie beitreten will …«

»Das is nich dein Ernst!« Der Glatzkopf blies empört die Wangen auf und sah Rebekka, die versuchte so zu tun, als wäre sie taub und stumm und sowieso überhaupt nicht anwesend, von der Seite an. »Wir sind ein *Männer*-Klub!«

»Ich dachte ja nur«, murmelte Hannes vor sich hin.

»Stimmt aber tatsächlich, dass unsere Mitglieder wie die Fliegen wegsterben. Drei Stück war'n das dieses Jahr schon. Und alle so plötzlich. In einer Woche spielen sie hier noch mit uns, und in der nächsten Woche liegen sie schon in der Kiste. Puff.« Der Mann mit der Brille blickte besorgt in die Runde, während Rebekka sich auf ihrem Stuhl kerzengerade aufrichtete.

»Entschuldigung.« Jetzt gelang es ihr doch nicht mehr, die Unsichtbare zu spielen. »Ich weiß nicht, ob Sie es wissen, aber ich war es, die in den letzten zwei Wochen hier im Dorf zwei Tote gefunden hat.«

»Wissen wir«, brummte der Glatzkopf und wirkte fast gelangweilt. »Weiß hier jeder. Aber die Polizei sagt, das war'n Sie nich. Sie ham die beiden nich umgebracht. Weshalb sollten Sie das auch tun?« Er deutete durch die inzwischen womöglich noch dichter gewordenen Rauchschwaden ans andere Ende des Raumes, wo sie vage den jungen Polizisten erkannte, der soeben mit Schwung eine Karte auf die Tischplatte knallte. Er war der bei Weitem Jüngste in der Gaststube. Die Skatbrüder saßen also, was Informationen über die Mordfälle betraf, an der Quelle.

»Genau. Weshalb sollte ich?« Sie nickte energisch.

»Weshalb solltest du was?«, erkundigte sich Simone, die soeben mit einem Tablett voller Biergläser zurückkehrte. Offenbar hatte sie die Sache selbst in die Hand genommen, da die Bedienung sich allenfalls im Zeitlupentempo durch die Gaststube bewegte, wenn sie überhaupt hinter ihrem Tresen hervorkam.

»Leute umbringen.«

»Na ja, manchmal fragt man sich eher, warum man bestimmte Typen *nicht* umbringt.« Simone verteilte die Biergläser auf dem Tisch und stellte auch Rebekka eins hin.

»Ich sag dann also zu meiner Frau, sie soll das Rezept für den Ochsenschwanz aufschreiben«, wechselte der Glatzkopf das Thema. »Spielschulden sind Ehrenschulden.«

»Das ist nett. Ich hole mir nächste Woche die Rezepte ab.« Als alle am Tisch die Gläser hoben, tat Rebekka es ihnen gleich und nahm einen winzigen Schluck von dem Bier. Die Schaumkrone kitzelte sie an der Nase, und der Geruch löste eine leichte Übelkeit bei ihr aus. Der Apfellikör war noch längst nicht vergessen.

»Wer ist denn dieses Jahr noch so plötzlich gestorben? Ich meine außer Herrn Alert und Herrn Kramer?« Sie hob ihre Stimme, um die Aufmerksamkeit der drei Männer, die drohte, in den großen Biergläsern zu versinken, wieder auf sich zu lenken. Sie reagierten aber nicht, nur Hannes verschluckte sich an seinem Bier und musste heftig husten, was aber die anderen nicht zu interessieren schien.

Allerdings wandte sich einer der Männer am Nachbartisch

um. Er trug eine Strickjacke mit Lederflicken an den Ellenbogen und hatte einen dichten grauen Haarschopf.

»Volkmar war der Erste. Im Februar lag er tot im Garten hinter seinem Haus. War 'ne kalte Nacht. Ist wohl umgefallen und erfroren.« Der Graukopf hatte sichtlich Freude daran, die Hiobsbotschaft an jemanden weitergeben zu können, der sie offenbar noch nicht kannte.

»Und vorher war er noch ganz gesund?« Rebekka spürte, wie ihre Kehle eng wurde. Wenn auch dieser Tod nur deshalb als natürlich betrachtet worden war, weil es sich um einen alten Mann gehandelt hatte, war das das vierte Opfer. Denn inzwischen hielt sie es für sehr wahrscheinlich, dass auch Lydia nicht einfach wegen einer Herzschwäche vor dem Kamin umgekippt war.

Sie sprang von ihrem Stuhl auf. »Ich muss nach Hause, Simone. Ein dringendes Telefongespräch …«

»Ich dachte gerade, vielleicht lassen sich die Herren vom Nachbartisch auch zu einer kurzen Runde überreden. Deren Frauen kennen doch bestimmt auch interessante Rezepte.« Simone schien enttäuscht, als Rebekka so überraschend zum Aufbruch blies.

»Tut mir leid. Aber du musst mitkommen.« Sie zerrte die Freundin von ihrem Stuhl hoch. Auf keinen Fall würde sie sie allein in dieser düsteren, verräucherten Gaststube zurücklassen, in der sich womöglich ein Mörder aufhielt. Die Anwesenheit des jungen Polizisten wirkte auf Rebekka in diesem Zusammenhang nicht sonderlich beruhigend. Der würde wahrscheinlich gar nicht bemerken, wenn ihre Freundin ermordet wurde, und der Dorfarzt würde anschließend ohnehin einen Herzanfall attestieren.

Es dauerte eine ganze Weile, bis sie Simone von ihren neuen Skatfreunden losgeeist hatte. Die Verabschiedung war lang und herzlich.

Als sie endlich draußen in der klaren Luft standen, atmete Rebekka tief durch. Über ihnen spannte sich ein beeindruckender Sternenhimmel. So viele Sterne sah man in der Stadt niemals. Allerdings hatte Rebekka in diesem Moment nicht viel Sinn für Romantik. Sie packte Simone am Arm und zerrte sie eilig die Straße entlang.

»Warum mussten wir denn so plötzlich gehen?«, beschwerte sich Simone. »Ich glaube, die hätten mich noch heute in ihren Skatklub aufgenommen, wenn ich nur ein paar mehr Runden mit ihnen gespielt hätte.«

»Du kannst dem Verein nicht beitreten!«

»Warum denn nicht? Ich spiele wirklich gern Karten, und sonst habe ich ja hier keine Möglichkeit. Tim ist fast nie zu Hause, und du bist auch bald wieder weg.« In ihren High Heels kam Simone kaum hinter Rebekka her, deren Schuhe nicht ganz so unbequem waren.

Rebekka blieb stehen und wartete, bis Simone sie eingeholt hatte. »Dieses Jahr ist außer Fedder Alert und Heinz Kramer noch einer der Männer aus dem Skatverein *ganz plötzlich und unerwartet* gestorben. Du willst doch nicht wirklich diesem Verein beitreten?«, raunte sie ihr zu.

»Ich könnte undercover ermitteln«, gab Simone im Flüsterton zurück, klang aber selbst nicht sehr überzeugt von ihrer Idee.

Rebekka setzte sich wortlos wieder in Bewegung.

»Renn nicht so! Oder glaubst du, uns könnte jemand auf offener Straße auflauern?« Simone sah sich misstrauisch um.

Auch Rebekka warf einen Blick nach hinten. Im schwachen Licht der Straßenlaternen war kein Mensch zu sehen, nur der Schatten einer Katze huschte über die Straße. »Auf jeden Fall müssen wir vorsichtig sein.«

14. kapitel

»Sie sollten ihn exhumieren lassen«, beendete Rebekka einige Minuten später ihre Ausführungen über den dritten, vollkommen unerwarteten Todesfall, den es dieses Jahr im Skatklub gegeben hatte.

»Überlassen Sie bitte mir, welche Maßnahmen ich ergreife!« Langsam schien Garsen munter zu werden. Als er sich am Telefon gemeldet hatte, war Rebekka sicher gewesen, dass er im Bett lag und schon geschlafen hatte. Was ihr aber kein schlechtes Gewissen bereitete, weil er sie zu Beginn der Ermittlungen aufgefordert hatte, ihn jederzeit anzurufen.

»Wie hieß der Mann, der so plötzlich tot umgefallen ist?«

»Volkmar irgendwas.«

»Ich kümmere mich darum«, brummte Garsen, und sie meinte zu hören, wie er auf seinem Tablet herumtippte.

»Langsam mache ich mir doch Sorgen«, fuhr sie nach einer kurzen Pause zögernd fort. »Es werden immer mehr Tote, und komischerweise scheint das nur mir aufzufallen. Ich halte es für möglich, dass auch die Frau in dem Haus, in dem ich jetzt lebe, ermordet wurde. Lydia Damann«, rutschte es ihr heraus. Bis jetzt hatte sie den Gedanken, Garsen von diesem Verdacht zu erzählen, immer wieder verworfen, weil sie befürchtete, er würde sie daraufhin für eine Verrückte halten, die überall Mord und Totschlag witterte.

»Manche alten Menschen sterben aber auch, ohne dass jemand nachgeholfen hat«, erwiderte er prompt. »Sie passt nicht ins Muster.«

»Weil sie eine Frau war?«

»Genau! Sie sehen es selbst ein!«, triumphierte der Kommissar.

»Eigentlich nicht.« Rebekka trat mit dem Telefon ans Fenster und sah hinaus in den dunklen Garten. Dann zog sie die Vorhänge zu und ließ sich auf dem Sofa nieder. Jamie, der wie aus dem Nichts neben ihr aufgetaucht war, während sie die Haustür aufgeschlossen hatte, lag auf seinem Lieblingskissen und sah ihr beim Telefonieren zu.

»Solange wir das Motiv des Mörders nicht kennen, wissen wir auch nicht, ob nur Männer als Opfer infrage kommen«, gab sie zu bedenken.

Garsen seufzte demonstrativ. »Ich werde mich erst einmal um diesen Volkmar Sowieso kümmern. Immerhin besteht die Möglichkeit, dass er eines natürlichen Todes gestorben ist.«

»Das hoffe ich«, flüsterte Rebekka vor sich hin und verabschiedete sich von dem Kommissar, der wahrscheinlich sofort wieder im Tiefschlaf versinken würde. Seine Ähnlichkeit mit Clint Eastwood war äußerst trügerisch. Garsen war weit davon entfernt, als gnadenloser Rächer durch die Prärie zu reiten.

»Glaubst du, dass Volkmar eines natürlichen Todes gestorben ist?«, wandte sie sich an Jamie, der ihre Worte mit einem leisen Mauzen beantwortete.

Nachdem sie das also in schönstem Einvernehmen zwischen sich geklärt hatten, ging Rebekka zur Tür. »Zeit zum Schlafengehen«, verkündete sie.

Sofort sprang Jamie vom Sofa und folgte ihr nach oben. Erst als er sich bereits auf dem kleinen Sessel in der Ecke des Schlafzimmers zusammengerollt hatte, fiel ihr ein, dass sie eigentlich nicht vorgehabt hatte, ihn noch einmal mit nach oben zu nehmen.

»Ich bin jetzt reich! Also, zumindest ziemlich wohlhabend.« Simone war von der Ausstellungseröffnung noch immer so aufgekratzt, dass sie keine Sekunde stillsaß, sondern ununterbrochen auf dem Beifahrersitz herumzappelte. Die drei oder vier Gläser Prosecco, die sie im Laufe des Nachmittags getrunken hatte, taten ein Übriges.

Obwohl Rebekka sich als Fahrerin ausschließlich an Orangensaft und Mineralwasser gehalten hatte, spürte auch sie noch jetzt die Aufregung, die davon ausgelöst worden war, dass die Kunstwerke ihrer Freundin zu vierstelligen Preisen weggingen wie frisch gebackene Brötchen an einem Sonntagmorgen beim einzigen Bäcker in einer Großstadt.

Die Gäste der Vernissage schienen von der Angst getrieben zu werden, keines der Werke mehr zu bekommen, wenn sie nicht auf der Stelle ihre Kreditkarten zückten. In den wohlhabenden Hamburger Vororten schien es zum guten Ton zu gehören, ein Werk der Burger zu besitzen. Man fand die Objekte originell und aussagekräftig und war sich darüber einig, dass sie sich hervorragend als Geldanlage eigneten.

Simone schien ebenso verblüfft zu sein wie Rebekka, als einer ihrer Kunden mit ihr über die politische Aussagekraft eines ihrer Outdoor-Objekte diskutieren wollte. Es handelte sich um eine alte Zinkwanne, in der sie aus einer spröden Betonfläche zarte, aus Draht geformte Blüten hatte wachsen lassen.

»Unsere Gesellschaft ist hart wie Stein, doch Menschlichkeit bahnt sich dennoch manchmal, wenn auch viel zu selten, ihren Weg«, erklärte Simone schließlich mit ernster Miene und schüttete sich mit Schwung den Rest aus ihrem Glas in den Mund. Dann tupfte sie sich ausdauernd die Lippen mit einer der kleinen Cocktailservietten ab, und Rebekka war sich sicher, dass sie dahinter ihr breites Grinsen verbarg.

Inzwischen kannte Rebekka die Künstlerin gut genug, um zu

wissen, dass die politische Aussagekraft von Drahtgeflecht das Letzte war, worüber sie bei der Arbeit in ihrem Schuppen nachdachte.

Jetzt kicherte Simone ausgelassen vor sich hin. »Hast du gehört, was Rabe gesagt hat, als ein Käufer ihn fragte, was passiert, wenn er sein neu erstandenes Kunstwerk das ganze Jahr im Garten stehen lässt?«

»Nein.«

Gregor Rabe war der geschäftstüchtige Galerist, der maßgeblich zu Simones Erfolg beigetragen hatte.

»Er hat ihm erzählt, dass die Patina, die dann entsteht, den Wert des Objekts enorm erhöhen wird«, prustete Simone und fuchtelte begeistert mit den Händen in der Luft herum. »Ich fürchte ja eher, das Ding rostet einfach vor sich hin und bricht schließlich auseinander. Aber das kann man dann natürlich als Symbol für die Vergänglichkeit alles Irdischen betrachten.«

»Es gab schon dümmere Kunstaktionen«, stellte Rebekka fest und lenkte ihren Wagen schwungvoll vor Simones Haustür. Es war besser, vorerst hier zu parken, damit die Freundin auf ihren High Heels, beschwingt vom Prosecco, sich nicht auf dem Weg zwischen den beiden Grundstücken die Beine brach.

»Ich muss sofort Tim anrufen und ihm erzählen, dass schon fast alle Stücke bei der Eröffnung verkauft worden sind. Drei Bestellungen habe ich außerdem! Kann sein, dass ich dieses Jahr mehr verdiene als er. Glaubst du, das wurmt ihn?« Plötzlich ernst sah Simone sie im dämmerigen Innenraum des Wagens fragend an.

»Es soll Männer geben, denen es etwas ausmacht, wenn ihre Frauen mehr verdienen als sie, aber eigentlich sollte das in einer ausgewogenen Beziehung keine Rolle spielen.« Rebekka fragte sich, ob das die richtige Antwort gewesen war. Offenbar war Simone schon verunsichert genug, was ihre Ehe anging. »Allerdings ist meine Erfahrung bezüglich des Lebens als Paar eher begrenzt«, schränkte sie ihre eigene Aussage ein. »Ich hatte im Lauf der Jahre zwei längere Beziehungen, und wie du siehst, haben sie ins Nichts geführt.«

Als müsste sie beweisen, dass es in ihrem Leben keinen Mann gab, deutete sie auf den Beifahrersitz, auf dem Simone saß – und versuchte nicht daran zu denken, wie oft sie in der ersten Zeit nach Leonhards spurlosem Verschwinden noch das Gefühl gehabt hatte, neben ihm im Auto zu sitzen.

»Dir ist nur noch nicht der Richtige begegnet«, behauptete Simone heiter.

Sie hatte ja keine Ahnung, wie überraschend sich der vermeintlich Richtige in Luft auflösen konnte.

»Manchmal ist man allein besser dran.« Rebekka öffnete die Fahrertür. Sie würde ihren Wagen über Nacht hier stehen lassen. In der Dunkelheit hatte sie keine Lust auf komplizierte Rangiermanöver.

»Da hast du auch wieder recht. Aber meistens bin ich doch froh, dass ich Tim habe, obwohl er so selten da ist.« Simone hüpfte schwungvoll aus dem Auto, geriet auf ihren hohen Absätzen ins Straucheln und konnte sich im letzten Moment am Kotflügel festhalten. »Aber jetzt rufe ich ihn sofort an.«

Energisch wandte sie sich ihrer Haustür zu, hinter der in diesem Moment die kleine Sheltie-Hündin ihre hohe Stimme erhob. Als hätte sie nur auf dieses Signal gewartet, fing gleich darauf Ziege Amanda im Schuppen hinter dem Haus an zu meckern.

»Ich bin wieder da, meine Süßen«, rief Simone in die Nacht und klimperte mit ihren Schlüsseln. »Wir sind jetzt reich. Morgen bekommt ihr nur Leckerbissen zu fressen!«

Als hätten sie die Ankündigung verstanden, verstärkten die beiden Tiere ihren Begrüßungslärm um einige Dezibel.

Rebekka wartete, bis ihre beschwingte Freundin im Haus verschwunden war, bevor sie quer über den Rasen zu ihrem Häuschen hinüberschlenderte. Die Nacht roch nach den letzten Blüten des Sommers, nach Äpfeln und ein kleines bisschen nach Meer. Es war ganz still, nur ein einziger Vogel zwitscherte einmal kurz, als hätte er etwas Schönes geträumt.

In weniger als zwei Wochen war ihre Zeit in Bradehusen vorbei. Trotz allem würde sie die Stille, die herrliche Luft und die Natur um sich herum vermissen.

Leider wusste sie aber auch, dass der nächtliche Frieden trügerisch war. Eilig setzte sie ihren Weg zur Hintertür von Lydias Häuschen fort und suchte beim Gehen in ihrer Clutch nach dem Schlüssel.

Ihre übliche Essenszeit war längst vorbei, und bei der Vernissage hatte es nur winzige Häppchen gegeben, durch die ihr Hunger noch größer geworden war. Nachdem sie die Hintertür sorgfältig wieder hinter sich zugesperrt hatte, beschloss sie, Toast mit Rührei und etwas Salat zu essen, und nahm zwei Eier aus dem Kühlschrank.

Als sie durch die geschlossene Tür zur Diele ein Knarren, einen lauten Schlag und Männerstimmen hörte, erstarrte sie mit der kleinen Schale in der Hand, die sie gerade aus dem Schrank geholt hatte, um die Eier darin zur verquirlen.

Die Mörder!, fuhr es ihr wie ein glühend heißer Pfeil durch den Kopf, während sie Schritt für Schritt zur Hintertür zurückwich. Sie musste hier raus! Trotz der Angst, die ihr buchstäblich den Atem nahm und dafür sorgte, dass ihre Beine sich anfühlten wie Spaghetti, die alles andere als al dente waren, wunderte sie sich, dass es sich bei den Eindringlingen um mindestens zwei Männer handelte. Aus irgendeinem Grund war sie die ganze Zeit davon ausgegangen, ein einzelner Mann oder eine Frau allein hätte die Morde begangen und würde sie jetzt beobachten oder sogar in ihr Haus eindringen.

Den Blick fest auf die Tür zur Diele geheftet, hinter der sie die Gefahr wusste, tastete sie hinter sich nach dem Türknauf, der ihr den Weg in den Garten frei machen sollte. Zu spät! Schnelle, schwere Schritte kamen direkt auf die Küche zu. Hastig wandte sie sich um, doch es gelang ihr nicht, mit ihren zitternden Fingern den Schlüssel herumzudrehen, der von innen steckte.

Sie hörte, wie hinter ihr die Küchentür aufgestoßen wurde, während sie noch verzweifelt an dem Türknauf zerrte.

»Guten Abend, Frau Frey.«

Die freundliche Stimme ließ sie mitten in der Bewegung erstarren. Langsam drehte sie sich um. »Herr Damann!«, stieß sie mit belegter Stimme hervor. »Ich dachte …«

»Hoffentlich haben wir Sie nicht erschreckt.« Damann, der wie üblich einen teuren grauen Anzug trug, betrachtete sie prüfend.

Rebekka ließ hastig die Hand sinken, die sie gerade auf ihr heftig pochendes Herz hatte pressen wollen, und schüttelte den Kopf. »Ich bin vor Angst fast gestorben«, stieß sie gleichzeitig wütend hervor. »Was machen Sie hier?«

»Es tut mir schrecklich leid.« Damann wirkte ehrlich betroffen. »Ich habe vergeblich versucht, Sie telefonisch zu erreichen, weil ich unerwartet schnell jemanden gefunden habe, der die Türen und Fenster sichern kann. Es ist mir ein Anliegen, dass Sie hier sicher sind.«

Er kam ein paar Schritte auf Rebekka zu, die instinktiv zur Seite auswich.

»Machen Sie ruhig weiter.« Die letzten Worte richtete Damann an den Mann in der blauen Latzhose, der sich mit einem Werkzeugkasten in der Hand im Hintergrund gehalten hatte.

»Das ist Herr Kriem. Er ist Spezialist für Sicherheit rund ums Haus«, stellte er den Handwerker vor. »Er hat bereits das Haustürschloss ausgetauscht, und die Fenster auf der Südseite sind schon alle mit Schlössern gesichert. Die Haustür hat jetzt einen abschließbaren Metallriegel in der Breite des Türblatts, und nun ist die Tür zum Garten dran.«

Als wartete er auf ihr Lob, sah Damann sie triumphierend an.

»Vielen Dank«, stieß Rebekka hervor, deren Herzschlag sich während der langen Rede ihres Vermieters wieder einigermaßen beruhigt hatte.

»Sie sehen blass aus«, stellte Damann fest, dessen Haut nur einen Ton heller war als der hellgraue Stoff seines Anzugs. »Wahrscheinlich sitzt Ihnen der Schreck noch in den Gliedern. Ich kann mich nur immer wieder entschuldigen.«

»Schon vergessen«, behauptete Rebekka und versuchte mit steifen Lippen ein Lächeln.

»Erlauben Sie mir, dass ich Sie zum Essen ausführe, während Herr Kriem sich um die Hintertür und die restlichen Fenster kümmert.« Damann musste die Stimme heben, um das Geräusch des Bohrers zu übertönen, den der Sicherheitsexperte soeben angeworfen hatte.

»Ich …« Ein wenig ratlos betrachtete Rebekka die Eier, die sie schon aus dem Kühlschrank geholt hatte. Sie verspürte keine große Lust, mit Damann essen zu gehen.

Plötzlich fiel ihr das Versprechen ein, das sie York gegeben hatte. Sie musste grinsen. Ob er es gelten ließ, wenn sie Damanns Einladung annahm? Galt er als »einigermaßen akzeptabler Mann«? Schließlich gab es eine Menge Frauen, die auf ältere Männer standen. Natürlich nur auf solche, die ihnen etwas bieten konnten. Damann gehörte eindeutig in diese Kategorie, wenn er sie auch wahrscheinlich aus Höflichkeit einlud und nicht, weil er Interesse an ihr als Frau hatte. Das hoffte Rebekka zumindest.

»Machen Sie mir die Freude. Sie interessieren sich für gutes

Essen, und ich kenne drei Dörfer weiter ein Restaurant, eigentlich einen Gasthof, der es mit den sogenannten Gourmettempeln in Hamburg ohne Weiteres aufnehmen kann.«

»Tatsächlich?«

Der Lärm der Bohrmaschine steigerte sich zu einem hohen Sirren, das sie an einen Besuch beim Zahnarzt erinnerte. Entschlossen legte sie die Eier zurück in den Kühlschrank. »Wenn das so ist, nehme ich die Einladung gern an. Ich bin gespannt auf diesen Gasthof!«

Nach dem Schreck, den er ihr eingejagt hatte, war er ihr eine Wiedergutmachung schuldig. Und da sie sich nach der Vernissage noch nicht umgezogen hatte, war sie sogar bereits passend als Begleiterin eines älteren Herrn im Maßanzug gekleidet.

Erst als sie in der schweren schwarzen Limousine mit den getönten Scheiben saß und Damann den Wagen die dunkle Landstraße entlangsteuerte, fiel ihr ein, was ihre Mutter über Damann herausgefunden hatte. Er hatte ein Motiv, zumindest was den Mord an Fedder Alert, vielleicht aber auch den an Heinz Kramer und an Volkmar aus dem Skatklub betraf. Sie hatte immer wieder beteuert, dass sie Damann die Morde nicht zutraute. Aber war das wirklich so? Immerhin konnte sie die Gelegenheit nutzen, mehr über das geplante Feriendorf und die Schwierigkeiten, die sich Damann dabei in den Weg stellten, herauszufinden.

Heimlich sah sie ihn von der Seite an. Im unbeleuchteten Innenraum des Autos erkannte sie nur vage die Linie seines Profils. War er womöglich tatsächlich ein Geschäftsmann, der buchstäblich über Leichen ging? Der seine Mitmenschen mit einem höflichen Lächeln ansah und dabei knallhart entschied, wer ihm im Wege war und beseitigt werden musste?

Und sie? Sie besaß kein Land in Bradehusen. Aber vielleicht glaubte er, sie hätte irgendetwas gesehen oder erfahren.

»Fahre ich Ihnen zu schnell?« Offenbar hatte Damann ihre Unruhe bemerkt.

»Nein. Das ist in Ordnung so.« Sie räusperte sich. »Wussten Sie schon, dass ich quasi Zeugin eines Mordes war, ohne irgendetwas gesehen zu haben? Eigentlich habe ich den Toten nur gefunden. Inzwischen habe ich zwei Tote gefunden. Aber ich weiß nichts, absolut nichts. Der Kriminalbeamte war schon mehrmals bei mir und hat mich befragt, aber natürlich kann ich ihm gar nichts sagen. Überhaupt nichts.« Sie lachte nervös.

»Es tut mir leid, dass Sie in Bradehusen so viele Unannehmlichkeiten haben.« Damann schien erstaunt über ihren Ausbruch.

Unannehmlichkeiten konnte man es in der Tat auch nennen, wenn man auf Schritt und Tritt über Leichen stolperte.

»Dafür können Sie ja nichts«, erwiderte sie höflich und hoffte inständig, dass sie mit diesen Worten recht hatte.

Als er von der Straße abbog und in einen kleinen Seitenweg fuhr, sah sie erschrocken aus dem Seitenfenster.

»Der Gasthof liegt etwas abgelegen«, erklärte er und schien nicht zu bemerken, dass sie hektisch nach dem Türgriff tastete.

Nach dem langen Telefongespräch mit Tim ging es Simone so gut wie schon lange nicht mehr. Ihr Mann hatte sich ehrlich über ihren Erfolg gefreut. Und er hatte sie gefragt, ob sie es einrichten könnte, sich mit ihm für einen zweiwöchigen Urlaub in der Toskana zu treffen. Er würde versuchen, das Ferienhaus in der Nähe von Florenz zu mieten, in dem sie ihre wunderbar romantischen Flitterwochen verbracht hatten. Dann würde er von Hongkong aus direkt dorthin fliegen.

Simones Herz flatterte vor Glück. Wenn sie nicht sofort jemandem davon erzählte, würde sie platzen! In ihrem tief ausgeschnittenen Cocktailkleid und den High Heels lief sie hinüber zu Rebekka. Zu ihrem Erstaunen waren alle Fenster dunkel, und niemand reagierte auf ihr Klopfen an der Hintertür. Sofort fielen ihr die Toten im Dorf ein. Rebekka ging meistens ziemlich gelassen mit der Geschichte um, in die sie hineingezogen worden war, und deshalb war Simone bisher auch gelassen geblieben. Manchmal allerdings schien ihre Freundin doch Angst zu haben. Zum Beispiel gestern Abend auf dem Rückweg vom *Schwan.* Vielleicht hatte sie gute Gründe gehabt, sich zu fürchten. Was, wenn der Mörder heute zu ihr gekommen war? Denn wo sollte sie im Dunkeln noch hingegangen sein, zumal ihr Wagen in Simones Auffahrt stand?

Simone machte kehrt. Sie beschloss, von ihrem Haus aus Rebekka auf dem Handy anzurufen. Auf dem Weg quer über das Gras, den sie in ihrer Eile wählte, sanken ihre hohen Absätze im weichen Boden ein. Leise vor sich hin fluchend bückte sie sich, um ihre Schuhe auszuziehen. Als sie sich wieder aufrichtete, stand direkt vor ihr ein großer, breitschultriger Mann. Simone schrie aus voller Kehle auf und trommelte dem fremden Kerl mit beiden Fäusten gegen die Brust. Sie war kein hilfloser alter Mann, sie würde sich nicht einfach umbringen lassen!

»Wo ist Rebekka?«, schrie sie den Mann an, der zurückwich und vergeblich versuchte, ihre wild durch die Luft wirbelnden Arme einzufangen.

»Ist ja schon gut! Beruhigen Sie sich!« Jetzt packte er sie bei den Schultern und schüttelte sie leicht. Weil seine Arme länger waren als ihre, gelang es ihr nicht mehr, ihn zu schlagen.

»Ich denke nicht dran, mich zu beruhigen!«, fauchte sie. »Wo ist Rebekka?«

»Wenn Sie die Frau meinen, die in diesem Haus wohnt – die ist mit Herrn Damann zum Essen gefahren.«

Verdutzt ließ sie die Arme sinken. Der Fremde klang nicht wie ein irrer Massenmörder. »Wer sind Sie, und warum schleichen Sie hier abends herum?«

»Daniel Kriem«, stellte er sich artig vor. »Ich habe in Herrn Damanns Auftrag neue Schlösser und Riegel an den Türen und Fenstern in diesem Haus angebracht. Jetzt wollte ich mich auf den Weg zum Gasthaus machen, um vor der Rückfahrt nach Hamburg etwas zu essen.«

Das klang vernünftig. Simone trat einen Schritt zurück und strich sich verlegen die Haare aus dem Gesicht. »Entschuldigen Sie. In diesem Dorf … hier läuft ein Mörder herum. Und ich dachte …«

»Kein Problem.« Der Mann klang amüsiert. Wahrscheinlich hielt er das mit dem Mörder für eine Ausgeburt ihrer Fantasie. »Ich gehe dann mal. Schönen Abend noch.«

Mit diesen Worten verschwand er um die Hausecke, und gleich darauf hörte sie, wie an der Straße ein Dieselmotor angelassen wurde.

Es dauerte einen Moment, bis sie sich so weit beruhigt hatte, dass sie wieder klar denken konnte. Dann fiel ihr ein, was Rebekka ihr über Damann erzählt hatte. Dass er hier in Bradehusen versuchte, Land für ein Feriendorf aufzukaufen, und dass die alten Männer, die vergiftet worden waren, sich geweigert hatten, ihm ihre Felder zu überlassen. Er hatte ein Motiv.

Und Rebekka war freiwillig zu ihm ins Auto gestiegen? Hatte sie das etwa gemacht, um herauszufinden, ob Damann tatsächlich als Mörder infrage kam? Bis jetzt hatte sie immer behauptet, sie könne sich nicht vorstellen, dass der stets so seriös wirkende Geschäftsmann solche Methoden anwandte. Was, wenn sie sich irrte?

Simone stürmte auf Strümpfen zurück zu ihrem Haus. Ihre High Heels, die sie ausgezogen hatte, bevor der fremde Mann im

Dunkeln vor ihr aufgetaucht war, vergaß sie im Gras. Sie musste Rebekka sofort anrufen!

Erst als sie eine Minute später in ihrer Tasche nach dem Smartphone kramte, fiel ihr ein, dass sie vergessen hatte, Rebekka ihr Handy zurückzugeben. Weil die Clutch ihrer Freundin so klein war, dass sie zusätzlich zu Puderdose, Lippenstift, Hausschlüssel und Taschentuch das Handy nicht darin unterbringen konnte, hatte sie Simone gebeten, es in ihrer wesentlich größeren Tasche für sie aufzubewahren.

Entsetzt starrte Simone die beiden Telefone in ihren Händen an. Was sollte sie tun? Sie konnte wohl kaum den Notruf der Polizei wählen, weil ihre Freundin mit einem Mann essen gegangen war, der vergeblich versucht hatte, ein paar Bauern ihre Felder abzukaufen.

»Simone? Was machst du denn hier?« Verdutzt sah Rebekka ihre Freundin an, die zwischen den Büschen auftauchte, kaum dass sie aus Damanns schwerem Wagen ausgestiegen war.

»Ich … ich habe noch dein Handy.« Simone wirkte vollkommen aufgelöst, während sie Rebekka das Telefon hinstreckte. Wahrscheinlich hatte sie die Aufregung der Vernissage und ihrer erstaunlichen Verkäufe noch nicht verdaut.

»Das ist lieb von dir, aber so eilig wäre das nicht gewesen. Ich habe noch gar nicht bemerkt, dass du es noch hast.« Sie schob das Smartphone in ihre Jackentasche. »Herr Damann hat mich in ein ganz wunderbares Restaurant eingeladen! Diese Kräutermischung, die die dort zum Würzen benutzen! Ich muss unbedingt herausfinden, was da drin ist. Vielen Dank, dass Sie mir dieses Restaurant gezeigt haben, Herr Damann.«

»Das war doch wohl das Mindeste, nachdem ich Ihnen einen

solchen Schreck eingejagt habe!« Ihr Vermieter, der inzwischen ebenfalls aus dem Auto gestiegen war, lachte leise und strich sich über sein dünnes Haar, das im Mondlicht silbern glänzte.

Rebekka stellte ihm Simone vor, die ihn im schwachen Licht der Haustürbeleuchtung misstrauisch anstarrte und ihm nur zögernd die Hand reichte.

»Jetzt wird es aber wirklich Zeit, dass ich mich auf den Weg nach Hause mache. Herr Kriem ist wahrscheinlich schon längst wieder in Hamburg.« Er zog sein Handy hervor und warf einen Blick darauf. Offenbar hatte der Handwerker ihm eine Nachricht geschickt. »Alle Fenster sind jetzt abschließbar, und die beiden Türen haben neue Schlösser und zusätzlich Riegel. Die Schlüssel hat er Ihnen ja schon gegeben.«

»Vielen Dank.« Rebekka klimperte mit den Sicherheitsschlüsseln. Sie kam an diesem Abend gar nicht aus den Danksagungen an Herrn Damann heraus. »Ich werde mich jetzt viel sicherer fühlen.«

Nachdem er sich verabschiedet hatte, stieg Damann in seinen Wagen, der fast lautlos die Auffahrt entlangglitt und im Dunkeln verschwand.

»Komm doch noch einen Moment mit zu mir herein«, lud Rebekka ihre Freundin ein und öffnete mit dem neuen Schlüssel das neue Schloss in der Haustür. Vielmehr waren es jetzt zwei Schlösser, weil der große Riegel auf der Innenseite auch abschließbar war.

»Stell dir vor, ich werde jetzt erst mal für zwei Wochen verreisen«, sprudelte Simone schon in der Diele heraus. »Tim hat mich gefragt, ob ich Lust habe, mit ihm unsere Hochzeitsreise in die Toskana zu wiederholen.«

»Ihm ist selbst aufgefallen, dass ihr zu wenig Zeit miteinander verbringt. Das ist schön.« Rebekka freute sich ehrlich für Simone, die so besorgt um ihre Ehe gewesen war.

»Und was machst du mit den Tieren?« Sie hatte schon Probleme, sich auf ein so selbstständiges Tier wie einen streunenden Kater einzulassen. Ein Hund und eine Ziege hätten ihre Fähigkeiten als Tierfreundin deutlich überstiegen.

»Bonnie kommt mit, und um Amanda kümmert sich einer der Bauern hier im Dorf. Das haben wir schon geklärt, bevor wir die Ziege zu uns genommen haben. Sonst könnten wir ja niemals verreisen.« Sie schüttelte den Kopf. »Ich bin vor Angst fast gestorben, als mir dieser Handwerker erzählt hat, dass du allein mit Damann unterwegs bist«, gestand Simone, als sie in der Küche waren, wo Rebekka ihren Kaffeeautomaten einschaltete.

»Du hast ihn doch jetzt auch kennengelernt. Sieht der Mann aus, als würde er als Meuchelmörder durch die Gegend schleichen?« Rebekka behielt wohlweislich für sich, dass sie einen kurzen Moment Angst vor der eigenen Courage gehabt hatte. »Ich habe die Gelegenheit genutzt, ihm auf den Zahn zu fühlen, und ich glaube nicht, dass er etwas mit den Morden zu tun hat. Er war ehrlich erstaunt, als ich ihm von den Toten erzählte, die ich seit meiner Ankunft hier gefunden habe. So ein guter Schauspieler kann er nicht sein.«

»Meinst du?« Zweifelnd sah Simone sie an.

»Meine ich. Möchtest du auch noch Kaffee? Ich mache mir einen Cappuccino, weil ich ohnehin so bald noch nicht zu Bett gehe. Erst muss ich versuchen, das Gemüse nachzukochen, das es im *Schwarzen Hirsch* gab, vorher kann ich sowieso nicht schlafen.«

»Ich trinke abends eh immer noch Kaffee. Das macht mir nichts aus.« Simones Gleichgültigkeit gegenüber Rebekkas Lieblingsgetränk erstreckte sich offenbar sogar auf seine Wirkung. Wenn man bedachte, wie dünn das Gebräu war, das Simone zubereitete, war das aber kein Wunder. »Wieso hältst du Damann denn nun für unschuldig? Nur weil er erstaunt war oder eben so getan hat?«

»Ich habe ihn nach seinen Plänen für das Feriendorf gefragt, und er hat sich furchtbar über die Bauern aufgeregt, die ihm ihre Felder nicht verkaufen wollen, obwohl sie sie selbst gar nicht bebauen. Und dann hat er noch gesagt, er hofft, dass die Erben von Fedder Alert vernünftiger sind.«

»Und das soll ein Beweis für seine Unschuld sein?« Simone starrte sie verblüfft an.

»Wenn er mit den Morden zu tun hätte, würde er nicht so offen über ein mögliches Motiv reden.« Rebekka stellte Simone einen liebevoll zubereiteten Cappuccino hin.

»Oder er macht es absichtlich, weil man glaubt, ein Mörder würde nicht offen über sein Motiv reden«, gab Simone zu bedenken.

Rebekka, die gerade nach ihrer eigenen Tasse griff, stockte und schüttelte dann entschieden den Kopf. »Er ist nicht der Täter. Das habe ich im Gefühl.«

»Hm! Der ist aber lecker!« Simone hatte von ihrem Cappuccino probiert und trug nun ein neckisches Milchbärtchen auf der Oberlippe.

»Du hast doch neulich schon einen getrunken. Da ist dir nichts aufgefallen.«

»Manchmal schmecke ich wohl nicht richtig hin, sozusagen.« Simone nippte noch einmal an ihrer Tasse und schloss dabei genießerisch die Augen.

Manche Menschen brauchten eben ein bisschen länger!

15. kapitel

Leise von sich hin summend stellte Rebekka die Teller in die altersschwache, aber immer noch funktionsfähige Geschirrspülmaschine und begann die Töpfe abzuwaschen, die sie am Abend im Spülbecken eingeweicht hatte.

Als es leise ans Fenster klopfte, sah sie erstaunt auf. »Casjen!«

Sie schob den schweren Metallriegel zurück und öffnete ihm die Hintertür. Casjen kam sie mittlerweile oft besuchen. Und meistens brachte er ihr eine Kleinigkeit mit. Einen schönen glatten Stein, ein Sträußchen wilder Blumen, die er am Straßenrand gepflückt hatte, ein leeres Schneckengehäuse und einmal sogar ein kleines Kunstwerk, das er aus einem Stück Holz geschnitzt hatte. Sie wusste nicht, was es darstellen sollte, und er konnte es ihr nicht sagen. Wenn sie es aus einem bestimmten Blickwinkel betrachtete, wirkte es wie ein schlafender Mensch. Es hätte aber auch ein gefällter Baum oder ein liegendes Tier sein können.

Das sicher mit viel Mühe bearbeitete Holzstück lag nun im Regal neben dem Küchenfenster, und manchmal nahm sie es in die Hand und strich mit den Fingerspitzen an den geschwungenen Linien entlang.

Heute brachte er ihr einen rotbackigen Apfel, den er offenbar ausgiebig poliert hatte.

»Danke, Casjen. Der ist wunderschön und schmeckt sicher toll.« Sie drehte den Apfel in den Händen, um ihm zu zeigen, wie sehr sie ihn bewunderte. Dann holte sie ein blau lasiertes Schälchen aus dem Schrank, stellte es mitten auf den Tisch und legte den Apfel hinein.

»Magst du etwas Huhn mit Gemüse? Es ist noch eine Menge übrig.« Sie hatte festgestellt, dass Casjen immer hungrig war, obwohl bei Gesine regelmäßig Essen auf den Tisch kam. Egal zu welcher Tageszeit, er hatte stets Appetit, und zwar auf alles, was sie ihm anbot. Er war kein Feinschmecker wie der Kater, aber es machte trotzdem Spaß, ihm beim Essen zuzusehen.

Während sie eine Portion in einem kleinen Topf erwärmte, saß Casjen geduldig am Tisch und wartete. Der Kater lag zusammengerollt auf seinem Schoß. Das tat er nur bei ihm.

Bevor sie Casjen das Essen auf den Teller füllte und eine kleine Menge für den Kater abzweigte, probierte Rebekka noch einmal. Irgendetwas fehlte noch, um genau den wunderbaren Geschmack zu erreichen, den das Gericht gestern Abend im *Schwarzen Hirsch* gehabt hatte.

Ein Hauch Knoblauch vielleicht oder etwas Koriander. »Es könnte auch Ingwer sein«, überlegte sie laut.

Als es an der Haustür klingelte, hob Casjen neugierig den Kopf, während Rebekka in die Diele ging, um zu öffnen.

»Guten Tag, Herr Kommissar«, begrüßte sie Garsen erstaunt. »Kommen Sie herein.« Sie deutete auf die offene Tür zur Küche.

Garsen schüttelte den Kopf. »Ich wollte Ihnen nur schnell sagen, dass wir einen Verdächtigen festgenommen haben. Uns wurde zugetragen, dass er schon lange Streit mit Fedder Alert hatte. Am besagten Tag war er bei ihm im Haus, und die Auseinandersetzung wurde so heftig, dass er Alert zu Boden stieß. Es ging um irgendwelche Fragen im Zusammenhang mit der Organisation eines Skatturniers.«

»Er hat ihn wegen eines Skatturniers umgebracht?« Rebekka war fassungslos. »Und der andere alte Mann? Der, den Casjen und ich an der Elbe gefunden haben? Er war auch im Skatklub, also könnte es sein …«

»So weit sind wir noch nicht. Der Verdächtige behauptet,

Alert hätte nach dem Sturz noch gelebt und wäre wieder aufgestanden. Er hat angeblich auch nichts mit irgendwelchen vergifteten Speisen zu tun. Aber das wäre ein seltsamer Zufall, nicht wahr?«

Rebekka schnappte nach Luft. »War er derjenige, der sich in der Küche versteckt hat, als ich kam?«

»Wir wissen noch nichts Genaues. Bis jetzt versucht er offensichtlich, möglichst wenig zuzugeben. Die Verhöre werden hoffentlich mehr ergeben.« Der Kommissar zuckte mit den Schultern.

»Hoffentlich. Und wer ist es?«

»Sie werden ihn nicht kennen. Hannes Sommer.«

»Oh doch. Ich kenne ihn!« Wie klein so ein Dorf war! »Neulich war ich bei einem Treffen des Skatklubs und habe da sogar mit ihm an einem Tisch gesessen. Er war sehr ruhig und zurückhaltend.«

Hannes, erinnerte sie sich, war derjenige gewesen, mit dem Simone auf die Bauernhochzeit hätte gehen müssen, wenn es ihr nicht gelungen wäre, die Männer beim Skat zu besiegen. Rebekka versuchte sich zu erinnern, wie Hannes Sommer reagiert hatte, als das Gespräch auf die toten Männer gekommen war, aber sie hatte nicht weiter auf ihn geachtet.

Sie beschloss, einfach froh zu sein, dass der Fall anscheinend gelöst war. »Dann wünsche ich Ihnen viel Erfolg bei der endgültigen Aufklärung der Morde.« Sie schüttelte Garsen die Hand und hoffte insgeheim, ihn nie wiederzusehen.

Nachdem Rebekka die Tür hinter Garsen geschlossen hatte, kehrte sie in die Küche zurück. Dort saß Casjen immer noch mit Jamie auf dem Schoß am Tisch. Ein Bild der Harmonie und des Friedens.

Rebekka beschloss, dass ihre letzten zwei Wochen in Bradehusen ausschließlich dem Sammeln und Ausprobieren von Rezepten gewidmet sein sollten. Von Mordgeschichten hatte sie langsam die Nase voll.

Liebe Stadtbewohner mit Sehnsucht nach ländlicher Idylle, liebe Landbewohner mit Sehnsucht nach etwas Aufregung, bisher habe ich darüber geschwiegen, doch heute, da das Rätsel gelöst scheint und die Gefahr gebannt ist, will ich es Ihnen verraten – in dem hübschen Dorf mit den reetgedeckten Häusern, den Apfelgärten und den blühenden Beeten vor den bunt angestrichenen Haustüren, in dem die Kirche den Ortsmittelpunkt bildet und jeder noch jeden kennt – hier trieb bis vor Kurzem ein Mörder sein Unwesen.

Er beging keine Morde, wie man sie aus der Stadt kennt, wo die blutverschmierten Opfer von Messerstechereien auf der Straße gefunden werden. Nein, hier geht es auch in solchen Dingen wesentlich ruhiger und gesitteter zu.

Man findet die Toten darniedergesunken in ihrer Wohnküche, vor ihrem Kamin oder auf einer Wiese, sodass zunächst niemand etwas anderes als ein stilles, unverhofftes Dahinscheiden vermutet. Und wenn die Entschlafenen dann noch um die achtzig Jahre alt sind, fällt vielleicht nur irgendwann auf, dass es in diesem Jahr ungewöhnlich viele frische Gräber auf dem Friedhof vor der kleinen Dorfkirche gibt. Doch was will man tun? Die Menschen werden immer älter, besonders in der guten Landluft und der Ruhe außerhalb der Städte. Doch eines Tages muss jeder sterben, und zu manchen Zeiten ist eben die Lebensuhr von einigen Dorfbewohnern fast gleichzeitig abgelaufen.

Ganz so war es aber doch nicht, wie sich herausstellte. Da hat jemand nachgeholfen. Mit Giftmischungen, die zu einem schnellen, stillen Tod führten.

Der Grund? Nach bisherigen Erkenntnissen der Polizei ging es um Meinungsverschiedenheiten in einem der örtlichen Vereine.

Manchmal bekommt die Idylle eben doch ein paar Risse, durch die die Grausamkeit und die Härte des Lebens hindurchschimmern, die in den Städten ohne jede Maske zu Tage treten.

Nachdem Rebekka sich ihren Artikel noch einmal durchgelesen hatte, zögerte sie, auf *Senden* zu klicken.

Als vor dem Fenster ein Schatten auftauchte und es gleich darauf an die Scheibe klopfte, hob sie den Kopf. Von draußen machte Gesine ihr ein Zeichen, das Fenster zu öffnen.

»Guten Tag, Frau Frey«, begrüßte Gesine sie höflich. Sie sagte niemals so etwas Saloppes wie *Hallo* und sprach Rebekka immer mit ihrem Nachnamen an.

»Guten Tag, Frau Holste.« Rebekka lächelte ihr zu.

»Haben Sie Casjen gesehen? Es ist Zeit zum Essen, und er ist nicht im Garten, obwohl er genau weiß, dass er nicht einfach weglaufen darf.«

»Er kann nicht weit sein. Vorhin war er mit dem Kater da hinten unter den Apfelbäumen.« Erst als der Satz heraus war, fiel ihr ein, dass sie den Kater lieber gar nicht hätte erwähnen sollen.

»Rennt er schon wieder diesem Unglücksvieh hinterher?« Gesine schien an diesem Tag milde gestimmt zu sein. Sie schüttelte nur den Kopf und betrachtete dann interessiert Rebekkas aufgeklapptes Notebook. »Schreiben Sie Rezepte auf?«

»Ich habe gerade einen Beitrag für meinen Blog verfasst.« Als sie das verständnislose Gesicht ihrer Nachbarin sah, fügte sie rasch hinzu: »Ein Blog ist eine Art Bericht über die Dinge, die man tut, die man erlebt hat oder über die man gerade nachdenkt. Ich schreibe über meine Erfahrungen hier in Bradehusen.«

»Und was haben Sie heute erfahren?« Mit ihren schmalen,

runzeligen Händen stützte Gesine sich auf das Fenstersims. Erstaunt stellte Rebekka fest, dass ihre Nachbarin langsam auftaute.

»Nun …« Rebekka zögerte, weil ihr plötzlich klar wurde, dass Gesine sich nicht unbedingt für ihre Arbeit interessierte. Wahrscheinlich hatte sie beobachtet, dass Kommissar Garsen am Vormittag bei ihr gewesen war, und wollte jetzt Näheres dazu herausfinden. Da sie in ihrem Blog darüber geschrieben hatte, konnte sie genauso gut Gesine davon erzählen.

»Jemand ist festgenommen worden, nachdem der Kommissar erfahren hat, dass es im Skatklub ernsthafte Meinungsverschiedenheiten gab. Der Verdächtige hatte mit Fedder Alert einen Streit und hat ihn dabei sogar zu Boden gestoßen.«

»Ach, das war bestimmt der Hannes. Der und der Fedder waren sich noch nie grün.« Zufrieden nickte Gesine mit dem grauen Kopf.

»Ging es immer um den Skatklub?« Ganz hinten im Garten sah Rebekka Casjen um einen der Apfelbäume herumlaufen, sagte aber nichts.

»Nicht nur. Die haben sich über alles gestritten. Ihre Felder grenzten aneinander. Der Hannes wollte die ganze Zeit sein Land an den Damann verkaufen, aber der kauft nur, wenn er alles Land bekommt, das er braucht, sonst kann er ja nichts damit anfangen. Wenn jetzt der Neffe vom Fedder den Hof erbt, verkauft der bestimmt. Der ist schließlich gar kein Bauer.«

Rebekka war verblüfft. Hatten die Morde tatsächlich etwas mit dem geplanten Feriendorf zu tun, wenn auch nicht mit Friedrich Damann? »Aber wieso hat denn vorher niemand diesen Hannes verdächtigt?«

»Wer sagt denn, dass den keiner verdächtigt hat?« Gesine schmunzelte. »Nur weil wir hier im Dorf nicht gleich zu irgendwelchen fremden Leuten rennen und denen alles erzählen, was wir wissen.« Gesine schüttelte energisch den Kopf, und Rebekka wusste, dass sie selbst auch zu diesen fremden Leuten zählte. Ebenso wie der Kommissar aus Stade.

Endlich klickte Rebekka auf *Senden.* Es kam ihr vor, als wäre dieser Blogbeitrag ihr persönlicher Abschluss mit den Mordgeschichten in Bradehusen. Ab sofort konnte sie sich wieder ausschließlich ihrer Arbeit widmen.

»Da hinten läuft übrigens Casjen herum. Der Kater scheint aber nicht bei ihm zu sein.« Rebekka klappte ihr Notebook zu. Es wurde Zeit, nach dem Huhn zu sehen. Sie versuchte immer noch, das Gericht aus dem *Schwarzen Hirsch* nachzukochen. Probeweise hatte sie nun der Marinade für das Fleisch etwas Ingwer hinzugefügt, war sich aber nicht sicher, ob das nicht zu viel des Guten sein würde.

»Besser so, nicht wahr?« Zufrieden sah Rebekka zu, wie Jamie ihre eigene Einschätzung bestätigte, indem er das Schälchen mit der verbesserten Variante des Kräutergemüses ein drittes Mal hingebungsvoll ausleckte. »Es schmeckt zwar noch nicht genau wie im *Schwarzen Hirsch,* aber immerhin schon fast.«

Der Kater wandte sich von dem blitzblanken Schälchen ab und sprang auf den Stuhl am Tisch, den Rebekka schon als seinen betrachtete, weil er sich niemals auf einen anderen setzte. Über den Tischrand hinweg richtete er den Blick auf ihren Teller.

»Tut mir leid. Mir hat es auch geschmeckt. Es ist nichts mehr übrig.« Sie wollte gerade aufstehen und das Geschirr in die Spülmaschine räumen, als ihr Handy läutete.

Wie immer, wenn der Name ihres Chefredakteurs auf dem Display erschien, bekam sie sofort ein schlechtes Gewissen. In mancherlei Hinsicht war sie Perfektionistin, doch in ihrem Beruf hatte sie lernen müssen, auch Artikel zu veröffentlichen, die sie nicht als perfekt ansah. Schließlich existierten Abgabetermine, und wenn sie jeden Artikel ein Dutzend Mal umschrieb, würde sie darüber verhungern.

»Hallo, Thilo«, begrüßte sie ihren Chef in munterem Ton. »Ich habe gerade ein neues Rezept ausprobiert, das auf jeden Fall in mein Kochbuch kommt. Wahrscheinlich werde ich es morgen im Blog vorstellen.«

»Wegen deines Blogs rufe ich an«, erwiderte Thilo Christens, ohne auf ihr lockeres Geplauder einzugehen. Thilo duzte sich zwar mit allen Redakteuren und sämtlichen freien Mitarbeitern, aber alle wussten, dass er nur wenig Geduld mit denjenigen unter ihnen hatte, die schlechte Arbeit ablieferten. Bisher war er mit Rebekkas Beiträgen immer zufrieden gewesen, doch das hieß nicht, dass es automatisch so blieb.

»*Das geht nicht!*« Er betonte jedes einzelne Wort des kurzen Satzes.

Sie zuckte zusammen. »Was genau meinst du?«

»Wir verkaufen Idylle, ein Bild vom Landleben, in dem es nicht mal Gülle auf den Feldern gibt. Und du kommst mit einem Mörder um die Ecke? Einem Massenmörder noch dazu? Nachdem du uns wochenlang mit Erzählungen von Kätzchen und Pomologen eingelullt hast!«

»Was heißt eingelullt? Ich habe geschrieben, was du wolltest. Aber nun dachte ich, wenn etwas so Spannendes passiert, sollte ich …« Sie biss sich auf die Zunge. Plötzlich wusste sie selbst nicht mehr, warum sie das getan hatte.

»Wir sind keine Tageszeitung!«, blaffte Thilo durchs Telefon. »Es ist nicht deine Aufgabe, *Spannendes* zu berichten. Und wenn in diesem Kaff die Toten in Bergen auf der Straße herumliegen – du schreibst über leckere Rezepte, die Apfelernte und die Kühe auf der Weide. Deine Leser wohnen in einem Loft in der City und sehen womöglich tagelang keinen Baum und keinen

Strauch. Sie sehnen sich nach Ruhe und Frieden. Wenn Sie über Massenmörder lesen wollen, kaufen sie sich einen skandinavischen Krimi oder die *BILD*.«

»Du hast recht. Es tut mir leid. Ich werde den Beitrag löschen und einen neuen schreiben. Ein paar Dörfer weiter gibt es ein Spitzenrestaurant, das wie ein Dorfgasthof aussieht und eigentlich auch einer ist. Dennoch wird dort sensationell gekocht. Der Koch verrät seine Rezepte nicht, aber ich bin an einem dran …«

»Der Beitrag ist bereits gelöscht«, unterbrach Thilo ihr nervöses Gerede.

»Sicher.« Rebekka seufzte resigniert. Für einen Moment hatte sie geglaubt, eine kleine Überraschung hier und da könne nicht schaden. Aber natürlich durfte sie nicht das friedliche Bild und den Eindruck zerstören, hier draußen auf dem Land könne niemandem etwas geschehen. Man war nicht nur unglaublich gesund durch all das frisch geerntete Obst und Gemüse und die klare Luft, man würde auch niemals einem Autounfall oder gar einem Gewaltverbrechen zum Opfer fallen. »Ich setze mich gleich an den Artikel über den *Schwarzen Hirsch*.«

»Gut so«, lobte Thilo sie. »Und wenn du demnächst mal wieder eine originelle Idee für ein Thema hast, ruf mich vorher an.«

»Okay.« Sie legte auf, ließ das benutzte Geschirr auf dem Tisch stehen und ging hinüber ins Wohnzimmer, um einen neuen Blogbeitrag zu schreiben.

Jamie folgte ihr einige Minuten später. Erst als sie viel später, nachdem sie ihre Arbeit am Computer erledigt hatte, in die Küche zurückkehrte, stellte sie fest, dass er ihren Teller auf dem Tisch ebenso blitzblank geleckt hatte wie seinen Napf.

»Iiiih«, rief sie angeekelt. Vom gleichen Geschirr zu essen wie eine Katze fand sie nicht gerade appetitanregend. Wollte sie das in Zukunft vermeiden, durfte sie offensichtlich ihr benutztes Geschirr nicht herumstehen lassen, wenn sie das Zimmer verließ.

In ihrer Gegenwart würde Jamie sich so etwas nie erlauben, dazu war er viel zu klug.

Wenn sie erst einmal wieder zu Hause war, konnte sie ihren halb vollen Teller so lange auf dem Tisch stehen lassen, wie sie wollte – zweifellos einer der vielen Vorteile eines Lebens ohne Haustier.

Er saß in den wärmenden Strahlen der Herbstsonne hinter dem Haus von Fedder Alert. Wie alle Gärten im Dorf kannte er auch diesen gut. In der Ecke neben der Hintertür hatte Fedders Frau früher Gemüse angebaut; nicht weit davon entfernt lag das längst verwilderte Blumenbeet, das sie so liebevoll gehegt und gepflegt hatte, und in der Mitte des Gartens standen die Apfelbäume, deren Äste sich unter der Last der Früchte bogen, mit dem struppigen Gras darunter, um das sich nun auch niemand mehr kümmerte.

Seine Erfahrung hatte ihm gezeigt, dass Häuser meistens nicht leer blieben. Wenn ein Bewohner weggetragen wurde oder auf irgendeine andere Art verschwand, tauchte meistens jemand anderes auf, der dort einzog oder zumindest nach dem Rechten schaute. Vielleicht war ja mit demjenigen, der hier nun das Sagen haben würde, etwas anzufangen. Vielleicht hatte dieser Mensch irgendein Interesse daran, die Wahrheit über Fedders Tod zu erfahren.

Manchmal hatte er geglaubt, Rebekka sei des Rätsels Lösung ganz nah und er müsste ihr nur noch ein paar winzige Zeichen geben, dann würde sie endlich verstehen. Seit der komische Mann von der Polizei zuletzt dagewesen war, schien sie sich aber nur noch für die Tipperei und das Kochen zu interessieren. Da konnte er vor dem Haus mauzen, so viel er wollte, damit sie herauskam und sich von ihm dorthin führen ließ, wo ihr ein Licht aufgehen musste. Sie öffnete höchstens das Fenster und schimpfte ihn aus, weil er Lärm machte. Ein bisschen Hilfe von anderer Seite konnte deshalb nicht schaden. Er starrte die Tür von Fedders Haus an, als könnte er damit erreichen, dass sie endlich von jemandem geöffnet wurde.

Nicht weit von der Stelle entfernt, wo er im Gras lag, gab es einen dumpfen Laut. Er blinzelte träge ins Geäst des am nächsten stehenden Baums. Da sich in diesem Herbst niemand um die Äpfel in Fedders Garten kümmerte, ernteten sie sich selbst, indem sie einfach zu Boden stürzten. Fedders Äpfel waren nicht rotbackig wie die in Lydias Garten, sondern so grün wie das Gras, auf dem die Bäume wuchsen.

Tock! Wieder plumpste irgendwo hinter ihm ein Apfel auf den weichen Boden. War denn hier wirklich niemand zuständig? Wollte niemand kommen, um die vielen Äpfel aufzusammeln und den Rest abzupflücken? Selbst Rebekka, die sich mit so vielem nicht auszukennen schien, was in einem Dorf geschah und zu geschehen hatte, erledigte im Garten von Lydias Haus diese Arbeit, meistens zusammen mit Casjen.

Der Wind rauschte durch die Zweige der Bäume, und die Äpfel stürzten sich gleich in ganzen Gruppen ins Gras. *Tock! Tock! Tock!*

Der dumpfe Schlag auf seinen Kopf kam in all dem Lärm um ihn herum ganz überraschend. Der Himmel über ihm kippte um, und er fiel auf die Seite, benommen und unfähig, sich zu rühren. Seine Augen waren immer noch weit geöffnet, doch er sah nur noch wie durch einen Schleier, erkannte nur vage die Umrisse der Gestalt, die sich über ihn beugte. Sie hielt etwas Langes und Dickes in der Hand. Wohl einen Ast. Den Ast, der ihn am Kopf getroffen hatte. *Mit dem sie ihn am Kopf getroffen hatte.*

Trotz der wabernden Nebel in seinem Kopf und der Taubheit in seinem Körper wusste er plötzlich mit schmerzlicher Klarheit, dass dies das Ende seines Lebens sein würde, wenn kein Wunder geschah. Er war ausgeliefert und wehrlos. Bis auf ein leises Zucken seiner Pfoten brachte er keine Bewegung zustande, so sehr er sich auch anstrengte. Die Gestalt über ihm schien vor dem viel zu grellen Licht der Sonne riesengroß. Langsam hob der dicke Ast sich wieder. Gleich würde er gegen seinen Kopf prallen. Er kniff die Augen zusammen, wollte nicht sehen, wie er kam.

Doch nichts geschah. Nur der Wind sang in den Bäumen. Mühsam blinzelte er, hoffte, dass die Gestalt fort war. Doch der Schatten vor dem Himmel war noch da. Dann öffnete sich ein dunkles Loch vor ihm, und er begriff, dass es ein Sack oder eine große Tasche aus Leinen war.

Unsanft wurde er gepackt und in die Schwärze geschoben. Hinter ihm schloss sich der Weg ins Leben und ins Licht. Nur matte Schatten drangen noch zu ihm vor. Schatten des Todes.

Und dann spürte er den Ast. Wieder und wieder traf das harte Holz seinen Körper. Er wollte weglaufen, wollte sich zusammenrollen, seinen Kopf verstecken. Doch er konnte sich nicht rühren, konnte nur die Luft anhalten und hoffen, dass es bald vorbei war. Ein Leben entwich seinem geschundenen Körper, dann noch eines und noch eines. Schließlich waren auch die Schatten um ihn verschwunden, und er versank in einer gnädigen samtweichen Schwärze.

Nur ein Gedanke hielt sich noch eine kurze Weile, während er unaufhaltsam in der Schwärze versank: Nun würde niemals herauskommen, was mit Lydia und Fedder und den anderen passiert war. Und mit ihm. Dann war alles still, totenstill.

In Bradehusen gab es keine Tageszeitung, das hatte sich für die wenigen Einwohner nie gelohnt. Die letzte Ausgabe der Regionalzeitung für die Umgebung war vor mehr als drei Jahren erschienen. Das Zeitungssterben hatte selbst hier auf dem platten Land um sich gegriffen, wo die Menschen als Erstes die Seite mit den Familienanzeigen und den Todesnachrichten aufzuschlagen pflegten. Was die Leute hier im Dorf interessierte, stand in keiner der großen Hamburger Zeitungen, und doch hatte die Neugier der Dorfbevölkerung nicht gereicht, ein Blatt am Leben zu erhalten, das sie über das Leben und Sterben in den Nachbarhäusern und -dörfern informierte.

Seit es das Regionalblatt nicht mehr gab, erfuhr man die wichtigsten Neuigkeiten in Frieda Frickes Laden. Bei ihr gab es die notwendigsten Lebensmittel, wenn auch nicht immer, weil Friedas Bestellsystem nicht sonderlich durchdacht war. Im Grunde hätten ein paar Konservendosen mit abgelaufenem Haltbarkeitsdatum ohnehin gereicht, um der Funktion des Geschäftchens als Bradehusener Nachrichtenbörse gerecht zu werden. Jedenfalls war das Rebekkas Eindruck. Als sie an diesem Morgen Butter verlangte und ihr stattdessen eine »Margarine speziell zum Backen« angeboten wurde, fragte sie sich, warum sie seit fast drei Wochen immer wieder versuchte, hier Kleinigkeiten zu bekommen, die ihr in der Küche fehlten.

»Heute wird übrigens Fedder Alert beerdigt«, bemerkte Frieda unvermittelt, nachdem Rebekka die Margarine abgelehnt und eine Flasche Sonnenblumenöl erstanden hatte, das sogar noch bis Anfang des nächsten Monats haltbar war. »Den haben Sie doch gefunden. Tot, hingestreckt auf dem Fußboden in seiner Küche.« Als inoffizielle Nachrichtensprecherin des Dorfes bediente Frieda sich einer erstaunlich gewählten Sprache. Wie bei anderen Medien auch war ein Teil ihrer Informationen überflüssiges Füllmaterial. Oder nahm sie wirklich an, Rebekka müsste daran erinnert werden, dass sie vor gut zwei Wochen eine Leiche entdeckt hatte?

»Ist er von der Gerichtsmedizin freigegeben worden?«

Frieda nickte mit ernster Miene. »Sein Sohn hat den Sarg ausgesucht und alles organisiert. Ist ja auch der Erbe, obwohl er Bradehusen vor fünfzig Jahren verlassen hat und sich fast nie mehr hier blicken ließ. Heute Mittag um zwei tragen wir Fedder zu Grabe.«

Sie nickte Rebekka aufmunternd zu. Offenbar nahm sie an, dass sie ebenfalls kommen wollte, nachdem sie den Toten gefunden und die Morduntersuchung durch ihre Aussage bei der Polizei in Gang gebracht hatte.

»Hatten Fedder und seine Frau Kinder?«, erkundigte Rebekka sich erstaunt. Davon war bisher nie die Rede gewesen.

»Nur diesen einen Sohn. Aber sie haben nie von ihm gesprochen, und er ist nicht mal zur Beerdigung seiner Mutter gekommen. Wahrscheinlich wusste Fedder gar nicht, wo er wohnt. Jetzt hat ihn wohl die Polizei benachrichtigt.« Frieda sah Rebekka mit wichtiger Miene an.

Die nickte und schob die Ölflasche in ihre Tasche. »Vielen Dank. Auf Wiedersehen.«

Sie schwang sich aufs Rad und fuhr mit kräftigen Pedalentritten die ansteigende Dorfstraße hinauf. In den letzten Wochen hatte sich durch das Radfahren ihre Kondition entschieden verbessert. Als sie sich Lydias Haus näherte, sah sie sich suchend um. Wo war nur Jamie? Gestern Abend hatte sie ihn schon beim Essen vermisst. Allerdings waren ihr die Schweinelendchen nicht sonderlich gut geglückt, weil sie mit grünem Pfeffer und Rosmarin experimentiert und das Mischungsverhältnis nicht richtig hinbekommen hatte. Vielleicht hatte Jamie aus einem anderen Fenster ein verführerischer Duft angeweht.

Nachdem er seit geraumer Zeit jeden Abend und oft auch

tagsüber bei ihr gewesen war, wirkte das Haus ohne ihn seltsam leer.

Als sie vor dem Nachbarhaus Gesine mit Casjen bei der Gartenarbeit sah, hielt sie an und grüßte. »Ein schöner Tag heute, nicht wahr? Gehen Sie zu Fedder Alerts Beerdigung, Frau Holste?«

Mit dem Handrücken schob sich Gesine eine graue Haarsträhne aus dem Gesicht und sah Rebekka aus zusammengekniffenen Augen an. »Denk nicht. Die wollen mich da ganz sicher nicht sehen.«

»Ich dachte, in einem Dorf geht jeder, der irgendwie kann, zu so einer Beerdigung, weil sich doch alle kennen.«

»Ist wohl auch so. Aber …« Gesine stockte und fuhr dann mit lauter, trotzig klingender Stimme fort: »Wundert mich, dass Sie das noch nicht gehört haben. Vor vielen Jahren haben Fedder und ich mal was miteinander gehabt. Mit seiner Frau, das war nur so eine Ehe wie fast alle hier im Dorf. Sie kocht, er kümmert sich um die Stallarbeit.«

»Aha«, machte Rebekka, die nicht wusste, was sie auf diese Eröffnung erwidern sollte.

»Da hat er sich bei mir geholt, was er bei ihr nicht bekam. Irgendwann ist das mit uns rausgekommen, er hat wieder den braven Ehemann gespielt, und im Dorf haben mich alle noch mehr verachtet als vorher.« Die Art, wie Gesine ihren Mund verzog, erinnerte nur sehr entfernt an ein Lächeln. »Ihm hat man' s nicht großartig übel genommen. Als hätte ich ihn dazu gezwungen.«

»Menschen biegen sich solche Dinge gern zurecht, wie sie ihnen gefallen. Die böse Frau, die den hilflosen Ehemann verführt. Das hört man immer wieder.« Vielleicht hatte Gesine doch nicht so sehr übertrieben, als sie behauptet hatte, sie sei in der Dorfgemeinschaft eine Ausgestoßene. »Wie lange ist das denn her?«

»Vierzig Jahre.«

Rebekka lachte erstaunt auf. »Daran erinnert sich doch niemand mehr!«

»Sie würden staunen!« Auch Gesine stieß ein kurzes Lachen hervor, und der Ton, der aus ihrer Kehle drang, war bitter wie das Wermutkraut, das in Lydias Kräuterspirale wuchs.

Casjen, der bis eben fleißig Unkraut gezupft hatte, hob den Kopf und sah seine Mutter an. Er stieß ein paar kurze, sanfte Laute hervor, als wollte er sie trösten, dann wandte er sich wieder seiner Arbeit zu.

»Hast du vielleicht den Kater gesehen, Casjen?« Ihr war klar, dass sie ihn in der Gegenwart seiner Mutter besser nicht nach Jamie fragte. Aber wenn jemand wusste, wo der Kater war, dann Casjen, der ihn so oft streichelte und mit ihm spielte. Er schien eine Art Gespür für das Tier zu haben und wusste schon immer im Voraus, wo Jamie gleich auftauchen würde.

Mit einem Ruck richtete Casjen sich auf und wedelte mit seinen Armen wild in der Gegend herum.

Energisch fing Gesine seine Hände ein und hielt sie fest. »Mach mit deiner Arbeit weiter, Casjen. Wir müssen dieses Beet bis zum Mittagessen schaffen.«

Casjen, der sonst seiner Mutter fast immer sofort gehorchte, versuchte, sich aus ihrem Griff zu befreien. Da er trotz allem ein kräftiger Mann und sie eine alte Frau war, gelang ihm das ziemlich leicht. Erneut fuchtelte er mit den Armen, und die Töne, die aus seinem Mund kamen, schienen sich gegenseitig überholen zu wollen und im Kreis zu tanzen.

»Schluss jetzt. Weitermachen!« Mit ausgestrecktem Arm deutete Gesine auf das Beet. Endlich beruhigte sich Casjen und ließ sich wieder auf die Knie fallen, um mit dem Unkrautjäten weiterzumachen.

»Tut mir leid, dass ich ihn aufgeregt habe.« Rebekka zuckte entschuldigend mit den Schultern. »Ich muss mich auch dringend an die Arbeit machen. Es gibt noch so viel zu tun. Meine Zeit hier ist ja bald vorbei. Bis jetzt bin ich nicht mal dazu gekommen, den Karton mit den Notizen von Lydia Damann durchzusehen. Ich hoffe, noch ein paar schöne Rezepte darin zu finden.«

Sie winkte kurz und schob ihr Rad weiter. Auf der Wiese neben dem Nachbargrundstück lief übermütig Amanda herum. Sie schien von dem Bauern, den Simone beauftragt hatte, gut versorgt zu werden. Simone und Tim waren immer noch in der Toskana. Rebekka vermisste ihre Freundin, die ihr ab und zu fröhliche Nachrichten auf das Handy schickte.

16. kapitel

Nachdem sie im Dorfladen keine Butter bekommen hatte, musste noch einmal Olivenöl herhalten. Das Sonnenblumenöl stellte sie als Notfallration in die Speisekammer. Während sie noch über die Kräutermarinade nachdachte, meldete sich das Handy in ihrer Tasche, die sie achtlos auf einen der Küchenstühle gestellt hatte.

Nach einem Blick aufs Display seufzte sie. Doch dieser Moment war ebenso gut oder schlecht wie jeder andere. Seit dem seltsamen Überraschungsbesuch ihrer Mutter hatte sie nur einmal kurz von ihr gehört. Liane hatte behauptet, alles sei in bester Ordnung, und dabei sonderbar fremd geklungen. Vielleicht war sie doch krank. Es würde ihr ähnlich sehen, möglichst lange zu warten, bis sie jemandem davon erzählte. Krankheit war in ihren Augen ein Zeichen von Schwäche, und Liane hasste es, Schwäche zu zeigen.

»Hallo, Mama. Wie geht es dir?« Rebekka ließ sich auf einen der Stühle fallen und sah durchs Fenster hinaus in den Garten. An den Bäumen hingen immer noch viele Äpfel. Einmal würde sie Casjen noch bitten, mit ihr zusammen welche zu pflücken. Für ein Chutney vielleicht und für Gelee. Den Rest würde sie nicht mehr verwenden können, bevor sie wieder nach Hause fuhr. Sie würden auf den Boden fallen und verrotten.

»Es geht mir gar nicht gut.« Lianes Antwort überraschte Rebekka so sehr, dass ihr fast das teure Smartphone aus der Hand gefallen wäre.

»O Gott! Du bist also doch krank! Wieso hast du denn die

ganze Zeit nichts gesagt?« Als sich ihr Verdacht bestätigte, stiegen die widersprüchlichsten Gefühle in ihr auf. Natürlich hatte sie Angst um ihre Mutter. Sie hatte aber auch Angst davor, was jetzt auf sie zukam. Fest stand, dass Liane eine anstrengende Patientin sein würde, die von ihrer Umgebung unendlich viel Geduld und Hingabe einfordern würde. Ebenso sehr, wie sie Dinge ignorieren konnte, die sie in ihrem Leben nicht haben wollte, pflegte sie sich in Misslichkeiten fallen zu lassen, wenn sie sie erst einmal als böses Schicksal akzeptiert hatte.

»Krank? Ich bin nicht krank. Na ja, krank vor Wut vielleicht.« Angesichts von Rebekkas Missverständnis klang in Lianes Stimme die vertraute Ungeduld durch.

»Es ist … keine ernste Krankheit. Was denn sonst?« Die Erleichterung durchflutete Rebekka nur einen kurzen Moment, dann wurde ihr klar, dass sie sich nun mit etwas würde auseinandersetzen müssen, was ihre Mutter möglicherweise ebenso sehr getroffen hatte wie eine schwere Krankheit.

»Mein Leben ist zerstört. Ich weiß nicht, was ich tun soll.«

Liane klang so mutlos und traurig, wie Rebekka es noch nie bei ihr erlebt hatte, und sofort war mit voller Wucht die Angst wieder da. Regungslos wartete sie auf die Eröffnung, die jetzt kommen würde.

Liane schwieg. Rebekka hörte sie am anderen Ende der Leitung nur schwer atmen. Oder schluchzte sie etwa leise?

»Was ist passiert, Mama?«, unterbrach Rebekka schließlich die unheimliche Stille.

»Sie haben mich entlassen«, kam es in einem fast unhörbaren Flüsterton. So leise, dass Rebekka es kaum verstand. Deshalb musste sie sich wohl verhört haben.

»Das kann nicht sein! Du führst die *Arrow*-Boutiquen seit über fünfzehn Jahren äußerst erfolgreich. Durch dich sind die Läden erst zu dem geworden, was sie jetzt sind.« Liane musste tatsächlich etwas anderes gemeint haben. Sie und *Arrow* – das gehörte zusammen wie Spiegeleier und Bacon, wie Himbeereis und Schlagsahne, wie …

»Genau! Aber zuletzt gab es zwei schlechte Jahre. Man wirft mir vor, ich hätte mich bei den Einkäufen verkalkuliert, hätte die neuen Trends falsch eingeschätzt, hätte unsere Zielgruppe aus den Augen verloren. *Weil ich zu alt bin!*« Den letzten Satz schrie sie fast heraus. Erschrocken hielt Rebekka ihr Telefon ein Stück vom Ohr entfernt in die Luft.

»*Was sagst du dazu?*«, hörte sie ihre Mutter nach einer Weile rufen.

»*Das ist unfair!*«, rief sie zurück und meinte es auch so. Auf jeden Fall war es erschreckend, denn solange sie denken konnte, war die Arbeit der Lebensinhalt ihrer Mutter gewesen. Was würde Liane tun, wenn sie ihren Job mit seinen Erfolgen und Aufregungen nicht mehr hatte und mit ihren knapp über sechzig Jahren auch keinen neuen mehr fand?

»Ich könnte versuchen, mich wieder einzuklagen, aber wenn Bensdorf mich nicht mehr will, kann ich da auch nicht mehr arbeiten. Ich kann nicht jeden Morgen irgendwo antanzen und meinen Job machen, wenn alle wissen, dass der Eigentümer der Firma mich loswerden wollte. Niemand würde mich mehr respektieren.«

»Was steht denn in deinem Vertrag? Kann Bensdorf dich überhaupt so einfach entlassen?«

»Ja«, flüsterte es durchs Telefon. »Wenn wir länger als ein Jahr rote Zahlen schreiben, darf er das.«

»Rote Zahlen? Seit über einem Jahr? Du hast immer gesagt, alles läuft bestens!« Rebekka war fassungslos. Sie kannte ihre Mutter nur als höchst erfolgreiche Geschäftsfrau. Und Liane selbst war wahrscheinlich gar nicht in der Lage, sich als etwas anderes wahrzunehmen.

»Ich dachte, das ist ein vorübergehendes Tief. Außerdem hättest du mir ja auch nicht helfen können. Du gehörst zwar fast zur Zielgruppe von *Arrow*, aber von Mode verstehst du mit deinen Jeans und T-Shirts eindeutig überhaupt nichts.«

Rebekka rollte stumm mit den Augen. Dass sie die Begeisterung ihrer Mutter für Mode, Marken und Trends nicht teilte, war eine Sache, dass sie nur *fast* zu den typischen *Arrow*-Kundinnen gehörte, eine andere. Zwar war sie mit ihren achtunddreißig Jahren genau im richtigen Alter, aber weder verdiente sie so viel, dass sie für die schlichte Bluse eines angesagten Labels dreihundert Euro ausgeben konnte oder wollte, noch brauchte sie für ihren Beruf schicke Kostüme, teure Etuikleider oder eine glamouröse Abendgarderobe.

»Vielleicht habe ich wirklich die neuen Trends verpasst, vielleicht verliert man ab einem bestimmten Alter tatsächlich das Gespür für die Kundenwünsche«, fuhr Liane nach einer langen Pause fort.

»Nein«, unterbrach Rebekka sie hastig. Das durfte einfach nicht sein. Weil ihre Mutter damit den größten Teil ihres bisherigen Lebensinhalts verlieren würde.

»In drei Monaten ist es vorbei. So lang ist meine Kündigungsfrist. Bensdorf hat schon eine Nachfolgerin für mich. Sie ist jünger als du und war Einkäuferin für ein Nobelkaufhaus in Paris. Jetzt hat sie einen Deutschen geheiratet und kommt zurück. Um mir meinen Job wegzunehmen.« Ganz kurz klang Liane wie ein kleines Mädchen im Sandkasten, dem die großen Jungs die Backförmchen gestohlen hatten.

»Drei Monate sind eine lange Zeit.« Rebekka trat ans Fenster und sah hinaus in den sonnigen Garten. Obwohl die Mittagszeit nahte, war von Jamie weit und breit nichts zu sehen. »Vielleicht kannst du das Steuer noch herumreißen. Wenn du wieder erfolgreich bist, überlegt Bensdorf es sich ganz bestimmt anders.«

»Ich habe schon alles versucht. Es funktioniert nicht mehr.« Mutlosigkeit passte nicht zu Liane, doch wahrscheinlich hatte sie schon zu lange erfolglos gekämpft.

»Dann suchst du dir einen neuen Job. Mit deiner Erfahrung …«

»Du weißt genau, dass das nicht funktionieren wird. Nicht nur wegen meines Alters, sondern auch weil es ganz schnell die Runde machen wird, weshalb Bensdorf mich entlassen hat.«

»Ist das finanziell ein Problem?«, erkundigte Rebekka sich vorsichtig.

»Absolut nicht. Auch wenn ich keinen Finger mehr krumm mache, komme ich gut über die Runden. Aber das kann es doch nicht gewesen sein! Soll ich den ganzen Tag im Bett liegen oder auf Kaffeefahrt gehen oder mich einer Canasta-Runde anschließen?«

»Ich fürchte, da bin ich nicht die richtige Ratgeberin.« Rebekka biss sich auf die Unterlippe, als ihr klar wurde, dass sie selbst auch nicht gewusst hätte, was sie mit ihrem Leben anfangen sollte, wenn es ihre Arbeit plötzlich nicht mehr gäbe.

Das Schweigen surrte zwischen ihnen in der Luft wie ein gefährlicher Bienenschwarm.

»Wir haben beide kein richtiges Leben«, stellte ihre Mutter nach einer Weile fest. »Keinen Mann, kaum Freunde, nicht mal einen Wellensittich. Das ist mir gar nicht aufgefallen, als ich noch dachte, es geht immer so weiter. Oder zumindest noch eine ganze Weile. Ich hatte keine Zeit für Freunde oder gar für einen Mann. Alles, was nicht mit der Arbeit zu tun hatte, habe ich als Belastung empfunden. Manchmal … manchmal sogar dich. Das tut mir leid. Dein Vater hatte von Anfang an kein Verständnis für meinen Ehrgeiz.«

»Bereust du, dass du dich damals von ihm getrennt hast?« Dies war einer der ganz seltenen ehrlichen Momente zwischen

Rebekka und ihrer Mutter. So selten, dass sie eine große Unsicherheit spürte.

»Das ist ewig her. Wir haben uns nach der Trennung einen ziemlich nervenaufreibenden Kleinkrieg geliefert, bis ich beschloss, dass er mich zu viel Kraft kostete, die ich für meine Arbeit brauchte. Deshalb habe ich den Kontakt rigoros abgebrochen, und damit ging es mir besser.«

Rebekka konnte sich nicht an ihren Vater erinnern. Er war in ihrem Leben nichts als ein schwarzes Loch, in dem sich eine vage Erinnerung an einen kräftigen, lachenden Mann versteckte, die sie immer seltener zu fassen bekam. Soweit sie wusste, war sie fünf Jahre alt gewesen, als sie ihn zum letzten Mal gesehen hatte.

»Aber er war mein Vater«, sagte sie leise. »Wollte er denn wirklich keinen Kontakt mit mir, wie du immer gesagt hast?«

Ein oder zwei Minuten blieb es still. So still, dass Rebekka sich schon fragte, ob ihre Mutter aufgelegt hatte. Dann sagte Liane: »Es ging nicht anders. Er tat mir nicht gut und dir auch nicht, weil er ein selbst ernannter Lebenskünstler ohne Pläne und ohne Ehrgeiz war. Ohne ihn warst du besser dran, glaube mir.«

Rebekka atmete tief durch, bevor es ihr gelang weiterzusprechen. »Diese Entscheidung hättest du mir überlassen müssen. Zumindest seit ich erwachsen bin.«

»Ich weiß nicht, wo er jetzt lebt und wie man ihn erreichen kann. Zum Glück waren wir nie auf sein Geld angewiesen. Er hätte uns ohnehin keins geben können.« Liane lachte bitter auf. Die Sache mit dem Geld hatte sie Rebekka schon oft erzählt. Das gehörte zu den wenigen Dingen, die sie über ihren Vater wusste. Dass er kaum genug hatte, um sich selbst zu ernähren.

»Man kann vielleicht herausfinden, wo er jetzt wohnt. *Ich* hätte es herausfinden wollen, wenn ich nicht gedacht hätte, dass er mich nicht sehen wollte.«

»Das habe ich so nie gesagt.«

»Doch! Hast du! Du hast es zumindest so klingen lassen. Ich hatte das Gefühl, nicht liebenswert genug zu sein. Weil er mich einfach verlassen und vergessen hat. Vielleicht hatte ich deshalb immer Probleme mit Männern. Vielleicht ist Leonhard gegangen, weil er mich irgendwie komisch fand. Er hat die Mühe auf sich genommen, alle Brücken hinter sich abzubrechen, nur um mich loszuwerden. Weil ich wohl so … seltsam bin.«

»Jetzt hör bitte auf, Rebekka!« Plötzlich klang ihre Mutter so energisch wie gewohnt. »Ein Mann, der morgens das Haus verlässt, um zur Arbeit zu gehen, wo er aber nie ankommt, und dann nie wieder von sich hören lässt – mit so einem Feigling will nun wirklich niemand zu tun haben! Da interessiert es doch überhaupt nicht, ob dieser Mensch dich loswerden wollte.«

»Falls er freiwillig verschwunden ist, was ich nicht glaube.«

Liane lachte kurz auf. »Eben hast du noch behauptet, ich wäre schuld, weil ich den Kontakt zu deinem Vater unterbunden habe und du deshalb angeblich *seltsam* bist. Wenigstens siehst du ein, dass das dumme Gedanken sind. Leonhard ist weg. Entweder er hat von jetzt auf gleich alle Brücken hinter sich abgebrochen und ohne dich ein neues Leben angefangen, oder ihm ist tatsächlich irgendetwas zugestoßen. Tatsache ist, dass du dein Leben ohne ihn führen musst. Vergiss ihn!«

Mit einem Ruck wandte Rebekka dem Fenster den Rücken zu. Es war, als würde die Sonne da draußen nicht zu den düsteren Gedanken passen, die sie in diesem verkorksten Gespräch mit ihrer Mutter eingeholt hatten.

»Vielleicht bin ich gar nicht so anders als York. Er hat alle paar Monate eine andere Freundin. Und immer eine, die mindestens fünfzehn Jahre jünger ist als er und ihm nicht das Wasser reichen kann. Die wird ihm nämlich nicht gefährlich. Vielleicht können wir uns beide nicht wirklich auf andere Menschen einlassen. Vielleicht habe ich mir Leonhard ausgesucht, weil ich gespürt habe, dass er mich gar nicht mit allen Konsequenzen wollte.«

»Was erzählst du mir denn jetzt von York? Ich fand ihn früher schon immer irgendwie … irritierend. Ihr seid doch hoffentlich nicht zusammen?« Die Möglichkeit, sich in Rebekkas Leben einzumischen, schien Liane von ihrem Kummer abzulenken.

»Wir sind Freunde – vielleicht deshalb so gute Freunde, weil wir uns schon so lange kennen und einander so ähnlich sind. Da wir uns möglicherweise beide nicht auf jemand anderen einlassen können, besteht auch nicht die Gefahr, dass wir uns ineinander verlieben.«

»Jetzt wirst du kompliziert«, tadelte Liane sie streng. »Allerdings solltest du dich vielleicht langsam nach einem neuen Partner umsehen. Das Leben kann ziemlich einsam sein, wenn man niemanden hat.«

»Du kannst auch noch jemanden finden, wenn du es möchtest.« Soweit Rebekka wusste, hatte ihre Mutter bis auf kurze Affären seit ihrem Vater keinen Mann mehr in ihr Leben gelassen.

»Das werde ich mir drei Mal überlegen!« Ihre Mutter lachte freudlos. »Ich habe ja dich, mein Kind.«

Rebekka schluckte. *Mein Kind?* Sie musste unter allen Umständen verhindern, dass ihre arbeitslose Mutter das Leben ihrer Tochter, in das sie sich schon immer viel zu sehr eingemischt hatte, zu ihrem Projekt machte!

»Erst einmal hast du ja noch deine Arbeit. Drei Monate sind eine lange Zeit. Da kann viel passieren.« Mit ihren Worten versuchte Rebekka mehr sich selbst als Liane zu trösten.

»Was die Sache mit deinem Vater betrifft – ich hoffe, du nimmst es mir nicht übel. Ich wollte nur das Beste für dich.«

Rebekka zögerte mit ihrer Antwort nur kurz. »Ich nehme dir das durchaus übel. Aber ich werde deshalb nicht den Kontakt zu dir abbrechen, falls du das befürchtest. Dann hätte ich einen weiteren leeren Platz in meinem Leben. Wir müssen sehen, was jetzt passiert, falls du tatsächlich deinen Job verlierst und keinen neuen findest. Dann wird sich viel für dich ändern. Und ich werde in der Zwischenzeit darüber nachdenken, ob ich mich auf die Suche nach meinem Vater machen will.«

»Das solltest du nicht …« Durch die Leitung konnte Rebekka regelrecht hören, wie ihre Mutter den Rest des Satzes verschluckte.

»Ich werde tun, was ich für richtig halte«, erklärte Rebekka entschieden.

»Natürlich«, stimmte Liane ihr erstaunlich sanftmütig zu. Vielleicht würde sich durch den Verlust ihres Jobs tatsächlich eine Menge ändern, auch zwischen Rebekka und ihr.

»Und jetzt muss ich auflegen. Ich gehe zu einer Beerdigung hier im Dorf.«

»Du solltest dich nicht derart in die finsteren Geschehnisse dort hineinziehen lassen.«

»Mama!«

»Ist ja schon gut. Wer wird denn beerdigt?«

»Ein alter Mann, den ich kennengelernt habe, als er seiner Frau zu ihrem Geburtstag ein Stiefmütterchen auf den Friedhof brachte.« Das erschien ihr plötzlich wichtiger als die Tatsache, dass Fedder Alert derjenige war, den sie tot in seiner Küche gefunden hatte.

»Ach so.« Erstaunlicherweise fiel Liane dazu anscheinend nichts Negatives ein.

»Ich wünsche dir, dass alles gut wird«, sagte Rebekka zum Abschied.

Liane seufzte schwer. »Wahrscheinlich nicht. Aber vielleicht habe ich trotzdem noch eine Idee, was ich machen kann.«

»Sicher. Du hast dich noch nie unterkriegen lassen.«

Bis jetzt war Liane allerdings nach allem, was Rebekka wusste, auch nie in einer wirklich schwierigen Lage gewesen. Sie hatte immer die Zügel fest in der Hand gehalten und selbst die Entscheidungen getroffen. Jetzt war zum ersten Mal über sie entschieden worden. Das musste für sie schwer zu ertragen sein.

Nachdenklich legte Rebekka das Handy weg. Es gab eine Menge, worüber sie jetzt nachdenken musste, aber wenn sie nicht zu spät zu der Beerdigung kommen wollte, war es höchste Zeit, sich umzuziehen.

Sie hatte nichts Schwarzes dabei, das sich für den Anlass eignete. Der einzige Rock, den sie eingepackt hatte, war dunkelgrün. Wenn sie dazu die grau gemusterte Bluse trug, würde es gehen. Obwohl sie Fedder Alert nur flüchtig gekannt hatte, war sie sicher, dass er keinen besonderen Wert auf Äußerlichkeiten gelegt hatte und ihr ganz sicher verziehen hätte, dass sie nicht in Tiefschwarz kam.

Zunächst durchdrang nur ein brennender Schmerz die Schwärze, die ihn umgab. Eine Schwärze, so dicht und schwer, dass er kaum atmen konnte. Sie lastete auf ihm wie ein umgestürzter Baum oder ein ganzer Berg nasser Erde. Er konnte nicht feststellen, wo in seinem Körper der Schmerz anfing und wo er aufhörte, er bohrte und pochte und zog und zerrte überall.

Seine Beine spürte er nicht. Sie lagen neben ihm wie starre, unbrauchbare Hölzer, die zu nichts zu gebrauchen waren. Nur ab und zu durchzuckte sie ein heißer Pfeil, wie ein Windzug aus Feuer.

Er nahm all seinen Willen und seine ganze Kraft zusammen – den kläglichen Rest der Stärke, die er sonst in sich fühlte – und öffnete die Augen. Er musste herausfinden, wo er war. Das hier konnte kein sicherer Ort sein. Also musste er weg, und zwar so schnell wie möglich.

Ihm war vollkommen klar, wer ihn hierher gebracht hatte. Warum er allerdings nicht steif und kalt und vollkommen ohne Leben dalag, wusste er nicht. Es war all den Menschen geschehen, Lydia, Volkmar, Fedder und Heinz – warum dann nicht ihm? Oder war das ein Irrtum? Sah er ganz tot aus, obwohl er nur halb tot war?

Mühsam bewegte er die Augäpfel und sah im Dämmerlicht kahle graue Wände. Der nackte, kalte Boden, auf dem er lag, war ebenso grau. In dem kleinen Raum, in dem man ihn eingesperrt hatte, gab es nichts außer ein paar alten Möbeln, die in der Ecke aufgestapelt waren. Das kleine Fenster lag dicht unter der Decke und war von außen vergittert. Er kannte es, denn er hatte schon oft vom Weg aus in diesen Kellerraum gesehen wie in viele andere Kellerräume in diesem Dorf.

Warum war er hier? Zum Sterben? Um seinen Körper so lange aufzubewahren, bis es draußen dunkel genug war, um ihn irgendwo zu verscharren, ganz gleich ob er noch atmete oder nicht?

Er musste hier raus! Der Gedanke, dass er in seinem Zustand nicht einmal genug Kraft haben würde, um sich aus einem Loch im Boden zu befreien, wenn man Erde auf ihn schüttete, brachte ihn dazu, die letzten Reste von Leben zusammenzukratzen, die er noch in sich spürte.

Irgendwie schaffte er es, sich auf seine zitternden Beine zu stellen. Ganz kurz nur, dann sackte er wieder in sich zusammen. Doch da er jetzt die Pfoten auf dem Boden spürte, konnte er wenigstens kriechen.

Natürlich würde er es nicht hinauf zum Fenster schaffen. Selbst wenn ihm nicht alles wehtäte, wäre die glatte Wand ein unüberwindliches Hindernis. Also schleppte er sich zur Tür. Ein kleines Stück und noch ein kleines Stück. Sie war geschlossen. Aber wenn sie irgendwann aufging, musste er bereit sein, sich in die Freiheit zu kämpfen. Wobei er nur hoffen konnte, dass ihm bis dahin noch ein bisschen Zeit blieb. Denn im Moment war er so langsam wie eine Schnecke. Wenn er sich noch ein bisschen erholen konnte, hatte er vielleicht eine Chance …

Plötzlich hörte er draußen Schritte. Noch nicht! Es ist noch zu früh! Doch die Schritte kamen unaufhaltsam näher.

Da ließ er sich wieder auf die Seite fallen und tat, als wäre er tot.

Als Rebekka den Friedhof betrat, sah sie sofort das schon ausgehobene Grab. Fedder Alert würde neben seiner Paula begraben werden. Diesen Gedanken fand Rebekka trotz der Dinge, die Gesine ihr über die angeblich lieblose Ehe der beiden erzählt hatte, tröstlich. Auch wenn das Stiefmütterchen vertrocknet gewesen war – für sie hatte es eine andere Sprache gesprochen.

Obwohl sie sich nach dem langen, verwirrenden Telefongespräch mit ihrer Mutter beeilt hatte, war sie zu spät dran. Die Türen der kleinen Kirche, aus der sie Orgelspiel und Gesang hörte, standen jedoch weit offen, als wollte man das tröstliche Licht und die Wärme des Spätsommertags hereinlassen.

Auf Zehenspitzen, damit das Klappern ihrer Absätze den Trauergottesdienst nicht störte, schlich sie in das Backsteingebäude mit dem niedrigen runden Turm. Schon von dem kleinen Vorraum aus sah sie, dass fast sämtliche Bänke mit schwarz gekleideten Menschen gefüllt waren. Die Sonnenstrahlen reichten nur ein oder zwei Meter in den hohen Raum hinein, dahinter herrschte mildes Dämmerlicht, in das ein paar Wandlampen trübe gelbe Kreise malten.

Gerade klappte die Gemeinde die Gesangbücher zu, die altersschwache Orgel hauchte noch ein paar ersterbende Töne von der Empore herab, dann trat der Pastor in seinem schlichten schwarzen Talar vor den Altar, wo der glänzende, mit mehreren Kränzen geschmückte Sarg stand.

Rebekka fixierte die hinterste Bank, in der nur eine einzelne einsame schwarze Gestalt genau in der Mitte saß. Die schmalen Schultern waren nach vorn gesunken, der Kopf wie zum Gebet gesenkt, während alle anderen Anwesenden sich dem Pult seitlich vom Altar zugewandt hatten, wo der Pastor soeben seine Predigt begann.

»Fedder Alert war einer von uns. Er wurde in Bradehusen geboren, er wuchs hier auf, heiratete hier seine Paula, trug sie hier zu Grabe, und nun endete auch sein Leben an diesem Ort.«

Immer noch auf Zehenspitzen ging Rebekka auf die hintere Bank zu. Als ein lautes Scheppern die andächtige Stille durchschnitt, brauchte sie einen kurzen Moment, bis sie begriff, dass sie den Lärm verursacht hatte. Offenbar war sie mit ihrer Tasche am Opferstock im Eingangsbereich hängen geblieben und hatte die geschlossene Metallschüssel von ihrem Holzgestell gerissen.

Alle Gesichter wandten sich ihr zu, und der Pastor sah sie vom Altar her strafend an. »Entschuldigung«, flüsterte sie.

Unter den starren Blicken Dutzender von Augenpaaren richtete sie hastig das Gestell wieder auf, was weiteres Geklapper zur Folge hatte, denn offenbar war das Kupfergefäß schon mit reichlich Kleingeld gefüttert worden.

»Tut mir furchtbar leid«, murmelte sie dabei demütig.

»Sie kommen zu spät«, teilte die Frau in der hintersten Bank ihr in strengem Ton mit. Jetzt erkannte sie Lisbeth Gran. Selbst aus der Entfernung sah sie die roten, geschwollenen Lider, als hätte die Frau seit dem Tag, als Rebekka an ihrer Tür geklingelt hatte, ununterbrochen geweint.

»Verzeihung.« Langsam gingen ihr die Entschuldigungsfloskeln aus. Hastig schlüpfte sie neben die schlanke Frau in die Bank und blieb ganz außen am Gang sitzen.

Noch immer fixierte der Pastor sie von seinem Pult neben dem Altar her, und auch die meisten anderen Gemeindemitglieder saßen weiter nach hinten gedreht da und sahen sie unverwandt an, als würden sie weitere interessante Aktionen von ihr erwarten.

Sie räusperte sich. »Sie können dann … Möchten Sie nicht weitermachen?«

»Wenn wieder Ruhe eingekehrt ist.« Der Pastor hob die Brauen und tat, als würde sie wie ein unerzogenes Kind die Andacht stören.

Rebekka starrte zurück. Vielleicht war es doch keine so gute Idee gewesen hierherzukommen.

Als sie erkannten, dass die Vorstellung dort hinten beendet war, drehten sich die Dorfbewohner mit einigem Geraschel und Geflüster endlich wieder nach vorn. Rebekka entspannte sich etwas und ließ ihren Blick durch das dämmerige Kirchenschiff schweifen.

Lisbeth Gran saß mit gesenktem Kopf da, hatte die Hände gefaltet und schien zu beten, während vorn der Geistliche weiter über Fedder Alerts Leben erzählte. Verstohlen betrachtete Rebekka das Profil der alten Frau. War da einfach nur Trauer oder auch Boshaftigkeit? Die Bosheit einer Frau, die Blumen aus Gräbern riss?

Der Pastor berichtete, dass Fedder bis weit über sein siebzigstes Lebensjahr hinaus ein verdientes Mitglied der freiwilligen Feuerwehr gewesen war und einer der Vorsitzenden im Bradehusener Skatklub. Da näherten sich über die Steinfliesen des Eingangsbereichs schwere Schritte.

Erneut wandten sich alle Köpfe, auch Rebekka sah sich um.

Ohne sich darum zu kümmern, dass er den Trauergottesdienst störte, marschierte ein kräftiger alter Mann, der weder feierlich noch schwarz gekleidet war, schnurstracks auf den Altar zu. Auch die einhaltgebietende Geste des Pastors hielt ihn nicht auf.

Vor dem Sarg angekommen drehte er sich um, warf den Kopf in den Nacken und funkelte die Trauergemeinde an. Den Geistlichen, der im Hintergrund unschlüssig verharrte, beachtete er nicht. Erstaunt stellte Rebekka fest, dass sie auch diesen Mann kannte. Sie hatte schon einmal mit ihm an einem Tisch gesessen.

»Da bin ich wieder«, rief er der Gemeinde mit Donnerstimme zu. »Damit ihr es alle wisst: Ich war es nicht. Das ist jetzt bewiesen. Sie haben mich freigelassen. Es stimmt: Ich hab mich mit ihm gestritten, hab ihn geschubst, da ist er gefallen. Und er ist wieder aufgestanden. Dann bin ich gegangen. Jemand anders hat ihm das giftige Essen gebracht. Einer von euch, wie ihr da alle so unschuldig sitzt.«

Nach dieser mit lauter Stimme vorgetragenen Rede herrschte Stille in der Kirche. Endlich räusperte sich der Pastor. »Vielleicht sollten wir mit dem Gottesdienst weitermachen, damit wir Fedder zu Grabe tragen können.«

»Ist gut, Hannes.« Ein kleiner, dicker Mann in einem viel zu engen schwarzen Anzug war aufgestanden. Rebekka konnte nur seinen Rücken sehen, befürchtete aber, dass jederzeit die Nähte an den Schultern reißen könnten. »Wir haben nie geglaubt, dass du das warst.«

»Das sagst du jetzt.« Hannes schien mit dieser unbewiesenen Behauptung nicht zufrieden zu sein. »Ihr wart alle froh, dass ihr einen Schuldigen hattet. Einen Mörder. Und dabei hatte ich doch sowieso schon ein so schlechtes Gewissen. Aber nur, weil ich ihn geschubst hatte und es die ganze Zeit niemandem sagen konnte.«

»Vielleicht können wir jetzt weitermachen …«, mischte der Pastor sich erneut ein.

»Und du weißt es ja sowieso, Fedder.« Mit einer ruckartigen Bewegung wandte Hannes sich dem Sarg zu. »Du kennst deinen Mörder. Ich war es nicht! Einer von denen, die hier sitzen, war's.« Mit diesen Worten zog Hannes seinen hellgrauen Pullover zurecht, marschierte hoch erhobenen Hauptes zur ersten Bank, wartete, bis die darin Sitzenden zusammengerückt waren, und ließ sich nieder.

Rebekka hörte in ihrer Nähe einen erstickten Laut, als hätte jemand mühsam einen entsetzten Aufschrei unterdrückt. Als sie den Kopf wandte, sah sie, dass Lisbeth Gran sich die Hand vor den Mund presste und aus weit aufgerissenen, tränenfeuchten Augen nach vorn zum Altar starrte, wo eben noch Hannes Sommer gestanden hatte.

»Fedder war aber auch ein guter Nachbar und ein verlässlicher Freund«, beeilte der Pastor sich, mit seiner Rede fortzufahren. Er sprach jetzt doppelt so schnell, was vielleicht keine schlechte Idee war, um die Trauerfeier endlich zu einem glücklichen Ende zu bringen, soweit man bei einer Beerdigung von dergleichen sprechen konnte.

Als sich die Tür öffnete, fiel aus dem Kellergang grelles Licht in seine halb geöffneten Augen. Instinktiv kniff er die Lider zusammen.

»Das Teufelsvieh lebt noch«, stellte die hohe Stimme mehr ratlos als böse fest, und eine Schuhspitze stieß ihn nur sachte, aber doch schmerzhaft gegen den geschundenen Bauch. »Neun Leben hat die Katze. Ich dachte, ich hätt sie ihm alle ausgetrieben, aber das ist wohl nicht so leicht. Hätte es gleich mit Kräutern machen sollen, aber diese Viecher sind vorsichtig mit dem, was sie fressen, da ist es nicht so einfach wie bei Menschen.« Das Lachen dieser hohen, brüchigen Stimme tat in seinen Ohren weh.

Dann spürte er eine zarte Berührung an seinem Rücken. So zart, dass sie fast überhaupt nicht wehtat. Er konnte Casjen riechen, und er hörte seine mitleidigen Töne, die sanft wie das Gurren einer Taube klangen.

»Hier. Nimm die Eisenstange. Einmal noch, dann ist er tot, und wir können ihn heut Nacht im Garten unter den Büschen verscharren. Kein Hahn wird nach ihm krähen. Es ist ein Streuner, der Vögel frisst. Und den bösen Blick hat er. Wenn er vor dem Fenster sitzt und durch die Scheibe glotzt, ist es fast, als wüsste er alles. Und ist doch nur ein dummes Vieh!«

Er hörte ein metallisches Klirren, dann aufgeregte Protestlaute von Casjen. Nein, Casjen würde es nicht tun. Aber dann tat sie es eben selber. Er hielt den Atem an und wappnete sich gegen den letzten Schmerz.

»Dann lass es eben. Ich mag das auch nicht mehr. Dieses komische Knirschen, wenn die Knochen brechen. Beim alten Fedder war es auch ekelhaft. Was hat er sich auch so aufgeregt, dass ich ihm noch den Schürhaken überziehen musste, damit er nicht nach draußen lief und einen Aufruhr veranstaltete, wo er doch von dem schönen Essen sowieso schon halb tot war. Wir machen das mit der Katze anders. Dann gibt das hier auch nicht so eine Sauerei.« Ihr Kichern knirschte wie Eis in der Luft.

Mühsam öffnete der Kater wieder eines seiner Augen. Casjen hockte neben ihm, als wollte er ihn beschützen. Die Alte stieß mit dem Fuß die rostige Eisenstange weg, die er eben hatte klirren hören.

»Er wird schon Hunger kriegen und Durst sowieso. Ein bisschen Eisenhut, und schon ist die Sache erledigt.«

Nachdem Casjen ihm noch einmal ganz vorsichtig über den

Rücken gestrichen hatte, verließen beide den Raum, die Tür schloss sich, und alles war wieder still und dämmerig.

Die Sache ist erledigt? Er wollte nicht erledigt werden! Wenn er tatsächlich neun Leben hatte, waren vielleicht noch zwei oder drei davon übrig, und er würde um diese restlichen Leben kämpfen.

Plötzlich musste er an Rebekka denken. Er hatte versucht, ihr die Spuren zu zeigen, war immer wieder zu Gesines Haus gelaufen, hatte dort am Fenster gesessen und seinen Kummer und seine Wut herausgeschrien. Nie schien sie ihn zu verstehen, auch wenn er manchmal gedacht hatte, jetzt sei es so weit.

Einige Dinge hatte sie dann aber erstaunlicherweise selbst entdeckt. Sie war nicht vollkommen begriffsstutzig und manchmal sogar ziemlich schlau. Wenn sie jetzt die richtige Spur fand, war sie in Gefahr. Und er konnte sie nicht beschützen, solange er in diesem Keller festsaß. Auch deshalb musste er so schnell es nur ging wieder zu Kräften kommen, sich vor diesem Eisenhut – was auch immer das war – in Acht nehmen und sich befreien. Vielleicht half Casjen ihm, wenn er es schaffte, sich gegen seine Mutter durchzusetzen. Wenn nicht, musste er eben allein sehen, wie er hier rauskam, um Rebekka beizustehen. Ihr durfte nicht dasselbe passieren wie Lydia!

17. kapitel

Als Rebekka nach der Beerdigung zurückkam, lehnte Katrin Schirmer in der Einfahrt zu Lydias Haus am Kotflügel des Polizeiwagens und wartete auf sie.

»Ihre Nachbarin hat mir gesagt, det Sie bei der Beerdigung sind. Ick dacht mir, dass die bald vorbei sein muss.«

»Im *Schwan* geht es noch weiter. Fedder Alerts Sohn lädt zum Totenumtrunk ein, aber ich bin nicht mitgegangen.« Rebekka lächelte die junge Polizistin verhalten an.

Katrin Schirmer war erst vor wenigen Monaten aus Berlin gekommen und wusste wahrscheinlich nur zu genau, wie man sich als Fremde in Bradehusen fühlte. Sie erwiderte Rebekkas Lächeln und nickte. Dann zog sie eine Plastiktüte mit einem großen, dunklen Knopf darin aus der Tasche.

Rebekka erstarrte. Ihr Jackenknopf, den sie bei ihrem Einbruch in Fedders Haus verloren hatte!

»Icke wollte Ihnen das zeigen. Wir haben det Haus des ersten Opfers, also eegentlich des zweiten, wenn man Volkmar Rielsen ooch rechnet, noch mal gründlich durchsucht.«

In Rebekkas Kopf huschten wirre Gedanken wie Fledermäuse im Dunkeln herum. Sie konnte keinen davon festhalten. Wenn sie einfach zugab, dass der Knopf ihr gehörte? Schließlich war sie im Haus gewesen, als sie die Leiche gefunden hatte. Oder machte das aus irgendeinem Grund keinen Sinn, und es war besser, wenn sie behauptete, diesen Knopf niemals gesehen zu haben?

»Kommissar Garsen musste erst mal zurück nach Stade. Een

blut'ger Mord und mehrere Krankheitsfälle unter seinen Kollegen. Sind wohl in Stade der Meinung, das bei uns mit den paar alten Leuten und een bisschen Gift is nich so wichtich.« Nach ihrem zufriedenen Gesichtsausdruck zu urteilen schien die Polizistin mit dieser Entwicklung der Angelegenheit durchaus zufrieden zu sein. »Deshalb übernehmen meen Kollege und ick hier vor Ort so lange die Ermittlungen. Hat sich ja jetz plötzlich herausgestellt, det der Verdächtje es nich war.«

Rebekka nickte und wusste nicht, was sie davon halten sollte. Garsens Untersuchung des Falls war nach ihren Beobachtungen etwas nachlässig gewesen. Ob Dorfpolizisten allerdings die nötigen Kenntnisse besaßen, um in mehreren Mordfällen zu ermitteln, bezweifelte sie dann doch. Zumal es so klang, als wären die beiden nicht offiziell beauftragt, die Sache in die Hand zu nehmen.

»Wir ham alle Sachen von dem Toten durchjeguckt, aber nee – der Knopf is nich von ihm. Außerdem war er bei der ersten Durchsuchung jarantiert nich da. Er is doch richtig groß und lag direkt vor der Tür zum Keller, det hätt doch jemand jeseh'n. Trotzdem frag ick Ihnen jetz, ob Ihnen det Ding ufjefall'n is, als Sie im Haus war'n.«

Rebekka schüttelte den Kopf und hoffte, dass man durch die dünne Bluse nicht sah, wie heftig ihr Herz schlug. »Ist mir nicht aufgefallen.«

»Ham Sie den Knopf denn schon mal irjendwo jeseh'n?«

Sie schnappte nach Luft und bewegte erneut stumm den Kopf von rechts nach links und wieder zurück. Wenn sie jetzt zugab, dass sie sich nach dem Leichenfund noch einmal heimlich in Fedder Alerts Haus geschlichen hatte, wurde sie am Ende als neue Hauptverdächtige festgenommen. Möglich war alles, erst recht in Bradehusen, wo jetzt zwei Dorfpolizisten gegen einen Massenmörder ermittelten.

»Danke.« Katrin Schirmer steckte ihr Beutelchen mit dem Knopf wieder in die Tasche. »Wenn Ihnen noch was einfällt, melden Sie sich. Jederzeit.« Das hatte sie von den Kommissaren im Fernsehkrimi. Als wollte sie die Visitenkarte hervorholen, die an dieser Stelle den Zeugen immer in die Hand gedrückt wurde, tastete sie außen an ihrer Jacke entlang, ließ den Arm dann aber wieder sinken.

»Na toll«, murmelte Rebekka vor sich hin, während sie zusah, wie Katrin Schirmer in den Polizeiwagen stieg und davonfuhr. In diesem Augenblick war sie erleichtert bei dem Gedanken, dass sie Bradehusen schon bald verlassen würde.

Allerdings beschlich sie angesichts der Tatsache, dass es mit den Ermittlungen überhaupt nicht vorwärtsging und sie wahrscheinlich bald ganz eingestellt würden, ein zunehmend unbehagliches Gefühl. Würde überhaupt jemals jemand erfahren, wieso die alten Männer und wahrscheinlich auch Lydia hatten sterben müssen? Mit einem unterdrückten Seufzer schloss sie die Haustür auf.

»Frau Frey! Warten Sie!« Mit ausgestrecktem Arm einen Teller vor sich hertragend eilte Gesine Holste vom Nachbargrundstück durch die Büsche auf sie zu. »Ich habe etwas für Sie!« Außer Atem blieb sie vor Rebekka stehen und hielt ihr stolz die braunen Küchlein hin, die sie in einem Kreis auf der kleinen Platte angeordnet hatte.

»Wie nett von Ihnen!« Interessiert betrachtete Rebekka das herzhaft duftende Gebäck. »Was ist das?«

»Kartoffelküchlein mit Speck und Äpfeln«, verkündete Gesine stolz. »Sie suchen doch immer Rezepte mit Äpfeln, und da ist mir das hier eingefallen. Wenn Sie's mögen, schreibe ich Ihnen auf, wie man die Küchlein zubereitet.«

»Gerne.« Erstaunt nahm Rebekka das Geschenk entgegen. Nach dem eher barschen Verhalten, das Gesine ihr während ihrer ersten Tage in Bradehusen entgegengebracht hatte, war sie nach einiger Zeit deutlich freundlicher geworden. Aber dass sie jetzt sogar extra etwas für sie buk, war trotzdem überraschend. »Das ist wirklich nett von Ihnen, wo Sie doch so viel zu tun haben.«

Gesine winkte ab. »Ich dachte mir, wenn Sie heute die Sachen von Lydia durchgucken, haben Sie sicher keine Zeit, selbst zu kochen.« Sie sah Rebekka fragend an.

»Ich muss ja heute nicht unbedingt alles schaffen. Etwas Zeit ist noch, bis ich wieder zurück nach Osnabrück fahre. Aber trotzdem ist es natürlich praktisch, dass ich mich nicht um mein Abendessen kümmern muss.« Seit wann machte Gesine sich Gedanken, ob Rebekka genug Zeit fürs Kochen hatte? Ob sie selbst Hilfe mit irgendetwas brauchte? »Wie geht es Casjen?«

»Gut. Haben Sie doch heute gesehen, als wir im Garten waren.«

Wie aufs Stichwort kam in diesem Moment Casjen aus dem Haus und lief eilig auf sie zu.

»Nein, nein! Rein mit dir! Wir haben noch eine Menge zu tun.« Als wollte sie ein paar Hühner in den Stall scheuchen, wedelte Gesine mit den Armen.

Casjen beachtete sie jedoch gar nicht. Während er über den Rasen kam, sah er nur Rebekka an und stieß dabei aufgeregte Laute hervor.

»Er ist heute unausstehlich. Ich weiß nicht, was er hat. Wahrscheinlich muss ich ihm mal wieder ein paar von seinen Tabletten geben. Das wird helfen.« Energisch ging Gesine ihrem Sohn entgegen und packte ihn am Arm.

»Vielleicht macht er sich Gedanken wegen des Katers.« Besorgt sah Rebekka zu, wie die Mutter, die in diesem Moment entschieden überfordert wirkte, an ihrem großen, starken Sohn herumzerrte, der immer noch unbedingt zu Rebekka wollte.

»Quatsch. Der denkt doch nicht über das Vieh nach«, erwiderte Gesine grob. »Er ist heute einfach mal wieder verdreht im Kopf. Noch verdrehter als sonst.« Sie gab Casjen einen Klaps auf die Schulter, und er schien endlich einzusehen, dass er seiner Mutter gehorchen musste.

Bevor er sich umwandte und neben Gesine zurück zu ihrem Haus trottete, wobei sie ihn beim Handgelenk hielt wie ein kleines Kind, das auf einer belebten Straße nicht unter ein Auto kommen sollte, warf er Rebekka einen hilfesuchenden Blick zu. Doch wie sollte sie ihm helfen? Letztlich konnte er froh sein, dass seine Mutter sich so intensiv um ihn kümmerte.

»Mach's gut, Casjen«, rief Rebekka ihm hinterher.

Er erwiderte ihren Gruß. Jedenfalls kamen ein paar traurig klingende Laute aus seinem Mund. Dann drehte er sich endgültig um und ließ sich von Gesine durch die offen stehende Hintertür ins Haus ziehen.

Rebekka schnupperte neugierig an den Küchlein. Sie rochen nach knusprig gebratenem Speck, warmem Apfelmus und irgendwelchen Kräutern, die sie nicht identifizieren konnte. Sie meinte auch, die warmen Kartoffeln zu riechen, die wohl die Grundlage der Teigmischung darstellten. Wenn das schmeckte, konnte es ein interessantes Rezept sein. Vielleicht das erste einer neuen Kategorie in ihrem Kochbuch, über die sie unbedingt nachdenken musste: Fingerfood nach traditionellen Rezepten.

In der Küche stellte sie den Teller auf den Tisch und brach von einem der runden Küchlein ein Stück ab. Es schmeckte interessant, hatte aber einen leicht bitteren Nachgeschmack. Momentan war sie ohnehin noch nicht hungrig. Sie würde sich das Gebäck für abends aufheben und dann entscheiden, ob sie es mochte oder nicht.

Stellen Sie sich vor, Sie kommen nach einem langen Tag müde nach Hause, überlegen gerade missmutig, was Sie sich zu essen machen können, nachdem Sie es wieder einmal nicht zum Einkaufen geschafft haben, und dann kommt Ihnen Ihre freundlich lächelnde Nachbarin mit einem Teller voll leckerem Essen entgegen!

So ähnlich ist es mir heute gegangen. Kartoffelküchlein mit Speck und Apfel stehen heute auf meinem Speiseplan. Noch habe ich die freundliche Gabe meiner über die Maßen netten Nachbarin noch nicht verzehrt, aber mein Abendessen wartet bereits köstlich duftend auf mich.

Für die Bewohner und Bewohnerinnen der Stadt mit ihrer Anonymität, ihrem Hasten und Hetzen ist es kaum vorstellbar: Hier auf dem Land haben die Menschen noch die Zeit, die Ruhe und vor allem die Freundlichkeit, aneinander zu denken. Man macht sich gegenseitig eine kleine Freude. Einfach so.

Und falls mir die Küchlein schmecken, woran ich wegen ihres leckeren Anblicks und ihres verführerischen Dufts nicht zweifle, bekomme ich von meiner Nachbarin das Rezept. Was halten Sie von einem ganz besonderen ländlichen Fingerfood für Ihre nächste Party oder für ein Picknick im Grünen?

Seien Sie gespannt, ich bin es auch! Zunächst einmal bin ich natürlich im Vorteil. Schließlich werde ich die Küchlein noch heute genießen. Aber nur Geduld, schon sehr bald verrate ich Ihnen an dieser Stelle das Rezept …

Rebekka klickte auf *Senden* und streckte sich. *Danke, Gesine!* Bevor ihr die Nachbarin mit ihrem Teller entgegengeeilt war, hatte sie keine Ahnung gehabt, was sie heute schreiben sollte. Eine Beerdigung auf dem Lande hätte garantiert Thilos Unwillen erregt, zumal sie nicht einmal Einzelheiten über den Totenschmaus zum Besten geben konnte. Aber dieser Text würde ihm garantiert gefallen.

Zufrieden klappte sie ihren Laptop zu und ging zum Couchtisch, wo die Kartoffelküchlein auf sie warteten. Sie griff nach dem Stück, von dem sie schon etwas abgebrochen hatte, führte es zum Mund – und biss dann doch nicht ab. Obwohl sie seit einem kleinen, hastigen Imbiss vor der Beerdigung nichts gegessen hatte, war sie immer noch nicht hungrig. Aber etwas Frisches wäre prima. Also würde sie sich ein bisschen Obst aufschneiden und einen Cappuccino trinken. Der Abend war noch lang, auch wenn es draußen bereits dämmerte. Sie hatte sich vorgenommen, heute noch möglichst viel von Lydias Unterlagen durchzusehen.

Zunächst schloss sie den alten Eichenschrank auf und zerrte den Karton heraus, der seit jenem Abend darin stand, an dem sie von dem Apfellikör so schlagartig müde geworden war. Dann bereitete sie in der Küche einen Obstteller mit Äpfeln, einem saftigen Pfirsich und einer Banane vor, ließ eine große Tasse Cappuccino durchlaufen und rückte ihre Vorräte zusammen mit den Kartoffelküchlein in Griffnähe an die Ecke des Couchtischs. So konnte sie nebenbei essen und musste ihre Arbeit nicht unterbrechen. Schließlich klappte sie den Deckel des Kartons auf und vertiefte sich in die zahlreichen privaten Schriftstücke, Notizen, Fotos und Briefe, die von Lydias Leben in Bradehusen erzählten.

Die Schmerzen waren immer noch überall in seinem Körper, zerrten an seinen Beinen, stachen in seinen Bauch, hieben auf seinen Kopf ein, aber dennoch kehrte allmählich seine Kraft zurück. Inzwischen schaffte er es, sich auf den Beinen zu halten und sich vorsichtig durch den Raum zu bewegen. Dabei stellte er nur das fest, was er ohnehin schon gewusst hatte: Die einzige Möglichkeit, sein Kellerverlies zu verlassen, war die Tür, die von außen abgeschlossen war. Um die Chance zu nutzen, durch den sich öffnenden Türspalt hinauszulaufen, wenn sie zurückkam, war er noch viel zu schwach. Noch schoss bei jeder Bewegung der Schmerz wie loderndes Feuer durch seinen Körper, und vor seinen Augen tanzten grelle Blitze.

Zudem wurde von Augenblick zu Augenblick sein Durst größer. Seine Kehle war ausgedorrt wie ein Blatt nach einem langen Winter auf gefrorenem Boden. Mühsam schluckte er, obwohl es nichts zu schlucken gab. Obwohl er längst wusste, dass es keinen Sinn hatte, schleppte er sich noch einmal in die Ecke, in die sie zwei Schälchen gestellt hatte: eines mit Wasser, eines mit Fleisch und Gemüse. Das Wasser war frisch und kühl, aber als er seine Zunge gierig in das Nass getaucht hatte, war da ein bitterer Hauch gewesen, der ihn sofort zurückzucken ließ.

Natürlich würde er auch das Essen nicht anrühren. So blieb ihm noch eine Chance, wenn sie auch noch so klein war.

Als sich hinter ihm die Tür öffnete, hockte er sich, so schnell es trotz seiner schmerzenden Beine ging, auf den kalten Boden. Sie sollte nicht wissen, dass er laufen konnte. Bis jetzt hatte sie ihn nur kriechen sehen.

»Gut«, lobte sie ihn mit einer Stimme, die wohl freundlich klingen sollte, in der er aber ihre Ungeduld hörte. »Trink nur und friss. Das ist gutes Futter. Viel zu gut für dich. Friss es, dann hast du es überstanden.«

Er rührte sich nicht und sah sie unverwandt an, so wie er es bei jeder Gelegenheit getan hatte, seit die Männer Lydia aus dem Haus getragen hatten. Sie wusste, dass er wusste, was sie getan hatte. Und sie hielt es nicht mehr aus. Deshalb saß er hier mit zerschundenen Knochen vor vergiftetem Essen und Wasser, das ihm den Tod bringen würde.

Mit einem Ruck wandte sie sich ab, um ihn nicht mehr ansehen zu müssen. »Du wirst schon trinken!«, keifte sie mit schriller Stimme. »Und dein liebes neues Frauchen nebenan, die wird essen. Vielleicht trefft ihr euch im Jenseits. Dann kann sie herumspionieren und Rezepte sammeln und streunende Katzen füttern, so viel sie will, und ihr geht mir beide nicht länger auf die Nerven.«

Mit einem lauten Knall zog sie die Tür hinter sich zu und ließ ihn von Entsetzen erfüllt zurück. Sie wollte auch Rebekka mit ihrem Essen umbringen! Zitternd vor Angst und Schmerzen sah er sich in dem kahlen Raum um, in dem die Dunkelheit des hereinbrechenden Abends schon in den Ecken lauerte. Es musste einen Weg geben! Er musste Rebekka warnen – falls es nicht schon zu spät war.

»Was der zustande gebracht hat, hätten wir auch geschafft«, stellte Hauke Einers missmutig fest und starrte auf den Monitor, auf dem die Datei geöffnet war, die Kommissar Garsen für die Mordfälle angelegt hatte. »Schicken die den extra aus Stade, er nimmt den Falschen fest, lässt ihn wieder frei und verschwindet dann, weil die Verbrechen der Großstadt rufen.«

»Ick glob, er hat ziemlich viel Kummer. So privat. Is verlassen worden. Dat is ihm mal herausgerutscht. Wenn man sensibel is, steckt man det nich einfach so weg.« Katrin hatte großes Verständnis für Menschen mit Liebeskummer. Obwohl es bei ihr schon über ein halbes Jahr her war, seit sie ausgemustert worden war wie ein überflüssiges Möbelstück, litt sie immer noch, wenn es auch langsam, sehr langsam, besser wurde.

»Dann hätten die ihn eben nicht herschicken sollen.« Hauke hatte weniger Geduld mit jemandem, der tagelang wie ein Geist herumlief und nur gelegentlich aus seiner Trance zu erwachen schien.

»Und was machen wir jetz? Globst du, wir finden raus, wat passiert ist? Is ja ejentlich nich unsere Arbeit. Wat verstehen wir schon davon?«

»So viel wie der Garsen verstehe ich schon lange davon.« Mit wichtiger Miene hob Hauke den Beutel mit dem abgerissenen Knopf hoch und starrte ihn an, als könnte das Ding ihm Aufschluss über die mysteriösen Todesfälle geben.

»Kann schon sein.« Katrin zuckte mit den Schultern.

»Die in Stade nehmen das nur nicht ernst, weil die Opfer alle über achtzig waren«, ereiferte sich ihr Kollege. »Und so ein Giftmord wirkt ja auch irgendwie … friedlich. Wenn die mit aufgeschlitzter Kehle auf der Straße gelegen hätten, wäre das ganz was anderes gewesen. Ich glaub, wir sollten noch mal mit der Frau reden, die das mit dem Fedder angezeigt hat. Wer weiß, ob der Garsen die die richtigen Dinge gefragt hat. Der war doch mit seinen Gedanken dauernd sonst wo.«

»Ick war ja heut wejen dem Knopf bei ihr. Kennt se nich.« Katrin deutete auf den Plastikbeutel in Haukes Hand.

»Man muss da ganz geschickt fragen, dann fällt den Leuten manchmal noch was ein.«

»Wenn de meinst!« Mit einem Blick auf die Wanduhr stellte Katrin fest, dass es bis zum Feierabend nur noch eine Viertelstunde war. Zeit, den Schreibtisch aufzuräumen.

»Wir könnten jetzt noch schnell bei ihr vorbeifahren. Abends ist sie bestimmt zu Hause«, schlug Hauke vor.

»Det hat nu wirklich Zeit bis morgen! Du globst doch nich, det ihr nu plötzlich einfällt, sie hat den Mörder gesehen, nur weil jetz du se fragst?«

»Wir rollen die ganze Geschichte neu auf.« Offensichtlich hatte Hauke das Jagdfieber gepackt. »Möchtest du in einem Dorf leben, in dem ein Mörder wohnt, der drei Menschen auf dem Gewissen hat?«

Katrin unterdrückte einen Seufzer. »Nee. Am liebsten möchte ick zurück nach Berlin, aber det wird einfach nüscht mit meiner Versetzung. Die sind froh, dass sie ’ne Dumme für so’n Kaff gefunden haben. Jetz komme ick hier nie mehr weg.«

»Siehste! Da kannst du dir genauso gut Mühe geben, dass hier Recht und Ordnung herrschen. Außerdem sind wir gar kein so schlechtes Team, finde ich.«

Jetzt musste sie lächeln. »Stimmt! Die Kollegen in Berlin war’n längst nicht so nett wie du. Morjen roll’n wir den Fall neu uf und machen det viel besser als der Garsen.«

»Ist blöd, aber morgen sollten wir wohl erst mal den Bericht über den Unfall auf der Hauptstraße schreiben. Mit dem Bramsen müssen wir mal ein ernstes Wort reden. Der behauptet immer noch, der Traktor wär mit mindestens achtzig um die Kurve gekommen, deshalb hätt er nicht mehr bremsen können. Dabei weiß jeder, dass das Ding umkippt, wenn es auch nur mit zwanzig vor der Stallwand wendet. Kann also nicht sein.« Hauke war deutlich anzumerken, dass er zurzeit mehr Spaß an der Mörderjagd als an langweiligen Blechschäden auf der Landstraße hatte.

Katrin folgte ihm zur Tür. Es waren zwar noch fast zehn Minuten, bis die Wache offiziell schloss, aber in dieser Zeit würde ja wohl kaum ein neuer Mord gemeldet werden. Obwohl man da nach den Ereignissen der letzten Wochen nicht mehr ganz sicher sein konnte.

Rebekka schob den Stapel mit alten Fotos zur Seite, um die Rezepte vor sich auszubreiten, die sie zwischen unzähligen Zeitungsausschnitten, Ankündigungen von Kirchenbasaren, Kalenderblättern mit Sprüchen und alten Briefen gefunden hatte. Bis jetzt waren es mindestens zwei Dutzend Rezepte. Einige fast unleserlich gekritzelt, andere sorgfältig notiert, manche ohne Mengenangaben und viele nur in Stichworten. Dennoch hatte sie, wie erhofft, einen kleinen Schatz gehoben.

Während sie sich mit der linken Hand den Nacken massierte, der von der gebückten Haltung vor dem niedrigen Tisch schmerzte, griff sie mit der rechten nach ihrer Tasse, die allerdings bis auf ein paar Tropfen kalter Flüssigkeit schon wieder leer war. Das musste bereits der dritte oder vierte Cappuccino an diesem Abend gewesen sein. Aber auf diese Weise würde sie wenigstens munter bleiben, bis ihre Arbeit vollständig erledigt war.

Wahrscheinlich war es am vernünftigsten, jetzt erst einmal dafür zu sorgen, dass sie außer Kaffee noch etwas in den Magen bekam. Die Kartoffelküchlein standen immer noch unberührt da. Nur das Obst hatte sie nebenbei gegessen, aber das war nun auch schon zwei oder drei Stunden her. Die alte Wanduhr zeigte fast elf. Der Kaffee hatte ihre Magennerven betäubt, und über den Dokumenten eines langen Lebens war die Zeit wie im Flug vergangen.

Sie zog den Teller mit Gesines Gebäck zu sich heran und griff nach dem Küchlein, von dem sie schon ein Stück abgebrochen hatte. Dieses Mal bis sie herzhaft hinein und schloss genießerisch die Augen. Himmlisch! Der Speck war offenbar knusprig ausgebraten worden, bevor Gesine ihn in den Teig gerührt hatte. Die Grundmasse aus Kartoffeln war mit Muskat und Pfeffer gewürzt und schmeckte köstlich nach Butter. Die weichen Apfelstücke verliehen den kleinen Kuchen eine saftige Frische.

Sie schob sich einen weiteren Bissen in den Mund. Kräuter waren auch in dem Gebäck, auf jeden Fall etwas Petersilie. Sie kaute, schluckte und biss erneut ab. Da war eine bittere Note, von der sie nicht sicher war, ob sie sie mochte. Wenn sie das Rezept für ihr Kochbuch benutzte, würde sie dieses Kraut weglassen.

Aus dem Augenwinkel meinte sie, draußen vor dem Fenster eine Bewegung gesehen zu haben. Jamie? Sie richtete sich auf und sah angestrengt hinaus in den Garten. Die Neumondnacht war so dunkel, dass die Schwärze wie ein dichtes Tuch vor der Scheibe lag. Und doch schien sich ein oder zwei Meter vom Fenster entfernt wieder etwas zu regen.

Nach Hannes Sommers Entlassung war klar, dass der Mörder von Fedder, Heinz und Volkmar immer noch auf freiem Fuß war. Aber warum sollte er ums Haus schleichen und in ihre Fenster sehen? Sie würde nicht wieder anfangen, sich selbst Angst zu machen.

Entschlossen ging sie zum Fenster und öffnete es. »Jamie?«, flüsterte sie hinaus in die Dunkelheit.

Nichts. Gerade wollte sie sich abwenden, als sie meinte, ganz in der Nähe jemanden atmen zu hören. Es war der Atem eines Menschen, nicht der eines Tiers. Sie erstarrte und sah hinüber zu der Buschreihe, die einen knappen Meter vom Fenster entfernt begann.

Hör auf damit, befahl sie sich selbst. *Hier schleichen keine Mörderbanden herum. Das ist der Wind, nichts als der Wind.*

Dennoch schloss sie hastig das Fenster und drehte den Schlüssel im Griff um. Nachdem sie die Nacht mit ihren Geräuschen ausgesperrt hatte, atmete sie auf. Doch kaum hatte sie sich wieder auf das alte Sofa gesetzt, zuckte sie erneut zusammen. Die Stille wurde von einem lang gezogenen hohen Ton durchschnitten. Er drang von draußen nur ganz gedämpft ins Haus, doch er ging ihr durch Mark und Bein.

Ein wenig erinnerte der Laut sie an die Liebesschreie von Katzen, die selbst in der Stadt in warmen Sommernächten zu hören waren. Doch dieses Geräusch war anders. Klagend und schmerzlich gellte es durch die Nacht, als riefe eine gequälte Kreatur in größter Not um Hilfe.

Dann war es vorbei, und durch das geschlossene Fenster vernahm sie nichts als Stille, die ihr plötzlich bedrohlich erschien.

Sie wollte nach einem weiteren Kartoffelküchlein greifen, überlegte es sich aber anders. Schon das eine kleine Gebäckstück, das sie gegessen hatte, lag ihr schwer im Magen. Und im Mund spürte sie immer noch diesen seltsamen bitteren Nachgeschmack. An dem Rezept musste noch einiges geändert werden.

Mit einem Ruck schob sie den Teller mit den Küchlein an den Tischrand, dabei streifte die Kante der kleinen Keramikplatte einen der Fotostapel, die sie nebeneinander aufgereiht hatte, und die Bilder flatterten auf den Boden.

»Mist!«, murmelte sie vor sich hin, während sie sich bückte. Sie hasste es, von solchen Kleinigkeiten aufgehalten zu werden.

Als Rebekka sich wieder aufrichtete, spürte sie eine leichte Übelkeit. Sie hatte eindeutig zu wenig gegessen und zu viel Kaffee getrunken. Vielleicht würde sie sich nachher noch ein paar Scheiben Toast machen. Sorgfältig schob sie die hinuntergefallenen Fotos auf der Tischplatte wieder zu einem Stapel zusammen.

Es waren verblichene Schnappschüsse von Menschen, die sie nicht kannte. Eines der Bilder lag falsch herum, und sie sah den Datumsstempel auf der Rückseite, wie sie früher nach dem Entwickeln verwendet wurden. *7/76* stand da. Das Foto war also an die vierzig Jahre alt. Als sie es umdrehte, erkannte sie sofort, wo die Aufnahme gemacht worden war. Den Hintergrund bildete das weiß gestrichene, lang gezogene Gebäude des *Goldenen Schwans.* Wenn sie ganz genau hinschaute, konnte sie sogar einen Teil des Schriftzugs über der Tür lesen.

Vor dem Gasthof stand eine Menschengruppe. Alle waren im mittleren Alter und hatten sich fein gemacht, vielleicht um im Gasthof einen Geburtstag zu feiern. Rebekka wollte das Foto schon zurück auf den Stapel legen, als sie plötzlich doch eines der Gesichter erkannte. Obwohl inzwischen so viel Zeit vergangen war, hatte Gesine Holste sich kaum verändert. Das Haar streng zurückgekämmt, kerzengerade aufgerichtet, sah sie mit leicht zusammengekniffenen Augen misstrauisch direkt in die Linse der Kamera.

Auf dem Arm hielt sie ein kleines Kind von etwa einem Jahr. Das musste Casjen sein! So ausgestoßen aus der Dorfgemeinschaft, wie Gesine behauptete, war sie offenbar nicht – jedenfalls war sie es damals nicht gewesen. Da sich dieses Foto in Lydias Besitz befunden hatte, war sie vielleicht eine der anderen Frauen auf dem Bild. Friedrich Damann hatte Rebekka bei ihrem gemeinsamen Essen erzählt, dass seine Schwester auch während ihrer Ehe, als sie in Hamburg gelebt hatte, regelmäßig nach Bradehusen gekommen war, um die Kontakte aus ihrer Jugend zu pflegen. Zu diesen Kontakten hatte wohl auch Gesine gehört.

Interessiert blätterte Rebekka nun die Fotos durch, die sie vorher nur zwischen den verschiedenen Schriftstücken herausgesucht und sorgsam beiseitegelegt hatte, um Friedrich Damann die Erinnerungen an seine Schwester in einem etwas geordneteren Zustand zurückzugeben, als sie sie bekommen hatte.

Obwohl es im Haus keine Bilder der ehemaligen Bewohnerin gab, erkannte Rebekka bald, wer von den Frauen auf den Fotos Lydia war. Auf fast allen Bildern war eine hochgewachsene blonde Frau zu sehen, die meistens lachte. Die langen Haare trug sie locker im Nacken verschlungen, aber einige Strähnen hatten sich stets gelöst und kringelten sich um ihr Gesicht.

Dann hielt Rebekka plötzlich ein Bild in der Hand, bei dessen Anblick sie erstarrte. Es zeigte eine größere Menschenmenge, die offenbar am Straßenrand stand, während irgendein Umzug vorüberkam. Wahrscheinlich handelte es sich um so etwas wie ein Feuerwehrfest. Am Bildrand war verschwommen ein Mann in Uniform mit einer Pauke zu erkennen.

Die Köpfe einzelner Männer waren mit einem schwarzen Filzstift eingekreist, und um den kleinen Jungen von etwa drei Jahren hatte jemand mit dicken Strichen ein Rechteck gemalt. Casjen – wieder auf Gesines Arm! Er strahlte über das ganze Gesicht und hatte beide Ärmchen hochgereckt, um den Vorüberziehenden zuzuwinken. Zwischen dem Rechteck und den drei eingekreisten Köpfen gab es Verbindungsstriche mit Fragezeichen darüber. Eines der Fragezeichen war dick durchgestrichen worden, und als Rebekka ihren Blick zwischen dem Gesichtchen des Kindes und dem Kopf des Mannes hin- und herwandern ließ, erkannte sie, warum. Die Ähnlichkeit war zwar nicht unübersehbar, aber auf den zweiten Blick deutlich vorhanden. Die Stirn, die Nase, der Zug um den Mund – offenbar hatte Lydia beim Betrachten alter Fotos erkannt, wer Casjens Vater war. Aber warum hatte sie drei Männer eingekreist? Waren das die infrage kommenden Väter, die drei Männer, mit denen Gesine ein Verhältnis gehabt hatte?

Gesine hatte ihr ganz zu Beginn ihrer Bekanntschaft von ihren drei Lieben erzählt. Logischerweise entstammte ihr Sohn einer dieser Liebschaften. Den Namen des Vaters hatte sie anscheinend im Dorf geheim gehalten, obwohl es gewiss viel Getuschel und zahlreiche Vermutungen gegeben hatte.

Nachdenklich drehte Rebekka das Foto um, weil sie feststellen wollte, wann es aufgenommen worden war. Auf die Rückseite hatte Lydia mit ihrer verschnörkelten Schrift, die Rebekka inzwischen schon vertraut war, etwas notiert. Es waren drei Namen, bei deren Anblick Rebekka die Luft anhielt.

Volkmar

Heinz

Fedder

Nun wusste sie, weshalb ihr eines der eingekreisten Gesichter bekannt vorgekommen war. Fedder war inzwischen viel älter geworden, und zuletzt hatte sie ihn buchstäblich leichenblass gesehen, aber es handelte sich zweifellos um ihn.

Rebekka sprang auf und lief im Zimmer hin und her, weil sie vor lauter Aufregung nicht still sitzen konnte. Die Namen der drei Opfer! Das war kein Zufall. Lydia hatte offenbar schon nach Volkmars Tod herausgefunden, was das Motiv für einen Mord sein konnte. Sie hatte geahnt, dass das erste Opfer keines natürlichen Todes gestorben war – und hatte deshalb selbst sterben müssen.

Rebekkas Blick irrte hinüber zu dem Blutfleck am Kamin. Also hatte sie es sich doch nicht nur eingebildet, dass auch bei Lydias Tod etwas nicht mit rechten Dingen zugegangen war. Sie lief zum Fenster und schloss die Vorhänge. Vor Aufregung war ihr ganz schlecht, und ihre Knie zitterten.

Die Kartoffelküchlein! Es war erst wenige Minuten her, seit sie eines davon gegessen hatte. Eilig hastete sie ins Bad, beugte sich über die Toilettenschüssel und schob sich den Zeigefinger tief in den Rachen. Würgend brachte sie das Wenige, was sie gegessen hatte, wieder hervor. Nachdem sie sich den Mund ausgespült hatte, trug sie die restlichen Küchlein in die Küche und verwahrte sie in einer Plastikbox mit Deckel. Möglicherweise würde sich die Polizei für das Gebäck interessieren. Rebekka war nicht sicher, ob ihre Nachbarin tatsächlich versuchte, sie zu vergiften. Aber die Küchlein hatten seltsam bitter geschmeckt, und da sie Gesine heute Morgen erzählt hatte, dass sie abends Lydias Unterlagen durchsehen wollte, gab es durchaus einen guten Grund, sie ausgerechnet heute außer Gefecht zu setzen.

Zurück im Wohnzimmer griff Rebekka nach ihrem Handy und wählte die Nummer der Bradehusener Polizeistation. Dort erreichte sie um diese Zeit sehr wahrscheinlich niemanden mehr, aber sie wollte es wenigstens versuchen. Nachdem sie es eine ganze Weile hatte klingeln lassen, legte sie auf. Was tat man hier auf dem Land eigentlich, wenn man wirklich Hilfe brauchte? Wahrscheinlich 112 wählen. Aber das schien ihr in dieser Situation doch etwas übertrieben. Möglicherweise hatte Gesine nicht das Geringste mit den Morden zu tun, und die Kartoffelküchlein waren vollkommen in Ordnung. Es war am vernünftigsten, wenn sie sich morgen früh mit Katrin Schirmer und Hauke Einers in Verbindung setzte, die ja jetzt wohl für den Fall zuständig waren.

Ein Blick auf die Uhr zeigte Rebekka, dass es erst kurz vor Mitternacht war. Sie musste unbedingt mit jemandem über ihre Entdeckung sprechen! Also griff sie nach ihrem Handy, wählte ohne zu zögern eine Nummer aus ihrer Kontaktliste und lauschte angespannt dem Rauschen der Nacht aus dem Hörer. Dann ein leises Klicken und Yorks Stimme. »Architekturbüro York Liebermann. Momentan bin ich leider beschäftigt, freue mich aber über Ihren Anruf. Wenn Sie Ihren Namen und Ihre Rufnummer hinterlassen, rufe ich so bald wie möglich zurück. Vielen Dank.«

Rebekka biss sich auf die Unterlippe. Sie hatte gehofft, dass York noch wach war. Normalerweise ging er nicht vor Mitternacht ins Bett, und manchmal saß er um diese Zeit sogar noch über irgendwelchen Entwürfen. Ausgerechnet heute war dem nicht so.

Das Piepen, mit dem sie aufgefordert wurde, ihre Nachricht zu hinterlassen, riss sie aus ihren Gedanken. »York! Ich glaube, ich weiß jetzt, womit die Morde hier im Dorf zusammenhängen. Ich bin mir sogar ziemlich sicher … Morgen früh benachrichtige ich die Polizei. Bitte ruf mich so schnell wie möglich an. Ich würde zu gern mit dir über die Sache reden!«

Sie unterbrach die Verbindung, warf das Handy neben sich auf die Couch und starrte es an, als könnte sie dadurch erreichen, dass es klingelte. Vielleicht schlief York ja doch noch nicht und hörte noch einmal seine Nachrichten ab.

Casjen stand im dunklen Kellergang und starrte die Tür an, hinter der der Kater gerade wieder einen lauten, lang gezogenen Ton ausstieß. Er brauchte Hilfe, und er rief nach ihm! Aber was sollte er tun? Die Tür war abgeschlossen, und seine Mutter hatte den Schlüssel in ihre Schürzentasche gesteckt. Niemals würde er es schaffen, ihn heimlich da herauszuholen.

Außer vielleicht wenn sie nachher schlafen ging und ihre Schürze über den Stuhl neben ihrem Bett hängte. Aber auch das war sehr, sehr schwierig. Sie hörte ihn immer, wenn er nachts aufstand. Als ob sie gar nicht richtig schlafen würde. Sogar wenn er sich barfuß die Treppe hinunterschlich, um in der Küche ein bisschen Zucker zu naschen, war sie sofort da. Wie sollte er da in ihr Zimmer kommen und sich den Schlüssel holen, ohne dass sie es merkte?

Leise kratzte er mit den Fingernägeln am rissigen Holz der Tür, damit der Kater wusste, dass er nicht allein war. Eine Weile blieb es ganz still. Dann brachte der Kater einen tiefen Ton hervor, der sich sehr traurig anhörte.

Als Antwort gab Casjen ebenfalls ein Brummen von sich. Er war auch traurig. Seine Mutter mochte den Kater nicht und wollte nicht, dass er noch lebte. Aber *er* wollte es! Der Kater war sein Freund. Wenn er ihn rief, kam er zu ihm und ließ sich streicheln, so lange er es wollte. Was meistens so lange war, bis seine Mutter ihn sah und anfing zu schimpfen.

Er musste es irgendwie schaffen, dem Kater zu helfen. Auch wenn er Angst hatte, dass seine Mutter mit ihm schimpfte und ihn den ganzen Tag in seinem Zimmer einsperrte, sobald sie es herausfand. Das tat man für Freunde. Man half ihnen, auch wenn man Angst hatte.

Als mit einem Ruck die Tür oben an der Kellertreppe aufgerissen wurde und helles Licht die Stufen hinunter in den dunklen Gang fiel, versuchte er, sich ganz klein zu machen.

»Casjen? Was tust du da unten? Komm sofort rauf! Du musst deine Medizin nehmen.«

Er kratzte ein letztes Mal an der Tür, was heißen sollte, dass er wiederkommen würde. Dann ging er nach oben zu seiner Mutter, obwohl er die Tabletten nicht schlucken wollte, die sie ihm immer gab, wenn sie meinte, dass er »noch verdrehter war als sonst«. Komisch, das sagte sie immer dann, wenn sein Kopf sich heller und klarer anfühlte als an anderen Tagen und er genau wusste, was er tun wollte, weil es sich ganz richtig anfühlte. So wie heute. Er musste den Kater retten und durfte sich auch durch die Tabletten nicht aufhalten lassen, die komische Wolken um seine Gedanken legten und ihn müde machten. Vielleicht schaffte er es, wenigstens eine davon heimlich auszuspucken. Vielleicht auch beide.

18. kapitel

Vorsichtig schob York den Arm weg, der quer über seiner Brust lag, und wandte den Kopf, um im schwachen Licht der kleinen Lampe neben dem Bett Mariettas Profil zu betrachten. Sie schlief tief, und um ihre Lippen spielte ein zufriedenes Lächeln.

Wie hatte es passieren können, dass er entgegen all seinen guten Vorsätzen nun doch wieder mit ihr geschlafen hatte? Unwiderstehlich fand er sie nicht, und verliebt war er auch nicht mehr in sie. War es Mitleid gewesen, weil sie so sehr geweint hatte? Verdammt, damit machte er es ihr nicht leichter - und sich selbst auch nicht.

Natürlich glaubte sie, nachdem sie mit ihm im Bett gewesen war, nun sei alles wieder gut. Am besten würde es sein, wenn er ihr sofort nach dem Erwachen erklärte, dass das ein großer Irrtum war. Und er durfte sich weder durch Tränen noch durch Vorwürfe von seinem Entschluss abbringen lassen. Vielleicht würde sie versuchen, ihm Freundschaft abzuhandeln, doch das funktionierte ohnehin nicht. Durch das Hintertürchen, das sie sich auf diese Weise offen ließen, machte er ihr nur wieder Hoffnung.

Ganz langsam, um sie nicht zu wecken - ein bisschen Zeit brauchte er noch, bevor er sich ihren Schluchzern und ihrem tränenumflorten Blick stellte -, schlug er die Decke zurück, stellte die Füße auf den Boden und schob sich vorsichtig über den Rand der Matratze. Erst als er im Flur stand und leise die Tür hinter sich ins Schloss gezogen hatte, atmete er auf.

Auf dem Garderobenschränkchen lag sein Handy, das er ausgeschaltet hatte, bevor er sich von Marietta in sein Schlafzimmer hatte ziehen lassen. Nun ja, von einem bestimmten Moment an hatte sie nicht mehr ziehen müssen, so ehrlich wollte er sich selbst gegenüber sein. Was die Sache nicht unbedingt besser machte.

Er schaltete das Smartphone wieder ein und sah, dass er einen Anruf von Rebekka verpasst hatte. Einen Anruf um kurz vor Mitternacht. So spät meldete sie sich nur bei ihm, wenn es dringend war. Sofort musste er an die Morde in dem Dörfchen denken, das mit seinen Apfelbäumen und Wiesen, der Stille und der frischen, ein bisschen salzigen Luft wie ein kleines Paradies wirkte. Offenbar war es aber ein Paradies, hinter dessen idyllischer Fassade das Böse nicht nur lauerte, sondern durchaus auch seine Hände nach den arglosen Bewohnern ausstreckte.

Nachdem er sich Rebekkas Nachricht auf seiner Mailbox angehört hatte, wählte er eilig ihre Nummer und ließ es lange klingeln. Sie meldete sich nicht. Ob sie ins Bett gegangen war? Ihre Nachricht klang nicht, als hätte sie vorgehabt, gleich zu schlafen. Schließlich forderte sie ihn auf, so schnell wie möglich zurückzurufen.

Was, wenn der Mörder, dem sie womöglich auf der Spur war, wusste, dass sie ihn verraten konnte – und dass ihm nur noch diese Nacht blieb, um sie zum Schweigen zu bringen? York schüttelte irritiert den Kopf. Das war doch absurd! Allerdings waren die Leichen in Bradehusen durchaus real. Und wo es Opfer gab, gab es auch einen Mörder, der nicht davor zurückschreckte, Menschen zu töten, die ihm im Wege waren.

Er stand eine Weile bewegungslos da und starrte nachdenklich die Wand an, dann ging er entschlossen zurück zur Schlafzimmertür und öffnete sie, ohne sich die geringste Mühe zu geben, leise zu sein.

Während er seine Kleidung vom Boden aufsammelte, wo er

sie zwei Stunden zuvor verteilt hatte, hob Marietta den Kopf. »Was machst du da?«, murmelte sie verschlafen. »Komm zurück ins Bett.«

»Tut mir leid. Du musst aufstehen.« Plötzlich fiel es ihm ganz leicht, hart zu ihr zu sein. Es war besser so für sie. Dann würde sie sich keine Hoffnung mehr machen und sich einen Freund suchen, der zu ihr passte. »Was heute Nacht zwischen uns passiert ist, war ein Fehler. Ich kann mich nur dafür entschuldigen.«

»Fehler? Entschuldigen?« Ihre Stimme war hoch und schrill, während sie sich aufrecht hinsetzte und keine Anstalten machte, ihren blanken Busen zu bedecken. »Was denkst du dir bloß? Glaubst du, du kannst mit mir schlafen und mich dann einfach wieder abservieren? Bildest du dir etwa ein, ich lasse mich benutzen wie ein Papiertaschentuch, das man anschließend wegwirft?«

Wenigstens weinte sie nicht, sondern war wütend auf ihn. Damit konnte er viel besser umgehen. Obwohl ihn im Moment ihre Tränen auch nicht aufgehalten hätten.

»Du hast mich genauso benutzt wie ich dich«, erwiderte er ruhig und stieg mit dem linken Bein in seine Hose. »Du wolltest es unbedingt und ich dann irgendwann auch. Was mir leidtut, denn ich hätte standhaft bleiben sollen. Es ist aus, Marietta. Das habe ich dir klar und deutlich gesagt. Mehrmals.«

Er zog den Gürtel so eng zu, dass ihm kurz die Luft wegblieb, aber im Moment hatte er keine Zeit, sich um solche Kleinigkeiten zu kümmern. »Wir haben uns nur getroffen, weil du unbedingt noch eine Aussprache wolltest. Obwohl längst alles gesagt war.«

»War es nicht.« Sie zog einen Flunsch wie ein kleines Mädchen – wie das kleine Mädchen, das sie eigentlich noch war –, und plötzlich standen wieder Tränen in ihren Augen. »Da ist noch so viel zwischen uns, sonst hätten wir uns nicht geliebt.«

Mit einer weit ausholenden theatralischen Geste umfasste sie die Fläche des zerwühlten Betts.

Er unterdrückte einen Seufzer und schlüpfte in sein Hemd. »Wir hatten Sex, weil ich ein Mann bin und du eine attraktive Frau. Du kennst mich und weißt, welche Knöpfe du bei mir drücken musst. Dafür schäme ich mich, aber so ist es nun einmal.«

»Du bist gemein!« Jetzt kullerten die Tränen, aber sie wischte sie nicht fort.

»Zieh dich bitte an«, bat er Marietta in ruhigem Ton. »Ich muss weg.«

»Wohin willst du mitten in der Nacht? Du kannst nicht einfach gehen, bevor wir die Sache zwischen uns geklärt haben.« Sie rührte sich nicht von der Stelle und ließ, absichtlich oder unabsichtlich, ihren Busen wippen.

»Steh bitte auf«, wiederholte er. »Ich habe es eilig.«

»Ich liebe dich, York. Bitte … Du liebst mich doch auch. Das weiß ich.«

»Du kennst mich überhaupt nicht richtig, Mari. Die meiste Zeit hast du dich doch über mich und mein Verhalten gewundert, wenn du ehrlich bist.« Sanft zog er ihr die Decke weg. »Bitte!«

»Es ist eine andere Frau!« Jetzt war ihre Stimme so grell, dass sie ihm in den Ohren schrillte. »Du hast eine andere. Deswegen werde ich abserviert. Du steigst aus dem Bett, in dem du eben noch mit mir gelegen hast, und fährst zu ihr.«

»Nein. Es geht nicht um eine andere Frau, jedenfalls nicht so. Es geht um Freundschaft. Rebekka ist in Gefahr. Sie braucht meine Hilfe.«

»Rebekka! Rebekka! Ich kann es nicht mehr hören! Was soll das eigentlich mit der Freundschaftsnummer? In Wirklichkeit bist du total heiß auf sie. Sie braucht nur zu pfeifen, dann springst du.«

York bückte sich, um eine seiner Socken unter dem Bett hervorzuangeln. »Da täuschst du dich. Rebekka pfeift nicht. Sie ist im Gegensatz zu dir eine erwachsene Frau, die sehr gut allein klarkommt. Wenn ich zu ihr fahre, dann aus freien Stücken. Weil ich mir Sorgen um sie mache.«

»Für mich hast du so etwas nie getan.« Immer noch versuchte Marietta, ihn in eine Diskussion zu verstricken, die er nicht führen wollte.

»Es tut mir leid. Aber ich gehe jetzt. Zieh bitte einfach die Tür hinter dir zu.« Er ignorierte ihren empörten Aufschrei und verließ seine Wohnung, ohne sich noch einmal umzudrehen. Auf dem Weg zum Auto versuchte er noch einmal, Rebekka zu erreichen. Sie meldete sich nicht.

Die Zeit vertickte endlos langsam, während Rebekka auf dem Sofa saß und die alte Wanduhr anstarrte. Dabei fuhren die Gedanken in ihrem Kopf Karussell. Wenn Gesine Holste tatsächlich die drei Männer umgebracht hatte, mit denen sie im Laufe ihres Lebens eine Beziehung gehabt hatte und von denen einer Casjens Vater war – warum hatte sie es getan? Wenn sie einen der Männer oder alle beerbt hätte, wäre das als Motiv sicher selbst einem so nachlässigen und ständig abgelenkten Kommissar wie Garsen aufgefallen. Es musste einen anderen Grund geben.

Oder war es absurd, die alte Frau für eine Mörderin zu halten? Das mit dem Gift passte jedenfalls! Gesine hatte ihr selbst erzählt, dass sie sich mit Kräutern bestens auskannte. Und Garsens Andeutungen war zu entnehmen gewesen, dass die Opfer mit einer Mischung aus natürlichen Giftstoffen getötet worden waren. Auch das passte zu Gesine.

Der Apfellikör! Vor Schreck schlug Rebekka sich die Hand vor den Mund. Es war gar nicht der Alkohol gewesen, der sie an jenem Abend außer Gefecht gesetzt hatte! Gesine hatte den Likör vergiftet oder ihm zumindest ein Betäubungsmittel beigemischt. Und genau in jener Nacht, in der sie quasi bewegungsunfähig im Bett gelegen hatte, war jemand im Haus gewesen und hatte alles durchsucht. Es war um die Fotos und Notizen gegangen, die Lydia gesammelt hatte. Gesine war dabei gewesen, als Damann Rebekka den Karton übergeben hatte, und sie hatte befürchtet, Rebekka könnte darin etwas finden, was auf sie als Täterin hindeutete!

Gesine hatte das Haus nach den Notizen und Fotos durchsucht, sie aber nicht gefunden, da sie im Eichenschrank eingeschlossen gewesen waren. Wahrscheinlich hatte sie absichtlich alles so offenkundig durchwühlt zurückgelassen, um Rebekka Angst zu machen, in der Hoffnung, sie würde dann das Dorf verlassen. Als Rebekka die Polizei gerufen hatte, hatte Gesine einfach ihrem behinderten Sohn das unbefugte Eindringen in Lydias Haus untergejubelt, um weitere Untersuchungen zu verhindern.

Rebekka sprang auf, ging zur Hintertür, öffnete sie und sah hinüber zu Gesines Haus. Alle Fenster waren dunkel, denn um diese Zeit schliefen Gesine und Casjen normalerweise längst.

Rebekka musste daran denken, wie Gesine minutenlang in ihrer Speisekammer gewerkelt hatte, bevor sie mit dem Apfellikör zum Vorschein gekommen war. Sie hatte irgendeine betäubende Kräutermischung hineingerührt! Ein Schauer durchlief sie. Wäre sie jetzt tot, wenn sie mehr von dem Likör getrunken hätte?

Automatisch bewegte sie sich über das taufeuchte Gras auf Gesines Haus zu. Sie war sich ziemlich sicher, dass Gesine ihre Giftkräuter, wahrscheinlich schon in irgendeiner rasch weiterverwertbaren Weise aufbereitet, in der Speisekammer aufbewahrte.

Wenn sie ins Haus käme, könnte sie der Dorfpolizei einen Tipp geben, der den Fall sehr schnell zum Abschluss bringen würde.

Im Schatten der lichten Buschreihe zwischen den Grundstücken schlich sie zur Hintertür des Holste-Hauses. Als in der Nähe Geäst knackte, fuhr sie erschrocken herum und lauschte atemlos in die Dunkelheit, doch es blieb still.

Vorsichtig legte sie die Hand auf die Klinke und drückte sie herunter. Als die Tür aufschwang, schnappte sie nach Luft. Sie hatte nicht damit gerechnet, so leicht ins Haus zu gelangen. Schloss Gesine nachts tatsächlich nicht ab? Oder vergaß sie es schlichtweg manchmal? Wenn Rebekkas Verdacht stimmte, war sie jedenfalls die Einzige in ganz Bradehusen, die sich nicht vor dem Mörder fürchten musste.

Auf Zehenspitzen bewegte Rebekka sich im Dunkeln quer durch die große Küche auf die Speisekammertür zu. Als sie gegen einen Stuhl stieß, erschien ihr das Geräusch, mit dem die Holzbeine in dem stillen Haus ein Stück über den Boden schurrten, ohrenbetäubend laut. Sie verharrte bewegungslos und lauschte. Nichts geschah.

In ihrer Hosentasche tastete sie nach ihrem Handy, um sich damit zu leuchten, aber es lag nebenan auf dem Couchtisch. Also würde es so gehen müssen. Wenn sie die Speisekammertür von innen schloss, konnte sie drinnen Licht machen, um sich gründlich umzusehen.

Als sie aus dem Augenwinkel draußen vor dem Fenster eine Bewegung zu sehen meinte, erstarrte sie erneut zur Salzsäule. Sie sah so angestrengt hinaus in den dunklen Garten, dass ihre Augen brannten. Sie hatte gemeint, eine menschliche Gestalt vorbeihuschen zu sehen, doch wahrscheinlich waren es lediglich ihre angespannten Nerven, die ihr einen Streich gespielt hatten.

In dem Moment, in dem sie die Speisekammertür öffnete, hallte ein Geräusch durch das Haus, bei dem ihr fast das Herz stehen blieb. Der lang gezogene Ton begann hoch und flehend und endete tief, drohend und wütend. Sie hatte diesen Ruf schon früher gehört. Er war bis hinüber in ihr Wohnzimmer gedrungen. Plötzlich wusste sie, was das war. Jamie! Jamie rief um Hilfe! Er schien hier in Gesines Haus zu sein.

Sie wandte sich von der Speisekammer ab und ging zu der Tür, die in die Diele führte. Dabei gab sie sich keine besondere Mühe mehr, leise zu sein, denn die Schreie des Katers würden ihre Schritte übertönen.

Eilig trat sie in die Diele und lauschte dort angespannt, woher Jamies Rufe kamen. Offenbar war er im Keller. Doch wo ging es hinunter? Durch die Scheibe über der Haustür fiel das spärliche Licht der dunklen Nacht herein. Endlich entdeckte sie die niedrige Tür unter der Treppe.

Als die Tür sich problemlos öffnen ließ, atmete Rebekka erleichtert auf. Vor ihr lag eine schmale Treppe, die hinab in tiefste Schwärze führte. Nur die ersten paar Stufen konnte sie vage erkennen. Sie tastete an der Wand nach einem Lichtschalter. Es hatte keinen Sinn, da unten im Stockfinstern herumzustolpern. Jamie war nicht geholfen, wenn sie sich bei dem Versuch, ihn zu befreien, Arme und Beine brach.

In diesem Moment hörte sie schnelle Schritte, die sich überraschenderweise aus der Küche näherten. Da die Diele sehr klein war, brauchte Gesine nur eine Sekunde, um sie zu durchqueren. Sie kam offenbar aus dem Garten. Deshalb war die Hintertür offen gewesen! Rebekka hatte sich also doch nicht getäuscht, als sie gemeint hatte, jemanden vor ihrem Wohnzimmerfenster und später vor dem Fenster von Gesines Küche zu sehen. Ihre Nachbarin war da draußen herumgeschlichen. Warum nur? Die Gedanken huschten so schnell durch Rebekkas Kopf, dass sie keinen davon zu Ende denken konnte.

»Ich bin gekommen, weil ich dieses Geräusch gehört habe«,

stieß sie atemlos hervor. »Es kommt aus Ihrem Keller, wissen Sie, was das ist?«

»Du dummes Ding«, zischte Gesine. »Warum hast du die Kartoffelküchlein nicht gegessen? Dann hätten wir jetzt nicht dieses Problem.«

Gesine hatte draußen vor ihrem Haus gewartet, um zu sehen, ob das Gift in ihrem Gebäck seine Wirkung tat! Darum hatte sie durch das Fenster gesehen. Und sie hatte natürlich beobachtet, wie Rebekka zu ihrem Haus ging, und war ihr gefolgt.

»Was … was haben wir denn für ein Problem?« Sie bemühte sich um einen harmlosen Ton, während ihr Herz so wild klopfte, dass im heftigen Rauschen des Bluts in ihren Ohren sogar Jamies laute Schreie fast untergingen.

Auf ihre Frage bekam sie keine Antwort. Im Dämmerlicht zuckte Gesines Arm so schnell vor, dass Rebekka ihn wie einen dunklen Blitz wahrnahm. Zu spät streckte sie ihre Hand nach dem Türrahmen aus, um sich daran festzuhalten. Sie griff ins Leere, taumelte rückwärts ins Nichts, spürte erst am Rücken und dann am Hinterkopf den schmerzhaften Aufprall auf die Kanten der Stufen, und dann war da nur noch eine dröhnende Stille, die sie langsam verschluckte.

Seine Mutter hatte ihn mitten in der Nacht wach gerüttelt. Es war ihm schrecklich schwergefallen, aufzustehen und nach unten zu kommen, wie sie es ihm befohlen hatte. Eine der Tabletten war ihm doch mit der Milch in den Hals gerutscht, und von der zweiten, die er unter seiner Zunge versteckt hatte, war nur noch die Hälfte übrig gewesen, als er sie endlich hinter ihrem Rücken ausspucken konnte. Die andere Hälfte hatte sich bereits mit einem unangenehmen Geschmack in seinem Mund aufgelöst.

Als er sich jetzt durch das Haus bewegte, fühlte er sich ein wenig so, als würde sein Inneres immer noch schlafen. Dann aber sah er im grellen Licht der Lampe über den steilen Kellerstufen Rebekka ganz still auf dem Treppenabsatz liegen und erschrak so sehr, dass die Ruhe in seinem Inneren auf einen Schlag fast weg war. Laute Töne kamen aus seinem Mund, doch seine Mutter gab ihm einen Klaps auf den Hinterkopf.

»Still! Es reicht, wenn das Teufelsvieh so einen Lärm macht. Beeil dich, dort unten kann sie unmöglich liegen bleiben, wir müssen sie bei dem Biest einsperren. Sie lebt noch.«

Seine Mutter befahl ihm, Rebekka bei den Schultern zu nehmen, und jetzt sah er hinunter auf ihren Kopf, der wie das Pendel der alten Uhr im Wohnzimmer hin- und herschwang. Ihre Haare hatten sich gelöst und strichen über den steinernen Boden, so wie Casjen es mit dem Besen machte, wenn seine Mutter ihm befahl, die Kellertreppe zu fegen.

Sie war schrecklich schwer, wie sie so zwischen seiner Mutter und ihm hing, aber er wusste, er durfte nicht loslassen, auch wenn seine Finger noch so wehtaten. Dann würde ihr Kopf auf den harten Stein fallen, und das war nicht gut. Gar nicht gut. Als er sie hochgehoben hatte, war ihr Hinterkopf feucht vom Blut gewesen. Sie hatte sich sowieso schon schrecklich wehgetan. So weh, dass es ihn im Bauch schmerzte, wenn er nur daran dachte.

Dann standen sie endlich vor der verschlossenen Tür, hinter der der Kater immer noch darauf wartete, dass er ihn rettete. Er hatte ihn wohl kommen hören, denn jetzt war er still, als würde er lauschen.

Seine Mutter ließ Rebekkas Füße einfach auf den Boden fallen und kramte in ihrer Schürzentasche nach dem Schlüssel. Vielleicht vergaß sie ja nachher, wieder abzuschließen. Dann würde er die Tür aufmachen, und der Kater konnte entwischen. Aber wie sollte er Rebekka helfen? Sie sah nicht aus, als ob sie weglaufen könnte. Er hatte ihre Schultern ganz vorsichtig losgelassen und stützte ihren Kopf mit seinen Beinen, weil er nicht wollte, dass ihre glänzenden Haare auf dem Boden lagen, nachdem schon die Spitzen den Stein des Kellerbodens gefegt hatten.

Als York seinen Wagen in die Auffahrt des Häuschens lenkte, war am östlichen Himmel bereits ein heller Schimmer zu sehen.

Von unterwegs hatte er immer wieder versucht, Rebekka zu erreichen, aber sie meldete sich nicht. Was hoffentlich hieß, dass sie in ihrem Bett lag und tief und fest schlief.

Das Erste, was er sah, als er vor dem Haus hielt, war das erleuchtete Wohnzimmerfenster. Er sprang aus dem Wagen und eilte durchs nasse Gras auf das helle Rechteck zu. Die Gardinen waren vorgezogen, aber durch einen Spalt konnte er einen Teil des Zimmers überblicken. Auf dem Tisch lagen zahlreiche Stapel aus Zetteln, Fotos und Briefumschlägen, der Laptop stand aufgeklappt auf dem Schreibtisch, aber von Rebekka war nichts zu sehen.

Er klopfte an die Scheibe, doch nichts geschah. Das diffuse Unbehagen, das er seit dem Abhören ihrer Nachricht auf seiner Mailbox gespürt hatte, wurde zu mühsam kontrollierter Angst. Hier stimmte etwas ganz und gar nicht! Mit großen Schritten eilte er zur Haustür und schlug mit der Faust gegen das blau gestrichene Holz. Keine Reaktion.

Weiter zur Hintertür. Auch hier hob er den Arm und ließ seine Fingerknöchel gegen die Tür krachen. Die Tür gab nach und schwang lautlos auf. Erstaunt sah er in die ebenfalls erleuchtete Küche.

»Rebekka? Zöpfchen?« Es war albern, aber es beruhigte ihn ein bisschen, sie bei ihrem alten Spitznamen zu rufen. Es klang so normal. Nach heiteren Stunden, in denen niemand daran dachte, dass schon hinter der nächsten Ecke todbringende Gefahren lauern konnten. Was, wenn es nie wieder solche Augenblicke geben würde? Was, wenn Rebekka …

Er verbot sich jede Melodramatik und stürmte los, um alle Zimmer des Hauses zu durchsuchen. Aber schon während er, mehrere Stufen auf einmal nehmend, die Treppe hinaufhastete, wusste er, dass er sie auch oben nicht finden würde.

Er saß seiner Mutter am Küchentisch gegenüber und aß wie jeden Morgen seinen Haferbrei mit Apfelmus. Aber dieses Mal war es anders. Nach jedem Löffel wartete er einen Moment, bevor er schluckte, und lauschte dabei nach unten. Seine Mutter hatte gesagt, sie mussten warten, bis Rebekka aufwachte. Dann würden sie ihr und dem Kater etwas zu essen und zu trinken bringen. Dabei hatte sie ganz seltsam gelacht. So seltsam, dass er wusste, Rebekka durfte das, was seine Mutter ihr geben würde, auf keinen Fall essen und trinken.

Aber wenn sie nichts aß, starb sie auch! Das sagte seine Mutter ihm jedes Mal, wenn er etwas nicht mochte, das sie gekocht hatte. »Du musst das essen, sonst wirst du ganz, ganz schwach, und morgen bist du mausetot.«

Noch immer verursachten die Tabletten einen Nebel in seinem Kopf, und es war schwieriger als sonst, die Gedanken da drinnen zu ordnen. Aber er strengte sich an, so sehr er konnte.

Die Verzweiflung schnürte ihm die Kehle zu, und er konnte sein Frühstück gar nicht richtig schlucken. Er musste Rebekka helfen. Und dem Kater auch. Aber wie nur?

Als er Kies unter den Rädern eines Autos knirschen hörte, legte er den Löffel neben den Teller und horchte angestrengt nach draußen. Dabei schielte er zu seiner Mutter hinüber, die sich wie immer tief über ihr Essen beugte und es ohne aufzusehen in ihren Mund schaufelte. Ihre Ohren waren nicht mehr die besten.

»Essen, Casjen«, sagte sie mit vollem Mund und harter Stimme.

Gehorsam nahm er den Löffel wieder in die Hand und klapperte damit auf dem Teller herum, damit sie nicht doch noch hörte, dass ein Wagen vor Lydias Haustür gefahren war.

Draußen schlug die Autotür zu, dann klopfte jemand erst an Lydias Fenster, dann an ihre Türen. Er hustete ein bisschen und kratzte den Haferbrei zusammen, obwohl noch so viel auf seinem Teller war, dass es eigentlich nichts zu kratzen gab.

»Was soll das denn?« Über den Tisch sah seine Mutter ihn strafend an. »Mit Essen wird nicht gespielt. Und trödele nicht rum, wir haben heute viel zu tun.«

Er gab einen leisen Ton von sich, mit dem er ihr sagen wollte, dass er ihr bei dem, was sie tun wollte, nicht helfen würde. Dass er dagegen war. Aber natürlich verstand sie ihn nicht. Und wenn sie ihn verstanden hätte, hätte sie trotzdem nicht hingehört, das wusste er genau.

Sein Bauch war ganz unruhig und wollte eigentlich kein Essen, aber er musste seinen Teller leeren. Also konnte er es genauso gut gleich tun.

Gerade wollte er den letzten Löffel in den Mund schieben, als schnelle Schritte sich der Hintertür näherten. Erst bei dem lauten Klopfen wandte seine Mutter sich um und guckte zur Tür, wo durch die dicke trübe Glasscheibe verschwommen ein Kopf zu sehen war. Und zwar der ganze Kopf, was hieß, dass da draußen ein ziemlich großer Mensch stand, sonst sah man nämlich nur die Haare.

Casjen sprang auf und lief zur Tür, bevor seine Mutter etwas sagen konnte. Seine Finger waren genauso aufgeregt wie sein Bauch, in dem es jetzt summte, als hätte der Haferbrei sich in einen Bienenschwarm verwandelt. Deshalb brauchte er viel länger als sonst, um den Schlüssel herumzudrehen. Hinter sich hörte er, wie seine Mutter aufstand und auch zur Tür kam. Er hatte Angst, sie würde seine Hände festhalten, damit er die Tür nicht aufmachen konnte, aber sie blieb einfach nur neben ihm stehen und wartete, bis er das Schloss besiegt und die Klinke heruntergedrückt hatte.

Den Mann da draußen kannte er. Er war bei Rebekka zu Besuch gewesen. Rebekka und er verstanden sich gut. Sie lachten zusammen und fassten sich manchmal gegenseitig bei den Armen. Der Mann würde ihm helfen, Rebekka zu helfen! Wenn er ihm nur sagen könnte, wo sie war!

Aufgeregt öffnete Casjen den Mund. Die Töne purzelten über seine Lippen, rannten gegeneinander, überschlugen sich und gingen in dem Gurgeln, das aus seiner Kehle kam, unter.

Mit festem Griff packte seine Mutter ihn am Arm und zog ihn zur Seite. Dann stellte sie sich vor ihn, als müsste sie ihn vor dem Fremden beschützen, der aber gar nicht gefährlich war, wie Casjen ganz genau wusste.

»Entschuldigen Sie bitte die frühe Störung«, sagte der Fremde sehr freundlich, aber irgendwie auch ängstlich. »Mein Name ist York Liebermann. Wissen Sie vielleicht, wo Frau Frey sein könnte? In ihrem Haus ist überall Licht, die Tür stand offen, aber sie ist nicht da.«

Casjen musste sich nur ein bisschen recken, um über den Kopf seiner viel kleineren Mutter gucken zu können. Der Mann sah aus, als ob er sich große Sorgen machte. Das war gut. Wieder versuchte er, es ihm zu sagen. Er gab sich so viel Mühe, dass ihm ganz heiß wurde, aber die Laute schienen dadurch nur noch mehr durcheinanderzugeraten.

Seine Mutter wandte sich zu ihm um und warf ihm einen sehr, sehr bösen Blick zu. So böse, dass die letzten Töne in seiner Kehle starben, während er erschrocken die Lippen aufeinanderpresste.

»So früh geht sie eigentlich nie weg«, erzählte seine Mutter dem Mann mit zuckersüßer Stimme, nachdem sie sich wieder zu ihm umgedreht hatte. »Meistens ist sie um diese Zeit noch nicht einmal aufgestanden. Sind Sie sicher, dass sie nicht noch in ihrem Bett liegt und schläft?«

Casjen war ein Stück zur Seite gegangen. Wo er jetzt stand, konnte der Mann ihn gut sehen. Er versuchte, ihm Zeichen zu geben, ließ seinen Arm durch die Luft zucken, um in Richtung Keller zu deuten, und rollte mit den Augen, was heißen sollte, dass Rebekka in Gefahr war.

Der Fremde guckte ziemlich erstaunt, und das merkte seine Mutter. »Achten Sie nicht auf ihn. Er hat heute einen schlechten Tag.« Sie machte eine komische Handbewegung, die aussah, als wollte sie ihn auf den Komposthaufen im Garten werfen wie ein Stück Gestrüpp.

»Das tut mir leid.« Der Fremde lächelte ihn nervös an.

Er zeigte noch mal auf die Tür, aber seine Mutter schlug ihm auf die ausgestreckte Hand. »Hör auf zu zappeln!«

»Vielleicht ist sie schon unterwegs, um irgendwo neue Rezepte aufzutreiben«, sagte sie dann ganz ruhig zu dem Mann. »Sie kommt sicher bald wieder.«

»Ich weiß nicht. Ich mache mir Sorgen um sie. Sie hat mich heute Nacht angerufen und mir eine Nachricht hinterlassen. Sie wissen doch, dass sie hier im Dorf zwei Tote gefunden hat. Und nun sagte sie auf meiner Mailbox, sie ahnt, wer der Mörder der alten Männer sein könnte. Vielleicht ist sie deshalb in ernster Gefahr. Ich habe schon versucht, die Polizei hier im Dorf anzurufen, aber da ist noch niemand.« Der Mann legte die Stirn in tiefe Falten.

Seine Mutter auch. »Kommen Sie doch erst mal rein.« Sie packte den Fremden beim Ärmel und zerrte ihn fast über die Türschwelle. »Ich mache Ihnen einen Tee. Der wird Sie ein bisschen beruhigen. Die Polizeiwache macht erst um neun auf. Sie können so lange hier warten. Bis dahin ist Frau Frey aber sicher wieder da.«

Casjen stieß einen empörten Ton hervor, denn er wusste, dass Rebekka nicht von allein zurückkommen würde. Schließlich lag sie unten im Keller auf dem Boden und schlief. Und wenn sie aufwachte, konnte sie auch nicht kommen, weil die Tür da unten abgeschlossen war. Und weil sie gefesselt war.

Seine Mutter sah ihn auf die Art an, die bedeutete, dass sie genug von dem hatte, was er da machte. Wenn sie so guckte, gab es bald eine Strafe. Meistens musste er viele Stunden oben in seiner Kammer bleiben. Wenn er heute eingeschlossen wäre, wäre das überhaupt nicht gut. Dann könnte er Rebekka gar nicht mehr helfen.

»Ich kann auch drüben warten. Auf dem Tisch liegen Unterlagen, die Rebekka durchgesehen hat. Vielleicht finde ich heraus, was sie darin über den Mörder gelesen hat.« Der Mann wollte sich umdrehen, aber seine Mutter hielt seinen Ärmel so fest, dass der Stoff knirschte.

»Das hat Zeit«, bestimmte sie. »Erst der Tee.«

Es war nicht gut, wenn der Mann den Tee trank, den seine Mutter ihm vorsetzen würde, aber Casjen wagte nicht, noch einen Ton von sich hören zu lassen oder ihm irgendwelche Zeichen zu geben, weil er sonst sicher eingesperrt werden würde. Also trottete er hinter dem Fremden her, als seine Mutter ihn ins Wohnzimmer führte.

Rebekkas Kopf dröhnte, und etwas Raues, Feuchtes kitzelte sie am Kinn. Sie stöhnte unwillig, doch der seltsame Reiz auf ihrer Haut wurde nur noch stärker. Als sie versuchte, die Hände zu heben, um wegzuwischen, was auch immer dort war, stellte sie fest, dass sie die Arme nicht bewegen konnte. Irgendetwas hielt sie hinter ihrem Rücken fest.

Da sie auf der Seite lag, fiel es ihr schwer, den Kopf zu drehen. Er tat ihr so schrecklich weh, als würde jemand mit einem Hammer darauf einschlagen. Sie wagte nicht, die Augen zu öffnen aus Angst, die Schmerzen könnten dadurch noch schlimmer werden. Schließlich schob sie sich auf der kalten, harten Fläche, auf der sie lag, mühsam ein Stückchen weg von der feuchten Berührung, der sie unbedingt ausweichen sollte. Jetzt fühlte sie etwas Warmes, Seidiges an ihrer Wange.

»Jamie?«, flüsterte sie erstaunt.

Noch immer ließ der Kater seine kleine raue Zunge eifrig über ihr Kinn gleiten, als wollte er ein Schälchen mit Sahne bis auf den letzten Tropfen leeren.

Sie nahm all ihre Kraft zusammen und blinzelte vorsichtig durch die Wimpern. Über ihrem Kopf malte graues Licht eine helle Bahn in die matte Dämmerung des Raumes. Da war ein kleines Fenster, so hoch oben, dass man es nicht erreichen konnte, ohne zumindest auf einen Stuhl zu steigen.

Sie lag auf dem nackten, kalten Boden. Ihr war übel, und ihr Kopf fühlte sich an, als wollte er platzen. Jetzt erinnerte sie sich daran, wie Gesines Hand sie mit erstaunlicher Kraft an der Schulter getroffen hatte und wie sie ins Nichts gestürzt war. Daher die Schmerzen an ihrem Kopf! Sie war die Kellertreppe hinuntergefallen und bewusstlos geworden.

Jetzt hörte der Kater auf, wieder und wieder über ihr Kinn zu lecken. Hatte er sie damit wecken wollen?

Mühsam richtete sie sich auf, was durch die gefesselten Arme nicht einfacher wurde. Eine Welle der Übelkeit stieg bis in ihre Kehle auf. Ihre Zunge lag wie ein Stück Schmirgelpapier in ihrem Mund, der sich anfühlte wie die Wüste Sahara. Das war womöglich eine Nachwirkung des Kartoffelküchleins, das sie gegessen hatte. Sie hätte alles für einen Schluck Wasser gegeben.

Ihr Blick fiel auf zwei Keramikschüsselchen in der Ecke neben der Tür. Sie rappelte sich vom Boden hoch und stand ein oder zwei Sekunden schwankend da. Alles um sie herum schaukelte und drehte sich gleichzeitig, doch das ignorierte sie einfach. Sie wollte zu den Schälchen gehen, stolperte aber schon beim ersten Schritt und fiel so hart und schmerzhaft auf die Knie, dass es ihr die Tränen in die Augen trieb. Als sie versuchte, wieder aufzustehen, stellte sie fest, dass ihre Fußgelenke ebenso wie ihre Handgelenke zusammengebunden waren.

Nach mehreren Anläufen gelang es ihr, sich wieder auf die Füße zu stellen. Jamie saß einige Meter von ihr entfernt da und beobachtete ihre Bemühungen.

Der Strick, der um ihre Fesseln geschlungen war, erlaubte ihr nur winzig kleine Schritte. Zentimeter für Zentimeter schob sie sich so durch den Raum. Endlich stand sie vor den beiden Schälchen. In einem war zerdrücktes Gemüse und klein geschnittenes Fleisch, in dem anderen klares, sauberes Wasser. Das war sicher für den Kater bestimmt, aber in ihrer Situation konnte sie nicht wählerisch sein. Sie brauchte etwas zu trinken, damit sie klar denken und überlegen konnte, wie sie hier herauskam.

Da ihre Hände hinter dem Rücken gefesselt waren, würde ihr nichts anderes übrig bleiben, als sich wie ein Tier vor die Schüssel zu kauern und das Wasser mit der Zunge aufzulecken. Dazu musste sie sich auf ihre von dem Sturz schmerzenden Knie niederlassen. Ohne sich abstützen oder die Füße einzeln aufstellen zu können, war es sehr schwierig, das einigermaßen sanft zu tun. Am Ende war der Schmerz noch heftiger als bei ihrem Sturz kurz vorher. Sie unterdrückte einen Aufschrei und biss sich auf die Unterlippe.

Dann rutschte sie so weit zur Seite, dass sie direkt vor der Wasserschüssel kniete. Vorsichtig beugte sie sich vor und näherte ihren Mund dem Rand der Schale. In dem Moment, in dem sie mit ihren Lippen die Wasseroberfläche schon fast berührte, glitt ein schwarzer Schatten an ihrem Gesicht vorbei. Seltsam schwerfällig, aber entschlossen stürzte Jamie sich auf die kleine Schlüssel, als wollte er sie mit seinem Leben gegen Rebekka verteidigen. Offenbar hatte er auch Durst.

Erschrocken richtete sie sich auf und beobachtete verwirrt, wie der Kater das Keramikschälchen so heftig gegen die harte Wand stieß, dass es zerbrach und die Flüssigkeit sich auf dem Boden verteilte, wo sie erstaunlich schnell in den Ritzen des Steins versickerte.

»Jamie! Was machst du da?« Sie wollte den Kater mit ihrem Körper wegdrängen, doch es war längst zu spät. Das Wasser war verschüttet und verloren.

Erst als sie nun den Kater in dem Licht betrachtete, das durchs Fenster in den Raum fiel, wurde ihr klar, dass er ebenfalls verletzt war. An mehreren Stellen war sein Fell blutverkrustet, sein linkes Ohr war abgeknickt, um seine Nasenlöcher glänzte das Blut noch feucht, und als er sich jetzt von dem kaputten Schälchen zurückzog, sah sie, dass er hinkte.

»Jamie!«, flüsterte sie entsetzt. »War das Gesine?«

Sie hatte sich nicht vorstellen können, dass die alte Frau tatsächlich drei Männer getötet hatte. Aber Fedder, Heinz und Volkmar waren vergiftet worden. Dazu genügte es, beim Kochen ein bestimmtes Kraut ins Essen zu rühren. Gegen Jamie hatte jemand blindwütige Gewalt angewandt.

Jetzt verstand sie auch, warum der Kater das Schälchen zerbrochen hatte. Tränen traten ihr in die Augen. »Du wolltest mich beschützen, nicht wahr? Wieso will Gesine dich auch töten? Sie hat es erst mit Gewalt versucht, und jetzt hat sie dir Gift hingestellt.«

Jamie öffnete das Maul und stieß ein lautes, klagendes Mauzen hervor. Ohne lange zu überlegen, legte Rebekka den Kopf in den Nacken und schrie: »Hilfe!«, so laut sie konnte. Simone, deren Grundstück noch hinter Lydias lag, war nicht zu Hause, und auf der anderen Seite von Gesines Haus befand sich ein großer Apfelgarten, an den sich das Gehöft von Bauer Broder anschloss. Dort würde man sie wahrscheinlich nicht hören. Aber vielleicht kam jemand an Gesines Haus vorbei. Oder Broder versorgte gerade Amanda in ihrem Schuppen. Das war ihre einzige Chance. Sie schrie noch einmal so laut sie konnte: »Hilfe!«

19. kapitel

Die Müdigkeit kam so plötzlich und mit solcher Gewalt, dass ihm mitten im Gespräch die Augen zufielen.

»Herr Liebermann?«, hörte er die Stimme der alten Frau wie durch einen langen Tunnel. »Hören Sie mich?«

Er wollte nicken, wollte sich entschuldigen und erklären, dass er die ganze Nacht nicht geschlafen hatte, aber stattdessen sackte ihm der Kopf auf die Brust. Nur ganz kurz, ein oder zwei Minuten wollte er dösen. Es war warm und still im Zimmer. Die alte Hebamme würde ihn verstehen, wahrscheinlich hatte sie in ihrem langen Leben schon viele erschöpfte Menschen gesehen.

Ganz schlief er noch nicht, war nur seltsam benommen, verharrte auf der Schwelle zu einem tiefen Schlaf, in den er hineinglitt, ohne die Kraft zu haben, dagegen anzukämpfen.

Er spürte, wie Gesine Holste neben ihn trat, seine Hand nahm, die neben ihm auf dem Polster des Sofas lag, sie hob und wieder fallen ließ. Komisch, dass sein Arm plötzlich wie aus weichem Gummi war!

»Hat nur die halbe Tasse getrunken«, stellte die alte Frau in missmutigem Ton fest. »Das wird nicht reichen. Der ist nur ohnmächtig. Können diese Leute nicht einfach mal aufessen oder ihre Tasse austrinken? Noch mehr von dem Kraut kann ich nicht nehmen. Das schmeckt man doch!«

Sie ist die Mörderin! Und ich bin ihr in die Falle gegangen! Der Gedanke löste kein Gefühl in ihm aus. Keine Angst, keinen Ärger – dazu war er viel zu müde. Er wollte nur noch schlafen.

»Los, komm her. Wir packen ihn fest in eine Decke ein. Dann

erstickt er langsam. Und er kommt nicht in den Keller. Sonst helfen die sich am Ende noch gegenseitig.« Die alte Frau klang gehetzt. Ihr behinderter Sohn stieß ein paar Töne hervor, die unglücklich klangen.

Ich will nicht ersticken! Doch auch das war in diesem bleischweren Augenblick nur noch eine theoretische Erkenntnis. Angst hatte er nicht, nicht einmal als ein schwerer Stoff über seinen Kopf und seine Schultern geworfen wurde.

Doch dann hörte er durch die muffig riechende Decke sehr fern und sehr gedämpft, aber doch unverkennbar, eine vertraute Stimme.

Ein Rest von Willen durchschnitt diese unendliche Müdigkeit. Rebekka rief um Hilfe, rief nach ihm! Er versuchte, die Augen zu öffnen, den Kopf zu heben, die Arme zu bewegen, denn er musste zu ihr. *Rebekka, halt durch, ich komme!* Das war sein letzter Gedanke, bevor er in pechschwarze Stille versank.

Rebekka saß mit dem Rücken an die Wand gelehnt auf dem Boden unter dem Fenster, und Jamie kauerte in einer seltsamen Haltung, die wohl mit seinen Verletzungen zusammenhing, auf ihrem Schoß. Es war kalt hier unten, und so wärmten sie sich gegenseitig. Wären ihre Hände frei gewesen, hätte sie den Kater gern tröstend gestreichelt, aber vielleicht hätte sie ihm damit nur wehgetan. Also flüsterte sie ihm ab und zu ein paar beruhigende Worte zu. Ganz leise, weil ihr Kopf von ihren Hilferufen immer noch dröhnte.

Durch das Fenster über sich hörte sie Schritte und ein schleifendes Geräusch. Gesine schimpfte vor sich hin, Casjen protestierte in seiner unverständlichen Sprache. Es klang, als würden die beiden etwas Schweres über den Boden ziehen.

Rebekka hielt die Luft an, bis die Schritte verklungen waren und vor dem Fenster wieder nichts als Stille war. Gesine hatte sich vom Haus entfernt. Das war eine gute Gelegenheit, erneut um Hilfe zu rufen. Sie räusperte sich, was jedoch nichts daran änderte, dass in ihrer brennenden Kehle ein dicker Kloß aus Angst und Panik steckte und ihr Kopf immer noch einen Presslufthammer zu beherbergen schien.

»Hilfe!«, schrie sie gegen die Verzweiflung an. »Hilfe! Ich bin hier unten im Keller eingesperrt.«

Als wenige Minuten später die Tür aufgerissen wurde, glitt Jamie von ihrem Schoß. Sie wollte aufspringen, scheiterte aber an ihren Fußfesseln und landete erneut schmerzhaft auf dem harten Boden. Da sie keine Chance hatte davonzulaufen, musste sie mit Gesine reden und sie zur Vernunft bringen. Langsam hob sie den Kopf und schüttelte sich das wirre Haar aus den Augen.

Wie ein Wächter stand die alte Frau mit verschränkten Armen vor der Tür, die sie längst wieder von innen geschlossen hatte. Als Rebekka sie ansah, zog sie die Brauen hoch und spitzte leicht die Lippen.

»Da kniet sie also, unser Fräulein Naseweis. Nun ist Schluss mit Hochmut und schlauem Gerede.« Sie wandte sich Casjen zu, der mit ihr in den Kellerraum gekommen war und sich in der dunkelsten Ecke herumdrückte, wo Rebekka ihn bis jetzt nicht bemerkt hatte, weil das wenige Licht, das durchs Fenster fiel, ihn dort nicht erreichte. »Stell den Stuhl da hin!«

Mit ausgestrecktem Arm deutete Gesine in die Mitte des Raumes. »Unser Gast soll es doch beim Essen bequem haben.«

Casjen rührte sich nicht. In der kleinen Nische seitlich der Tür erkannte Rebekka nur die Umrisse seiner kräftigen Gestalt, über der das helle Gesicht als bleicher Fleck im Nichts zu schweben schien.

»Nun mach schon!« Gesine hob die Stimme, und nun schob Casjen sich seitlich aus seinem Versteck hervor. Er trug einen der Holzstühle aus der Küche und stellte ihn dorthin, wo seine Mutter es ihm befohlen hatte.

»Casjen, bitte hilf mir! Der Kater und ich, wir müssen hier heraus, das verstehst du doch, nicht wahr?« Während sie mühsam aufstand, sah Rebekka sich nach Jamie um. Er hatte sich in der Nähe der Wand zusammengekauert und starrte Gesine mit funkelnden Augen an, als wollte er sie warnen, auch nur einen Schritt in seine Richtung zu tun. Rebekka war jedoch klar, dass er in seinem Zustand so gut wie wehrlos war. Sonst wäre er Gesine wahrscheinlich längst ins Gesicht gesprungen und hätte versucht, ihr die Augen auszukratzen.

Casjen wich ihrem Blick aus und schob den Stuhl ein kleines Stück zur Seite. Er wirkte unglücklich und fast verlegen.

»Hör auf, Casjen die Ohren vollzureden«, schrie Gesine sie wütend an. »Er ist mein Sohn und tut, was ich ihm sage. Und jetzt sage ich ihm, dass er dich auf den Stuhl setzen und festbinden soll.«

Rebekka beschloss, ihre Taktik zu ändern. »Hören Sie, Frau Holste. Was auch immer der Grund ist, weshalb Sie das hier tun, es ist sinnlos. Ich kann Ihnen helfen, wenn Sie mit mir reden.«

»Reden, reden … Genau darum geht es, dass du den Mund hältst. Wenn du nicht gewesen wärst, mit deinem Geplapper und deinen angeblichen Beobachtungen, hätte niemand gemerkt, dass die drei Dummköpfe nicht ganz von selbst gestorben sind und dass ich ein bisschen nachgeholfen habe.« Wütend stampfte Gesine mit dem Fuß auf. »Bist genau wie die lästige Lydia, die auch immer alles ganz genau wissen wollte. Kaum hatte ich die aus dem Weg geräumt, kamst du und fingst an herumzuschnüffeln.«

»Ich habe nichts getan, nur Rezepte gesammelt«, behauptete

Rebekka, und irgendwie stimmte das ja auch. In die Mordfälle war sie gegen ihren Willen hineingezogen worden.

»Nur Rezepte gesammelt, dass ich nicht lache!« Das schrille Kichern hallte von den kahlen Wänden wider, und Rebekka lief ein Schauer über den Rücken. Diese Frau war verrückt! Und Verrückte waren unberechenbar. Vielleicht gab es gar kein Motiv für die Morde, und Gesine räumte einfach alle aus dem Weg, deren Nase ihr nicht passte.

»Und was ist mit dem Kater? Ist er einfach nur hier, weil Sie keine schwarzen Katzen mögen?«

»Das Vieh sitzt ständig in meinem Garten oder vor meinem Fenster und glotzt mich mit seinen Teufelsaugen an. Will mir ein schlechtes Gewissen machen, will, dass ich mich verrate, will den anderen zeigen, dass ich eine böse Hexe bin.« Gesine machte einen Schritt auf Jamie zu, der sofort anfing zu fauchen und zu Rebekkas Erstaunen auch zu spucken, wobei er zischte wie ein Dampfkessel.

Tatsächlich blieb Gesine stehen. »Glaub nicht, dass ich dich totschlage. Das ist nicht zu schaffen, du Teufelsvieh. Lebst ja immer noch. Und ich mag es nicht, wenn die Knochen knacken. Mochte es schon bei Fedder nicht.«

»Warum haben Sie ihn mit dem Schürhaken erschlagen? Er wäre doch ohnehin an dem Gift gestorben.« Sie musste Gesine in ein Gespräch verwickeln. Solange sie redete, konnte sie sich nicht auf die Mordpläne konzentrieren, die sie sicher schon für Rebekka geschmiedet hatte.

Die alte Frau schüttelte ungehalten den Kopf. »Ich komm zurück, um zu sehen, ob der Kerl brav das Essen aufgegessen hat, das ich ihm gebracht habe, und um die Reste mitzunehmen, da lebt er noch. Es geht ihm schlecht, aber er lebt noch. Er hat es gegessen, weil mein Essen schmeckt. Das weiß er noch von früher. Da konnten sie alle nicht widerstehen.« Sie kicherte in sich hinein und klang in diesem Moment tatsächlich wie eine böse Hexe aus dem Märchen.

»Der Fedder hatte seine Essenszeit verpasst, weil Hannes bei ihm war und die zwei sich gestritten haben, wie sie das immer machten. Deshalb hat er mein Essen später gegessen und auch nicht so viel, weil sein Kopf ihm wehtat. Hannes hatte ihn auf den Boden geschubst. Zwei alte Männer rangeln wie die Schulbuben!« Ungehalten schüttelte Gesine den Kopf. Sie schien es äußerst übel zu nehmen, wenn jemand ihre Pläne durchkreuzte.

»Ich komme also zu Fedder, da sitzt er und jammert, dass ich ihm helfen soll, weil er sich schlecht fühlt. Ich sage ihm, dass das genau richtig ist. Weil er es verdient hat. Als er versteht, dass es nicht der Sturz auf den Kopf ist, sondern mein Essen, weshalb er sich so besonders schlecht fühlt, rennt er zur Tür und schreit herum und will hinaus auf die Straße. Was blieb mir anderes übrig, als den Schürhaken zu nehmen? Obwohl mir so was gar nicht gefällt. Überhaupt nicht!« Mit angeekelter Miene schüttelte Gesine den Kopf.

»Dann hatten Sie ihn also gerade erschlagen und die Reste vom Essen zusammengepackt und waren noch in der Küche, als ich kam?«, erkundigte Rebekka sich nach einer Pause.

»Am besten hätte ich dir den Schürhaken auch gleich übergezogen. Wär besser gewesen.« Ein Ruck ging durch Gesines Körper. Sie wandte sich Casjen zu. »Jetzt bind sie endlich am Stuhl fest!«

Rebekka sah Casjen an. Er senkte den Blick und berührte leicht ihren Arm, als wollte er sie fragen, ob sie sich von ihm zu ihrem Platz führen lassen würde.

»Nein«, sagte sie sanft. »Tu das nicht. Man darf andere Menschen nicht irgendwo anbinden. Ich habe dir nie etwas getan. Ich war immer freundlich zu dir.«

Unschlüssig stand er da und starrte auf seine Schuhspitzen.

»Los jetzt!« Gesine deutete erneut auf den Stuhl. »Hör nicht auf das, was sie sagt. Ich bin deine Mutter. Mir musst du gehorchen.«

Trotz des schwachen Lichts konnte Rebekka sehen, wie es in Casjen arbeitete. Er verstand offenbar, dass es nicht richtig war, was seine Mutter tat, aber er war sein Leben lang abhängig von ihr gewesen und hatte ihr all die Jahre gehorcht.

Vor Mitleid zog sich Rebekkas Herz zusammen. Sie wollte ihm helfen, aber dazu musste sie zunächst sich selbst helfen.

Unverhofft trat Gesine vor sie und stieß sie gegen die Brust, sodass sie rückwärts taumelte. Da der Stuhl direkt hinter ihren Kniekehlen stand, landete sie mit Schwung auf dem harten Sitz. Wenn sie sich nicht rasch nach vorn gelehnt hätte, wäre sie rückwärts umgekippt.

Sie sah hinunter auf Gesines gesenkten Kopf. Die alte Frau hockte vor ihr und verknotete einen Strick mit dem Seil, das sich zwischen ihren Fußgelenken spannte. Anschließend schlang sie den Strick mehrmals um die Stuhlbeine und sicherte ihn mit weiteren Knoten.

»So ist es gut!« Zufrieden nickend richtete sie sich wieder auf.

»Warum?« Rebekka sah ihr angespannt in die Augen. »Warum haben Sie Fedder vergiftet? Und Heinz? Und vorher noch Volkmar? Volkmar war Casjens Vater, nicht wahr? Ich habe in Lydias Nachlass ein Foto gesehen, auf dem sie die beiden Gesichter eingekreist hat. Man sieht die Ähnlichkeit sofort.«

»Lydia, dieses neugierige Weib«, keifte Gesine. »Keiner ist auf den Gedanken gekommen, dass bei Volkmars Tod jemand nachgeholfen haben könnte. Aber sie fing an, mir komische Fragen zu stellen. Weil sie wusste, dass ich Geld brauche. Für Casjen. Und weil ich mal erwähnt habe, dass er schließlich einen Vater hat, der die Pflicht und Schuldigkeit hat, für seinen Sohn zu sorgen.«

»Aber wie soll er für Casjen sorgen, wenn Sie ihn töten?«

Als würde in diesem Augenblick ein Teil ihrer Kraft sie verlassen, lehnte Gesine sich mit dem Rücken an die Wand und schien in sich zusammenzusinken.

»Warum?«, flüsterte sie vor sich hin. »Warum? Er hat damals gesagt, dass er mich liebt. Dass er seine Frau nur nicht verlassen kann, weil sie krank ist und weil ihr der Hof gehört. Er hat da eingeheiratet. Ich war gut genug als Liebschaft, weil sie ihn nicht mehr ranließ, nachdem ihr klägliches Kind mit zwei Wochen gestorben war. Genauso kränklich wie sie war das Balg. Da ließ Volkmar sich von mir trösten. Und war stolz, als ich ein Kind von ihm bekam. Dass Casjen nicht ganz richtig im Kopf ist, haben wir erst gar nicht gemerkt. Wenn das nicht gewesen wäre, hätte er mich sicher geheiratet. Aber auch so – ich habe immer gedacht, wenn wir ihn wirklich brauchen, ist er für uns da. Weil er's damals gesagt hat. Alle haben sie's gesagt, und alle haben sie gelogen.«

Gesine hatte mehr mit sich selbst als mit Rebekka gesprochen. Sie starrte von sich hin, als würde sie in weiter Ferne ihre ehemaligen Geliebten sehen. Im diffusen Licht schimmerten ihre Augen feucht.

Ohne sich zu rühren, saß Rebekka auf dem harten Stuhl.

»Liebe ist auch da, wo kein Trauschein ist«, fuhr Gesine nach einer Weile fort, wohl in Gedanken immer noch in der Vergangenheit versunken. »Manchmal sogar viel mehr. Ich habe geglaubt, sie hätten mich alle drei wirklich geliebt. Meine drei Männer.«

»Volkmar, Fedder und Heinz. Waren sie alle drei verheiratet, als sie Ihnen ihre Liebe schworen?« Wie seltsam, dass sich Geschichten wie diese auch heute noch zu wiederholen schienen. Verheiratete Männer schworen ihren Geliebten ewige Liebe und kehrten schon bald zu ihren Ehefrauen zurück. Rebekka hatte unter ihren Freundinnen und Bekannten einige dieser verletzten, traurigen, enttäuschten Geliebten kennengelernt. Nur dass die meisten von ihnen nicht zu Mörderinnen wurden. Obwohl man das nicht so genau wissen konnte, wenn es mitunter vierzig Jahre dauerte, bis die Rache geübt wurde.

»Wer war denn nicht verheiratet in diesem Dorf außer mir? Ich war ja nicht gut genug, einen der Bauernsöhne zu heiraten. Ich war schließlich nur der Bastard der Dorfhexe. Ohne eigenen Hof, ohne Mitgift. Aber die jungen Bauern, die mochten mich trotzdem. Ich wusste, wie man ihnen Vergnügen bereitet, und sie liebten mich dafür viel mehr als ihre vertrockneten Frauen. Sie liebten mich, oh ja, das taten sie.«

Gesine stampfte mit dem Fuß auf, als könnte sie die vermeintliche Liebe der Männer für alle Zeiten festhalten, wenn sie nur fest genug auf den Boden trat. Ihre verzweifelte Miene strafte ihre Worte Lügen. Sie war enttäuscht worden, so sehr enttäuscht, dass die Wut sie zur Mörderin hatte werden lassen.

»Was ist passiert?«, fragte Rebekka leise. »Sie sind also zu Volkmar gegangen und haben ihn um Geld gebeten, weil Sie es für Casjen brauchten.«

»Er sollte Casjen seinen Hof vererben. Schließlich ist er sein einziges Kind. Und seit ich weiß, dass ich ein schwaches Herz habe … Morgen oder übermorgen kann ich tot sein. Wenn Casjen genug Geld hätte, könnte er hier im Dorf bleiben, wo er sich auskennt. Man könnte jemanden bezahlen, der sich um ihn kümmert.«

»Aber sein Vater wollte ihm den Hof nicht vererben«, versuchte Rebekka die alte Frau, die schon wieder mit glasigen Augen in die Ferne starrte, zum Weitererzählen zu bewegen.

»Er hat gelacht und gesagt, er weiß doch nicht mal, ob Casjen wirklich sein Sohn ist. Ich hätte doch viele Liebschaften gehabt.« Jetzt zischte Gesine wie eine Schlange. »Drei Lieben in einem ganzen Leben, das ist nicht viel. Und als ich mit Casjen schwanger war, hat Volkmar sich aufgeplustert wie ein Gockel. Hätte es am liebsten im ganzen Dorf herumerzählt, wenn er sich getraut hätte. Aber seine Frau hatte ja das Geld. Das war ihm dann doch wichtiger.«

Gesine lachte bitter, und Rebekka nickte und schwieg, weil sie wusste, die alte Frau würde weiterreden. Außer Casjen hatte sie niemanden, mit dem sie über all das reden konnte. Und Casjen verstand sie nicht immer.

»Als Hure hat er mich hingestellt!«, fuhr Gesine mit lauter, schriller Stimme fort. »Nie habe ich ihn um irgendetwas gebeten, und als ich ihn frage, ob er für seinen Sohn sorgen kann, lacht er mich aus. Sagt, er hätte nie zugegeben, dass er Casjens Vater ist, da würde er das jetzt bestimmt nicht mehr tun, schon gar nicht, indem er ihn zum Erben macht, damit sich die Leute im Dorf nach seinem Tod das Maul über ihn und seine arme, arme Frau zerreißen. Dabei ist die doch auch längst tot.«

»Und weil er Casjen den Hof nicht vererben wollte, musste er sterben«, stellte Rebekka fest, die die Wut in Gesines Augen funkeln sah.

»Ich habe ihm Speckpfannkuchen mit Äpfeln gebracht. Die mochte er früher schon immer so gern. Hab gesagt, um ihm zu zeigen, dass ich es ihm nicht übel nehme. Er war so dumm. So furchtbar dumm.« Neben ihrem Körper ballte Gesine ihre schmalen, schrumpeligen Hände zu Fäusten.

»Und Lydia hat geahnt, wer hinter Volkmars Tod steckte. Weil sie wusste, dass er Casjens Vater war«, stellte Rebekka fest.

»Sie wusste es gar nicht wirklich. Lauter alberne Ahnungen hatte diese schreckliche Frau. Sie hat gefragt und gebohrt und wollte keine Ruhe geben. Da bin ich zu ihr gegangen und habe ihr gesagt, etwas Schlimmes wird mit ihr passieren, wenn sie nicht damit aufhört. Aber sie hat gesagt, sie denkt nicht dran. Wenn ich wirklich jemanden vergiftet habe, muss ich auch die

Folgen tragen. Tsss!« Gesine stieß erneut die Luft zwischen ihren Lippen hindurch, dass es zischte. »Was für Folgen? Der Lügner war tot, und keinen hat es gekümmert. Lydia hat mich mit ihrem Getue wegen der Sache wütend gemacht. Sie fing an, von Polizei zu reden. Ich habe sie nur ein bisschen gegen die Brust gestoßen, weil sie wie eine Lehrerin mit ihrem Zeigefinger vor meiner Nase rumgefuchtelt hat. Da ist sie umgekippt und mit dem Kopf gegen die Kante beim Kamin geschlagen. Dich habe ich ja auch gestoßen, aber du bist noch nicht tot. Das mit Lydia war kein Mord. Das war ein Unfall. Knirscht nicht mal so, wie es knirscht, wenn man jemandem mit dem Schürhaken … Egal, sie war endlich ruhig.«

Rebekka hatte das Gefühl, gleich keine Luft mehr zu bekommen. Sie sei *noch nicht tot*, hatte Gesine gesagt. Noch nicht …

»Und du?« Drohend richtete sich die alte Frau vor der sitzenden Rebekka auf. »Es war klar, dass du irgendetwas finden würdest, wenn du in Lydias altem Kram wühlst. Dein Pech war, dass ich die Fotos nicht vorher gefunden habe. Erst dachte ich, die sind vielleicht noch im Haus, und du siehst die vielleicht zufällig.«

Rebekka verstand und nickte sehr vorsichtig, um ihre Kopfschmerzen nicht zu verschlimmern. »Sie waren das also beide Male. Habe ich mich auch beim ersten Mal nicht getäuscht, als ich unten etwas hörte. Und beim zweiten Mal sind Sie eingebrochen und haben nach dem Karton gesucht, den Friedrich Damann mir gebracht hat.«

Gesines Kichern klang zufrieden. »Einbrechen würde ich das nicht nennen. Ich hatte noch Lydias Schlüssel. Bin ja eine gute Nachbarin.«

Rebekka sagte nichts und rührte sich nicht. Aus dem Augenwinkel sah sie, dass Jamie sich in Richtung von Gesines Füßen schleppte. Langsam, Stück für Stück, der Bauch dicht über dem

Boden kroch er durch den Raum. Was auch immer er vorhatte, es würde zu nichts führen. Was wollte ein schwer verletzter Kater gegen eine erwachsene Frau tun, auch wenn sie schon achtzig Jahre alt war? Aber in der Situation, in der sie sich befanden, war jeder Versuch besser als gar keiner. Casjen hatte sich gegen die Wand gelehnt und starrte in die Luft, als hätte er mit dem, was sich im Keller seiner Mutter abspielte, nicht das Geringste zu tun. Von dort, wo er stand, musste er Jamie bemerken, doch er reagierte nicht, tat, als sei er gar nicht da.

»Und die anderen beiden Männer, Fedder und Heinz, weshalb mussten sie sterben?«, bemühte Rebekka sich, Gesine abzulenken.

Die alte Frau machte eine wegwerfende Handbewegung. »Fedder und Heinz waren genau wie Volkmar. Ich habe sie gefragt, ob sie helfen können. Für den Fall, dass ich sterbe. Casjen hätte schließlich genauso gut ihr Sohn sein können. War ja nur ein Zufall, dass er entstanden ist, als Volkmar sich zu mir legte. Aber die beiden, die hatten auch nur so eine abwertende Geste übrig.« Gesine zuckte heftig mit den Schultern. »Haben gesagt, dass das mein Problem ist und Casjen ja auch nicht ihr Sohn. War ihnen alles egal. Sie haben sich vor vielen Jahren genommen, was sie haben wollten, sind zu mir ins Bett gekrochen, aber in ihrem kuscheligen Ehenest geblieben, und jetzt haben sie getan, als wäre das zwischen uns gar nicht gewesen. *Nichts.* Als wär ich die Dorfhure, zu der man sich halt mal legt, und es hat keine Bedeutung. Als wären sie mir nichts schuldig. Aber das waren sie sehr wohl. Jetzt sind wir quitt!«

»Und beide haben mit Ihnen gegessen? Oder zumindest das gegessen, was Sie ihnen gekocht haben?« Jamie hatte Gesines Füße fast erreicht. Die alte Frau in ihrem Zorn bemerkte nichts.

»So waren die! Sie mochten immer gern, was ich kochte. Und als ich gesagt habe, nach den bösen Worten, die ich ihnen an den

Kopf geworfen hatte, wollten wir uns versöhnen, und ich würde ihnen verzeihen, weil sie ja tatsächlich nicht Casjens Väter waren, da fanden sie das beide gut. Dass ich Essen für sie gekocht hab. Heinz wollte sogar ein Picknick machen, ganz wie früher. Weil ja seine Frau noch am Leben ist und er dachte, da draußen an der Elbe sieht uns keiner. Sie haben alle drei brav aufgegessen. Ganz brav.«

Gesine kicherte vor sich hin. »War doch nett von mir, dass ich dir ein Alibi gegeben habe, als ich sagte, ich hätte dich die ganze Zeit nebenan im Garten gesehen. Dabei war ich mit Heinz unten am Fluss. Eigentlich war das Alibi, das ich dir gegeben habe, dann auch mein Alibi.«

Kaum hatte sie ihren Satz beendet, kreischte sie in den höchsten Tönen, weil Jamie seine Krallen tief in ihre schwarzen Strümpfe hieb. Sie schrie und hob den Fuß, um ihn abzuschütteln, doch der Kater hielt sich mit beiden Vorderpfoten fest. Sie schrie weiter und hinkte mit dem Gewicht an ihrem rechten Fuß zur Tür.

»Teufelsvieh, Satansbraten«, brüllte sie und griff nach dem Besen, der neben dem Eingang an der Wand lehnte. Das Ende des Holzstiels stieß sie kräftig gegen Jamies Rücken. Der Kater jaulte auf, ließ von ihrem Fuß ab und kroch zurück in die Ecke.

»Lass dir das eine Lehre sein! Hast Glück, dass ich dir mit dem Besen nicht den Rest gebe!«, rief Gesine dem Tier hinterher. »Mag es eben nicht, wenn es knirscht. Ein paar Kräuter tun für mich, was ich will. Ich zerstöre die Körper nicht, sie bleiben heil. Nur das Herz hört auf zu schlagen, die Lunge hört auf zu atmen. Fertig und aus.«

Sprachlos sah Rebekka an ihren Stuhl gefesselt zu, wie Gesine die Tür öffnete und Casjen ein Zeichen gab, ihr zu folgen. Der Mann mit dem Kindergemüt zögerte, sah hinüber zum Kater, der sich zitternd in seine Ecke gekauert hatte, und warf Rebekka einen bittenden Blick zu, als bäte er sie um Verzeihung, weil er ihr nicht helfen konnte.

Sie schüttelte den Kopf und sah ihn beschwörend an.

»Komm jetzt, Casjen!« Gesine packte ihren Sohn am Ärmel und zog ihn aus dem Raum. Dann drehte sich von außen der Schlüssel im Schloss um.

20. kapitel

»Nun kriegen wir heute den Bericht über den Traktorunfall doch nicht mehr fertig.« Katrin lenkte den Wagen viel zu schnell in die Kurve und trat im letzten Moment, bevor sie ins Schleudern geriet, auf die Bremse.

Hauke ließ seine Kollegin nicht gern ans Steuer, konnte sich aber meistens nicht durchsetzen, weil Katrin behauptete, nervös zu werden, wenn er fuhr. Da er ein Mann war, durfte er nicht zugeben, dass er buchstäblich vor Angst zitterte, sobald sie ihm ihren »sportlichen Fahrstil« demonstrierte.

Da die Bradehusener Polizeiwache für über ein Dutzend der umliegenden Dörfer zuständig war, kamen Landpartien leider ziemlich oft vor.

»Den Weg hätten wir uns jedenfalls sparen können«, stellte Katrin fest und beschleunigte angesichts eines schnurgeraden Straßenabschnitts kräftig. Er sah lieber nicht auf den Tacho und hielt sich unauffällig am Türgriff fest. »Kuh gestohlen? Ich bitte dich! Der wollte doch seinem Nachbarn nur eins auswischen.«

Hauke nickte stumm und schloss die Augen. Aus Erfahrung wusste er, dass Katrin lachen und nur noch mehr Gas geben würde, wenn er sie bat, langsamer zu fahren.

»Wo, bitte schön, soll man denn eine gestohlene Kuh verstecken?«, überlegte sie laut. »Keiner der Nachbarn hat einen Viehtransporter vorfahren sehen.«

»Aber wo hätte der Eigentümer die Kuh verschwinden lassen sollen?«, gab Hauke zu bedenken. »Der hat ja dann das gleiche Problem.«

»Stimmt schon.« Katrin ließ kurz den Motor aufheulen. »Vielleicht ist sie einfach weggelaufen.«

Eine Weile schwiegen sie beide, und Hauke stellte erleichtert fest, dass es nur noch drei Kilometer bis Bradehusen waren. »Wo wir schon unterwegs sind, können wir doch gleich noch bei Frau Frey anhalten. Jetzt in der Mittagszeit ist sie bestimmt zu Hause.«

Katrin zuckte mit den Schultern. »Wenn du meinst.« Das klang nicht gerade begeistert. »Wir könnten allerdings auch erst die Sache mit dem Traktorunfall erledigen und einen Bericht über die Sache mit der Kuh schreiben, damit wir uns im Anschluss richtig auf den schwierigen Fall konzentrieren können.«

»Könnten wir.« Er verzog den Mund. »Man kann sich aber auch gleichzeitig mit mehreren Fällen beschäftigen.«

Schweigend gab Katrin noch ein bisschen mehr Gas. Seufzend fügte Hauke sich in sein Schicksal. Dann brachten sie eben erst die Berichte hinter sich, bevor sie sich morgen um den spannenden Teil ihrer Arbeit kümmerten.

»York wird versuchen, mich zu erreichen«, teilte Rebekka dem Kater im Flüsterton mit und probierte, ob sie mit dem Stuhl ein Stück zur Seite rutschen konnte. Das funktionierte zwar zentimeterweise, machte aber letztlich keinen Sinn. »Wenn ich mich nicht melde, macht er sich Sorgen und unternimmt irgendwas. Wir müssen nur warten.«

Jamie hatte nun schon zum dritten Mal die Tür beschnuppert, als wollte er feststellen, ob Gesine sie wirklich abgeschlossen hatte. Beim Klang von Rebekkas Stimme wandte er sich um und sah sie quer durch den Raum ernst an. Dann kam er langsam zu ihr. Er konnte schon etwas besser laufen, aber sie sah deutlich, dass ihn jede Bewegung schmerzte.

Neben ihrem Stuhl blieb er stehen und taxierte die Entfernung. Dann ging ein Ruck durch seinen Körper, und er sprang. Nur knapp erreichte er ihren linken Oberschenkel, balancierte mühsam, um nicht abzustürzen, mauzte kurz und schmerzlich und schob sich dann weiter vor, bis er sicher auf ihrem Schoß saß.

Wieso nahm er diese Mühe und die Schmerzen auf sich? Vielleicht tat die Wärme ihres Körpers seinen geschundenen Gliedern gut. »Ich kann dich nicht mal streicheln«, entschuldigte sie sich bei ihm.

Rebekka empfand es als seltsam tröstlich, gemeinsam mit Jamie eingesperrt zu sein. Seine Nähe half ihr, die Panik zu unterdrücken, die immer wieder in ihr aufstieg, wenn sie darüber nachdachte, was Gesine Holste wohl mit ihr vorhatte.

Die alte, verrückte Frau wollte sie umbringen, und da sie schon vier Menschen getötet hatte, würde sie es sich wahrscheinlich auch nicht anders überlegen. Allerdings schien sie davor zurückzuschrecken, Gewalt anzuwenden. Sie arbeitete mit Gift. Und ganz so einfach war es nicht, jemanden zum Essen oder zum Trinken zu zwingen. Aber unmöglich war es auch nicht, zumal sie Fesseln trug.

Als sie Schritte auf der Treppe hörte, starrte sie voller Angst die Tür an. Auf ihrem Schoß richtete Jamie sich auf und fixierte ebenfalls den Eingang.

Stumm trat Gesine ein, gefolgt von Casjen, der ein Tablett vor sich hertrug. Darauf standen eine Teekanne und eine Tasse mit Untertasse. Sogar ein Teelöffel war da.

Rebekka nahm all ihre Kraft zusammen. Die pochenden Kopfschmerzen ignorierte sie. »Sie glauben nicht wirklich, dass ich das trinken werde?«

»Das werden wir ja sehen!« Mit schmalen Lippen lächelte Gesine sie an wie einen Gast, dessen Anwesenheit sie langsam als lästig empfand. »Der Tee schmeckt gar nicht so schlecht. Ich habe ein paar Tropfen probiert. Wenn du brav eine ganze Tasse trinkst, wirst du kaum etwas merken. Mach es dir also nicht so schwer. Zu verdursten ist viel schlimmer.«

»Ich entscheide mich fürs Verdursten.« Rebekka spürte, wie Jamie auf ihrem Schoß alle Muskeln anspannte, als Gesine sich langsam näherte.

»Das werden wir ja sehen. Stell das Tablett da hin, Casjen!« Mit ihrer faltigen Hand deutete sie auf den Boden neben Rebekkas Füßen.

Rebekka sah Casjen an, er senkte den Blick, zögerte und stellte das Tablett dann so vorsichtig auf die Stelle, die seine Mutter ihm gezeigt hatte, dass nicht das leiseste Klirren zu hören war.

Mit der für ihr Alter so erstaunlichen Beweglichkeit bückte sich Gesine und schenkte die Tasse bis zum Rand voll. Der Tee war gelblich, und selbst aus der Entfernung nahm Rebekka einen starken Kamillengeruch wahr.

»Das wird dich beruhigen, mein Kind.« Gesine nahm den Unterteller in die linke Hand, fasste die Tasse mit der Rechten beim Henkel und näherte sie Rebekkas Gesicht. Die wandte den Kopf ab und presste die Lippen zusammen. Auf ihrem Schoß richtete sich der Kater auf und fauchte laut.

»Schaff das Vieh da weg!«, befahl Gesine ihrem Sohn und trat einen Schritt zurück. Sie schien tatsächlich Respekt vor Jamies scharfen Krallen und seinen spitzen Zähnen zu haben.

Casjen rührte sich nicht. Er stand nur da und knetete unruhig die Hände vor dem Bauch.

»Mach schon, sonst nehme ich den Besenstiel.« Die Ungeduld ließ Gesines Stimme schrill werden.

»Casjen, bitte!« Rebekka sah ihn flehend an, aber er betrachtete den Fußboden. Dann ging er mit gesenktem Kopf zu ihr und hob ganz vorsichtig den Kater hoch.

Jamie fauchte leise, ließ sich aber von Casjen forttragen. Der näherte sich der Tür, wohl um den Kater nach draußen und auf diese Weise vor seiner Mutter in Sicherheit zu bringen.

»Setz das Biest da hinten auf den Boden! Das kommt hier nicht wieder raus. Wenn du weiter so bockig bist, sperre ich dich zusammen mit dem Katzenvieh hier ein. Ich tu das alles für dich, also nimm dich zusammen.« Bei ihren letzten Worten senkte Gesine drohend die Stimme.

Wie gelang es dieser winzigen alten Frau so viel Stärke auszustrahlen? Natürlich hätte Casjen sie mühelos überwältigen können, aber obwohl er ganz offensichtlich nicht wollte, was hier geschah, würde er keine Gewalt gegen seine eigene Mutter anwenden. Er zögerte, ihr zu gehorchen, aber er lehnte sich nicht auf. Wahrscheinlich hatte er noch nie in seinem Leben gegen seine Mutter aufbegehrt, und jetzt war es längst zu spät, damit anzufangen.

Vorsichtig setzte Casjen den Kater auf den Steinboden.

»Jetzt komm her. Du musst ihren Kopf festhalten!« Mit einer ruckartigen Bewegung ihres Oberkörpers deutete Gesine auf Rebekka, während sie Tasse und Untertasse immer noch in beiden Händen hielt.

Wollte sie ihr den Gifttee tatsächlich mit Gewalt einflößen? Rebekka presste die Lippen so fest aufeinander, wie sie nur konnte. Auf keinen Fall würde sie das Gebräu hinunterschlucken.

»Stell dich hinter sie. So ist es gut.«

Sie spürte Casjens kühle Finger an ihren Schläfen und wollte ihm noch einmal sagen, dass er das auf keinen Fall tun durfte, aber sie wagte nicht, den Mund zu öffnen, weil Gesine die Tasse schon wieder dicht vor ihr Gesicht hielt.

Als Gesine sich bückte und die Untertasse zurück aufs Tablett stellte, atmete Rebekka auf. Vielleicht hatte sie es sich ja doch anders überlegt. Es war aber ganz und gar nicht so. Die alte Frau hatte nur eine Hand frei haben wollen, um damit Rebekkas Nase zuzuhalten, während sie den Rand der gefüllten Tasse fest gegen ihre Unterlippe drückte.

Wie lange konnte man die Luft anhalten? Eine Minute? Zwei? Länger sicher nicht. Durch die geschlossenen Lippen stieß Rebekka heftige Protestlaute hervor, wodurch ihr der Atem noch schneller knapp wurde. Sie versuchte, die Lippen nur ganz wenig zu öffnen, um ein bisschen Luft zu bekommen, ohne dass Gesine es merkte.

Auf diesen Moment hatte die alte Frau nur gewartet. Sie schob den Tassenrand gewaltsam in den Spalt zwischen Rebekkas Lippen, sodass ihre Zähne sich schmerzhaft in die Unterlippe bohrten.

Rebekka brachte ein paar erstickte Laute hervor, während die Flüssigkeit in ihren Mund lief. Der Geschmack war erstaunlich süß. Obwohl es völlig unnötig gewesen wäre, hatte Gesine den Gifttee mit viel Zucker zubereitet.

Verzweifelt zerrte Rebekka an ihren Fesseln, versuchte den Stuhl zum Umkippen zu bringen und den Kopf aus Casjens Griff zu befreien. Wie aus weiter Ferne hörte sie Jamie laut schreien, wie kämpfende Kater es tun. Er schien zu verstehen, dass sie in großer Gefahr war.

Plötzlich war ihr Kopf frei, und sie konnte ihn zur Seite drehen.

»Verflucht, Casjen, ich habe doch gesagt …« Weiter kam Gesine nicht. Casjen holte aus und versetzte der kleinen alten Frau einen kräftigen Stoß vor die Brust. Die Tasse flog durch die Luft und zerschellte mit lautem Klirren auf dem harten Boden. Gesine selbst war von Casjens plötzlichem Angriff so überrascht, dass sie ohne jede Gegenwehr einfach rückwärts umkippte.

Rebekka spuckte den Tee auf den Boden. »Schnell, binde mich

los!« Sie wandte sich Casjen zu, der wie erstarrt dastand und offenbar selbst kaum begreifen konnte, was er soeben getan hatte. Sein Blick wanderte zwischen der Tür und seiner Mutter, die mühsam den Kopf hob, hin und her.

Dann machte er ein paar schnelle Schritte in Richtung Ausgang. Die Angst vor der Strafe seiner Mutter trieb ihn offenbar zur Flucht.

»Nein, Casjen!«, rief Rebekka verzweifelt. »Du musst uns helfen. Dem Kater und mir. Bitte!«

Er ging einfach weiter, hatte die Tür schon fast erreicht. Da stellte sich ihm Jamie fauchend in den Weg. Natürlich konnte der Kater den kräftigen Mann nicht daran hindern zu gehen. Dennoch blieb Casjen stehen, drehte sich um und schien erst in diesem Moment zu begreifen, was geschehen war.

Gesine lag immer noch am Boden und ruderte ziellos mit Armen und Beinen. Sie war von dem Sturz auf den Kopf offenbar noch benommen.

»Casjen, bitte! Du musst mich losbinden. Du willst doch nicht, dass ich auch sterben muss, so wie Lydia.« Verzweifelt sah Rebekka, wie Gesine den Kopf hob und ihn in Richtung Casjen drehte.

»Sofort hilfst du mir hoch!«, schrie die alte Frau. »Was fällt dir überhaupt ein? Bist du jetzt noch verrückter geworden?«

»Nein, Casjen. Du hast genau das Richtige getan. Und jetzt musst du mich losbinden. Du bist ein guter Mensch, und du willst nicht, dass deine Mutter mich tötet. Sie will auch den Kater umbringen. Wir müssen ihm helfen. Du hast ihn doch gern.«

Die Erwähnung des Katers schien für Casjen den Ausschlag zu geben. Er machte kehrt und kniete sich vor Rebekka, um die Fesseln an ihren Beinen zu lösen.

»Lässt du das wohl«, keifte seine Mutter, die sich inzwischen auf die Knie hochgerappelt hatte. »Wenn du das tust, kannst du allein sehen, wie du klarkommst. Ich kümmere mich dann nicht mehr um dich.«

»Ich werde dafür sorgen, dass du ein gutes Zuhause bekommst, das verspreche ich dir, Casjen. Du könntest irgendwo leben, wo du mit anderen Menschen zusammen arbeiten kannst. Wo gelacht wird und wo die Menschen dich gern haben. Es tut mir so leid, dass ich vorher gar nicht gesehen habe, wie es dir bei deiner Mutter geht.« Es fiel Rebekka schwer stillzuhalten, während Casjen sich ungeschickt an den Knoten zu schaffen machte.

»Wer soll dich denn so lieb haben wie deine Mutter? Was passiert ist, ist passiert, weil dein eigener Vater dich kein bisschen mochte. Lass dir von der fremden Frau nicht einreden, dass sie sich um dich kümmert. Sie wird wegfahren, und dann bist du allein. Wenn du mir jetzt nicht hilfst, werde ich weggebracht. Für immer.«

Gesine stand schon fast wieder auf den Füßen, und bei ihren letzten Worten hielt Casjen inne. Er schien zu begreifen, was Rebekka und seine Mutter ihm sagten, und erahnte vielleicht auch die Konsequenzen. Als er Rebekka fragend ansah, konnte sie die Angst in seinen Augen erkennen.

»Du weißt, was richtig und was falsch ist, Casjen. Und du wirst das Richtige tun. Dann kannst du ein ganz neues Leben anfangen.«

Bei ihren Worten riss er die Augen weit auf. Hatte sie ihm mit der Aussicht auf ein neues Leben noch mehr Angst gemacht?

»Schluss jetzt! Lass das.« Gesine stand plötzlich neben dem vor Rebekkas Füßen hockenden Casjen und schlug ihm kräftig auf die Finger.

Erschrocken richtete er sich auf. Dann holte er tief Luft und stieß seine Mutter ein zweites Mal zu Boden. Dieses Mal schlug sie so heftig mit dem Kopf auf, dass sie reglos liegen blieb. Casjen kümmerte sich nicht darum, sondern fuhr fort, Rebekkas Fesseln zu lösen.

Als Tränen der Erleichterung über Rebekkas Wangen flossen, verschwamm vor ihren Augen das Bild des düsteren Kellerraums.

»Jetzt wird alles gut, Casjen«, flüsterte sie. »Auch für dich.«

Erst als sie wenige Minuten später aus Gesines Haus ins helle Sonnenlicht taumelte, bemerkte Rebekka, wie schlecht es ihr noch ging. Durch die Bewegung tat ihr Kopf wieder heftiger weh, ihr Rücken schmerzte, und nach dem Weg die Kellertreppe hinauf konnte sie sich kaum noch auf den Beinen halten.

Casjen folgte ihr aus dem Haus. Er trug den Kater behutsam auf dem Arm und murmelte beruhigende Laute in seine Ohren. Vorsichtshalber hatte Rebekka die Tür zu dem Kellerraum abgeschlossen, in dem Gesine zwar regungslos, aber gleichmäßig atmend auf dem Boden lag.

Nach den angsterfüllten Stunden im Keller kam es Rebekka seltsam vor, dass hier draußen alles war wie vorher: Die Blumen blühten, die reifen Äpfel leuchteten zwischen den Blättern, ein paar Vögel zwitscherten leise. Die Spätsommerluft war klar und mild, und alles schien so friedlich, als könnte an diesem Ort nichts Böses geschehen.

»Komm mit, Casjen.« Obwohl sie sich schrecklich elend fühlte, bemühte sie sich, dem verwirrten Mann aufmunternd zuzulächeln. »Wir bringen Jamie zu mir ins Haus, und später kümmere ich mich darum, dass ein Tierarzt ihn sich ansieht. Aber erst muss ich die Polizei rufen. Und einen Krankenwagen für deine Mutter.«

Als sie um die Hausecke bog, sah sie Yorks Wagen in der Einfahrt stehen. Er war tatsächlich gekommen! Vor Rührung traten ihr schon wieder Tränen in die Augen. Normalerweise weinte sie nicht bei jeder Gelegenheit. Aber normalerweise war sie auch nicht als Opfer in einer Mordserie vorgesehen.

»York!« Die Hintertür, durch die sie nachts das Haus verlassen hatte, um in Gesines Speisekammer nach Gift zu suchen, stand offen. Rebekka stürmte in die Küche und weiter in die Diele. Dort war ihr bester Freund ebenso wenig wie im Wohnzimmer. Auch als sie die Treppe hinaufrief, meldete er sich nicht, aber was sollte er da oben auch tun?

Sie zeigte Casjen Jamies Lieblingskissen und half ihm, den Kater vorsichtig darauf zu betten. Dann griff sie nach ihrem Handy, das auf dem Couchtisch lag. Lydias Fotos und all die Zettel, Briefe und Notizen waren verschwunden. Gesine hatte wahrscheinlich die Beweise geholt, um sie verschwinden zu lassen.

Da die Polizeistation von Bradehusen um diese Zeit endlich besetzt sein musste, hatte Rebekka eigentlich vorgehabt, zuerst dort anzurufen, doch ihre Finger wussten es besser. Sie drückte auf die Kurzwahl für Yorks Nummer. Als gleich darauf auf dem Schreibtisch am Fenster ein Rocksong ertönte, den sie nicht kannte, zuckte sie zusammen.

Wieso hatte York sein Handy hier liegen lassen? Normalerweise tat er kaum einen Schritt ohne sein Telefon.

Plötzlich erinnerte sie sich an die Geräusche, die sie am frühen Morgen vor dem Kellerfenster gehört hatte. Da waren Gesines und Casjens Stimmen gewesen und ein seltsames Schleifen, als würden sie etwas Schweres … wie einen gefüllten Sack – oder einen Menschen – über den Boden ziehen.

War es Gesine etwa gelungen, York Gift einzuflößen? In ihrer Nachricht auf seiner Mailbox hatte sie nicht erwähnt, dass Gesine etwas mit den Morden in Bradehusen zu tun haben könnte. Er war also vollkommen arglos gewesen. Wahrscheinlich hatte er an Gesines Tür geklopft, um sie zu fragen, ob sie wusste, wo Rebekka war …

»Casjen!« Sie drehte sich so schnell um, dass sie sich an der Lehne des Sofas festhalten musste, um nicht umzukippen.

Casjen hob erstaunt den Kopf und sah sie ängstlich an. Seine Hand, mit der er soeben den Kater liebevoll hatte streicheln wollen, ließ er in der Luft schweben.

»Wo ist York? Was hat deine Mutter mit ihm gemacht?« Obwohl es auch andere, harmlosere Gründe für Yorks Verschwinden geben konnte, war Rebekka sicher, dass Gesine dahintersteckte.

Casjen sah sie aus weit aufgerissenen Augen an und schüttelte den Kopf.

»Ein großer Mann mit dunklen Haaren.« Sie deutete mit ihrer Hand die Höhe von Yorks Scheitel an. »Ein freundlicher Mann. Wo habt ihr ihn hingebracht?«

Wieder schüttelte Casjen den Kopf. Dieses Mal heftiger. Vielleicht verstand er sie und hatte Angst, sie würde mit ihm schimpfen, wenn sie erfuhr, dass er seiner Mutter geholfen hatte, ihren wehrlosen Freund irgendwohin zu bringen, nachdem Gesine ihm irgendetwas zu essen oder zu trinken gegeben hatte.

Mein Gott, vielleicht war er längst tot!

Wieder musste Rebekka sich an der Sofalehne festklammern, weil ihre Beine drohten, unter ihr wegzuknicken.

Mit zitternden Fingern wählte sie die Nummer der Polizei und erzählte dem jungen Beamten, der augenblicklich am Telefon war, dass Gesine Holste die gesuchte Mörderin war, dass Rebekka sich mit Casjens Hilfe aus ihrem Keller hatte befreien können und dass ihr Freund York, dem Gesine möglicherweise ebenfalls Gift verabreicht hatte, verschwunden war.

»Wir … Sie müssen ihn finden«, brüllte sie ins Telefon. »Wenn er schnell genug Hilfe bekommt, ist er vielleicht noch zu retten.«

Als sie sich nach diesem Gespräch umdrehte, stand Casjen in der Tür und stieß ein paar unverständliche Töne hervor. Dann lief er los, ohne sich umzusehen.

Sie wollte ihm folgen, kam ins Taumeln, weil ihr plötzlich gleichzeitig schwindelig und übel wurde, kümmerte sich aber nicht darum, sondern lief einfach weiter, folgte Casjen quer über den Rasen und durch die Buschreihe bis zu dem baufälligen Schuppen seitlich von Gesines Haus.

»Da ist er drin? Oh mein Gott!« Verzweifelt zerrte sie an der Tür.

»Wo ist der Schlüssel?«, schrie sie Casjen an, obwohl sie wusste, dass sie ihm keine Angst machen durfte, wenn sie wollte, dass er ihr half.

Er schob sie sanft zur Seite und öffnete die Tür mit einem kräftigen Ruck. Sie war so verzogen, dass sie einfach nur klemmte.

Der Schuppen war mit altem Gerümpel vollgestopft. Nur in der Mitte gab es einen schmalen Durchgang. Dort lag York. Sie erkannte ihn an seinen langen Beinen in den ausgewaschenen Jeans. Sein Kopf und sein Oberkörper waren in eine graue Decke gewickelt.

»Nein! Er bekommt keine Luft. Wenn er noch lebt, erstickt er unter dem Ding!« Sie stieg über die ausgestreckten Beine und begann an der Decke zu zerren. »York«, schrie sie dabei. »Hörst du mich?«

Es schien ewig zu dauern, bis es ihr endlich gelang, Yorks Kopf zu befreien. Casjen stand in der offenen Tür und sah ihr hilflos zu. Für ihn wäre ohnehin kein Platz mehr im Schuppen gewesen.

»York!« Ihr fiel nichts anderes ein, als wieder und wieder seinen Namen zu rufen, während sie in sein bleiches Gesicht mit den geschlossenen Augen starrte. »Tu mir das nicht an! Was soll ich denn ohne dich machen? Du darfst nicht meinetwegen sterben!«

Sie weinte schon wieder. Ihre Tränen tropften auf sein starres Gesicht.

Schluchzend beugte sie sich tiefer über ihn und hielt ein Ohr an seinen Mund, um zu horchen, ob er noch atmete. Aber sie hörte nur ihren eigenen gequälten Atem.

Der Klang einer Polizeisirene wurde rasch lauter. Wenig später tauchten die beiden Bradehusener Polizeibeamten in der Türöffnung auf, nachdem sie Casjen von dort weggezogen hatten.

»Habe ich dir doch gesagt, dass wir besser heute noch bei Frau Frey vorbeisehen«, sagte der Polizist zu seiner Kollegin.

»Atmet er noch?«, wandte er sich dann an Rebekka.

»Ich weiß nicht. Sie hat ihm sicher Gift gegeben, um ihn zu betäuben. Um seinen Kopf war eine Decke gewickelt. Vielleicht ist er erstickt. Oder er hat so viel Gift zu sich genommen, dass er …« Obwohl sie wusste, dass sie stark sein musste, konnte sie die lauten Schluchzer nicht unterdrücken, die aus ihrer Kehle drängten.

»Der Krankenwagen kommt gleich.« Mitleidig sah die junge Polizistin sie an.

»York!« In ihrer Verzweiflung beugte sie sich wieder über ihn, legte ihre Lippen auf seine und blies ihm ihren Atem in den Mund. Wieder und wieder. Er rührte sich nicht, aber sie machte weiter, denn etwas anderes konnte sie ohnehin nicht tun.

Zuerst bemerkte sie gar nicht, dass er die Augen aufgeschlagen hatte. Als sie aber aufhörte, ihn zu beatmen, um eine Herzmassage auszuführen, wie sie es im Erste-Hilfe-Kurs gelernt hatte, hörte sie sein heiseres Flüstern. »Was machst du da, Zöpfchen?«

Sie hielt inne, sah ihn an und öffnete den Mund, um irgendetwas zu sagen. Da sie aber keine Ahnung hatte, was man in so einem Moment sagte, blieb sie eine kleine Ewigkeit stumm und sah ihn nur an. »Wiederbelebungsmaßnahmen«, flüsterte sie endlich.

»Danke«, flüsterte er zurück und verzog die Lippen zu einem Lächeln, das ein wenig mühsam wirkte, sie aber unendlich glücklich machte.

»Ich muss *dir* danken. Du bist nur meinetwegen in dieser Situation.« Sie wischte sich mit dem Handrücken über das Gesicht, weil sein Bild vor ihren Augen verschwamm. Das mit der Heulerei musste sie sich dringend wieder abgewöhnen!

»Eigentlich wollte ich dich aber retten und nicht umgekehrt.« Langsam hob er die Hand, um ihr mit den Fingerspitzen eine Träne von der Wange zu tupfen.

»Ist doch egal!« Sie schniefte glücklich.

Kurz darauf trafen die Sanitäter ein und schoben sie sanft von York weg. Irgendwie schafften sie es, ihn in dem engen Schuppen auf eine schmale Trage zu legen und ins Freie zu bringen, wo sich der inzwischen wie aus dem Nichts aufgetauchte Notarzt um ihn kümmerte und einen Tropf an seinem Arm befestigte.

»Wird er wieder gesund?«, flüsterte sie.

Der Arzt wandte den Kopf und lächelte ihr aufmunternd zu. »Ihr Mann wird wieder gesund. Er hat Glück gehabt.«

»Das ist nicht …« Sie machte sich nicht die Mühe, den Satz zu beenden, weil es in diesem Moment keine Rolle spielte, in welchem Verhältnis sie zu York stand. Wichtig war nur, dass sie ihn in ihrem Leben brauchte.

Sie drängelte sich an den Sanitätern vorbei und beugte sich über York, der geblendet ins Sonnenlicht blinzelte.

»Du blöder Kerl«, flüsterte sie. Die Momente der Sentimentalität waren vorbei. »Ich werde dir nie verzeihen, dass du mir einen derartigen Schreck eingejagt hast.«

»Danke gleichfalls«, erwiderte er ebenso leise. »Nächstes Mal hörst du auf mich und suchst dir eine andere Bleibe, wenn du irgendwo auf Schritt und Tritt über Leichen stolperst.«

»Wir bringen ihn jetzt ins Krankenhaus. Und Sie sollten

sich auch untersuchen lassen.« Der ältere der beiden Sanitäter drängte sich an ihr vorbei, um das Kopfende der Trage anzuheben.

»Ich komme nach«, sagte Rebekka mehr zu York als zu dem Sanitäter. »Ein paar Sachen habe ich hier noch zu klären.«

Sie musste den Polizisten zeigen, wo Gesine war, musste Jamie zum Tierarzt bringen und dafür sorgen, dass sich jemand um Casjen kümmerte. Wenn das alles erledigt war, würde sie sich untersuchen lassen. Obwohl sie eigentlich einfach nur schlafen wollte.

»Soll ich Ihnen dann mal zeigen, wo die Täterin liegt?«, wandte sie sich an die beiden Polizisten, die dem Krankenwagen hinterhersahen. »Es war Gesine Holste. Ich habe sie in ihrem Keller eingeschlossen. Vorhin war sie noch bewusstlos, aber inzwischen ist sie vielleicht wieder aufgewacht. Auf jeden Fall brauchen wir wohl noch einen Krankenwagen.«

Sie drehte sich zu Casjen um. Es war sicher nicht gut, wenn er zusah, wie seine Mutter weggebracht wurde. »Bleibst du bei dem Kater? Es ist besser, wenn er nicht allein ist.«

Gehorsam trottete Casjen in Lydias Haus.

»Sieht so aus, als wäre der Fall geklärt. Wer sagt denn, dass wir dazu einen Kommissar aus Stade brauchen?«, hörte Rebekka den jungen Polizisten zu seiner Kollegin sagen, während sie alle drei auf Gesine Holstes Haus zugingen.

epilog

»Ich werde dich furchtbar vermissen.« Simone fiel Rebekka spontan um den Hals und drückte sie an sich. Sie war vor drei Tagen braun gebrannt und frisch in ihren Ehemann verliebt aus der Toskana zurückgekehrt und hatte sich mittlerweile mehrmals mit vor Entsetzen geweiteten Augen die Ereignisse in Bradehusen erzählen lassen.

»Und wir haben vom ländlichen Frieden geträumt, als wir den Bungalow hier kauften!«, pflegte sie an der Stelle zu sagen, an der Gesine, die inzwischen wieder bei Bewusstsein war, laut schimpfend auf der Trage in den Krankenwagen geschoben wurde.

»Jetzt herrscht ja immerhin wieder Ruhe im Dorf«, tröstete Rebekka die Freundin, die gekommen war, um ihr beim Packen zu helfen.

Gerade sortierten sie in der Küche Rebekkas mitgebrachte Kochutensilien aus, die sich in der großen Schublade neben dem Herd mit Lydias alten Schneebesen, Kochlöffeln, Schaumkellen und einem quasi antiken Nudelholz fröhlich vermischt hatten. Die DeLonghi wartete schon in die Kuscheldecke eingepackt auf den Transport zum Auto.

»Viel zu viel Ruhe ohne dich. Wahrscheinlich werde ich tatsächlich dem Skatklub beitreten müssen, um nicht vor Langeweile zu sterben«, beschwerte sich Simone. »Ich werde dich dauernd in Osnabrück besuchen kommen.«

Tim war nach dem Urlaub schon wieder auf Geschäftsreise.

»Ich bitte darum.« Rebekka warf Curry und Rosenpaprika zu den anderen Gewürzen in den großen Plastikbeutel und verschloss ihn mit einer Klammer. »Und wenn mir der Sinn nach Natur und Idylle steht, besuche ich dich.« Obwohl sie Simone erst so kurz kannte, fühlte es sich an, als hätte sie eine Freundin fürs Leben gefunden.

Nachdem Simone das große Fleischmesser in der dafür vorgesehenen Hülle verstaut hatte, trat sie ans Fenster und sah hinüber zu Gesines Haus, das mit seinen geschlossenen Fensterläden traurig und verlassen wirkte. »Meinst du, Casjen kommt in der Wohngruppe zurecht? Es muss schwierig für ihn sein, nachdem er sein ganzes Leben hier verbracht hat.«

Rebekka zuckte mit den Schultern. »Nicht immer ist das, woran wir uns gewöhnt haben, das, was am besten für uns ist. Er wirkte glücklich. Ich habe ihn noch nie so laut lachen hören.«

Sie hatte Casjen vor einigen Tagen besucht. Er lebte mit fünf anderen Menschen mit verschiedenen Handicaps in einer betreuten Wohngemeinschaft und arbeitete einige Stunden am Tag in einer Gärtnerei. Rebekka hatte zwar den Betreuern vom Sozialamt gegenüber darauf hingewiesen, dass Casjen sehr geschickt bei der Gartenarbeit war, aber dass sie sofort einen entsprechenden Job für ihn gefunden hatten, war ein besonderer Glücksfall.

»Ich habe ihm ein vergrößertes Foto von Jamie mitgebracht und dachte, er freut sich darüber. Aber das war vielleicht ein Fehler. Als er das Bild sah, wurde er ein bisschen traurig. Er scheint den Kater mehr zu vermissen als seine Mutter.« Rebekka sah zu dem Küchenstuhl hinüber, auf dem Jamie lag und sie beim Packen nicht aus den Augen ließ.

»Wundert dich das?« Auch Simone betrachtete den Kater nachdenklich. »So ein Tier schenkt ehrliche Zuneigung. Gesine Holste hat sich auf ihre Weise, so gut sie konnte, um ihren Sohn gekümmert. Aber ich glaube, sie war dermaßen verbittert, dass sie ihm keine echten Gefühle schenken konnte. Dabei ist er so ein liebenswürdiger Mensch. Ich kannte ihn nicht sehr gut, aber wenn er mich sah, hat er mir immer zugewinkt.«

»Er wird viele neue Freunde finden, und wann immer ich es einrichten kann, werde ich ihn besuchen und mich davon überzeugen, dass es ihm gut geht.« Ein bisschen fühlte Rebekka sich verantwortlich für Casjen, weil letztlich sie dafür gesorgt hatte, dass er nicht mehr hier in Bradehusen bleiben konnte.

»Und Jamie? Ich glaube, er findet, dass ihr zwei nach allem, was ihr gemeinsam durchgemacht habt, zusammengehört. Jetzt bist du sogar noch extra geblieben, bis er wieder ganz gesund geworden ist.« Simone beugte sich über die Lehne des Küchenstuhls und kraulte den Kater zwischen den Ohren, von denen eines nach den Verletzungen, die Gesine ihm zugefügt hatte, immer noch eine abgeknickte Spitze hatte.

»Ich kann ihn unmöglich mit in meine Stadtwohnung nehmen!«

»Ich denke, hinter dem Haus gibt es einen Garten?«

»Einen winzigen Garten im Vergleich zu all der Freiheit, die er hier hat. Er ist ein Streuner, das würde er nicht aushalten. Außerdem kann ich wirklich kein Haustier gebrauchen. Dadurch ist man so gebunden. Soll ich ihn etwa mitnehmen, wenn ich das nächste Mal auf Recherchereise gehe?« Hastig wandte Rebekka sich von dem Kater ab, der sie immer noch unverwandt ansah.

»Das geht alles, wenn man nur will. Es käme auf einen Versuch an. Ich glaube, er will gar kein Streuner mehr sein.«

»Hier hat er es gut«, beschloss Rebekka, während sie die in Geschirrtücher eingewickelten Kochutensilien in eine große Reisetasche stopfte. »Er hat seine Freiheit, und du hast ein Auge auf ihn, stellst ihm gelegentlich Futter hin und lässt ihn in Amandas Schuppen, wenn ihm kalt ist.«

Simone seufzte. »Du kapierst einfach nicht, dass er mit *dir* zusammen sein will. Es geht ihm nicht um Futter und um einen Platz zum Schlafen.«

»Katzen hängen nicht an Menschen, sie hängen an Orten.« Mit Schwung zog Rebekka den Reißverschluss der Tasche zu.

»Es gibt eine Menge Katzen, die ihr Herz an ihre Menschen hängen«, behauptete Simone und nahm ihr die Tasche ab, damit sie ihre DeLonghi tragen konnte.

Jamie brauchte nicht wie sonst eine extra Aufforderung. Er sprang vom Stuhl und folgte ihnen nach draußen, wo der Mini Cooper, schon fast wieder bis unter das Dach vollgestopft, zur Abreise bereitstand.

»Grüß York von mir«, trug Simone ihrer Freundin auf. Sie hatte York nach dem Ende ihres Urlaubs kennengelernt, kurz bevor er nach Osnabrück zurückgekehrt war.

Nach einem fast einwöchigen Krankenhausaufenthalt war York noch einige Tage bei Rebekka geblieben, um sich vollständig auszukurieren. Im Krankenhaus hatte man seinen Körper entgiftet, doch selbst bei seiner Entlassung war er noch ziemlich geschwächt gewesen. Vielleicht hatte es ihm auch nur gefallen, sich ebenso wie der Kater von Rebekka verwöhnen zu lassen, die die Folgen ihres Treppensturzes erstaunlich schnell überwunden hatte.

»Ich fürchte, er hat sich in seinem Büro sofort derart in die liegen gebliebene Arbeit gestürzt, dass ich ihn in nächster Zeit kaum zu sehen bekommen werde.«

»Tim und ich haben beschlossen, dass wir in Zukunft mindestens ein Wochenende im Monat ganz für uns haben wollen«, erzählte Simone glücklich.

Rebekka lachte. »Das werden York und ich ganz sicher nicht. Schließlich sind wir nicht verheiratet. Zum Glück.«

»Was nicht ist …«, fing Simone an, doch Rebekka unterbrach sie energisch.

»Wir werden uns doch eine wunderbare Freundschaft nicht durch ein bisschen Liebeständelei kaputt machen! Außerdem sind wir uns viel zu ähnlich, das würde nicht gut gehen.«

»Tändelei … Wie du meinst.« Simone sah zu, wie Rebekka ihren Kaffeeautomaten auf dem Beifahrersitz festschnallte.

Jamie beobachtete diese Aktion ebenfalls aufmerksam. Er stand direkt neben der Beifahrertür, als sei er bereit zum Einsteigen. Rebekka ignorierte ihn und schlug die Tür vor seiner Nase zu. Ein tränenreicher Abschied würde die Sache nicht einfacher machen.

Sie nahm Simone noch einmal fest in die Arme. »Mach's gut. Ich melde mich. Und du bewahrst bitte die Schlüssel für Herrn Damann auf, ja? Er holt sie in den nächsten Tagen bei dir ab.«

Simone nickte. »Schick mir ein Kochbuch mit persönlicher Widmung, sobald das Werk gedruckt ist. Vielleicht lerne ich dann endlich mal kochen.«

»Ich glaube, dazu ist mehr als ein Kochbuch nötig, selbst wenn ich es geschrieben habe«, neckte Rebekka ihre Freundin. »Versuch dich doch erst mal an einem guten Kaffee!«

»Gib nicht so an! Mit einer tollen Maschine ist das kein Kunststück.« Simone deutete auf die sorgfältig eingepackte DeLonghi.

»Pass mir schön auf, dass hier nicht wieder ein Mörder sein Unwesen treibt«, forderte Rebekka den Kater auf, der sie aus riesigen goldfarbenen Augen ansah. Sie strich ihm kurz über den Rücken und ging um das Auto herum zur Fahrerseite.

Jamie folgte ihr und stand nun abwartend vor dieser Tür. Sie gab wieder vor, ihn nicht zu bemerken, stieg ein, schloss die Tür und ließ das Fenster herunter, um sich ein letztes Mal von Simone zu verabschieden.

Dann startete sie den Motor und lenkte den Wagen die Auffahrt entlang. Sie war auf dem Weg nach Hause. Im Rückspiegel sah sie die winkende Simone, neben ihr einen schwarzen Fleck, der sich immer noch nicht von der Stelle rührte.

Rebekka war etwa zwanzig Kilometer gefahren, als sie auf die Bremse trat und anhielt. Ein oder zwei Minuten saß sie ganz still hinter dem Steuer und dachte nach. Dann wendete sie und fuhr zurück nach Bradehusen. Als sie Lydias Haus erreichte, war Simone verschwunden. Jamie saß jedoch noch genau dort, wo er gesessen hatte, als sie losgefahren war.

Sie beugte sich über den Sitz und öffnete die Beifahrertür. »Nun steig schon ein, du Streuner!«

Ohne zu zögern, glitt Jamie mit einer eleganten Bewegung neben die DeLonghi auf den Beifahrersitz.

»Wenn wir das nächste Mal verreisen, bekommst du aber eine Transportbox«, erklärte sie ihm streng. »Und falls du in Osnabrück unglücklich bist, bringe ich dich sofort hierher zurück. Es ist nur ein Versuch.«

Er saß da und sah aus dem Fenster, als sei er sein Leben lang mit dem Auto durch die Gegend gefahren worden. Vielleicht hatte er tatsächlich genug vom Leben auf dem Lande und freute sich darauf, neue Gegenden zu erkunden. Vielleicht hatte er sein Katzenherz tatsächlich so sehr an Rebekka gehängt, dass er am liebsten dort sein wollte, wo sie war. Vielleicht würde er aber auch nach ein paar Tagen in der Stadt seine Freiheit so sehr vermissen, dass sie ihn zurück nach Bradehusen bringen musste.

Es blieb ihnen nichts anderes übrig, als es gemeinsam herauszufinden.

rezepte

(traditionell, mit dem besonderen *Countryside*-Pfiff)

Überbackene Koteletts mit cremigem Apfel-Zwiebel-Gemüse und Thymian-Püree

Gebratene Zwiebeln mit Äpfeln kennt jeder. Mit sahniger Currysauce, überbacken mit würzigem Käse kommt das altbekannte Rezept in Rebekkas Variation ganz modern daher. Jamie fand's gut …

Zutaten (für 4 Portionen):
4 Stiel- oder Lendenkoteletts
2 Esslöffel Öl zum Braten
2 große Äpfel (möglichst mürbe)
1 große Gemüsezwiebel
20 g Butter
1 Esslöffel Mehl
150 ml Vollmilch
1 Bund Petersilie
Curry, Salz, Pfeffer
4 große Scheiben Emmentaler

800 g mehlig kochende Kartoffeln
200 – 250 ml Milch (eventuell mehr)
50 g Butter
Salz, Pfeffer, Muskat
2 Teelöffel gerebelten Thymian oder die entsprechende Menge frisch gezupfte Thymian-Blättchen

Die Koteletts salzen und pfeffern und in der heißen Pfanne von jeder Seite zwei Minuten braten, dann nebeneinander in eine gefettete Auflaufform legen und warm halten.

Zwiebel und Äpfel schälen und in Würfel (ca. 1,5 cm im Quadrat) schneiden. Butter im Bratfett in der Pfanne zerlaufen lassen, dann zunächst die Zwiebel weich dünsten, anschließend die Äpfel zugeben, alles vermischen und gut erhitzen. Mit ca. einem Teelöffel Curry (nach Geschmack mehr), Salz und Pfeffer würzen, mit dem Mehl bestäuben und mit der Milch ablöschen. Auf mittlerer Flamme offen köcheln lassen, bis Äpfel und Zwiebel sehr weich sind und die Soße cremig und nicht mehr zu flüssig ist. Zwischendurch immer wieder umrühren. Dabei falls nötig etwas Milch zugeben.

Abschließend die gehackte Petersilie unterrühren und nochmals abschmecken. Dann das Apfel-Zwiebel-Gemüse auf den Koteletts verteilen, jeweils mit einer großen Scheibe Emmentaler belegen und unter dem vorgeheizten Grill ca. 10 Minuten überbacken, bis der Käse zerlaufen ist und anfängt zu bräunen.

Nebenbei das Thymian-Püree zubereiten:

Kartoffeln waschen, schälen und in Achtel schneiden. In einem Topf knapp mit Salzwasser bedecken und ca. 20 Minuten kochen, bis die Kartoffeln sehr weich sind. Abgießen und mit einem Kartoffelstampfer zu feinem Püree verarbeiten. Die Butter unterrühren, bis sie sich vollständig aufgelöst hat, dann langsam die heiße Milch zugeben.

Vorsicht: Je nach Stärkegehalt der Kartoffeln braucht man mehr oder weniger Milch, um die gewünschte Konsistenz zu erreichen. Deshalb die Milch nach und nach unterrühren.

Zum Schluss den Thymian hinzugeben und mit Salz, Pfeffer und Muskat abschmecken.

Tipps:
Wenn die Knochen der Koteletts als störend empfunden werden, kann man auch Schnitzel nehmen oder die Knochen vor der Zubereitung auslösen. Besonders fein wird das Gericht mit in dicke Scheiben geschnittenem Schweinefilet.

Vegetarier können das Apfel-Zwiebel-Gemüse ohne Fleisch in einer Auflaufform mit Käse überbacken und zum Kartoffelpüree servieren.

Kartoffelkuchen

Lässt sich gut vorbereiten und passt auf fast jedes Büfett. Die bittere Note fehlt im Rezept natürlich – wer möchte schon seine Gäste vergiften?

Zutaten (für 4 Portionen):
500 g mehlig kochende Kartoffeln
250 g Frischkäse
2 Eier
2 Esslöffel Mehl (eventuell mehr)
½ Tasse gehackte Kräuter nach Wahl
1 grüne Paprika
1 großer Apfel
80 g gehackte Haselnusskerne (aus der Tüte)
2 Esslöffel Semmelbrösel
2 Esslöffel Rapsöl

Kartoffeln waschen, schälen, achteln und in Salzwasser in ca. 20 Minuten sehr weich kochen. Abgießen, etwas abkühlen lassen, in einer Schüssel zu feinem Mus stampfen und mit dem geriebenen Emmentaler, den Eiern, dem Frischkäse und den Kräutern gut verrühren. Mit Salz, Pfeffer und Muskat abschmecken. Apfel und Paprika in kleine Würfel schneiden und ebenfalls unterrühren. Nun so viel Mehl hinzugeben, dass die Masse nicht mehr flüssig ist, sich aber immer noch gut verstreichen lässt. (Dazu sind in der Regel ein bis drei Esslöffel Mehl nötig.) Masse in eine flache Auflaufform oder eine kleine Springform geben und gleichmäßig verteilen.

Haselnusskerne mit Semmelbröseln und Öl vermischen, leicht salzen und pfeffern und auf dem Teig verteilen.

Im vorgeheizten Backofen bei 200 Grad Ober- und Unterhitze je nach Backofen 40 bis 50 Minuten backen.

In Stücke schneiden und als Beilage zu Kurzgebratenem oder Gemüse servieren.

Tipp:
Der Kartoffelkuchen schmeckt auch kalt hervorragend und passt dann gut zu Salat, Apfelmus oder Apfelchutney (s.u.).

Apfelchutney

Mal was anderes als Apfelgelee, wenn noch Äpfel übrig sind – was nicht nur im Alten Land passiert. Kann auch in größeren Mengen zubereitet und noch heiß als Vorrat in Marmeladengläser gefüllt werden.

Zutaten (als Dip für 6 bis 8 Personen):
500 g säuerliche Äpfel
150 g Schalotten
1 rote Paprikaschote
2 Esslöffel Olivenöl
150 g brauner Zucker (je nach Geschmack mehr oder weniger)

2 Esslöffel Kirsch- oder Himbeermarmelade
120 ml Rotweinessig
½ Teelöffel Salz
1 Teelöffel getrocknete italienische Kräuter
1 Teelöffel geriebener Ingwer
1 Teelöffel Senf
nach Geschmack Sambal Oelek

Die Äpfel schälen und entkernen, Paprika entkernen, Schalotten schälen und alles fein würfeln. Schalottenstückchen in Öl andünsten, Zucker hinzugeben und einige Minuten erhitzen, bis der Zucker sich vollständig gelöst hat. Mit Rotweinessig ablöschen, Apfel- und Paprikawürfel, Marmelade und alle Gewürze hinzugeben und im offenen Topf so lange köcheln lassen, bis die Masse dicklich ist. Abschließend nochmals abschmecken.

Tipp:
Wer das Chutney eher säuerlich mag, nimmt weniger Zucker als angegeben, wer es süß liebt, nimmt mehr. Durch die Dosierung von Sambal Oelek kann der Dip eine milde Schärfe erhalten, aber auch richtig feurig werden. Vorsicht: 1 Teelöffel Sambal Oelek ist auf die angegebene Menge Chutney schon relativ viel.

Speckpfannkuchen mit Äpfeln

Eine leckere Sünde mit Vitaminen – für Genießer, die, anders als Rebekkas Mutter, bei verführerisch knusprigem Bacon mal ein Auge zudrücken.

Zutaten (für 4 Portionen):
4 Eier
240 ml Milch
220 g Mehl
160 g Bacon in Scheiben
3 mittelgroße Äpfel
Salz, Pfeffer
2 Esslöffel gehackter Schnittlauch
Öl zum Braten

Die Eier trennen, das Eiweiß steif schlagen, in einer anderen Schüssel das Eigelb mit der Milch mischen und das Mehl gleichmäßig unterrühren. Mit Salz und Pfeffer würzen, Kräuter hinzugeben. Den Eischnee mit einem Löffel vorsichtig unterheben.

Die Äpfel schälen, entkernen, in Viertel teilen und diese in dünne Scheiben schneiden. Eine möglichst flache beschichtete Pfanne erhitzen, 40 Gramm Bacon darin braten, bis deutlich Fett austritt, dann einen Teelöffel Öl hinzugeben und ein Viertel der Teigmenge auf dem Bacon verteilen. Mit ca. einem Viertel der Apfelscheiben gleichmäßig belegen und diese leicht in den Teig drücken. Wenn die Unterseite des Pfannkuchens hellbraun ist (mit einem Pfannenheber seitlich anheben und nachsehen), den Pfannkuchen wenden und auch die Oberseite goldbraun backen.

Auf diese Weise nach und nach vier große Pfannkuchen herstellen und die fertigen Portionen im Backofen warm halten.

Tipp:
Wenn man statt der Gewürze und der Kräuter nach Geschmack Zucker nimmt und den Bacon weglässt, eignet sich dieses Rezept auch für süße Apfelpfannkuchen.

Apfellikör mit Lavendel

Diese Art der Apfelkonservierung kommt besonders gut bei den erwachsenen Bewohnern von Bradehusen an.

Zutaten:

700 g Äpfel

700 ml Obstler (Obstbrand)

200 g heller Kandiszucker

1–2 Teelöffel Lavendelblüten (aus der Apotheke)

Äpfel schälen und mit Kerngehäuse in grobe Stücke schneiden. In ein luftdicht verschließbares Gefäß die zerkleinerten Äpfel, den Obstler, den Kandiszucker und die Lavendelblüten geben. (Je mehr Lavendel, desto herber wird der Geschmack.) Mindestens 4 Monate bei Zimmertemperatur ziehen lassen, dabei zunächst möglichst täglich, später mehrmals in der Woche schütteln. Dann durch ein sauberes Baumwolltuch gießen, die Früchte im Tuch auspressen und die aufgefangene Flüssigkeit ebenfalls zum Likör geben. In saubere, heiß ausgespülte Flaschen füllen und nochmals mindestens 4 Monate ruhen lassen. Anschließend bleibt bis zur nächsten Apfelernte (also nochmals etwa 4 Monate) Zeit zum Genießen. Je hochprozentiger der zugegebene Obstler, umso länger hält sich der Likör.

Tipp:

Wer das herbe Lavendelaroma nicht mag, kann den Lavendel natürlich weglassen. Eine feine scharfe Note erreicht man durch die Zugabe von einem Teelöffel geriebener Ingwerwurzel.